新时代文学批评丛书

吴义勤 主编

手机时代的艺术生产与消费

南帆 著

山东文艺出版社

图书在版编目（CIP）数据

手机时代的艺术生产与消费 / 南帆著 . -- 济南：山东文艺出版社，2024.3
（新时代文学批评丛书 / 吴义勤主编）
ISBN 978-7-5329-7041-4

Ⅰ . ①手… Ⅱ . ①南… Ⅲ . ①中国文学—当代文学—文学评论—文集 Ⅳ . ① I206.7-53

中国国家版本馆 CIP 数据核字（2023）第 230409 号

手机时代的艺术生产与消费
SHOUJI SHIDAI DE YISHU SHENGCHAN YU XIAOFEI
南 帆 著

主管单位	山东出版传媒股份有限公司
出版发行	山东文艺出版社
社　　址	山东省济南市英雄山路 189 号
邮　　编	250002
网　　址	www.sdwypress.com
读者服务	0531-82098776（总编室）
	0531-82098775（市场营销部）
电子邮箱	sdwy@sdpress.com.cn
印　　刷	山东华立印务有限公司
开　　本	710 毫米 × 1000 毫米　1/16
印　　张	18.75
字　　数	233 千
版　　次	2024 年 3 月第 1 版
印　　次	2024 年 3 月第 1 次印刷
书　　号	ISBN 978-7-5329-7041-4
定　　价	75.00 元

版权专有，侵权必究。如有图书质量问题，请与出版社联系调换。

开辟文学批评的新时代
——"新时代文学批评丛书"总序

吴义勤

党的十八大以来,中国特色社会主义进入新时代,中国文学也翻开了崭新的一页。置身新时代新征程,面对丰富的史诗性伟大实践,广大作家胸怀"国之大者",牢记初心使命,深入生活,扎根人民,与时代共振,与人民共情,用心用情用功书写新时代的中国故事,展现中国人民昂扬的精神风貌,谱写了新时代文学的辉煌篇章。

文学批评与文学创作是文学发展的车之两轮、鸟之两翼,一个时代的文学发展既需要广大作家的笔耕不辍、创新创造,也需要批评家的积极呼应、理论引领。在新时代文学不断攀登高峰的历史进程中,新时代文学批评也发挥了至关重要的作用,取得了丰硕的发展成果,形成了独特的新时代文学批评景观。习近平总书记高度重视文学批评工作,近年来就繁荣新时代文学批评发表了一系列重要讲话,做出了一系列重要指示批示。我们策划这套"新时代文学批评丛书",就是要全面学习贯彻落实总书记关于文学批评的讲话与指示批示精神,一方面旨在呈现新时代文学批评的基本样貌、发展成果,另一方面也希望从中获得推动文学批评发展的经验和启示,为推动新时代文学理论批评建设和新时代文学繁荣提供有益的镜鉴。

本丛书遴选的作者都是长期持续坚守在新时代文学批评现场并卓有成就的优秀批评家。从年龄结构上，他们涵盖了"60后""70后""80后"，这也是当下文学批评的主力军；从批评对象的文学门类上，覆盖了小说、诗歌、散文等多个当下最具影响力的艺术门类，可以说是对新时代文学的全面阐释和研究。通过这套批评丛书，读者一方面可以深入了解新时代文学批评的丰富实践，同时可以通过文学批评了解新时代文学发展的基本风貌和历史特征。

在内容上，本丛书侧重于遴选研究新时代文学的评论文章，以对新时代十年来具有代表性的作家作品、有广泛影响的新文学现象、引人关注的文学热点事件以及文学发展中存在的症候性问题为主要研究对象，是对围绕新时代文学展开的文学批评成果的一次全面梳理和集中展示。我们希望以出版批评丛书的方式，深入总结文学批评发展的历史经验，同时吸引更多研究力量来增强对新时代文学研究的力度和深度。

本丛书的出版要感谢山东出版传媒股份有限公司副总经理李运才、山东文艺出版社社长徐迪南，他们提供了非常多的支持和帮助，也提出了许多富有建设性的意见和建议。新世纪之初，我曾和山东文艺出版社共同策划出版了一套"e批评丛书"，在学术界产生了良好的反响。今年，又再次在山东文艺出版社出版这套"新时代文学批评丛书"，可谓是一种极为特殊也极为难得的缘分，也体现了山东文艺出版社多年来一直积极参与、支持中国当代文学批评事业发展的出版精神。在此，我代表丛书编委会向山东文艺出版社表示衷心的感谢并致以崇高的敬意。

两套丛书虽然出版时间不同，但在内容上又有着一种延续性和整体性。"e批评丛书"着力呈现的是二十世纪九十年代文学批评的发展成果，也是当时年轻的"60后"批评家的一次集体亮相。"新时代文学批评丛书"更侧重于展现新世纪尤其是新时代以来的文学批评成果，参与作者既包括了"e批评丛书"中的部分作者，又吸纳了"70后""80后"等新生批评力量。两套丛书虽然侧重点不同，但形成了一种巧妙的呼应，构成了一种互补关系，具有了批评史意义上的"整体性"，某种意义上，它们就是一种特殊形态的近三十年来中国文学批评的发展史。

当然，对于新时代文学批评成果的总结展示并不意味着我们回避当下文学批评存在的问题。新时代以来，随着时代语境和文学生态的不断变化，文学批评面临着更为复杂严峻的形势和挑战，文学批评如何更好地发挥作用，真正成为助推文学发展的"磨刀石"和"利器"？这是所有文学批评者面临的共同课题和任务。出版这套丛书，我们一方面意在梳理总结这一时段文学批评发展的成果和经验，同时也希望能够从中析出当下文学批评发展存在的一些问题，以史为镜，为未来更好地推动中国文学批评发展，更好地发挥文学批评引导创作、推出精品、提高审美、引领风尚的作用提供启示和帮助。

新征程是充满光荣与梦想的远征，新时代文学正在我们面前浩浩荡荡地展开，作为文学发展的重要一翼，中国文学批评也正在砥砺前行，积极开辟一个文学批评的新时代。

是为序。

手机时代的
艺术生产与消费

目 录

001 **第一辑**

002 　虚拟、文学虚构与元宇宙
020 　当代文化结构：美学、技术与经济
027 　中国当代文学史的乡村形象谱系
043 　先锋文学的多重影像
053 　网络文学：庞然大物的挑战
070 　后现代、轻型文化与二次元美学意识
091 　手机时代的艺术生产与消费

097 **第二辑**

098 　文学理论能够关注什么
　　　——《文学理论十讲》序
106 　网络加持与文学批评谱系
121 　文化记忆、历史叙事与文学批评
126 　阐释什么：绝对与相对、词与物

136　　文学知识、历史与欲望

141　　理论的半径与审美
　　　　　　——《先锋文学的多重影像》自序

153　**第三辑**

154　　乡土的持久煎熬

164　　悬念：轻与重
　　　　　　——读格非《月落荒寺》

173　　《回响》：多维的回响

184　　叙述与经验的形成

193　　文体、视角与重组世界的内在逻辑

199　　写作犹如天命：文学与历史的缠绕
　　　　　　——对叶兆言若干作品的感想

214　　修辞、叙事机制与文化症候分析

第四辑

223　第四辑

224　"当代"与动态的理解

231　这一代的表述

235　现实主义、理想与历史逻辑

241　历久弥新的命题

245　"寻根文学"的理论

255　文学、民族形象与对话

261　文学理论：全球化时代的民族性

280　文学视野与人类命运共同体

手机时代的
艺术生产与消费

第一辑

虚拟、文学虚构与元宇宙

一

最近一段时间，"元宇宙"（Metaverse）这个概念异军突起，骤然成为一个热门话题。如同理论股市的一个新兴的绩优股，诸多学科的理论家汇聚一堂，纷纷发表感言，表示高度重视。根据多方的描述，一个新型的庞然大物已经出现在地平线，正在向我们快速移动。与许多社会科学的宏大命题不同，元宇宙并非仅仅是概念组装的海市蜃楼，而是包含各种"硬件"，譬如互联网、虚拟现实（Virtual Reality，缩写为 VR）设备，当然还有超级数据库，而且，这个庞然大物的入口可能就是人们时刻抓在手中的手机。

恰是因为与日常世界存在可见的联系，元宇宙不至于那么难懂——至少不像康德、海德格尔、德里达、拉康的理论那么晦涩。大致可以说，元宇宙是互联网基础上构建的另一个平行世界。这个平行世界是虚拟的，人们可以自由出入，建立新的身份，体验另一种迥异于现实社会的生活，譬如当一个武功盖世的大侠、一个倾城倾国的公主、一个富可敌国的霸道总裁，如此等等。罗布乐思公司（Roblox）表示，真正的元宇宙包含如下几个特征：身份（Identity）、朋友（Friends）、沉浸感（Immersiveness）、低延迟（Low Friction）、多元化（Variety）、随地（Anywhere）、经济（Economy）和文明（Civility）。这些特征可以留待日后慢慢解释。对于滚滚红尘之中平凡的大众来说，"沉浸感"显然是最富吸引力的概念。沉浸在另一个传奇世界之中，毫无隔阂，感同身受，既夸张又现实。许多人都提到了尼尔·斯蒂芬森 1992 年发表的科幻小说《雪崩》。主人公自如地穿梭于现实社会与互联网的虚拟空间之间，上演各种精彩的人生大戏。《雪崩》中构建的虚拟空间如此吸引人，这部小说如同元宇宙概念的形象注释。许多人甚至觉得，《雪崩》里的杰出想象为现今的元宇宙构思提供了最初的灵感。

这些描述也许是平庸的、初步的，甚至众所周知。但是，这丝毫没有降低元宇宙的重要性。相反，这个概念解放出来的思想能量正在向四面八方扩展。经济学家到场，全面论述元宇宙带来的资本集聚与产业链分布；法学家到场，谈论的是虚拟空间的规则及其社会治理；社会学家到场，论证元宇宙的自治与永续性；通讯学家到场，考察元宇宙背后意味着多么壮观的传播革命；从未来学家、教育学家、建筑师、城市规划设计师到符号学家、兵器专家、搏击格斗大师、营养学家，各方面的人才都可以找到与元宇宙相互联系的话题。当然，许多论述浮光掠影，但这恰恰表明元宇宙概念拥有不同寻常的深度与内涵。

我对于元宇宙的关注具有两方面的原因。首先，元宇宙显示了历史内部愈来愈强大的技术逻辑，各种景观围绕技术开始了重组，形成新的结构，而且，新的结构开始深刻介入历史的发展。其次，元宇宙与文学存在的联系。相对于各种文学知识，我对于互联网技术的种种前景既陌生又外行。许多时候，我不得不援引文学知识作为理解元宇宙的引导，犹如援引地球的景观比拟火星的地表。至少在我的心目中，从文学到元宇宙，二者之间的叙事存在各种空缺。尽管如此，我还是愿意从事一次充满未知的理论旅行——填补知识空缺的同时，有助于想清楚元宇宙会带来什么、产生哪些新的问题。

很长一段时间，所谓的高科技镶嵌在生活的边缘，仿佛与人们的起居饮食没有多少联系。空间站、航天飞机、生物工程或者深海潜艇、极地考察似乎是少数人的事情，一些理论命题流传于若干实验室，仅供科学家从事专业讨论。然而，最近的数十年，各种技术、机器密集地进入日常生活，尤其是以互联网为中心的各种新型技术已经转换为各种日常行为，例如网约车、支付宝、远程医疗等等。手机仅仅是一部小机器。伸手在巴掌中的小玩意上按几个数字，另一个远在千里之外的伙伴应声而出——古代神魔小说之中，这肯定是一种惊人的法器，如今人们已经见惯不惊。可以轻易地察觉生活环境的一个重要变化：各种电器正在持续增加，愈来愈多的事情正在交付几个数码按键解决。当然，生活环境的持续改善并没有改变人们的基本感觉——我们知道寓所外面是车水马龙的城市，城市外面还有广阔的田野、山地和海洋。

然而，正在向我们快速移动的元宇宙会彻底颠覆这种基本感觉。一个个互联网技术提供的寓所、城市以及田野、山脉和海洋即将来临。这是天方夜谭吗？不知道——但是，我不得不提到的事实是：数十年来，技术实现某种想象的速度之快超出了许多人的意料。人们时常觉得，某些景象还是一个遥远的设想，至少远隔千山万水；令人惊奇的是，这些景象转瞬之间已经抵达，迅速侵占生活的各个角落，甚至固化为现实社会的一部分。技术发展的提速当然是一件令人开心的事情。想一想古代那么多尊贵的皇帝从未看过电视，我们常常会意识到自己的幸运。但是，人们不能因为这种幸运而对于新的问题视而不见。许多新的技术发明同时孵化出新的文化、新的道德观念。汽车为现代社会的形成做出了很大的贡献。作为常规的运载工具，现代社会运转速度的提升很大一部分由汽车完成。与此同时，汽车文化造就了另一些古典社会所没有的观念。譬如，脱离自己成长的土地奔赴远方。古代的许多农民一辈子只能活动在方圆数十平方公里之内，这距离对于汽车不过是一脚油门的事情。汽车文化削弱了"根"的意义，同时使地平线上的远方不再遥不可及。技术提速带来的欢呼有时会遮蔽另一种情况：人们的文化观念或者道德水平远未准备好。如果人们的文化观念或者道德仍然是冷兵器时代的水平，手里已经有了自动步枪、火箭炮和核武器，那会发生什么？

文化观念或者道德水平的滞后不会减缓乃至阻止技术的发展。一个非常值得关注的情况是，技术会提出自己的文化观念。英国的C.P.斯诺在剑桥大学做了"两种文化"的演讲，他区分了人文文化与科学文化。许多人至今还隐约地觉得，哲学谈论的是本体问题，技术无非是具体的实现手段。形而上谓之道，形而下谓之器。然而，技术带来的科学文化正跃跃欲试，企图取代人文文化。我曾经指出："科学话语已经显示出问鼎'道'的强烈企图。显然，相当多的哲学观念与科学话语无法兼容——如果愿意正视这个事实，那么，另一个事实将同时显现：后者对于存在本体的解释正在形成强大的竞争力"①。换言之，一些科学文化试图按照技术逻辑重构另一种人文文化。历史学是人文文化之中古老的重镇。历史学的意义是多方面的。除了记录各种发生过的事情，历史学还是民族的记忆、民族认同的依据。当然，现代历史学已经在深入地探讨一些延伸的理论问题，譬如历史叙事学——历史学家的叙事与发生过的事情是否一致，二者之间的差异说明什么；如果不是有闻必录，取舍的依据又是什么？民族的记忆也有相似的情况：某些记忆与发生过的事情可能存在误差。记忆可能保存了各种耻辱的、令人痛苦的经验，这将给民族认同带来复杂的纠葛。然而，元宇宙之中的生命可以根据各种需要重新编辑过往的数据，轻而易举地增添一些内容或者敲除某些记忆。②③ 这些技术将对传统的历史学观念产生剧烈冲击。当然，冲击必然随即波及哲学。什么是"真"？什么是"生命"？技术不仅提供不同的答案，更重要的是开始提供另一种思考路径。

技术对于审美的介入甚至更早。我认为文学研究应当意识到各种意味深长的变化："事实上，科学技术已经开始改写审美的密码。视频电话如何处置异地思念的焦渴？互联网为乡愁带来了什么？虚拟空间的人事关系——例如网恋——如何冲击现实的社会结构？那些无时无刻不在'刷屏'的手机积极分子对于青峰、落日、小桥、流水这些农耕文明的意象还有感觉吗？如何评判人工智能与机器人'创作'的小说、诗以及书法作品？另外，科学技术造就的新型大众传媒同时形成了多种异于传统的语言符号、叙述语法和阅读方式。文学理论必须预判这一切将为文学带来什么。"④

科幻文学——文学之中的一个门类——对于技术主题高度关注。许多科幻文学描述的恰恰是技术的无节制泛滥带来的可怕后果。坦率地说，我对于科幻文学的兴趣相当有限；但是，我察觉到一个动向，科幻文学的研究正在急剧升温。很大程度上，这是技术的急剧扩张带来的文化回响。元

---

① 南帆：《文学理论十讲》，福建教育出版社2018年版，第8页。
② 吕鹏：《元宇宙技术与人类"数字永生"》，《人民论坛》2022年4月（上）。
③ 肖珺：《元宇宙：虚实融合的传播生态探索》，《人民论坛》2022年4月（上）。
④ 南帆：《文学理论十讲》，福建教育出版社2018年版，第7—8页。

宇宙是技术逻辑上的一个幻想，还是可能乃至即将到来的现实？文学有必要做出回应。汉语之中"文学"一词始见于《论语》，经过数千年的演变形成了众多"文学"的专门知识；"元宇宙"刚刚兴起，2021年号称"元宇宙"元年。尽管如此，众多"文学"的专门知识立即感受到这个概念带来的压力。

二者之间的接口在哪里？我选择从"虚构"这个概念说起。

二

围绕"虚构"这个概念，我首先简单地回顾文学几个基本特征。很大程度上，这些特征可以衡量文学与元宇宙的理论距离。

目前为止，多数人都愿意认可文学的虚构性质。如果说，新闻报道、历史著作、实验报告、统计数据乃至一份请假条均以真实的陈述作为不言而喻的前提，那么，虚构是文学的特权。文学虚构不能被视为可耻的谎言。社会文化共同认可的约定是，文学虚构免于道德谴责。

虚构显然必须与真实联系在一起。没有真实，无所谓虚构。简单地说，虚构至少可以表述为：叙述一个现实社会之中未曾发生的事情，而文学内部还可以区分出各种不同类型的虚构方式。柏拉图与亚里士多德都论述过艺术对于真实的模仿，当然他们对于模仿的终极指向认识不同。柏拉图将模仿的终点延伸到"理式"。无论如何，"模仿说"是西方文艺理论的一个源远流长的强大观念。但是，"模仿"绝不是真实的翻版。艺术的"模仿"往往增添了什么、压缩了什么、改造了什么，有时几乎完全另起炉灶。这种意义的"模仿"包含了许多虚构的成分。

亚里士多德认为，人们之所以需要"模仿"，这是源于本能，从事"模仿"可以产生巨大的快感。现今看来，这肯定不是一种完善的解释——艺术从事"模仿"肯定还有本能之外的各种理由。这时，人们也可以从另一个方向提出相同的问题：为什么需要虚构？虚构耗费的精神成本远远超过如实的陈述。虚构一部大型叙事作品往往是一个艰巨的精神工程。如实记录一个人的十年生活，或者，以他的十年生活为素材写出一部长篇小说——后者付出的心血是前者所不可比拟的。既然如此，兢兢业业地去虚构肯定存在重要的原因。人们不能像亚里士多德那样,简单地用"本能"来说明问题。

我曾经说过,虚构是文学的特权,但是,这个特权有偿使用。如果虚构的内容仍然与如实记录相差无几,人们就会大失所望。虚构必须超越平庸的现实社会,让人体验到传奇性。没有特殊的意图和目的,通常不会虚构无聊的琐事。刚刚是从左边楼梯走到二楼,人们没有必要虚构走的是右边楼梯;如果拿到了虚构特权,至少要说是从窗口飞进来的。虚构一开始就与传奇联系在一起,虚构传奇制造的"快感"比亚里士多德所说的"模仿"快感更具说服力。现实社会缺乏动人的传奇,人们利用虚构满足自己。艺术的虚构始终隐含这种渴望。或者可以稍稍改成相对精确的表述:虚构背后存在强大的欲望。这已经相当接近精神分析学对于文学艺术的解释。

许多时候,现实社会的匮乏即是欲望的对象。现实社会的匮乏意味着某些渴望受阻的时候,人们不知不觉地以虚构给予补偿。精神分析学认为,文学艺术是一种"白日梦"——欲望的替代性满足。许多人向往权势、财富、爱情以及各种传奇性生活,可是,身边的现实社会迟迟未能出现合适的土壤。能不能以虚构的方式提供快乐的体验?文学艺术大规模地承接了这方面的订单,而且产品愈来愈专业。武侠、侦探、惊险、寻宝、玄幻、穿越,还有宫闱之中的钩心斗角和霸道总裁令人眼花缭乱的爱情,各种"白日梦"层出不穷。

当然,人们很快辨识出了这些产品的梦幻性质——一厢情愿的成分远远超出了实现的可能。这是一种常见的策略:所谓的虚构甩开了沉重的现实社会,仅仅展开想入非非的那个部分。例如,霸道总裁仿佛天生富可敌国,他到世上的目的就是进行各种形式的恋爱探索;或者,慷慨地将拥有盖世武功设立为某个豪侠出场的前提,最多赋予一个小概率的事件作为理由,譬如从悬崖上跌入古墓发现绘在墓壁上的拳谱,他要表演的就是以盖世武功铲尽天下不平事。多少人有条件富可敌国或者拥有盖世武功?这种愚蠢的提问被默契地屏蔽。但是,如果仅仅是脱离现实社会的幻觉,这种文学又有多少意义?另一些呼声更高的文学观念主张,虚构有责任展示人们置身其中的现实社会,亦即"为人生的文学"。如果说,武侠、侦探、惊险、寻宝等等熟悉的"白日梦"已经成为通俗文学的常见类型,那么,"为人生的文学"形成的文学观念主要围绕在现实主义文学主张周围。现实主义文学仍然是一种虚构。然而，现实主义并非简单地遵循欲望，而是将欲望的合理性交付历史的发展过程给予裁决。换言之，历史逻辑决定欲望的实现程度。对于文学艺术来说，精神分析学的轴心概念"无意识"必须扩大为社会无意识，进而接受各种社会关系的衡量。结合弗洛伊德观念与亚里士多德《诗学》之中的术语，社会无意识必须符合"可然律"和"必然律"，欲望寄托的乌托邦才能迈向现实社会。当然，欲望与乌托邦之间的界限是一种理论规定。对于文学艺术来说，欲望与历史逻辑、理想与空想之间的区别并非泾渭分明，一目了然。

　　对于虚构、传奇、"白日梦"这几个概念特征的回顾表明，文学艺术与现实社会构成了清晰的二元关系。现实主义文学与现实社会息息相关，但是，二元的状态并未改变。文学是一种有益于身心的阅读，读者终将从作品之中返回现实社会，以更为积极的姿态生活。没有人认为，阅读是转入另一个天地的通道，读者从此生活在文学的虚构世界，与孙悟空、贾宝玉、林冲或者关云长为伍。个别读者阅读了武侠小说之后遍访名山，寻求各种武功秘籍，这种情节多半只能作为一个幼稚的笑话流传。谁还会混淆虚构与现实社会？文学与现实维持二元状态的一个有利条件是其所使用的符号体系。文学的物质外观是：大量文字符号印刷在装订成册的书本之中。读者很难想象，如何寄身于文字符号组成的文本，远远地将书本外面这个尘土飞扬的世界抛下。

　　现在已经可以察觉元宇宙与文字的重大差别。元宇宙由虚拟现实（VR）构造，"沉浸感"表明各个感官的无缝对接。进入元宇宙不需要文字符号与文本的转换，而是自然得如同踅入隔壁房间。文学文本的专业研究证明，哪怕是现实主义文学描述中，文字符号也不是一个透明的工具，在展示对象的同时自身消失得无影无踪；相反，文字符号内含的意识形态可隐蔽地左右人们的文本感受。"这个女子生得面若桃花，弱柳扶风"或者"这个男人如同银行家一般吝啬"——这些文字符号的叙事业已不知不觉地设置一种文化倾向。元宇宙制造的生活空间劈面而来，驱走了文字符号层次的各种微妙影响，如同日常环境一样真实。进入元宇宙甚至比翻开书本还要简单，现实社会与元宇宙之间的心理过渡甚至难以察觉。两个相互平行世界的交织与切换如此轻易，以至于人们立即会回想到那个古老的寓言——庄生梦蝶，还是蝶梦庄生？

当然，现实社会与元宇宙存在巨大的差别。对于多数人来说，现实社会的一个基本状况即是欲望的受挫。不如意事常八九——否则还叫什么现实社会？相反，元宇宙的一个基本状况即是欲望的实现——心想事成，哪怕意图与结局之间存在一个不无曲折的情节。这时，一个特征显现出极为特殊的意义：元宇宙与现实社会一样真实。

"意图与结局之间存在一个不无曲折的情节"，这句话首先承诺欲望的最终实现。否则，人们又有什么必要重新设计一个元宇宙？但是，这并不意味着躺在那儿等待天上掉下馅饼来。相反，元宇宙鼓励积极的奋斗，欲望的实现与积极的奋斗息息相关。与残酷的现实社会比较，元宇宙保证的是喜剧性结局与行动过程的有效性。有效的行动本身就包含巨大的快感。作为一个简陋的模型，电子游戏的风行说明了很大一部分问题。许多人将电子游戏形容为电子鸦片，但是，似乎没有什么办法能够阻止游戏迷的上瘾。至少在目前，电子游戏画面的精致程度远逊于电影，然而，没有多少人愿意为电影上瘾。在电子游戏中可以主动操控情节，胜利是由自己的双手带来的——另一个与残酷的现实社会绝不相同的前提是，失败之后可以重新开始，机会始终存在。人们无法生活在电影的银幕里面，但是，可以"投身"于电子游戏的情节。电影保持了传统艺术与现实的二元状态，电子游戏的内在机制更为靠近元宇宙。

为什么需要虚构？现在已经不是在洞穴时代的篝火旁边向一个讲故事的人提出这个问题。元宇宙的虚构可谓"开天辟地"——事实上这就是那些软件工程师的意图。当然，需要巨额的资金作为成本，需要大量的人力与技术支持。然而，各种舆论表明，相关的参与方面似乎决心已定。

三

我要引用几句关于元宇宙的描述：

> 元宇宙整合了人工智能、数字孪生、全息映射、柔性穿戴、区块链、计算视觉等技术，制造丰富、逼真的虚拟平行世界。使

人们极视听之娱，享灵境之妙，让个体在有限生命周期内，获得更多的主观生命体验，延展了生命的实践价值。①

这是内行的描述，种种技术词汇如同专业性的理论担保。因此，这种描述流露的乐观精神并非无知的夸张。我关注的是，作者聚焦的是精神世界而不是物质世界。作者后来提到了一个重要的问题："物质生活与精神生活将会是高度平行的关系""随着元宇宙社会到来，物质生活的吸引力、重要性或将被精神生活超越。"②我的兴趣是从这种描述背后引申出一个结论：元宇宙是一个没有物质乃至排斥物质的世界。人们准备好进入这种世界了吗？

迄今为止，人们的各种感觉与判断以物质为证，犹如黄金是货币价值的保证一样。看到一座山峰或者一幢楼房，听到一阵雷声或者一声汽车喇叭，不言而喻的前提是——这是真实发生的事情，而不是计算机虚拟出来的。当然，抚摸到一个身体、触碰一杯热水或者一柄锋利匕首的锋刃更是如此。视觉接收的信息占据人们获得日常信息的绝大部分，视觉之中各种影像的物质基础理所当然地存在——一床棉被与一片草地、一辆自行车的区别怎么可能仅仅是颜色、反光与斑点的密度而不涉及物质的干燥、潮湿或者坚硬程度？一个青花瓷花瓶、一张黄花梨木桌子与一幅国画怎么可能仅仅有线条纹路的差异而不涉及物质的冷热轻重？物质的存在是各种文化观念、意识形态的绝对条件。鲍德里亚的《物体系》是一本有趣的学术著作。他的各种联想与哲学思考必须首先承认，物质是真实的存在，而且历史悠久。这种状况如此自然，似乎没有必要大费周折地论证。

但是，元宇宙不再承认这个前提——元宇宙不需要物质材料。元宇宙的真实不是物质的真实，而是感觉的真实——只要以仿真的方式通过感官鉴定即可。从电影、电视到互联网上的各种视频，各种影像符号对付视觉与听觉的技术已经相当成熟与发达。虚拟现实（VR）的一个重要功能是，利用各种设备逼真地模仿味觉或者触觉——从喷香的咖啡、爽口的冰淇

---

① 吕鹏：《元宇宙技术与人类"数字永生"》，《人民论坛》2022年4月（上）。
② 吕鹏：《元宇宙技术与人类"数字永生"》，《人民论坛》2022年4月（上）。

淋、温暖的拥抱与性爱，到高空跳伞遭遇的烈风或者搭乘风驰电掣的火箭。感觉的真实——似乎这就够了。

元宇宙是不是要瓦解精神分析学？精神分析学区分了"快乐原则"与"现实原则"。欲望寻求满足遵循"快乐原则"，但是，纪律严明的"现实原则"绝不允许为所欲为。受挫的欲望遭到压抑之后沉淀于无意识，等待一个地火爆发一般的"升华"——当然，过度积压也可能导致歇斯底里的精神病症状。这种理论故事的构思之中，欲望的压抑是一个中心环节。弗洛伊德的注意力集中在性欲望的压抑，例如俄狄浦斯情结或者阉割焦虑。然而，现实社会之中，物资匮乏显然是压抑的另一个重要源头——"现实原则"的"现实社会"显然是建立在物质基础之上的社会。迄今为止，现实社会的物质从未富足到可以人人各取所需。从粮食、水、土地、金属矿藏到医疗资源、住宿条件、交通工具、城市设施，各个方面始终存在不足。短缺经济从未真正消失，围绕物质基础形成的欲望从未彻底满足。几乎所有人的无意识之中都有物资匮乏造成的精神创伤。然而，元宇宙取消物质限制，这里不会有土地资源的争夺或者缺少一套容身的公寓，也不会有人因为手头紧张而眼巴巴地看着一套心仪的服装或者一枚渴望已久的手镯落入他人之手。人们无法认为这是因为物质富足从而允许欲望大幅度膨胀，而是因为元宇宙不屑于物质。这是不是元宇宙与现实社会的最大区别？

没有理由低估这个区别的深刻影响。"随着元宇宙社会到来，物质生活的吸引力、重要性或将被精神生活超越"——"唯物主义"如果失灵，许多传统的文化观念、文化规定也将丧失意义，种种历史冲突以及由此产生的胜利或者失败也将消失。这个世界的人们不再为粮食、水、土地、矿藏或者医疗、住宿等等苦恼，还能剩下多少问题？除了弗洛伊德所关注的性。让我们关注一下自己的身体。这是任何一个人都会接触的物质，也是一个特殊的理论范畴。精神与肉体二元区分的哲学观念之中，身体常常遭受蔑视。一方面，柏拉图将身体视为探索真理的累赘，笛卡尔理性主义的"我思"排斥肉体的"我感"。另一方面，许多宗教学说禁欲，憎恶身体的享受。尼采反对蔑视身体，他在《权力意志》之中强调"以肉体为准绳"。后现代主义的理论之中，身体已经成为"主体"的固有成分。"身体"当然在"唯物主义"的"物"之中占有极为重要的地位。恩格斯《在马克思墓前的讲话》中的这几句表述非常著名:"正像达尔文发现有机界的发展规律一样,马克思发现了人类历史的发展规律,即历来为繁芜丛杂的意识形态所掩盖着的一个简单事实:人们首先必须吃、喝、住、穿,然后才能从事政治、科学、艺术、宗教等等。""吃、喝、住、穿"均是身体的基本需要,甚至是唯物主义的起点。没有食物,其他的物质没有多少意义。食物匮乏的时候,人们甚至痛恨自己这么能吃。鲁迅的小说《风波》之中,九斤老太迅速地抓住生活的要害——她时不时气冲冲地抱怨孙女"吃穷了一家子!"然而,身体无法摆脱的"吃"恰恰是历史的重要组成部分,是许多社会制度的起始原点。元宇宙要改变这个原点了吗?

人们曾经在电影《黑客帝国》之中看到一个构想:所谓的身体被放在一个装满液体的缸里,身体插上各种电线和管子,大脑与一台超级计算机连接起来。脑子里的所有感觉——从繁华的街景、一块肉排的味道到挚爱的某一个人——都是这台计算机虚拟出来的。"缸中之脑"是一个假想的实验。这时,人们摆脱了身体,摆脱了原始的"吃",当然也摆脱了各种物质。可是,电影之中的主人公为什么还要冒着巨大的风险返回现实社会的荒漠呢?这也是元宇宙要回答的问题:不再拥有真实的物质,想象性的欲望满足是不是就够了?

摆脱物质的想象性满足——我想鲁迅塑造的阿Q是配得上这种表述的。"我们先前也阔过""我总算被儿子打了",摆脱物质之后,这些自我安慰的想象没有多大的失误。堂·吉诃德也是如此。单纯地考虑精神价值,堂·吉诃德可谓是积极向上、不屈不挠的象征。记得海涅的《论浪漫派》中就赞美过这种精神。堂·吉诃德的问题出在物质方面:风车与敌人的差别,邻村的养猪姑娘与贵妇人的差别。举出这些例子并不是为了证明,阿Q或者堂·吉诃德永远没有希望成为正面榜样,而是力图指出:所谓的元宇宙可能颠覆多少人们习以为常的认识与结论。

镜花水月,浮生若梦,这是佛禅常见的主题。不再有物质方面的欲求,许多传统的是非已然没有意义,所以佛禅看破红尘。电影《瞬息全宇宙》——关家永等导演,杨紫琼等主演——从另一个角度涉及相似的主题。电影的情节建立在一个设想的基础上:人们可以瞬息之间穿梭于不同的宇宙，经历各种不同的生活。电影之中一个主人公阅历无数，她的结论恰恰是：所有的人生标准无非一时一地的准则。既然如此，何必执着于什么？当然，随着电影的情节演变，俗不可耐但无比温暖的亲情还是将她从虚无的深渊边缘拖了回来。也许，人们不得不承认，的确不存在一时一地之上超历史的悬空标准。所谓的人生恰恰是回到历史，回到此时此地。只有处在此时此地才知道什么是温暖，什么是仇恨，什么是快乐，什么是满足。可是，物质的富裕程度以及欲望的满足程度始终是此时此地历史的组成部分，不可抛除。精神生活的各种内容能不能完全抛下物质，乃至抛下身体？恩怨情仇能不能成为没有任何物质依附的精神波动或者若干抽象的词语？另外，我还想指出的是，元宇宙充分满足各种欲望，会不会恰恰引向无可无不可的虚无？

四

《瞬息全宇宙》还涉及另一个问题：不同的宇宙是否相互影响。这些宇宙是平行的线条，互不相交，还是彼此交叠，能否相互改变情节线索？这当然不得不涉及另一个设定：每一个宇宙的情节是先验的、固定的，还是随机的、建构的？后面这种情况显然包含了复杂的可能。例如，A宇宙可否派遣一支部队到B宇宙作战？当然，那些网络文学作家更乐于构思以个人为中心的情节，例如A宇宙一个武功盖世的大侠或者一个魅力四射的美女到B宇宙创造一番风生水起的伟业。对于精神分析学来说，这种故事构思必须事先加一个拐弯：A宇宙一个屡遭欺凌的弱者或一个沦落底层的灰姑娘进入B宇宙后面目一新，成为大侠或美女，然后势不可挡地爆发了。总之，两个宇宙之间存在某种呼应。如果不同宇宙之间的时间刻度不同，"祖父悖论"这些问题必须得到考虑——这也是所谓的"穿越小说"常常遇到的问题。如果在A宇宙杀死了一个人物的祖父，那么，这个人物就不会在B宇宙兴风作浪。一个没有祖先的人物是不存在的。这些问题会不会也出现在元宇宙之中？例如，我的欲望是改造家族的命运。我能否进入元宇宙获得祖父的身份，敦促父亲勤勉好学，不懈创业，然后赋予我自己一个"富二代"的身份？元宇宙中的"富二代"与现实社会之中阮囊羞涩的自己如何协调？如此等等。

　　也许，现今想象之中的元宇宙版本还顾不上这些问题。目前只能在一个简单的层面考虑元宇宙与现实社会的关系：前者必须多大程度地依赖后者的物质支持？元宇宙可以多大程度上实现物质自给？一些实验性的先锋小说可以如此构思：一个身为作家的主人公写了一部作品，他摇身一变跳入自己的作品，与情节之中的人物共同生活，聚散离合，一波三折，至于文本的框架仍然交给文本之外那个坐在书桌旁边的家伙运营。文字符号可以实现这种构思，元宇宙似乎困难不少。人们可以想象一个稍稍刁钻的例子：元宇宙的虚拟现实以及互联网需要电力保证。元宇宙能否虚拟一个发电厂提供维持自身运行的电力？我想说的是，元宇宙当然涉及未来的精神分析学，然而，不能因此忽略了当前的政治经济学。更为宽泛的意义上，不能忽略元宇宙与现实社会之间经济、技术、文化制造的多重复杂关系。

　　回到现实社会可以发现，概念形态的"元宇宙"已经在诸多方面产生了巨大的反响。社会学很早就提到了"数字劳工"问题。如果元宇宙作为另一个平行世界嵌入生活，一些延续已久的社会边界可能迅速瓦解。什么是劳动，什么是游戏，什么是需求，什么是欲望，什么是剥削，什么是报酬，种种传统观点摇摇欲坠。另一方面，数字技术也在制造种种新的区隔与社会鸿沟。技术门阀、技术垄断、技术讹诈、技术特权必将应运而生。目前已经可以发现，相当一部分无法操控智能手机的老年人完全被隔离于数字社会之外。即使获得登录路径，他们也只能在某一个数字社区充当任人操纵的木偶。当然，"元宇宙"概念掀起的最大波澜大约是在资本世界。元宇宙巨额资本的出入进退可能超出许多人的想象：

　　　　不妨看一下元宇宙的一系列相关事件：2021年3月，元宇宙概念第一股罗布乐思（Roblox）在美国纽约证券交易所正式上市；5月，Facebook表示将在5年内转型成一家元宇宙公司（并于10月28日更名为"Meta"，该词来源于"元宇宙"Metaverse）；8月，字节跳动斥巨资收购VR创业公司Pico……另据报道，11月23日，在虚拟世界平台Decentraland里，一块数字土地被卖出243万美元（约合人民币1552万元）的高价，这一售价比之前的虚拟房产纪录91.3万美元高出一倍多，也比现实中美国曼哈顿的平均单套房价要高，更是远高于美国其他行政区的单套房价。①

当然，资本世界的波澜仍然发生在现实社会这一边。那些投资者清醒地将归宿确定为世俗的现实社会，元宇宙的数字货币最终还是兑换为可以购买粮食和房产的币种。手持资本的投资者并未考虑与身体以及现实社会决裂，化作一组信息定居元宇宙。梁园虽好，不是久恋之乡。相反，愿意定居元宇宙的人多半无力参与资本世界的激烈角逐。乐不思蜀，但愿长醉不愿醒——遁入元宇宙就是将冷漠的现实社会甩到看不见的地方。

可是，元宇宙真的将现实社会挡在外面了吗？各种论述留下的印象是，元宇宙是一个更为理想的世界，更为令人向往，更为值得期待。人们甚至觉得，元宇宙并非现实社会的产物，各种人工的设计与构造遭到了遮蔽；元宇宙仿佛是一个自足的世界，人们更乐于驻守在这里而不愿意返回。事实上，擅长虚拟技术的工程师从未真正摆脱现实社会的文化。如同种种隐蔽的意识形态传导，现实社会与元宇宙借助文化相互投影。工程师设计的元宇宙很大程度地脱胎于现实社会文化。元宇宙之中被征服的对象往往是不明身份的妖孽、为富不仁的势利之徒或者高中班上的情敌。总之，人们不会莫名其妙地到元宇宙征服一块鹅卵石或者一支芦苇，人们也不是到元宇宙睡觉的，而是去完成各种快乐的行动。因此，元宇宙的各种行动必然脱胎于现实社会，否则人们不知道为什么快乐。街道上的汽车追逐可以改为空中飞翔的"变形金刚"，一串子弹可以改为一束激光，这些改变处于想象与快乐签约的范围。如果打个喷嚏就杀敌三千，这种胜利就会显得无聊。元宇宙的抒情也不能完全脱离传统的伤春悲秋，吟风弄月。一个人面对电闸的时候感到一阵惆怅，或者看到汽车轮胎觉得孤独，事情肯定有些奇怪。人们的基本感觉显然是从现实社会这边搬运过去的。按照现实社会的逻辑，人们不想将自己虚拟为一只蚯蚓，一辈子仅仅穿行于五平方米的

---

① 周志强：《元宇宙、叙事革命与"某物"的创生》，《探索与争鸣》2021年第12期。

泥土里；也不想将自己虚拟为马路旁边的一株野草，风吹日晒而且饱受践踏。元宇宙的标准配置是成功，胜利，拥有，骄傲，甚至连平庸的感觉也不允许存在。然而，成功、胜利、拥有、骄傲带来的快乐是现实社会孕育出来的，而不是元宇宙的独创。

　　一些人曾经及时地呼吁，元宇宙不是法外之地，必须设立各种管理规则。这可能造就各种实践的难题。管理规则的一个重要主题是不许可个人妨害他人以及社会。可是，一方面，如果个人仅仅生活在自己孵化的欲望内部，既不必争夺土地资源也不会失恋，如何妨害他人以及社会？另一方面，如果管理规则意味着各种严格的管控，还有多少人愿意放弃熟悉的办公室、公共汽车和家里的餐桌，跑到虚拟现实去接受另一种管辖？当然，提出这些后续问题也许为时尚早。也许元宇宙拥有某种整体免疫力。一篇论文中的观点很有见地：所谓的元宇宙并非业已确定的 Being，而是生成性的 Becoming。人们将"现实社会"作为一个不言而喻的整体，并且在这个基础的参照之下谈论元宇宙；但是，元宇宙的出现是否也将剧烈地改变"现实社会"——这个参照是否稳定？[①] 这些有趣的思考力图摆脱传统的二元形态，跨越沿袭已久的各种思想边界，在另一种思想图景之中重新考虑问题的分布空间及其焦点。

五

　　尽管认可元宇宙的生成性（Becoming），身体仍然是一个不变的元素。人们以血肉之躯进入元宇宙。元宇宙贮存和释放人们的各种欲望——这时必须意识到，物质的身体是许多欲望的前提，身体的生物组织是许多欲望的基础。如果人类的身体如同汽车那样是各种钢铁零配件装配起来的，许多欲望就会消失得无影无踪。所谓的生物组织当然包括人类之外的动物——人类与动物的生命形式不存在本质的鸿沟。两个男人会因为一个漂亮的女人反目成仇，两只猴子会因为争夺领地的霸主位置而拼死一战，两

[①] 宋明炜：《当我们在谈论元宇宙的时候，我们没有在谈论什么？》，《上海文化》（文化研究）2022年第2期。

辆汽车绝不会为争取第三辆汽车的欢心而产生冲突，两辆自行车也不会因为嫉妒而钩心斗角。欲望与匮乏有关，这些匮乏是因为意识到了身体的局限性——人们需要饱暖与性。饱暖、性以及各种感官享乐深深植根于身体。权力欲或者占有欲可能带有更多的精神成分，但是，身体的生物组织仍然可以证明，这是生命的需求。生命的竞争是一种强烈的原始冲动，尽管这种冲动最后被纳入不同的文化形式。人们不会在非生命的物质之中发现相似的现象。一块石头、一根铁棍或者一张桌子从来没有表现出想统治什么或者占有什么。

以锦衣玉食为代表的各种享受默认身体的前提，甚至一些文化艺术的项目也是如此。根据字源学的解释，"美"的感觉很可能来自口腹之乐。《说文解字》对于"美"的阐释是"甘也，从羊从大"，"羊大则美"。远古的食物之中，羊肉无疑是一种美味，"吃"的功能从生命的维持逐渐转变为身体的享乐，继而发展为一种美好的感觉。音乐、舞蹈乃至诗歌之中的节奏韵律也可以追溯至身体感觉，节奏韵律的错乱首先会造成生理的不适。我想说的是，元宇宙的欲望与快乐——包括一部分美学享受——无不认可一种物质的存在：身体。身体不可虚拟，而是实在。欲望与快乐之为欲望与快乐，恰是以身体实在作为接受的平台。

另一个相对隐秘的情况是，产生欲望与快乐的对象往往也必须归结到身体。征服的胜利带来巨大的快感，被征服的失败带来巨大的耻辱。但是，许多人真正在意的是身体之间的征服与被征服。我相信元宇宙不会大量虚拟登山、游泳或者长跑、竞走这一类体育项目。这些项目的很大成分是征服自然。征服自然远不如征服一个拥有五官四肢的真实对手有趣、过瘾和解气。所以，身体之间的直接对抗始终是热门功夫。体育竞赛的意义显而易见，文化艺术也是如此。从传统的武侠、电子游戏到科幻电影，身体搏杀打斗的胜利产生的快感远远超过运筹帷幄、决胜千里。快意恩仇，必须有身体杀戮的介入。科幻文学可以提供众多证据：人类对于自己身体的强烈渴望仍然是战斗技能的升级，许多基因的改造或者机械装配无不围绕生产超级战士的主题展开。这是动物之间的较量、竞争遗留的原始冲动，甚至还隐含嗜血的记忆。伍子胥鞭尸是一个著名的历史典故。即使仇敌早已进入坟墓，可是，不亲手鞭挞他们的身体怎能解心头之恨？可是，这或许会成为元宇宙的一个难题。人们将自己的身体带入元宇宙，征服的对手却往往只是一组信息。愤怒地宰了一组信息，这又算什么？哪怕虚拟现实可以提供各种真实的感觉，人们仍然会觉得替代品不足以"解渴"。

然而，替代品真的无法如同生物的身体那样承担强烈的感情吗？事实上，模糊的地带已经出现，譬如电子宠物。作为一种电子玩具，电子的狗、鱼或者水母同样需要主人的饲养、照料和关怀；长时间置之不理，它们也会一命呜呼。如同对待宠物，人们开始对电子宠物倾注感情，甚至觉得不可分离，尤其是孩童。许多感情来自潜移默化的训练和建构。如果电子宠物在人们的意识之中享有和真实的狗、猫相同的地位，它们引起的爱或者伤心是否与现实中的宠物引起的性质相同？对于工程师伪造的生命形式，人们配备了另一种感情吗？这种情节可以扩大到恨：如果遭受一个夺命机器人的追杀，恐惧的情绪自不待言——可是，人们会像憎恨一个真实的仇人那样憎恨机器吗？人们肯定知道，元宇宙里的各种对象来自虚拟，这种状况会不会极大地削弱人们的感情质量？当然，另一种设想是，元宇宙之中的主人公不再意识到此岸的现实社会。生物身体的情感阻断于此岸现实社会，不再带入元宇宙。可是，如果没有这个令人苦恼的此岸现实社会作为参照，那个万事如意的元宇宙又有什么可向往的？

也许，元宇宙最终会向那个物质的身体提出挑战。虚拟现实如此理想，以至于那个物质的身体充满缺陷，令人不齿。为什么不重建一个理想的身体？这种观念迟早会出现。这肯定不是天方夜谭——很久以来，医学技术一直朝这个方向努力。从假牙、眼镜、股骨头更换、硅胶整容到各种内脏器官的移植，身体正在根据医学技术的发展按部就班地改善。哲学家之所以还没有对身体提出类似于"特修斯之船"那样的疑问，显然因为一个关键的器官：身体之中的大脑尚未被替换。当然，目前的一个议论焦点即是，大脑会不会被一块芯片取代。必须承认，技术的障碍愈来愈小，以至于这种状况带来的文化冲突愈来愈明显。许多科幻电影之中，拥有芯片大脑的是人类之外的另一个品种——智能机器人。人类与智能机器人之间的对抗与合作是一个重要题材。目前的设想之中，人类之所以可以掌控智能机器人，重要的原因是后者不存在自我意识而仅仅停留在工具范畴。我曾经举过一个通俗的例子说明这一点：人类与智能机器人均有记忆，后者比前者强大千百倍；但是，人类可以回忆而智能机器人缺少这种能力。回忆是自我意识的产物，并且与个人感情经历密不可分：回忆母亲做的一顿晚餐，回忆父亲的一次特殊教诲，回忆与初恋的一次约会，如此等等；智能机器人不可能充满感情地回忆某一个程序员是怎样写下一个软件程序，或者某个硬件来自哪一条生产线。如果智能机器人真的产生自我意识而形成回忆需求，人类的生存境况岌岌可危。

  当然，这种想象仍然存在盲点。作为智能机器人，它们戕害人类的动机是什么？芯片取代了大脑之后，物质的身体内部各种基于生物组织的感觉和冲动或许不复存在。智能机器人不是来自太空并且拥有高端文明的"外星人"，而是以人类为蓝本仿造出来的，尽管诸多能力"青出于蓝而胜于蓝"。智能机器人的各种"算法"之中，性吸引、杀戮、嗜血乃至嫉妒、怨恨、恶毒、"心情不好"这些带有生物原始性质的内容是否还会得到保留？智能机器人的各方面能力如此强大，没有必要和人类争夺空间或者粮食，也不需要奴役人类为之种田、当搬运工或者做家务事——简单地说，取代了大脑的芯片是否还会产生物质的身体各种生物组织造就的欲望？这个问题当然涉及众多复杂的因素和知识，无法深入展开。我想涉及的仅仅是后续的另一个问题：如果物质的身体真的获得技术的彻底改善，元宇宙的构思与设计或许又要重新考虑。

当代文化结构：美学、技术与经济

一些文学史的叙述之中，20世纪80年代业已成为一个专门术语。这种状况隐含两种解释：首先，这个文学段落已经"功成名就"；其次，这个文学段落正在逐渐退隐。"退隐"或许是一个夸张的形容，众多20世纪80年代登场的作家仍然是文学舞台的中坚。一个愈来愈醒目的事实是，这个文学段落遵从的文学观念正在遭受挑战。"伤痕文学"或者"寻根文学"的喧闹声犹在耳畔，现实主义、现代主义或者"先锋文学""新写实"的激辩曾经火花四溅。时至如今，这些主题陆续撤出了前沿。对于"架空小说"或者"玄幻小说"，现实主义或者现代主义的标签形同虚设；论及动漫的"二次元"偶像或者"抖音"的短视频，"先锋文学"或者"新写实"只能虚晃一枪。也许，与其纠缠这些概念的纷杂含义，不如回顾五四新文学缔造的文学传统。鲁迅始终代表这个文学传统，无论是他的"呐喊"还是匕首、投枪一般的杂文。事实上，文学史正在将20世纪80年代叙述为这个文学传统的最新一章。现在的问题是，这个文学传统是否还在承传？

当然，20世纪80年代已经出现一些特殊征兆，只不过多数人未曾意识到另一种文化即将浮现。许多人记得电影《少林寺》公映后的空前盛况。邓丽君来访，金庸来访，琼瑶来访，尽管文学批评并未正眼相看，但是，大众显现出异乎寻常的激动。20世纪90年代的文化气候之中，零星的情节汇聚为完整的故事，经济条件和舆论条件共同成熟。作为一个理论称谓，"大众文化"是形容另一种文化的合适概念——当然，流行于本土的版图。从21世纪之初的"超级女声"歌手竞赛到如今备受追捧的"网红"，所谓的"大众文化"声势不减。"大众文化"指的是另一种文化追求与想象方式，另一种文学观念与价值体系，另一种美学意识与美学形式，而不是暗示粗制滥造的低劣质量。批量化生产可能导致仓促和草率，但是，"大众文化"可以典雅精致，华美瑰丽，充满别出心裁的创意。即使在哲学、考古、文物鉴定、疾病诊断这些狭窄的专题，大众文化仍然可以烧出一道又一道香气扑鼻的菜肴。事先几乎没有人可以预料，电视台的《百家讲坛》居然借助《论语》这种"老古董"调教出了时髦的明星。相对于大众文化的显赫声势，20世纪80年代文学显得寒碜、孤单、自以为是，仿佛有些怪癖，分配到的理论称谓是"纯文学"，或者以"文艺"为修饰语、带有轻微贬义的家族性概念，例如"文艺青年""文艺片""文艺腔""文艺范儿"，如此等等。当代文化结构内部，"大众文化"与"纯文学"已经如此成熟，并且势均力敌，以至于可以视为两个对称的支柱。

当代文化如同一个众声喧哗的庞大流体，政治、经济、社会治理、科学与技术派生出诸多交错的领域。大众文化与纯文学分别汇聚各种因素，构造复杂的联结、组织、互动。尽管如此，大众文化与纯文学成为明显的相对参照，各种理论描述有意无意地将对方设立为"他者"。因此，现在已经是总结的时候了——二者存在哪些迥异的特征？从传播媒介、符号体系到美学意识，这些迥异的特征相互角逐，并且带动一系列深层而隐蔽的演变。

让我们从直观的对象开始。迄今为止，纯文学依存于文字符号，纸质书籍成为运载文字符号的传播体系。20世纪80年代知识分子的一个梦想是拥有巨大的书房，众多文学经典整齐地罗列于高耸的书架。文学将最为重要的主题托付给诗或者小说，一批作家孜孜不倦地测试与开拓文字符号的表意功能。"文本"很快成为文学研究的一个中心词，尽管现实主义文学追求的"文本"与现代主义的实验性写作——罗兰·巴特曾经区分过可读的文本与可写的文本——南辕北辙。当然，人们没有理由忽略电影：陈凯歌导演与张艺谋摄影的《黄土地》引起了广泛的惊异，他们的探索与20世纪80年代的"先锋文学"同出一源。诗或者小说的开拓如火如荼，影像符号怎么能成为迟钝的落伍者？

然而，影像符号很快意识到自己拥有的商业潜力。众多家庭开始拥有电视机是一个重要的转折。一方面，事实证明，影像符号对于多数人的吸引远远超过了文字符号，电视机负责把影像符号送入每一个寓所；另一方面，影像符号的制作与传播成本也远远超过了文字符号，无论是电影的拍摄、放映还是电视信号的发射与接收。这时，经济学终于跨出美学的巨大阴影踱到了前台。市场经济条件下，免费的午餐被陆续取消，没有人锲而不舍地为影像符号无偿地支付费用。市场经济的许诺是，影像符号的商业成功可以获取极为优厚的经济报酬。文字符号与漫长的农业文明相伴而行，带有明显的手工作业特征。印刷术带动的传播革命是工业社会对于文字符号的一次重组。这不仅促进了某些大型文类——譬如长篇小说——的成熟，催生了书籍、报纸、杂志，同时介入现代社会的演变——"印刷术"与资本主义的关系曾经是历史学家关注的一个主题。相对地说，影像符号是工业社会本身的产物。机械对于影像符号的生产与传播发挥了不可比拟的作用。工业生产的投资、效率、生产规模以及经济回报均是手工作业无法想象的。这时，美学、技术与经济之间出现了清晰的联盟。从电影、电视到互联网与手机——一次又一次电子传播媒介的革命，使这个联盟愈来愈巩固。我想指出的是，现今的大众文化之所以能够与传统悠久的纯文学分庭抗礼，这个联盟构成了强大的后盾。目前为止，美学仍然在三驾马车之中担任名誉主角，但是，经济的分量显然不断增加。"大众文化"范畴之内，美学无法达标是一个令人遗憾的缺陷，经济无法达标将一事无成。许多场合，经济正在成为价值的首要风向标。例如，如果以简要语言介绍这个春节的哪一部电影最为出众，新闻记者不会笨拙地复述故事情节，报道只要告知哪一部电影的票房超过多少亿就说明问题了。

人们很快察觉到了大众文化与纯文学的风格差异。许多差异不是源于美学追求，而是源于二者在文化结构内部的不同位置。美学是超越市场经济的一种精神理想，还是市场经济辖区某种文化商品的特殊形态？观念的分歧隐约潜入各种理论表述，某些时刻可能突然浮出水面，形成尖锐的对立。"大众"显然是大众文化与纯文学的共享概念。无论是流行的"粉丝文化"还是传统的命题"工农兵方向"，尊重"大众"与服务"大众"均是题中应有之义。尽管如此，二者的"大众"身份指向了不同源头。"大众文化"中，"大众"的身份首先是消费者。不论是一个公务员、一个企业家，还是一个警察、一个司机，消费是他们的共同行为。"粉丝"是带有"含金量"的称呼，不想付钱当什么"粉丝"。认可消费的前提之后，市场分析力图解决的后续问题是，为什么这一批人共同成为一部电影或者一部电视连续剧的消费共同体——哪些主题击中了他们，哪些形式召唤他们在消费之中证明自己，表述自己；同时，如何拍摄续集或者开发周边产品扩大这个消费共同体，如此等等。相对地说，纯文学预设的"大众"具有远为复杂的内涵。纯文学作家对于经济账本缺乏兴趣，他们心目中的大众并非市场主体，而是美学共同体。对于那些背负启蒙使命的作家来说，美学的意义包含开启民智、摆脱麻木与蒙昧；对于立志摧毁剥削和压迫体系的革命作家来说，美学的意义包含了再现底层社会的苦难、唤醒大众的政治觉悟、动员大众汇入革命洪流。当革命指向不公的财富分配制度以及财富本身时，美学的市场成功甚至令人反感。

浪漫主义或者现代主义均是纯文学的重要组成部分。浪漫主义时常以强大而蓬勃的主体傲视世俗社会，对于财富嗤之以鼻。怎么能因为利润而牺牲心灵自由？他们不想向守财奴或者资产阶级暴发户低下高贵的头颅。少女可以歌唱失去的爱情，守财奴怎么能歌唱失去的金钱？浪漫主义的时代是美学精神高蹈昂扬的时代。现代主义丧失了浪漫主义的骄傲而换上一副颓废、反讽、愤世嫉俗的表情。现代主义以玩世不恭的姿态嘲讽兢兢业业的生活态度，嘲讽围绕财富积累形成的一系列观念，包括市场以及法律条款。正如人们所言，浪漫主义或者现代主义的叛逆和批判缺乏政治经济学基础。缺乏经济学设计图，美学能够走多远？当然，这个问题并未在纯文学内部获得足够的重视——经济学？算了吧。

现今还有不少人以感伤的口吻回忆20世纪80年代浪漫主义的潇洒与现代主义的狂狷。然而，回忆的出现恰恰表明，另一些内容已经抵达。纯文学并未消失，可是缩小了占有的空间，成为一种——而不是唯一的——文化范式。技术与经济正在改变文化结构，试图赋予美学新的位置。美学周围若干长期遭受忽略的环节得到了应有的重视。如今的摇滚歌手登台演唱《一无所有》，经纪人会事先谈妥场租、灯光与音响的设备费用、保安与消防措施以及乐队与歌手的经济报酬。对于熟悉纯文学领域财务往来的作家来说，演唱会经济报酬的数额可能令人震惊。于是，另一种文化制造的经济传奇开始流传，传统的文学观念遭到微妙的动摇。多少纯文学作家因此改弦易辙？不论统计数据显示了什么，至少纯文学不再轻蔑地对大众文化视而不见。

当然，"另一些内容已经抵达"远非简单地将文化产品标价出售。大众文化之所以独立而强盛，一个重要的特征是拥有异于纯文学的生产机制。纯文学时常汇聚于现实主义的崇高名义之下，再现广阔的生活图景，关注那些坚实而平凡者的人生，力图从他们身上窥见历史赋予的必然命运。这是严肃而深刻的主题。对"现实主义"的解释存在种种差异，可以肯定的是，这个概念不包含"游戏"——历史从来不游戏。然而，当大众文化推出架空小说、穿越小说乃至电子游戏的时候，"历史"突然变得嬉皮笑脸。游戏往往将坚硬的现实置换为欲望——欲望的出现恰恰意味着现实的匮乏。无法撼动坚固的社会等级，期待和想象持续落空，锦衣玉食的日子遥不可及，携带爱情的白马王子虚无缥缈，这时，大众文化愿意提供象征性的满足。穿越到大清王朝的皇宫担任众目睽睽下的佳丽，充当众多"阿哥"倾慕的对象；化身为武功盖世的侠客，踢翻那些神气活现的恶霸歹徒——被坚硬现实冷漠拒绝的梦想可以交付大众文化短暂地实现。从古老的武侠小说到被称为"造梦机器"的电影，这种游戏长盛不衰。当代文化表现出的一个重要迹象是，由于技术与经济的共同参与，游戏和欲望正在形成前所未有的生产规模。

纯文学的美学意识通常指向正剧，喜怒哀乐的混杂构成了经验的整体。然而，大众文化对于喜剧显露出极大的兴趣。如果说，传统的喜剧时常将严肃的主题寄托于荒谬的整体情节与人物设置，那么，大众文化更乐于借助修辞形成喜剧片段。"段子"、小品广泛流行于电视屏幕与手机，东北腔的"哎呀妈呀"与富于感染力的笑声响彻互联网。大批电影竭力开发隐藏于日常细节的喜剧因素，甚至不惜以"无厘头"的方式强行制造笑声。传统武侠电影的风格悲壮豪迈，令人血脉偾张，然而，现今的武侠电影接纳了大量诙谐与嬉闹，使周星驰、成龙获得了大显身手的空间。也许，"匮乏"仍然是对喜剧盛行的一个解释。置身于一个严肃的民族，普遍接受忧患意识、居安思危的观念，人们很少以无所谓的开怀大笑对付未知的生活。喜剧的盛行可以弥补笑声的稀少吗？事实上，大众文化之中过量的喜剧带来了另一个隐忧：那些人造的笑声会不会成为无聊的文化泡沫堆积在人们的视野中，以至于遮蔽了另一些沉重的问题？

回避沉重始终是大众文化的固执倾向。让纯文学承担痛苦吧，大众文化只负责快乐。一个意味深长的迹象是，后现代的轻盈与碎片化正在大面积蔓延。"段子"，短视频，"表情包"，"弹幕"评论，搜索引擎提供的百科知识，配上隽语的漫画，不超过140个字的微博……一些人早就公开宣称，绝不看超过三页纸的文章，"恕不接待"那些短小而深奥的诗歌。总之，不要随随便便搬出沉重的问题扰乱午后的清梦。花开花落，云卷云舒，轻歌曼舞的气氛之中，宏大叙事制造的历史总体论令人厌倦。那么，如何解释那些动辄数百万字网络小说的流行？很大程度上，这些网络小说是众多碎片的连缀。某些时候，作家也记不住众多碎片的连缀顺序，以至于错漏与矛盾层出不穷。数百万字的网络小说以碎片化的内容对应零星时间的碎片化阅读，错漏与矛盾算不上多大的失误。纯文学的构思始于爱情，盘旋缠绕，止于历史——可是，"生年不满百，常怀千岁忧"，何必如此辛苦地驾驭历史？大众文化巧妙地将这种构思颠倒过来：始于历史，盘旋缠绕，止于爱情。返回个人命运，"有情人终成眷属"，难道还有比"大团圆"更为动人的结局吗？这种漫画式的概括并不是草率地臧否所谓"碎片化"或者"总体历史"，而是试图思索一个问题：二者之间多大程度地脱钩了？

谈论传播媒介与符号体系，人们没有理由忽略读者。当然，可以根据不同的语境称之为观众、听众或者消费者。接受美学的"读者"是一个相对于"文本"的概念，抽象的读者并未配置社会学的坐标——唐朝的读者、五四时期的读者与21世纪的读者一视同仁。我试图指出现今相当一部分大众文化读者的年龄段落，涉及的是一个具体问题：他们未曾来得及投身于20世纪80年代。80年代的文学骨干往往来自乡村或者工厂，拥有不同凡响的生活经验，带有底层气息的痛苦与快乐烙印在他们的文学观念之中。文学不知不觉地成为这些生活经验的回响，"现实主义"是他们不可放弃的基本气质。与其分析《黑客帝国》展示的"平行世界"，不如返回乡土社会《平凡的世界》。出乎意料的是，他们的子女急速转向了大众文化。这是一代独生子女，熟知流行的动漫作品和科幻影片，闯过令人窒息的高考之后进入各种学院接受良好的知识训练，继而成为社会骨干，甚至成为

"执牛耳"的角色。他们很少依靠一柄锄头维持自己生活,手机与电脑显然是更为普遍的日常工具。我企图追溯的是,履历的差别多大程度地投射到相距甚远的美学趣味之上?

大众文化与纯文学可以相互交融、彼此欣赏,甚至制订战略合作计划。然而,二者的结构性差异不会缩小。事实上,大众文化与纯文学的理论谱系仍在分别延长,不时爆发竞争性论战。在我看来,现在远非谋求共同结论的时候。面对论战的唇枪舌剑,人们不如返回更为基本的观念:这个世界正在遇到哪些问题?解决这些问题的时候,美学可以贡献什么?很大程度上,这些认识才是评判大众文化与纯文学的前提。

中国当代文学史的乡村形象谱系

小引

  相对于悠久的农耕文化与农业文明，中国当代文学对于乡村的特殊关注并不奇怪。事实上，漫长的古典文学并未给乡村保留足够的份额，乡村的真正活跃是在当代文学范畴之内。检索七十多年的当代文学史，如此之多经典名篇或者聚讼纷纭的作品均与乡村存在不同程度的联系。由于历史的聚焦，乡村叙事仿佛突如其来地占据了文学舞台的中心。可以断言，当代文学提供的乡村空间远远超过了数千年古典文学的总和，一个醒目的乡村形象谱系存留于当代文学史。某种程度上也可以说，当代文学史内部存在一部隐形的乡村文学史。

  显然，当代文学重塑或者建构乡村的方式异于育种专家或者水利工程师。我曾经如此描述文学乡村的特征："乡村不仅是一个地理空间，生态空间；至少在文学史上，乡村同时是一个独特的文化空间。对于作家说来，地理学、经济学或者社会学意义上的乡村必须转换为某种文化结构，某种社会关系，继而转换为一套生活经验，这时，文学的乡村才可能诞生。"[①] 现在，我力图补充的观点是，即使在当代文学史内部，众多乡村也被分别组织在不同的主题脉络之中，显现出不同的形象层面。这些乡村不仅拥有相异的叙事动力，带动不同的人物形象、社会关系、自然意象，同时还隐含了远为不同甚至相互矛盾的内涵。

  更大的范围内，多义的乡村可能与形形色色的社会话题相互衔接。从

[①] 南帆：《后革命的转移》，北京大学出版社2005年版，第170页。

城乡差别、传统与现代、经济状况、社会组织形式到公民身份、劳动生产、风俗民情、艺术与娱乐，乡村无不显示了独特的经验与情感方式。由于文学节点的推送，乡村形象进入了远为广阔的文化网络，参与种种对话，并且始终作为一个不可忽略的参照坐标坚实地存在。

虽然古代的乡村疆域十分广阔，但是，诗人或者作家不可能完整地洞察乡村的历史面貌。从《诗经》中的农事诗到明清时期的小说，仅仅乡村的一鳞半爪出现在各类文学作品之中。古代大量吟咏山水的诗文表明，诗人或者作家品山鉴水的趣味十分高妙，他们的笔下某些田园风光曾经轻盈地掠过。尽管如此，乡村的社会结构始终阙如，那些田园风光不如说是士大夫仕途失意之际寄情山水的组成部分。对于五四新文化运动之后的现代文学而言，乡村形象清晰了许多，同时，乡村开始出现复杂的涵义。一方面，乡村可能是故乡，是乡愁萦绕的轴心，是衰老父母留守的家园，是正在遭受侵略者铁蹄践踏的肥沃土地；另一方面，乡村又意味着封闭、保守与蒙昧，乡村在不断地塑造阿Q或者祥林嫂、九斤老太们。五四知识分子以启蒙主义者自居的时候，乡村时常是他们居高临下地俯视的对象。与启蒙主题不同，叶圣陶的《多收了三五斗》和茅盾的《春蚕》《秋收》《残冬》开始涉及乡村的阶级主题，不久之后，这个主题很快成熟，继而形成燎原之势。20世纪40年代，延安鲁迅艺术学院的《白毛女》显然是这个主题的经典之作。

如果说，古典文学与现代文学的乡村叙事相对单薄，那么，当代文学的乡村显现出多维的丰富形象。考察当代文学史的乡村形象谱系，人们可以看到乡村与现代性之间一波三折的历史博弈，察觉乡村置身于现代文化网络承担的多种涵义，展现乡村如何扮演复杂的历史角色——当然，这一切无不直接或间接地赋予当代作家丰盛的文学想象。

一

乡村是粮食生产基地，诸多乡村的组成因素构成了粮食生产工具，这个朴素的观念很迟才被文学真正接受。这种状况甚至无声地改变了乡村叙事的文学修辞。对于中国古代文人来说，隐居草堂也罢，解甲归田也罢，乡村通常仅仅是局外人眼中的一幅写意水墨画。陶渊明《桃花源记》的"土地平旷，屋舍俨然，有良田美池桑竹之属。阡陌交通，鸡犬相闻"仍然是一幅远景；只有当诗人下地躬耕的时候，他才写得出"种豆南山下，草盛豆苗稀。晨兴理荒秽，带月荷锄归。道狭草木长，夕露沾我衣"这些具体的细节。乡村的组成因素作为粮食生产工具进入当代作家视野，乡村各种景象的比例、远近发生了重大的调整。文学开始不厌其烦地再现"粮食"范畴之内的庄稼和农产品，诸如小麦、水稻、玉米、大豆、果树，如此等等。乡村的牛、马、驴、狗、猪、羊、鸡、鸭不再是田园风光的组成部分，而是转换为生产工具和副食品。土地和田野无可置疑地占据了文学视野中心。根据不同农作物的生长特征，水田、旱地、黄土地、黑土地、沙包地、梯田、林地等各种类型的田地陆续出现在当代文学之中。围绕粮食生产功能，田地的另一些组成部分以及基础设施得到了近景呈现，例如水渠、田埂、肥料以及泥土的肥沃程度。从丁玲的《太阳照在桑干河上》、周立波的《暴风骤雨》、柳青的《创业史》、赵树理的《三里湾》、浩然的《艳阳天》到周克芹的《许茂和他的女儿们》、张炜的《古船》，以及高晓声或者贾平凹的一系列短篇小说，四十年左右的时间，当代文学之中乡村、土地、粮食生产的固定关系几乎没有什么改变。许多农民对于土地异常痴迷，甚至表现出不同形式的土地崇拜。不论是《山乡巨变》之中的"亭面糊"、陈先晋，《三里湾》之中的"翻得高""糊涂涂"，还是《创业史》之中的梁三老汉，这些农民的言行无不显示，拥有土地是他们世代沿袭的至高理想。

考察当代文学史可以发现，相当一部分乡村叙事围绕土地构思戏剧性冲突。很大程度上，土地是乡村生活和社会关系环绕的轴心。从地主阶级与贫农之间的土地争夺、农业合作化运动或者家庭联产承包责任制带来的土地归属变化，到耕山垦荒、填海造田、修水渠、建水库、青年突击队、"铁姑娘"，"土地"与"粮食"派生了如此之多的作品，两个关键词的富饶程度令人惊讶。

然而，正如许多作家意识到的那样，现今土地与粮食的关系面临巨大的转折，乡村的历史似乎正在与农耕文化告别。贾平凹的《秦腔》之中，偌大的七里沟只剩下夏天义老人与一个疯子、一个残疾人在田野里忙碌；

大量的年轻人义无反顾地进城务工，田园不再构成他们内心的羁恋。夏天智去世的时候，村子里甚至找不到替他抬棺材的人。乡村的土地要么一文不值，要么链接到另一个系统，转换为另一种财富。贾平凹的《一块土地》简练地写出了土地意象的反复变化："收了，分了，又收了，又分了，这就是社会在变化。"太爷带领一家人从狼牙刺滩上修出了十八亩田地，可是，一场火灾迫使他不得不卖掉这一块土地。"土改"运动替太爷要回了十八亩地，继而传给了爷爷；人民公社化运动再度从爷爷手里收走这一块地。太爷在世的时候每天要用脚步丈量十八亩地，爷爷甚至贪婪地吃这一块地的泥土，然而，他们的感情无法阻止这块土地归属的持续变迁。数十年之后，十八亩地又因城市建设被征用，生活在附近的农民兴高采烈地转为城市居民。此后，这一块土地进入房地产商的视野，拍卖会上的土地价格对于传统的粮食生产者不啻天方夜谭。这时的土地已经与乡村和农民割断了联系，产生了另一种不可思议的经济魔力。

日出而作，日落而息，寒来暑往，秋收冬藏——古往今来，这构成了乡村的日常景象。粮食生产不仅是乡村的稳定涵义，甚至是维持这个世界的稳定涵义。然而，某些特殊的年份，炽烈的战火可能摧毁日常景象，破坏这种稳定涵义。兵荒马乱，别妻抛子，当代文学史中曾经屡屡出现战火燃烧的乡村。这时，乡村卷入各种战事，充当不同类型战争的展开空间。聚啸山林、打家劫舍，利用山高水险的地形设计埋伏战或者阻击战，保卫革命根据地的反"围剿"，林海雪原的剿匪战斗，这些战事都曾出现于当代文学之中。乡村地域空旷，既可能成为两军交火的战场，也可能成为城市攻坚战的后方，茹志鹃的名篇《百合花》中有所展现。江南、华北或者东北的乡村存在很大差异，当代文学再现的某些战争场景显现出强烈的地域特征，例如《平原枪声》和《敌后武工队》之中频繁出现的青纱帐，或者莫言《红高粱》《丰乳肥臀》之中的高密乡。

"收拾金瓯一片，分田分地真忙。"这句诗出于毛泽东的《清平乐·蒋桂战争》，写于1929年的土地革命期间。梁斌的《红旗谱》以这个时期的历史事件为题材，小说之中的战争即是以土地的争夺为目标。围绕土地的争讼与争夺，朱老忠、严志和与冯兰池之间的家族世仇终于酿成了贫农阶级与地主阶级间的激烈斗争，革命和战争以乡村为中心向四面八方蔓延。对于当代文学史来说,这是乡村谱系的重要一章:乡村的土地被播下了革命的种子,乡村成为战场。

二

如果说,来自乡村的粮食属于物质生产范畴,那么,乡村的精神生产是当代文学的另一个引人瞩目的主题。许多时候,这个主题与五四时期文学的启蒙主题构成了对话关系。相对于祥林嫂、闰土乃至老通宝,另一批精神气质迥异的农民形象出现于当代文学之中。《阿Q正传》之中,阿Q怯生生地踱进钱府,试图参加革命,然而,"不准革命"!假洋鬼子挥了挥"哭丧棒",阿Q就惊慌地逃出来了。三十多年之后的《红旗谱》之中,朱老忠已经完全颠覆了阿Q式的农民形象:豪爽侠义,襟怀坦荡,敢做敢为同时又智勇双全。"燕赵自古多有慷慨悲歌之士",朱老忠不仅是传统农民之中优秀分子的代表,而且,与阿Q时代远为不同的是,历史已经赋予他担任革命主角的机遇。当然,数十年的历史洪流并未涤净农民形象之中的"阿Q式"烙印。不论是赵树理笔下的二诸葛、三仙姑,还是高晓声笔下的陈奂生,或者贾平凹小说展示的一批乡村人物,他们身上仍然明显地带有猥琐、吝啬、保守、目光短浅、贪图小利、欺软怕硬等特征。尽管如此,当代作家还是很快发现,新型的农民形象已经诞生。这些农民的觉悟往往是与一次又一次席卷乡村的农民运动联系在一起的。

丁玲的《太阳照在桑干河上》与周立波的《暴风骤雨》均是以20世纪40年代下半叶的"土改"运动为背景,张裕民、程仁或者赵玉林、郭全海都是在这一场运动之中真正完成自己的性格。他们曾经是普通的农民,老练坚定也罢,朴实憨厚也罢,倔强不屈也罢,爽朗机灵也罢,这些表征仅仅停留于性格类型范畴。然而,由于"土改"运动,这些表征被赋予了阶级与革命的内涵——作为"土改"运动的中坚分子,这些表征显现出革命带头人的重要素质。某种程度上可以说,"土改"运动叩醒了农民性格之中的潜能,他们开始迅速摆脱麻木、保守与拘谨、本分,一种积极进取的精神破土而出。对于促成这个重大的现代性事件,革命产生的功效远远超过了启蒙。

然而，大半个世纪之后，当代文学进一步察觉到历史的复杂性：叩醒农民性格之中的潜能，那些蛰伏的冲动是否可能同时隐含了某些负面能量？通常的观念之中，积极进取的精神带来的正面能量被赋予革命阶级，凶悍、残忍、心狠手辣被赋予反动阶级。然而，贾平凹的《老生》显示了问题之中深藏的一面。当阶级的标签不像以往那么有效的时候，一种奇特的现象逐渐浮现：一些乡村革命者的为人处世竟然与他们的阶级对手相似。针锋相对，睚眦必报，双方的文化性格仿佛具有相仿的基因。乡村的阶级斗争进入白热化状态，各种激烈的言行不可避免，深仇只能收获大恨，这似乎无可非议。可是，革命赢得了胜利之后，粗暴、蛮横、狭隘、江湖帮派乃至挟私报复仍然作为某种习气或明或暗地承传，甚至在革命话语的掩护之下频繁"露面"。《老生》的后面几个故事表明，这种文化性格可能严重地挫伤多数农民的积极性，损害乡村的革命愿景。光阴荏苒，这种文化性格不仅遗传到霸槽——贾平凹《古炉》之中一个畸形的乡村叛逆分子，甚至还可以在后来许多带有草莽气息的农民企业家身上出现，例如莫言的《蛙》之中牛蛙养殖场的总裁袁腮。

"土改"之后，农业合作化运动再度给乡村的农民带来了深刻的精神震撼。农业合作化运动波及广袤乡村的每一个角落，没有哪一个农民能够置身事外。不论现今如何评价这一场运动，一个不争的事实是，农民之中出现了某些崭新的精神气质。尽管农业合作化运动配置了足够的理论宣传术语，但是，真正改变农民的毋宁说是集体生活——集体劳动以及集体经济。按照传统的乡村社会组织方式，家庭作为生产劳动以及经济分配单位已经延续了千百年。农业合作化运动不仅甩开了这种社会组织方式，而且缔造了新型的乡村社会关系。分散的农民开始聚集在一起，形成互助组、生产队、大队、人民公社等各级集体组织，共同参与规划的劳动生产。虽然各级集体组织的经济效益远未达到预期目标，但是，密集的社会交往重塑了农民——尤其是年轻一代——的精神结构。相互合作的劳动生产以及复杂的利益博弈要求社会成员频繁地互动、表述、协商，交流带动了精神的真正活跃。

可以从一批再现农业合作化运动的小说之中发现，闰土那种沉默寡言的人物形象愈来愈少。传统农民的绝大部分精力耗费在田野之中，关注的是土壤、肥料、气象和庄稼生长；农业合作化运动开始之后，乡村社会的急剧变革促使每一个农民站出来，不仅跨出家庭的狭小范围，同时从形形色色的庄稼之中抬起头来，作为一个社会角色进入集体生活。作为乡村的新型人物，一批集体劳动生产的领头人出现在文学舞台，例如赵树理《三里湾》里的王金生，柳青《创业史》里的梁生宝，浩然《艳阳天》里的萧长春。尽管梁生宝性格的可信程度曾经引起争议，但是，这个类型的农民形象前所未有。当代文学的另一个收获是展示了乡村女性的迅速崛起。许多泼辣型的乡村女性纷纷涌现。李准的《李双双小传》名噪一时，小说的主题已经从农业合作化运动的历史背景聚焦到妇女解放。对于乡村女性来说，跨出家庭的意义不仅是参加集体劳动，同时还意味着男尊女卑观念的破灭。作为劳动集体之中平等的一员，自食其力和种种权益的保障造就了她们的独立人格。相比鲁迅《祝福》之中的祥林嫂，可以察觉乡村女性走得多远。

20世纪70年代末期开始，家庭联产承包责任制再度点燃了沉闷的乡村。许多批评家共同提到了何士光的《乡场上》与张一弓的《黑娃照相》。乡村小伙子黑娃喂养长毛兔挣到了第一笔副业收入，他在集市上花费了一半的收入为自己拍摄一张彩色相片——经济复苏之后，农民对于美的精神追求将会同时觉醒。他们拥有这种权利。何士光《乡场上》的主题与之不无相似，同时又相对严峻：由于乡村的新经济政策，农民可以勤劳致富而不必依赖村干部发放的回销粮。这时，主人公冯幺爸终于勇敢地说出了乡场上的真相——他的证词对于一个涉事的村干部不利。换言之，经济复苏塑造了农民的独立人格。尽管梁生宝、李双双与黑娃、冯幺爸共同显示了"站起来"的精神特征，但是，塑造两批人物的历史背景远为不同。家庭联产承包责任制产生的历史依据是社会学家的重大话题，然而，生活在乡村的许多农民很早就发现了严重的问题。20世纪60年代，浮夸的风尚借助行政权力在乡村弥漫。春荒来临之际，一个村支书大胆开仓借粮，拯救饥饿的农民。遭受逮捕的时候，村支书没有丝毫的惊慌和后悔，他愿意为心目中的正义付出代价——这即是张一弓《犯人李铜钟的故事》。李铜钟这种超前的觉醒让人联想到日后的"小岗精神"。

三

不言而喻,乡村相对于城市。但是,对于当代文学史来说,这种"相对"指的远非空间距离或者经济生产。由于农村包围城市的革命传统,这种"相对"隐含了阶级文化的对抗。20世纪50年代初期,萧也牧的《我们夫妇之间》造成了巨大的风波。小说主人公李克是一个知识分子,他的城市生活如鱼得水。但是,来自乡村的"妻"不仅无法适应城市情调,而且对于丈夫的趣味十分反感。随着情节的陆续展开,李克逐渐意识到"妻"的正直品格,"妻"也承认了李克的理论水平,两人和好如初。尽管小说已经对城市和小资产阶级品位表露出诸多贬抑,但是,许多批评家仍然对其进行了严厉的批判。他们觉得,作者的内心对于城市情调充满了眷恋之情,所谓的"贬抑"远未充分。许多革命者熟悉的是革命进行得如火如荼的乡村,城市如同另一种危险的丛林,灯红酒绿以及靡靡之音不啻资产阶级设置的种种陷阱。《霓虹灯下的哨兵》——从话剧到电影——高度警惕城市各个角落发射出来的糖衣炮弹,霓虹灯闪烁的上海南京路是繁华喧闹的商业区,也是腐朽意识形态的温床。进驻南京路之后,一些战士开始抛弃艰苦朴素的传统,他们嫌弃乡村妻子的情节重现,更为严重的是,特务分子竟然蠢蠢欲动。故事的结局当然是,霓虹灯下的哨兵经受住了考验,他们并未在城市的包围之中成为可耻的俘虏。这时,乡村与城市的二元对立很大程度上可以置换为革命与腐朽之间的对立。

许多人习惯于用"土气"形容乡村文化。相对于城市文化的知识分子品位和商业化风格,乡村文化充满了泥土气息,后者显然为众多的农民喜闻乐见。毛泽东的《在延安文艺座谈会上的讲话》中阐述了文艺为什么人的问题:"我们的文学艺术都是为人民大众的,首先是为工农兵的"[①]。当时的历史语境之中,农民构成了"大众"或者"工农兵"的主体部分。这时,乡村文化的美学风格同时显现了清晰的政治方位。作为《在延安文

[①] 毛泽东:《在延安文艺座谈会上的讲话》,见《毛泽东选集·第三卷》,人民出版社1991年版,第863页。

艺座谈会上的讲话》精神的一个积极实践者，赵树理显然是从乡村文化之中脱颖而出。"赵树理方向"之所以赢得了广泛的肯定，一个重要原因是成功展示了乡村文化的美学魅力。《小二黑结婚》《李有才板话》《地板》《邪不压正》等作品不仅勾画了一批生动的农民形象，同时还创造了评书体的小说形式。情节连贯，有头有尾，波澜起伏，脉络清楚，叙事明快，简约幽默，这些编码特征多半脱胎于传统的评书。[①] 20世纪40年代之后，赵树理风格的成功远远超过了个人的成功，而且作为民族的、乡村的美学范本回应乃至抵抗现代城市文化。

尽管乡村对于城市的批判几乎构成了某一个时期文化惯例，但是，乡村与城市竞争的资本只能是独特的社会吸引力。因此，20世纪50年代末期马烽编剧的电影《我们村里的年轻人》具有特殊的意义。一批年轻人相聚乡村生活、创业，他们收获了事业与爱情。然而，电影之中明朗欢快的气氛是历史的再现还是美学的幻觉？

当代文学的许多作品可以参与这个问题的争论。路遥的《人生》和《平凡的世界》展现了城市对于乡村生活的强烈冲击。《人生》中的乡村仍然停留在民风淳朴、忠厚的传统社会，城市的气氛波谲云诡，人心叵测，办公室、市场和社交圈子充满了猥琐的明争暗斗。然而，作为一个农家子弟，高加林始终向往城市。他觉得只有融入城市文化，才能施展胸中的抱负。高加林很快铩羽而归，他痛失了工作和爱情，返家之后扑倒在故乡的土地上泣不成声。然而，对于高加林来说，进城是一个错误的决定还是一次失败的冒险？答案显然是后者。如果还有机会，他会毫不犹豫地再次扑向城市。很大程度上，《平凡的世界》延续了这个主题。孙少安、孙少平两兄弟分别与城市有过不同的接触，他们始终无法进入城市的核心。哥哥孙少安果断地中止了与润叶的恋爱关系，浪漫的爱情无法填平城乡之间的鸿沟，他安心地留在乡村创业。不论遭受何种挫折，他不再奢望从城市获得什么。相对地说，孙少平的性格存有更多的躁动因素。从对知识的渴望、与女性交往到尝试种种工作，他的勇气是孙少安无法比拟的。然而，最终他仅仅止步于城市的边缘，城市核心的高楼大厦以及市民生活对他而言可

[①] 参见钱理群等：《中国现代文学三十年》（修订本），北京大学出版社1998年版。

望而不可即。乡村与城市的不平等融于众多生活细节，挥之不去。《平凡的世界》展现了一幅宏大的生活画卷，空间辽阔，人物众多，但是，这个空间中的乡村与城市处于严重失衡的状态。城市如同一块巨大的磁铁，牢牢地将人才、财富吸附在周围，相对地说，乡村显得贫瘠、穷困、无奈，《红旗谱》的革命气势与《我们村里的年轻人》的乐观已经消失殆尽。这时，当代文学之中的城乡关系逐渐出现了一个逆转。

与《我们村里的年轻人》相反，许多年轻的农民"拔寨而起"，进入城市务工——他们被称为"农民工"。如果说，《平凡的世界》里的孙少平进入城市举步维艰，那么，现今的"农民工"已经不会遭遇那么多体制性障碍，尽管他们的大部分无法融入城市文化自如地充当主人公的角色。然而，对于"农民工"来说，城市始终是一个异质的空间。某些时候，他们可能遇到莫大的敌意，例如王安忆的《悲恸之地》中，主人公孙德生从一个偏僻的山沟来到上海卖姜，不幸与同伴失散。他陷入光怪陆离的街道、楼房、小巷，遭受商场玻璃门、嘈杂的菜市场，以及载重卡车、公共汽车的围堵，很快精神崩溃，惊慌之中坠楼自尽。于是，冷漠的城市悄然完成了一次驱逐异己的战役。对于多数"农民工"来说，情况不至于如此极端，但是，性质相似的细节不时闪现于日常生活，打击他们的自尊和自信。面对楼房鳞次栉比的城市，孤军深入的乡村人再也无法维持传统的精神优越。

四

尽管城市文化的声望日复一日地高涨，但是，20世纪80年代中期，乡村作为文化根系的沃土再度成为当代文学的青睐对象。这即是"寻根文学"的兴起。这个文学潮流的命名多少有些偶然——韩少功的短文《文学的"根"》是这个名称的来源。很短的时间里，从浪漫主义、现实主义、现代主义、后现代主义到意识流、存在主义、荒诞派、黑色幽默，西方文学的诸多派别一拥而入，声势强盛。许多作家察觉到民族文化的阙如——世界的文化舞台不会给模仿者留下席位，当代文学必须借助民族文化根系展示独特的创造性。因此，韩少功的观点赢得了普遍的赞同："文学之根应深植于民族传统文化的土壤里"①。然而,耐人寻味的是,描述民族文化根系的时候,作家纷纷从城市文化面前掉头而去,返回乡村追根溯源。"礼失而求诸野","寻根文学"的空间指向是乡村。当然,"寻根"的比喻即是来自乡村的意象。

无论是韩少功、阿城、李杭育还是王安忆、贾平凹、郑万隆,这些"寻根"作家旨趣不一,风格相异,但是,他们不约而同地将目光聚集到了乡村。这是由于城市文化吸纳了太多西方文明,还是由于乡村深藏了农耕文化的原型?总之,从老庄佛禅、儒学义理到民间的奇风异俗或者传奇人物,"寻根文学"之中的乡村元素远比城市活跃。阿城的《棋王》和《遍地风流》、贾平凹的《商州初录》和《商州又录》、郑万隆的《老棒子酒馆》和《异乡异闻三题》,以及李杭育的"葛川江系列",都从乡村发现了某种本真的自由人生。血性豪迈也罢,散淡达观也罢,天真无邪也罢,乡村天地广阔,月朗风清,生活在那里的人们卸下了城市文化堆积的功利、世俗、纤弱和斤斤计较。乡村生活并非仅仅是一日三餐、春耕秋收的简单循环,而是充满了悠远、神秘乃至形而上的启示,这些启示可以从韩少功《爸爸爸》之中不死的丙崽和王安忆《小鲍庄》之中慈祥如菩萨的捞渣身上看到。神话,传说,歌谣,祈禳,巫术,咒语——只有天人合一气氛之中的乡村才能恢复这一切。

陈忠实于20世纪90年代出版的《白鹿原》可以视为"寻根文学"的回响,也可以视为"寻根文学"的终结。《白鹿原》之中的白、鹿两个家族的竞争围绕姓氏、血缘、家风与祖上积累的阴德展开。很大程度上,《白鹿原》推崇的是儒家观念,朱先生是儒学导师,白嘉轩是儒学的乡村实践者。白嘉轩与鹿三虽是主仆关系却犹如兄弟,二人对于田小娥共同的仇视显示了儒家观念对于女性的轻蔑。白嘉轩引为自豪的是坦荡的襟怀与正直的人格,这是"修身"与"齐家"的准则。可是,《白鹿原》后半部分的"治国""平天下"摧毁了儒家的道德标准。白、鹿两个家族的后代分别卷入三民主义与共产主义之争,并且为之抛头颅、洒热血。然而,白嘉轩乃至朱先生无法理解各种政治口号和阶级观念,他们只能隔岸观火,

---

① 韩少功:《文学的"根"》,《作家》1985年第4期。

发出若干不得要领的感叹。事实上，这也是"寻根文学"再现的很大一部分乡村的命运。它们曾经在传统文化的庇荫之下自足地存在，可是，所谓的"现代性"打碎了传统文化体系，乡村不再是世外桃源。虽然乡村与城市的差异从未消失，但是，由于现代政治文化的覆盖，乡村逐渐纳入现代性体系。这个意义上，"寻根文学"里的乡村带有很大程度的挽歌意味。铁凝的《笨花》之中，乡村的传统伦理道德与现代性之间的冲突肌理细密地缓慢渐进，那种恬静、稳定、笨重、不慌不忙的乡村节奏渐渐被种种新生事物打破，向喜这种固守传统的老派人物不得不退出历史舞台。这是历史的必然，然而，铁凝的叙述显然流露出恋旧的意味。无论是《白鹿原》还是《笨花》，这一批作品或许共同隐含了一个问题：难道这些乡村仅仅是现代性尚未分解的残留物，而不是保存了某些不可或缺的文化基因吗？

　　当然，当代文学的乡村书写从未放弃沁人心脾的田园风光。山清水秀、安宁祥和的净土令人向往，只不过这种涵义很少产生震撼人心的尖锐性。沈从文的《边城》是一曲悠扬的牧歌，但是，这一曲悠扬的牧歌迟迟无法被妥帖地编辑在激荡的现代文学之中，孙犁的《荷花淀》是一个成功的范例——月光下的乡村院落、芦花飘飞的白洋淀终于和一场伏击战诗意而巧妙地衔接在了一起。当代文学之中，相对于巨大的历史轰鸣，单纯的田园风光显得有些"轻"，尽管没有人可以否认刘绍棠或者汪曾祺的奇特魅力。刘绍棠和汪曾祺擅长描绘水乡景象。在他们笔下，波光粼粼的河流、湖泊与水乡的人情世故浑然一体。相对地说，刘亮程展现的是大西北风沙之中的乡村。无边的旷野，从不止息的大风，漫天黄沙，一段枯树，几截矮墙，一声夜半的鸟鸣令人惊心，一个孤独的家伙扛一柄铁锹逛荡在荒凉的土路上……某些时刻，乡村的田园风光可能与环境生态的主题联系起来，卷入工业污染、经济暴利制造的严峻问题。乡村作为一个受虐对象，与城市的不平等随时可能显现出来。阎连科的《日光流年》之中，耙耧山脉深处偏僻的三姓村千辛万苦地修建了一条水渠，然而，他们引来的是一渠遭受严重污染的废水。这个村庄从未享受工业发展的恩惠，却必须承担工业污染的后果。

　　田园风光以及背后的大自然是否可能隐藏了更为深邃也更为虚无缥缈

的主题？张炜的许多小说之中，主人公不断地奔跑在大地上，或者站立于广袤大地的边缘沉思。这时，人与大地形成了内在的呼应。《融入野地》是一篇令人惊异的散文。张炜笔下的"野地"苍苍莽莽：他想象故乡处于大地的中央，整个世界都是那一小片土地生长延伸出来的；土地负载了江河和城市，让各色人种和动植物在腹背生息。这些感想无法诉诸具体的情节，仅仅是"一种模模糊糊的幸运飘过心头"。然而，此刻的乡村与土地已经是哲学与诗。

五

20世纪80年代，乡村形象曾经集中出现于两批作家的作品之中。一批作家以王蒙、张贤亮、李国文等人为主，他们的共同经历是50年代被划定为"右派"，继而被下放到乡村二十余年。80年代重获文学写作权利之后，这一段伤心往事终于兑现为文学的财富。另一批作家的共同经历是下乡插队，"知青"——知识青年的简称——标明了他们的共同身份。许多知青的文学写作甚至在下乡插队期间已经开始。当然，20世纪80年代是知青文学成熟期，其获得成熟的条件之一是，可以通过写作如实地再现下乡插队时的内心情感。这一批作家数量众多，佼佼者有史铁生、韩少功、王安忆、梁晓声、孔捷生，等等。从一个视角来看，两批作家心目中的乡村涵义清晰，意旨明确；从另一个视角来看，这些乡村涵义暧昧，甚至相互矛盾。

王蒙的《蝴蝶》《杂色》、张贤亮的《灵与肉》《绿化树》以及李国文的《月食》均把乡村视为主人公获得救赎的驿站。他们被猝不及防地遣送乡村，然而，乡村并未亏待他们。相反，农民的忠厚、善良以及博大的同情心逐渐愈合了他们内心的创口，甚至赠予他们纯朴无私的爱情。这不啻提前在精神上解放了他们，尽管烙在他们额头上的政治印记无法抹去。总之，乡村被完美地组织在情节之中，成为主体完成的一个必然环节。

也许，乡村的贫瘠不言而喻，只不过这个事实被众多华丽的辞令压缩为不可表述的无意识。主人公落难、复出与最终"大团圆"，乡村与农民作为背景完成情节赋予的使命。

主体的完成曾经以另一种形式出现在知青文学之中。人们可以从知青文学之中察觉一个相近的情节回环：知青抵达乡村之后，他们对于困苦的生活条件、贫乏的文化环境和农民的日常表现大失所望，谋求路径返城成为多数知青不懈的追求。多年之后他们如愿以偿，然而，对乡村生活的回望却带来了一个重要的人生感悟：他们突然意识到曾经相处的农民如此质朴善良，曾经寄居的土地如此开阔美丽。这隐喻了主体的一个崭新的精神高度。显然，这种感悟将持久地留存于知青的内心，无形地左右他们对于未来的设想和创造。

然而，分析知青文学的情节构成时，乡村的涵义再度闪烁不定。一种观点认为，乡村的基本形象是革命大熔炉。传统教育体制灌输的观念只能培养出一批资产阶级寄生虫，因此，知青来到乡村的主要任务是接受贫下中农的"再教育"，繁重的生产劳动往往由战天斗地的豪言壮语来表述；另一种相对隐蔽的观点仍然将乡村设定为贫穷落后的区域，知青的职责是运用从学校获取的文化知识建设新型的乡村。人们可以从中发现启蒙主义的痕迹，知青仍然隐约地扮演着文化启蒙者的角色。事实上，两种涵义的乡村相互交织，二者的内在冲突构成了情节内部的紧张性。

主体的完成同时清空了刻骨铭心的回忆，两批作家之中的大多数很快离开乡村而转向另一些主题。然而，少数作家仍在持续地盘旋，他们的回忆显现了强大的精神再生功能，例如韩少功。韩少功的《日夜书》是感悟之后创作出的漫长人生续篇。那一批主人公不仅怀揣持久的乡村岁月记忆，而且很大程度上，他们的生活姿态就是这种记忆的延伸。或者说，他们的记忆与后来的生活不断地相互衡量。文化人类学意义上的乡村无疑赋予了韩少功巨大的灵感，《马桥词典》中词典形式与乡村生活的大胆联结是一次成功的文学实验。韩少功的《山南水北》表明，他已经在现实意义上——而不是文学意义上——续上了当年的知青生涯，很大一部分时间返回乡村定居。相对地说，贾平凹对于乡村的态度不是那么乐观，尽管他的文学灵感更大程度地来自乡村的馈赠。贾平凹自幼生长于农家，拥有丰厚的乡村生活经验，他的众多小说始终如一地续写当代文学的乡村谱系。然而，从《秦腔》《带灯》到《极花》，贾平凹的忧虑清晰可见：乡村的活力正在急剧衰减。这种状况已经渗透日常生活的种种细节，乡村如同一个丧失水分的苹果正在逐渐干瘪。

1932年，茅盾完成了他的代表作《子夜》。这一部小说企图"对比"乡村与城市的革命运动，"大规模地描写中国社会现象"，回应关于中国社会性质的论战。由于各种原因，《子夜》之中对于乡村革命的书写仅如蜻蜓点水，与城市拥有的庞大情节并不相称，茅盾遗憾地形容为"半肢瘫痪"。[1]茅盾当年已经认识到，乡村的阙如会导致无法完整地再现中国的现代历史。当代文学史的乡村谱系表明，文学视野之中的乡村分量急剧增加。柳青曾经在皇甫村落户十四年。他的心目中，乡村无疑是文学的富矿，深入开采，必有所获。然而，人们可以从现今的许多作品之中察觉，文学里的乡村愈来愈荒凉，田园荒芜，人去楼空，仅凭留守乡村的农民几乎无法构筑激动人心的宏大情节，乡村叙事不再波澜壮阔。一方面，新兴的网络文学通常以曲折的故事与惊人的想象见长，然而，相对于武侠、帝王、总裁乃至争宠的三妻四妾或者盗墓分子，农民无法赢得充当主角的资格。另一方面，"非虚构写作"对于乡村的注视仿佛隐含了某种意味深长的征兆：新闻式的采访、描述以及对各种见闻的感叹之外，乡村还能为作家的想象洪流提供强大的动力吗？

生产粮食的乡村是农耕文化的必然产物，但是，当代文学促使这个主题从抽象的观念转换为具体可感的文学近景。这种状况显然与革命意识形态的成熟密切相关。如果说，五四知识分子同情农民、尊重劳动的情感往往包含在启蒙范畴之内，那么，当代文学的"劳动人民""贫下中农"是一个清晰的阶级定位。农村包围城市不仅诉诸轰轰烈烈的革命形式，同时诉诸观念性的文化——乡村同时成为精神生产的基地。对于城市以及来自城市的知识分子，乡村持续地充当主角。然而，当农耕文化的生产方式、社会组织与现代性相互遭遇的时候，乡村内部隐含的矛盾迟早要暴露出来。乡村与现代政治文化的脱节以及各种形式的弥合、相互改造曾经在当代文学中产生持续而复杂的回响。现今，许多当代作家意识到的问题是，乡村正在与现代经济脱节。粮食——乡村的主要产品——不再是社会关注

---

[1] 参见茅盾：《〈子夜〉后记》《〈子夜〉是怎样写成的》《再来补充几句》，见《茅盾专集·第一卷（下册）》，福建人民出版社1983年版。

的重心，金融、股票、计算机、互联网、房地产迫不及待地占据了前台位置。乡村的历史位置正在边缘化，各种冲突犹如这个事件的表征。乡村从未像现在这么惶惑，也从未像现在这么需要重新集结。必须承认，农耕文化的确业已式微，然而，乡村的广袤地域仍然存在，农民仍然是社会成员之中最大的一个群落，乡村保存的古老文化仍然隐含了许多富有潜力的命题。二者将在农耕文化与现代性的交接之中形成哪些新的景观？这或许是当代文学史乡村谱系的未来一章。

先锋文学的多重影像

作为一个名词,"先锋文学"已经诞生三十余年。在一个如此浮嚣的年代,三十余年无异于"很久很久以前"。总之,所谓的"先锋文学"已经是遥远的陈年旧事。那一批面目怪异的文本早就无人问津。先锋作家曾经如同文学史的"新新人类";如今,他们正在被视为若干朝代之前迂腐的古人。历史的布景已经换过许多次,没有人可以阻止世界的剧变。三十年之后回忆"先锋文学"的短暂盛况,这是文学史博物馆例行的凭吊仪式——礼貌性的纪念恰恰证明,"先锋文学"已撤离文化舞台多时。

不过,我对于诸如此类的形容将信将疑。"先锋文学"不过是一个仅供展览的遗迹吗?不,"先锋文学"还常常游荡在我们周围,如同一个神出鬼没的幽灵。的确,那些被称为"先锋文学"的文本业已式微,但是,"先锋文学"这个名词的理论涵义仍然十分活跃。作为一个显眼的标志,"先锋文学"正在成功地组织各种文学史话题。当"先锋文学"开始担当这些话题的理论轴心时,深藏于这个名词的多重影像逐渐显露。

作为文学史的话题之一,我愿意对"先锋文学"的团队构成表示某种好奇。通常,批评家开出的名单包括这些骨干分子:马原、余华、苏童、格非;叶兆言、孙甘露或者北村出镜的频率似乎稍稍低了一些,尽管他们的某些探索可能更为激进。另一些批评家或许还会在这一份名单之后增加第二梯队,例如吕新、韩东、李洱、西飏、李冯、潘军,如此等等。出镜频率的高低或者被划入第几梯队并非对其文学成就的评判,这种状况无非再度显现了文学史排名的常见现象:初始舆论的巨大效应。由于适当的时间与适当的地点,某些作家幸运地扮演了文学潮流的代表,荣誉几乎伴随终身。即使另一些作家后来居上,他们仍将作为固定符号镶嵌于文学史上。

人云亦云——人们没有必要将舆论的运行规则视为严谨的文学鉴定，也没有必要因此沾沾自喜或者委屈不平。然而，当所谓的"先锋文学"名单尘埃落定之后，我对于这一份名单仍然感到某种程度的困惑：为什么另一些热衷于文学实验的作家从未被纳入这个团队，例如王蒙？如果说，王蒙的文学生涯以及体制内的重要身份与"先锋文学"的激进风格存在距离，那么，残雪呢？洪峰和扎西达娃呢？王小波呢？当然，还有众目睽睽之下的莫言。福克纳、阿兰·罗伯-格里耶、加西亚·马尔克斯或者博尔赫斯是莫言与那些先锋作家共同的文学偶像，他们的文学观念大同小异。然而，这个诺贝尔文学奖获得者并未在"先锋文学"的团队注册留名。时至如今，莫言的缺席或许仍令一些批评家心存惋惜——至少，"先锋文学"丧失了一个优质的例证。

或许不少批评家认为，莫言的"气质"异于那些榜上有名的先锋作家。如何描述文学的"气质"？文学批评似乎还没有配备足够的相关术语。地域是一个原因吗？除了来自东北的马原，这一批先锋作家多半居住于中国的南方。南方的河流，崇山峻岭，潮湿闷热的空气，繁华富庶的都市——"南方"是否有助于对他们文学"气质"的形容？人们的确看到了这种命题："南方的诗学"或者"南方想象的诗学"。从地域风貌、南北文化的差异到诗学的风格，这是一些富有潜力的文学史命题，存在巨大的开发空间。

可是，我想到了另一种解释：现代主义。王蒙、残雪或者扎西达娃开始活跃的时候，"现代主义"是一个炙手可热的概念。当时，这些作家的异常动向理所当然地交付"现代主义"给予解释。然而，数年之后，马原以及余华、苏童等人的炫目表演意外地拐入另一个文学史段落，"先锋文学"成为这个文学史段落的公认命名。这同时带出了一个有趣的问题：现代主义与先锋文学之间存在何种差别？

也许，这个问题并未引起多少批评家的关注。没有多少差别吧？这是许多批评家的第一个念头。但是，彼得·比格尔在那本著名的《先锋派理论》中对此进行了严肃的讨论。讨论发生在约亨·舒尔特-扎塞与彼得·比格尔之间，前者为《先锋派理论》的英译本写了一篇长长的序言，标题就是"现代主义理论还是先锋派理论"。约亨·舒尔特-扎塞承认，在许多西方批评家那里,"现代主义"和"先锋派"是两个可以互换的术语,但是,约亨·舒尔特-扎塞简洁地总结了二者的不同性质:"现代主义也许可以被理解为一种对传统写作技巧的攻击,而先锋派则只能被理解为为着改变艺术流通体制而作的攻击。因此,现代主义者与先锋派艺术家的社会作用是根本不同的。"① 一方面,对于西方文化来说,工具理性成为一种无远弗届的统治,中产阶级的生活理想已经完全被格式化;另一方面,"现代主义"所谓的审美自律、唯美主义狭隘地将艺术封锁在一个窄小的领域,对于令人窒息的生活实践不闻不问。"先锋派"必须在这个时刻揭竿而起,摧枯拉朽。达达主义或者超现实主义的粗暴、放肆就是向那些精致优雅的"艺术"扮出一张鬼脸;马塞尔·杜尚为尿壶签上大名或者给蒙娜丽莎加两撇小胡子,这些惊世骇俗的挑战甚至颠覆了"作品"的传统概念。什么是艺术?"先锋派"制造的冲击波很快威胁到围绕于艺术的社会学。

　　马原为首的"先锋文学"显然没有这么激进。这或许兼带解释了另一个令人困惑的问题——为什么如此短暂的时间内,这些作家不约而同地改弦更张?由于他们的集体叛逃,"先锋文学"的沉寂一夜之间突然降临。喧闹的一页被断然翻过,仿佛出于某种巨大的厌倦,迫不及待地送走了这个文学史段落。多年以后,即使马原的《牛鬼蛇神》力图重温旧梦,期待之中的好评并未应约而至。相反,许多人不惮于公开地摇头:江郎才尽。"先锋文学"风光不再。对于"先锋文学"的骤然休克,批评家议论纷纷:模仿和重复?没有生活的形式主义空转难以为继?这些解释言之有理;同时,各种论断远未完善。尽管没有"先锋文学"的桂冠,王蒙、王小波或者莫言持续不断地在文学实验的轨道上滑行,并且屡有斩获。这些显而易见的文学事实至少表明,批评家没有理由对于自己的结论过于自信。也许,现在并不是盖棺论定的时刻。作为一个文学史的遗留课题,"先锋文学"受挫的前因后果远未得到充分的分析。相对于彼得·比格尔桀骜不驯的先锋派肖像,这一批作家仅仅想击穿古老的叙述成规体系而不存在更大的企

---

① 约亨·舒尔特-扎塞:《现代主义理论还是先锋派理论》,见《先锋派理论》,商务印书馆2002年版,第11—12页。

图。他们成功地组织了一场新颖的叙述游戏,游戏结束之际的后续动作当然就是退场。难道还要捣毁舞台,拆除剧院,把自己放逐到没有人理睬的孤独之中?不,这一批先锋作家没有放弃"文学",没有放弃"作品",没有放弃组织文学与作品的各种预设,例如作者和读者的身份,例如刊物、署名、稿酬、声望、文学机构,如此等等。总之,由于当年的文化性格及其视野,他们不可能拿整个艺术体系开刀。的确,解释"先锋文学"的时候,"现代主义"这个概念不够用了;但是,人们没有理由草率地将这一批作家塞入彼得·比格尔的理论草图。那么,批评家试图如何总结"先锋文学"骄人的一面?

许多批评家的观点似乎有些避重就轻。他们心目中,"先锋文学"之所以令人瞩目首先是因为——一个异物被抛入了文学领域。标榜为现实主义的文学正统被打破了,各种探索的主张纷纷从这个缺口涌入,群情踊跃。搬动一张桌子都要流血,严格的文学纪律曾经毫不留情地弹劾所有离经叛道的观念。20世纪80年代初期,所谓的"朦胧诗"遭到了火力强大的讨伐,诗人那些别出心裁的语法、修辞只能在一大堆咄咄逼人的理论术语下面匍匐前进。然而,形势的快速变化远远超出人们的预料。"先锋文学"呱呱坠地的时候,保守势力已经退避三舍。"朦胧诗"式的悲壮进入了尾声,"现代派"不再是一个令人惊惧的魔咒。文学领域气氛活跃,众多不甘于循规蹈矩的作家如同顽童一般兴高采烈。也许,标新立异赢得的宽容令人忽略了一个差别:文学探索与文学探索的成功。起点并非终点,集结于探索旗帜之下的作家不可能悉数抵达日后的文学高地。研究文学史的记载可以获知,文学探索的成功率令人悲观。如果"先锋文学"的探索无法赢得普遍的认可,这个异物还将被抛出文学领域。

也许,现在必须在这里稍稍驻足——何谓文学的成功?对于文学史来说,这个问题的内容远远超出了对一部作品的价值判断。从独辟蹊径到跨入经典的殿堂,这无疑是一种成功。然而,不可忽略的是,失败的探索是否仍然包含了某种贡献?相似于科学实验,失败路径的记录对于后来者意义重大。这种记录至少提示乃至标出了陷阱的位置。某种宽泛的意义上,探索本身就有理由接受肯定的评价。从文学史的视野可以清晰地看到,探索——成功的与失败的——是文学演变乃至文学革命最为重要的动力之一。换言之，文学史必须多维度地考察"先锋文学"的成败，而不是依据一个单向的标准从事刻板的丈量。目前为止，"先锋文学"仅仅得到一些粗糙的描述；这些奇特的文学现象尚未从文学批评视域转移到文学史研究的范畴。

当然，"先锋"的一个重要姿态就是质疑所有的流行观念。我相信，许多西方的先锋作家对于所谓的"成功"保持了高度的警觉。谁的"成功"？"成功"意味的是被传统评价体系安全接纳吗？作为西方文化的叛逆者，先锋作家绝不愿意看到，所谓的文学"成功"成为资本主义商业社会的黏合剂。资本主义商品交换体系以及无所不在的工具理性吞噬了个性、精神与自由。一个愈来愈强大的商业文化体制正在成为令人窒息的沉重桎梏，刻板、循规蹈矩和聚敛财富仿佛构成了无可置疑的标准。令人惊奇的是，这种文化体制包含了巨大的驯化能力——包括巧妙地吸收与之对抗的能量。许多狂野不羁的现代主义艺术惊艳一时，然而，这些作品的结局仍然是作为另一种意义的经典陈列于美术馆，扮演偶像接受四面八方的景仰。始于反叛，终于权威，这种循环已经成为先锋派艺术挣不开的无形锁链。先锋艺术冒出的各种恶作剧式的表述无不包含了这种含义：以更为强烈的方式挑战、冲击乃至亵渎资本主义文化体制。这被视为先锋艺术触动社会实践的重要方式。可是，马原这一批作家的"先锋文学"降落在另一种社会体制之中，开始遭遇东方式的集体主义氛围，原有的打击目标基本消失了。先锋文学如何与新的历史环境取得联系？这一批作家精力旺盛地从事各种写作实验，这些实验既无助于粮食产量的增加，也无助于交通运输的改善——先锋文学企图对历史说出什么？如果仅仅关注先锋文学怪异的叙述形式，这些问题往往被屏蔽于批评家的视野之外。彼得·比格尔说得对："每当历史上的先锋派运动对艺术发展中的飞跃不被看成对艺术体制的攻击之时，形式问题（有机与非有机作品）就必然会占据人们注意力的中心。"[①]

当然，文学实验也罢，探索也罢，形式主义的空转也罢，文学形式始

[①]〔德〕彼得·比格尔：《先锋派理论》，高建平译，商务印书馆2002年版，第166页。

终是"先锋文学"的一个特殊焦点。19世纪至20世纪，文学形式屡屡成为引起争辩、聚讼的一个理论漩涡。在我看来，这种理论漩涡内部隐含了多种不同的脉络。"语言转向"制造的哲学革命无疑是最为复杂的一条脉络。这里既包括了海德格尔的语言本体论，也开启了结构主义、解构主义乃至阐释学的理论分支。如果说，语言本体论关注的主题是所有的语言产品、语言结构及其与人类思维的关系，那么，另一些相对温和的文学批评学派注重的是叙述、修辞如何改变了小说的故事或者诗的内涵，例如英美的"新批评"或者俄国形式主义。对于"先锋文学"来说，"语言转向"以及"新批评"、俄国形式主义无非某种思想背景，马原这一批作家的直接范本毋宁说是西方的现代主义或者拉美的魔幻现实主义。当年，加西亚·马尔克斯读到卡夫卡的小说之后发出了这种惊叹——小说原来可以这么写！我相信相似的惊叹曾经出现于众多先锋作家的内心。20世纪80年代，文学界曾经掀起了一个又一个的波澜：解放思想，打开政治禁锢，干预生活，人道主义的呼声和批判现实主义，如此等等。现在，一批先锋作家终于发现，文学形式是另一个突破口。世界范围内，这已经构成一个显眼的文学动向。

　　无论是索绪尔的结构主义还是德里达的解构主义，大多数先锋作家没有耐心也没有足够的知识储备卷入如此繁杂的理论思辨。然而，基本的观念转换是必要的，尤其是在现实主义式的语言工具论如此普及、"信言不美，美言不信"的传统如此顽强的情况下。作为一种通俗的解释，我时常使用一个浅显的比喻说明问题：将文学形式的诸种要素——叙事模式，叙事角度，叙事时间，节奏，频率，对白方式，隐喻，比拟，象征，神话——比拟为文学建筑的预制材料。通常的建筑预制材料只能修建火柴盒式的常规楼房，例如砖头、地板、窗框、门板、立柱，如此等等。如果建筑师异想天开地设计一幢圆形或者球状的楼房，那么，这一设计将因为缺乏新型的建筑材料而无法完成。通常的文学无异于常规性楼房。相对地说，先锋作家的工作可以形容为重组、调换乃至重铸文学的建筑材料，缔造另一种类型的文学王国。语言犹如人类精神栖居的家园。文学实验形成了语言表述的新型可能，亦即人类精神的新型可能。现实主义文学常常抱怨，那些先锋文学无视常识，那些文学世界"不真实"。然而，先锋文学的信念是，文学实验可能产生另一种"真实"的观念，甚至产生另一种"真实"本身。20世纪90年代，我曾经在论述"先锋文学"时说过："他们并非为历史与经验而写作，而是用写作创造崭新的历史与经验。"从后现代主义式的悲剧景象、历史叙事的戏弄与调侃，到主体、人道主义的瓦解与崩溃，"先锋文学"感兴趣的主题无一不是与某些特殊的叙事联系在一起的。

许多人对于非议"先锋文学"的观点耳熟能详：所谓的"先锋文学"如同西方现代主义的倒影，颓废，消极，游离于轰轰烈烈的社会历史之外。人们没有理由否认异域文学对于"先锋文学"的影响，但是，必须进一步补充的是，"先锋文学"的异域资源远非"现代主义"这个单一的文学派别。事实上，西方现代主义文学观念在"先锋文学"内部占有的份额远不如想象的那么大。作为现代性的产物，西方的现代主义阴郁、惊惧、愤世嫉俗、充满了尖刻的反讽，现代主义式的内心意识时常充当了反抗物质压迫的支点。相对地说，"先锋文学"远非如此沉重。"先锋文学"的叙事游戏更为接近后现代主义的戏谑情调，所谓的后设叙事、无深度拼贴以及人物的平面化，无不与后现代主义轻松的无奈乃至无聊遥相呼应。另一方面，以加西亚·马尔克斯为代表的拉美魔幻现实主义无疑是"先锋文学"的又一渊源。人们可以从"先锋文学"之中察觉各种来自魔幻现实主义的修辞方式，例如夸张的想象、神话因素、对时间的处理、叙述与描写的回旋交织，等等。很大程度上，魔幻现实主义来自拉美民间文化的孕育，种种魔幻式的叙事、修辞隐含的勃勃生气与机智幽默无形地投射于"先锋文学"。如果说，20世纪80年代之初的"意识流"或者"黑色幽默"时常令人想起西方文学的某些经典，那么，数年之后的"先锋文学"已经成熟了许多。现代主义或者魔幻现实主义的叙事开始与汉语有机地相互兼容。

然而，"先锋文学"仍然昙花一现。五花八门的文学实验无法让大众维持持久的热情。谁是大众？这个概念无所不在，同时又无从指认。大众肯定不仅意味着某一个标准的人口数量，不能说仅凭达到多少人数便可使用"大众"的概念。大众是一个匿名的整体，面目模糊；没有哪一个人可以自诩为大众的一员，并且指出大众与非大众的边界。许多时候，一个人甚至不知道自己是否处于"大众"之列。尽管所指不明，大众仍是一个威力巨大的概念，公然抛弃大众的结局只能是被大众所抛弃。让我把问题集中一点：许多时候，大众概念不是指固定的某一批人，而是在众多概念组成的理论网络之中为他们彼此定位，例如知识分子与大众，贵族精英与大众，官员与大众，富人与大众，如此等等。这时，我想谈论的是文学史上的大众——谈论"大众"这个概念如何进入文学史的空间运作。文学史上的大众不能简单地等同于"读者"。"读者"仅仅是相对于"作者"的文本消费群体，接受美学仅仅在文本的生产、阅读和阐释范畴之内考察"读者"位置的变化。"大众"的内涵远远超出了这些范畴而涉及社会结构。通常的解释之中，"大众"潜在地相对于"个人"。当那些被称为知识分子的作家不知不觉地倾心于小资产阶级的个人主义时，作为另一个相对的政治文化群体，大众的良知、阶级意识、苦难和聪明才智无不敦促乃至迫使他们迅速地低下骄傲的头颅。文学史的叙述之中，大众拥有两套迥异的谱系。一种大众被冠以"革命"二字，许多时候是"无产阶级"的同义词。革命大众首先是文学的导师，作家无非是尾随大众的小小秘书，勤勉地记录大众的无数壮举；然而，当那些自以为是的作家逐渐抛弃了小资产阶级的陋习之后，他们笔下的文学又将成为召唤大众、动员大众的革命旗帜。另一种大众活跃于市场之中，他们的消费者身份由货币负责宣示。作为消费者的大众最有兴趣的主题不再是革命，他们愿意付款购买的是娱乐。只有娱乐才能在市场上充当合格的商品。两套谱系中的大众曾经存在尖锐的冲突：当年革命大众的重要使命即是摧毁消费者大众所依赖的市场体系——相当长一个时期，市场体系被视为资产阶级剥削和压迫的温床。时过境迁，两种谱系的大众开始混淆，没有多少人愿意正视两者之间的巨大矛盾，并且给予令人信服的理论解释。文学史的叙述之中，某个段落的革命大众与另一个段落的消费大众在理论上并驾齐驱，"到什么山唱什么歌"成为许多文学史叙述心安理得地遵循的原则。

"先锋文学"试图表明，大众不再是一个不可冒犯的概念。先锋作家启动各种极端的文学实验，他们毫无顾忌地将大众作为一种沉重的累赘甩下。所谓的"先锋"，怎么可能其乐融融地混迹于大众之间，点头哈腰，打躬作揖？他们将大众视为某种千人一面的平均数。现在已经是打破沉闷空气的时候了。这时，"先锋"不仅意味着率先出发的探索，同时还意味着傲视庸众的孤芳自赏。某一个时期，"先锋"是一个引人瞩目的称呼，离经叛道，一意孤行，先锋作家的出格之举为之带来了非凡的名声。但是，舆论过后，一骑绝尘的孤独要求特殊的勇气。事实上，这些先锋作家的确很快丧失了坚持的信心。他们终于发现，没有大众的文学只能陷入某种可怕的孤寂——即使他们的文学实验意义深远。多年前我曾经议论过，甩下大众的"先锋文学"可能遭遇何种尴尬：

> 多数人与后现代主义式的游戏格格不入。他们无法容忍文学丧失深度与抛弃意义，他们无法想象悲剧、人或者历史这些基本概念如何成为叙事游戏的道具。面对种种后现代主义的辩护词，他们只有一个简单的诘问：既然如此，文学在这个世界上还有什么意义？由于这些人的拒绝，后现代主义的叙事话语不可能传播得太远——仅有少数批评家方能进入这种叙事话语的音域。虽然这批批评家能够充分阐述这些叙事话语所包含的种种逻辑可能，但是，这种逻辑可能很难与农业文明的文化符号有效地衔接。这时，束之高阁的命运等待着这批先锋小说。换言之，少数人的语言革命无法转换为多数人的革命语言。①

我想补充的情况是，当年的"先锋文学"打算为自己的高傲姿态接受惩罚的时候，文学周边的大众正在发生深刻的身份变化。传统的革命大众正在变换角色，迅速地作为消费者大众重新登场。作为市场上的主导者，他们负责向产品生产者提供资金和报酬。市场的喧闹终于让这一批先锋作家如梦初醒：预想之中的猛烈批判并没有如期而至，"苦其心志，劳其筋骨"的考验仅仅是一个虚拟的想象。他们惊异地发现许多文学上的庸常之辈正在身边大把大把地挣钱。从畅销书到肥皂剧，市场给文学开出了前所未有的价格。短暂的犹豫、权衡在所难免，最终的决定没有多少例外：先锋作家慨然转身归来，投身于市场与大众握手言欢。编织一些老掉牙的故事就可以名利双收，又有什么必要将自己冻结在一个精英主义的外壳之中？事实似乎就是如此：那些声色俱厉的批评家无法完成的事情，

---

① 南帆：《文学的维度》，中国人民大学出版社2009年版，第171页。

市场许诺的实惠轻而易举地办到了。

然而，这一批先锋作家的离去并没有带走文学史上先锋的位置。文学史始终守护着先锋的位置，其成员不是这一批人就是那一批人，放弃后现代主义还可能出现另一些主义。总是有人在殚精竭虑地探索文学，痴迷于各种文学实验，默默地承受无数的失败和庆幸偶尔的成功。他们将先锋的探索、不屈、叛逆视为一种永不衰败的精神。所以，即使在今天——即使在众多网络写手纷纷炫耀自己的收入账本时，仍然有一些作家不识时务地承担着先锋的职责，不计成败。这犹如他们的宿命。这个意义上，先锋文学不死。三十余年的时间足以掩埋许多，可是，这个事实比以往许多时候显现得更加清楚。

网络文学：庞然大物的挑战

一

现在是必须重视网络文学的时候了，我又一次郑重地提醒自己。

我愿意坦率地承认，相当长的时间里，我对于网络文学没有研究的兴趣。我当然听到了关于网络文学的各种传奇性故事，诸如惊人的点击率，某些文学网站发出了数额之大令人咋舌的稿酬，某些写手一天可以在键盘上敲打出数千乃至上万字，并且每日坚持不辍，或是某些读者遇到一些读得心花怒放的桥段，一挥手"打个赏"就是几万元甚至数十万元，等等。尽管如此，我还是有权利不感兴趣吧？明星拥有无数的粉丝，富豪日进斗金，这些故事每一天都在世界各地上演。但是，既然没有考虑崇拜明星与货币，那么，我又有什么必要花费心血研究这些故事呢？

对了，还有他们如飞的写作速度。事实上，就是这种写作速度打击了我的研究兴趣。多年的写作生涯告诉我，以这种速度写出来的作品多半不值得信任。偶尔有一天写出了数千字，晚上可以喝二两犒劳自己；但如果每天都有这些字数进账，那就该对自己作品的质量产生高度怀疑。记忆之中，历史上没有多少文豪可以长期保持这种创作速度；相反，福楼拜常常向他的朋友表示，整个上午才写出了三句话，晚上又因为不满意将三句话删去了。网络文学的产量显然超出了绝大多数学科产出的平均值。如此之多超绝的天才一下子涌入了文学行业吗？如果不相信这种神话，那么，这些传奇性故事不妨姑妄听之，但将其装模作样地摆上研究的案头就有些好笑了。

这种态度显然表明，我对于网络文学评价不高。的确，我的感觉之中，网络文学处于边缘位置。我对于绝大多数学科缺乏研究，天文学、数学、物理学、宇宙飞船使用何种燃料、量子力学正在关注什么——对诸如此类的问题一无所知。即使在文学范围内，我对于诗歌的现状也所知甚少。术业有专攻，这没有什么可耻的。但是，在我的心目中，这些学科具有很高的价值。它们的价值并不因为我的无知而有所削减。虽然网络文学的字数之多是诗歌所无法比拟的，可是，网络文学没有这种地位。我不想研究，是因为我怀疑这种课题的价值。

迫使我改变观念的是一个显眼的问题：为什么网络文学可以产生如此之大的影响？而且，这种影响看来还在持续增加。我清晰地意识到，我的判断以及判断依据的一整套观念体系正在遭到有力的挑战。我当然不会轻易地放弃自己的观点，不会前倨后恭，因为网络文学的强大声势而跟随着发出种种恭维之辞。但是，我必须正视个人判断与社会接受之间存在的距离，理清这种距离背后隐藏的真正原因。不论可以在多大程度上弥合这种巨大裂隙，对话网络文学肯定是有益的。如果我的观念因为对话而产生了某种修正，这无疑是可贺的收获。

为什么必须重视网络文学？这是我要提到的第一个问题。

二

何谓"网络文学"？确认研究对象、确认研究的范围以及力图解决的问题，这是许多研究工作的前提。不少批评家开始了归纳与概括，试图发现形形色色网络文学包含的公约数，推敲出一个无懈可击的完美定义。人们可以从业已发表的相关论文之中查阅到种种严谨的表述。

我的考虑或许不是那么严谨——我企图从一个简单的参照开始：相对于传统的纸质文学，网络文学具有哪些值得研究的特征？换言之，纸质文学的电子复制没有纳入我的考察范围，网络上的《红楼梦》或者莫言小说不在研究之列。我所考察的网络文学必须包含一个特征：作为文学的传播工具，网络的性质内在地嵌入文学的生产和消费。

借助这种意义上的考察至少可以发现，网络的性质经过三个途径潜入文学：第一，文学的表述形式；第二，文学生产模式；第三，文学的传播模式和读者的接受。

首先提到文学的表述形式。20世纪所谓的"语言转向"以来，文本成为许多思想家展示智慧的空间。结构主义、解构主义无不提出了一整套有关文本的理论构想。解构主义瓦解了语言的固定意义，一个文本隐含了多维的解读方向，用德里达的语言形容，这种文本犹如无底的棋盘。当然，纸张上无底的棋盘多半是一种理论模型，但是，奇特的网络技术竟然轻易地将其付诸现实，纸质文学的尽头突然推开了另一扇大门。这是网络文学的巨大潜力。

大约二十年前，我曾经发表过一篇谈论网络文学的论文《游荡网络的文学》。当时，我对于网络文学可能出现的"超文本"充满了期待。显而易见，超文本只能是网络的产物：

> 据考，"超文本"（hypertext）一词是由尼尔森首创。超文本是一种组织信息的奇特方式：尽管一个信息单位——例如一个词——从属于某一个信息集合体，但是，这个信息单位不受这个信息集合体统一意义结构的约束。如果用户愿意，这个信息单位可以随时利用链接的形式进入另一个信息集合体，或者说另一个文本。"K是一个身材高大、肌肉发达的男子，深蓝色的眼睛和迷人的微笑十分性感。除了偶尔的便秘，他有良好的健康记录。"——如果这句话是一个小型的超文本，那么，人们可以轻易地突破线性的文本逻辑而进入意义繁复的空间。只要使用鼠标点击诸如"肌肉"、"性感"或者"便秘"这些关键词，人们就会跃入另一个文本——新的文本可能是对于"肌肉"、"性感"或者"便秘"的阐述；当然，人们还可以在新的文本之中另外选择一些关键词点击，于是，第三层的文本又会呈现。理论的意义上，这是一个无穷的过程。注释、插曲、回叙或者补充介绍不再是文本的边角料，人们可以从一个文本穿行到另一个文本而不必返回规定的中轴线。……从一个文本的关键词转向另一个文本的关键词，鼠标开启了一个又一个的信息门厅，让用户永无止境地游历网络无数节点。这不仅摧毁了故事之中的人物等级，废弃了

种种人为的结构，而且彻底地导致了线性逻辑的解体。于是，中心，主题，主角，线索，视角，开端与结局，文本的边界，这些概念统统失效。这时人们可以说，超文本是一种技术制造的深刻解构——布迪尔所形容的传统符号权力突然碎裂了。现在为止，网络文学还没有充分意识到超文本的巨大意义——超文本可能修改所有的文学成规。①

出乎意料的是，上面引文的最后一句至今仍然适用——这些年来的网络文学并未在形式实验方面走多远。大多数网络文学的作者对于这个主题不感兴趣。20世纪的许多思想家意识到，主体很大程度上来自语言文本的建构。这种观点显然可以延伸至网络时代。网络正在发育为这个时代的文化神经。众声喧哗、多维复调、图文共存，以及即时的自我表达、即时的评论参与、碎片化的阅读方式都将对一代人自我意识的构成和社会组织方式产生深刻的影响。文学形式往往可能在这些方面得风气之先。然而，至少到现在，网络文学对于文学形式的探索还是按兵不动。

所以，目前为止，生产模式与传播模式的改变是将网络文学从纸质文学之中分离出来的主要原因。现在，可以稍稍集中一下我想考察的问题：对于网络文学来说，网络提供的生产模式与传播模式造就了其哪些异于纸质文学的特点？这些特点意义何在？

三

考察开始之后，人们很快会遇到两个难题。一个是外围的，一个是内部的。

外围的难题显然与网络文学的生产模式密切相关。网络文学的作者常常喜欢自称"写手"，这个名称剔除了种种艺术家或者知识分子的高贵气息而接近于写作工人。写作工人不再高雅地伪装成所谓的灵魂工程师。写手隐身于这个世界的无数斗室，犹如工人置身于生产车间，他们十指翻飞

---

① 南帆：《双重视域 当代电子文化分析》，江苏人民出版社2001年版，第262页。

地敲打键盘。只要按一下鼠标，写手敲打出来的所有文字即刻就会被送上网络，供人阅读。没有写手的资格审查，没有编辑过滤，没有刊物篇幅的限制，文学生产可以毫无节制地扩张。

评价写手日常的"码字"工作，产量是一个极其重要的指标。写手往往异常勤奋，他们产出的文字数量与收入的获取直接联系。"两句三年得，一吟双泪流"，这种迂腐的精雕细琢一般不会发生于网络文学创作之中——这样的写作速度怎么养家糊口呵？这种生产模式的必然后果是，网络上的作品迅速堆积如山。据统计，截至2012年底，网络写手的产量已逾730亿字，而且以每日1亿字的速度增加。这时，如果没有权威的索引，茫无头绪的批评家怎么知道杰作隐藏在哪一个角落？当网络文学的产出速度远远超出批评家的阅读速度之后，网络文学的基本概貌愈来愈模糊。如果说，文学史的纵横坐标常常左右了一部作品的评判，那么，对于网络文学来说，整体图景的阙如理所当然地影响到个别作品的质量评判。

再者，即使锁定一部很有口碑的作品，"研究什么"仍然会成为一个研究的内部难题。那些倾泻而下的文字一览无余，没有庞大的象征系统，没有远古的神话原型，没有深邃的哲学主题，也没有复杂多变的人物性格；许多文字粗糙的作品段落甚至缺少可供分析的修辞现象。从人物、结构、主题到意象、无意识、叙事模式，文学批评的众多术语只能空转。必须承认，相当多网络小说的情节设置极为出彩，漫长的故事悬念丛生，令人欲罢不能；遗憾的是，文学批评从来不肯对情节和悬念给予过高的评价。相反，许多作家和批评家的共识是，过分离奇的情节夺人耳目，以至于真正的主题可能陷落在眼花缭乱之中，这犹如荣华富贵的温柔乡，将会消磨一个人的雄心壮志。所以，作为一个旁证，传统的文学史通常不愿意将经典的荣誉授予侦探小说。

我想补充的是，大部分网络文学并没有兴趣追求结构、无意识、叙事模式等晦涩的话题。为了投合普遍的"碎片化阅读"，写手的意图就是浅白、通俗，甚至让读者可以一目十行地囫囵吞枣。他们心目中，艾略特的《荒原》也好，乔依斯的《尤利西斯》也好，这些深刻的玩意儿还是留给学院派享受吧，简单和好玩才是后现代的至高原则。

批评家可以轻而易举地斥责这些观点。可是，斥责之前遇到的疑惑是：为什么大众如此热衷这一切？事实上，真正的问题隐藏在这里。

四

现在，我们迎面遇到了一个重要的概念：大众。很多时候，大众与读者是同义词。

从革命年代到消费社会，从民主的理念到群众观点，"大众"始终是一个坚固的、无可置疑的正面概念。但是，知识分子圈内，某些专业主义的眼光之下，蔑视大众的精英主义还是有一定的市场。一些社会学家将大众视为"乌合之众"，一些心理学家研究了集体心理之后认为，群体性的狂热运动往往会降低个人的理性判断力。

文学史上的不少事例屡屡证明，这种精英主义的狂妄曾经寄居于文学领域。古代的士大夫多半看不上各种下里巴人的玩意儿，当代的诗人也曾赌气地说，你读不懂我的诗不要紧，到了你的孙子就能读懂了。不过，这种观念曾经遭到革命领袖的严厉谴责。毛泽东在《在延安文艺座谈会上的讲话》中尖锐地批判了知识分子的自以为是，这种气质被形容为"资产阶级的和小资产阶级的感情"。作为知识分子的相对群体，工农兵大众登上了文化舞台领衔主演的位置。时至如今，"大众"的威望不可动摇。

网络文学的最大支持者就是大众。几个批评家说三道四又有什么意义？他们的渺小声音只能淹没在大众的呼声背后，完全可以忽略不计。当然，作为文学评价体系的一个核心范畴，现今"大众"的涵义远比20世纪40年代复杂。各种论著引述"大众"观点的时候，隐藏在这个概念背后的理论谱系并不一致。革命年代的理论话语之中，"大众"是革命的主力军；消费社会，"大众"指的是消费者——作为消费者的"大众"显然是网络文学创作者的衣食父母。当年，革命主力军"大众"的一个任务是摧毁资本主义市场体系；可是，如今作为消费者的"大众"本身就是市场体系的组成部分。批评家言必称"大众"，多少人意识到其所代表的不同的甚至对立的理论谱系？

"大众"背后的另一个理论谱系是接受美学。接受美学绕开了作者和文本，读者的接受才意味着作品价值的最终实现。这种思想脱胎于现代阐释学。尊重读者与后现代的某种文化气氛不谋而合，同时，接受美学之中共同参与、开放话语权力的理念多少投合了文化民主的想象。

许多人已经意识到，大众的权力必须存在一个限度，大众不可能跨越一切专业的障碍主宰各个领域。不必说数学、物理、生物学、医学之类的学科，即使是考古、甲骨文、先秦典籍，乃至唐诗宋词和《红楼梦》，专家知晓的内容恐怕还是比大众要多一些。当然，人们有意无意地将这些学科产生的分歧和争辩控制在专家内部。争论一个出土的陶罐来自哪一个年代或者一篇佚文的作者是不是庄子，争论诗与词的区别或者曹雪芹的身世，人们通常回避了"卑贱者最聪明"的命题。这时，大众的观点多半不是最有价值的观点。

我想指出的是，"大众"已经不是一个不言自明的群体。不同语境之中，"大众"的内涵迥异，另一些语境之中，"大众"甚至没有多少发言权。既然如此，这个问题慢慢地尖锐起来了：为什么对于网络文学的评价如此不同——为什么"大众"几乎成为遮蔽一切的唯一概念？

五

"大众"能够成为天然的标准吗？"大众"背后的不同理论谱系及其迥异的内涵，"大众"与专家之间的张力，"大众"与不同的传播工具……这些问题背后无不隐含着巨大的理论空间。当网络文学和市场推销者竭力造势的时候，"大众"是一个用起来得心应手的概念；然而，如果批评看不见这个概念隐含的各种曲折，那不啻失职。然而，目前为止，种种多维的思想和复杂的权衡正在消失，正在逐渐演变为一个平面的数字：人数——不，钱的数目。

现今的文化评价体系之中，一些无足轻重的概念突然成为主角：印数、票房、收视率……网络文学的相对概念当然是点击率。毫无疑问，所有的统计数据终将兑现为利润。收入账本正在成为一部作品价值的最终评判。这时，所谓的文化评价已经为产业的经济学数据所替换——例如，网络文学出版产业的总体规模已经超过50亿，或者，网络写手的前三名年平均收入达800万,如此等等。文化评价体系之中,大众与专家之间的不同认识构成了持续的对话,二者之间的博弈和平衡亦即大众文化与精英文化的博弈和平衡。然而,在利润排行榜面前,大众与专家之间购买力的悬殊使双方的动态结构迅速化为乌有。"精英"正在成为带有耻辱意味的符号,作为革命主力军的"大众"余威尚在,作为消费者的"大众"再度让那些囊中羞涩的专家自惭形秽。

大众胜利了。然而,大众胜利了吗?

我曾经多次指出一种可能:由于商业舆论的迷惑,由于判断的失误,大众广泛认可的产品可能不利于大众,文化亦然——"大众追求的某些娱乐之作可能隐蔽地损害他们的利益,一如某些可口的垃圾食品可能损害健康。换言之,大众没有理由完全信任自己"[①]。

显然,由于这种观点倾向于专家,另一些可能的命题被隐没在视野之外。至少,人们还可以提出另外两个争论的题目:第一,又有多少理由认定,畅销的作品质量低劣?第二,与第一个题目相反,小众难道就是质量的保证吗?

必须承认,这两种观点往往隐藏于无意识之中,成为许多批评家谈论问题的潜在前提。如果有关网络文学的争论有助于捎带地解决这些似是而非的命题,本身就是一个功绩。

六

设想一个测试:将一部盛行的网络小说——譬如《甄嬛传》——与《红楼梦》共同放置于某一个网络空间,哪一部作品可能获得更高的点击率?任何一个熟悉现今文化氛围的人恐怕都会判断前者获胜。为了与现行的表述衔接,姑且将《红楼梦》视为"雅文学"的代表。在网络文学的强大声势之下,雅文学常常铩羽而归。

晋升为不朽的经典多半是雅文学的追求,"传诸后世"是其一个不可忽视的特征。大多数畅销作品昙花一现,可是,经典可以跨越数百年甚至

[①] 南帆:《娱乐与大众的两副面孔》,《东南学术》2013年第2期。

数千年。这不仅意味着历代读者人数的相加，同时还表明雅文学的某种特殊品质：超越一时之需而相传久远，从而天长地久地重塑人心，重塑社会。这一点与通常的消费品远为不同。通常的消费品往往投合日常生活的各种短暂需要，意义清晰可见，消费者或喜或弃，一目了然；雅文学的意义往往超出了大多数读者意识的范围，专家的阐释是对于这些意义的介绍、品鉴、挖掘和扩展。

畅销的网络文学如同某种令人喜爱的日常用品。读者事先无法猜想情节的轨迹以及悬念如何巧妙地解开，但是，读者事先可以估计到——或者说期待着——某种类型的阅读乐趣，譬如惊险、悬疑、乐不可支或者伤感落泪，准备哭湿三条手绢。这种乐趣与某种型号的汽车或者手机制造的乐趣相仿，即期待框架之中出现的意外惊喜。期待与意外，二者缺一不可。

显然，流传范围局限于小众并不是雅文学的目的，雅文学更不是那些味同嚼蜡的玩意儿自我辩护的借口。但是，有必要看到的是，雅文学的部分内容通常突破了日常生活的边界，突破了柴米油盐基础上形成的日常认知习惯，迫使读者卷入大问题。读者无法像对待日常用品那样判断这些问题，他们必须抬头仰望，或者深入地思考和体验，听取各种阐释和理解，力求可以在对话之中参与这些大问题。迄今为止，没有人会幼稚地认为，日常认知习惯足以对付天文学或者生物学的疑难问题，雅文学也是如此——雅文学包含了一个学科的漫长积累。当然，专家的阐释和理解必将逐渐扩大小众的人数使之接近大众。尽管如此，愿意耗费心血并且拥有相关教育素质以及心智水平的人肯定仅仅是大众之中的一部分。

"大众"与"小众"分别显示出不同读者群体如何介入文学的复杂互动机制。可是，利润至上的原则之下，货币数目的区别几乎淹没了所有的图景。

七

可是，网络文学的盛行迫使人们坦率地承认，大众的娱乐渴求远远超出了预计。

古代的《典论·论文》有云："盖文章，经国之大业，不朽之盛事。"

这种文章，通常指的是纵论国事的策论之类。诗赋可以偶一为之，但不得玩物丧志，至于小说戏曲则等而下之，不登大雅之堂。雕虫小技，壮夫不为。这些小技无非可在闲暇之际逗人一乐，负担不起国家大事。一些士大夫技痒难熬，悄悄写了一些小说传给三两同道私下阅读，对外往往不敢暴露作者的真实姓名。这种观念直至20世纪之初才得到彻底的扭转。这时，梁启超开始力倡小说的济世匡时之效；随之而来的五四新文化运动，鲁迅等一批作家力图依靠小说剖析和批判国民性。马克思主义批评学派传入中国之后，文学逐渐成为革命机器之中的齿轮与螺丝钉，负有团结人民、教育人民、打击敌人、消灭敌人的神圣职责。总之，文学愈来愈严肃，小说仅仅为"残丛小语""街谈巷议"的时代已经过去，那些消遣性的武侠小说或者卿卿我我的才子佳人故事遭到了左翼作家的严厉斥责。到了20世纪50年代至70年代，阶级斗争的沉重气氛熄灭了人们内心残存的某些娱乐欲望。人们被告知，无产阶级必须及时占领文化阵地，文学就是阶级斗争的工具。大半个世纪以来，这种文学传统日复一日地壮大强盛，不符合这种传统的文化观念撤到边缘，噤若寒蝉，继而销声匿迹。

20世纪80年代是一个解放思想的年代。打开了为时已久的文化禁锢，文学、哲学、美学获得解放。密集的观念性开拓如同一个富有人文风格的前奏，经济的解放随后姗姗开启。市场经济不仅带来了巨大的财富，而且，整个社会的精神领域前所未有地翻腾起来了。这时，对于娱乐的渴求呼啸而至，并且迅速地与市场经济相依为命。出人意料的是，自命高雅深刻的文学、哲学、美学突然被晾在了沙滩上，无人问津。独领风骚的文化先锋再也无人喝彩，种种浅薄与低俗之作如日中天。许多知识分子面对这种状况不知所措。

知识分子多半没有估计到，压抑多年的娱乐渴求并未在潜伏之中干枯萎缩。相反，众多娱乐分子一夜之间冒出地平线，他们精力旺盛，作品活色生香，娱乐的规模、手段乃至放纵的程度远远超出了以往的任何时期——这一切仿佛是对于多年苦难的慷慨补偿。当娱乐裹挟经济的洪流汹涌而至，所谓的高雅和深刻几乎发不出任何声音。

这种状况也是网络文学与雅文学之间关系的写照。

八

毫无疑问，晋升为不朽的文学经典是至高的荣誉。然而，这能否证明，旋生旋灭的娱乐作品就没有价值？尺有所短，寸有所长，流传久远是一种价值，搅动一时为什么不是另一种价值？

某些时候，人们很容易在一个会计、一个工程师或者一个小学教师那里听到类似的观点：我们白天为本职工作劳累了八个小时，晚上有时间阅读一会闲书放松身心，为什么还要挑选意识流、存在主义、荒诞哲学或者那些艰涩难懂的实验性作品为难自己？我们愿意承认，深刻的经典作品令人景仰，但是，我们不过是一些凡夫俗子，种种通俗有趣的文化快餐更为适合我们的口味。

对于这些朴素的表述，批评家往往不予回应，或者说不知如何回应。批评家熟悉的理论多半是阐述文学经典的伟大，阐述忧国忧民、经世致用、寓教于乐的悠久传统，这些理论体系内部似乎没有考虑如何答复如此平凡的设问。文学必须是历史与现实的反映吗？能不能恰好相反——文学就是幻想历史与现实之中匮乏的东西，文学就是利用将幻想作为一种短暂的安慰，消除焦虑、释放情绪或者提供心理补偿？

或许，这种忽视已经构成了刺眼的缺陷。批评家的沉默并不能阻止娱乐作品源源而至。回到网络文学，武侠小说、玄幻小说或者穿越小说的规模及其声势业已对批评家的失声形成巨大的压力。批评家至少必须反思，为什么各种密集的术语和雄辩滔滔仍然无法围堵这些作品？这时，我愿意提到一个词——欲望。相当多的时候，欲望的能量是理性的栅栏难以阻挡的。

批评家对于故事情节曾经做过多方面的研究。情节是因果关系，情节是人物性格发展史，情节是角色的固定功能，情节是平衡的打破和恢复，如此等等。爱·缪尔说过：情节这个术语"指明故事中连续的事件和使这些事件交织在一起的原则"。这个解释看起来不足为奇，但是，他随后对于情节的进一步阐述很有意思："情节是根据我们的愿望，而不是根据我们的认识展开的。它以比我们自己所具有的更大的力量，将我们期望生活既惊险又安然无恙的自然欲望具体化;使事情混乱,无视法规,而能逃避后果。这是欲望的梦想,而不是人生的描写。"[①] 在我看来,爱·缪尔关于情节与欲望关系的观点尤为适合谈论网络文学。武侠、玄幻、穿越这些情节类型之中,欲望投射的分量远远超过了正常的历史描述。诚如许多批评家所言,武侠小说是"成人的童话",是人们在一个虚拟的空间以英雄自居,间接获得代偿性的满足;与此相似,玄幻文学和穿越文学的虚幻性质隐含了某种现实失意造成的转移性寄托。相对于那些批判现实主义的严肃面孔,这些逃避式的梦幻不无幼稚,无法承受理性的挑剔;然而,作为欲望的投射,这些文学类型具有超常的影响力。

批评家能否富有说服力地回答:摒弃历史、放纵欲望又有什么不对?

九

依据自己的阅读经验,我倾向于认为,相当多的批评家对于娱乐作品的基本反应与大多数人无异。悲,笑,惊奇,刺激,想入非非的白日梦,自我想象为超人或者英雄上天入地,如此等等。或许与大众存在某种程度的差异,但是,没有证据表明批评家不食人间烟火。多数批评家并未拥有一个特殊的心智结构。文学教授可能躲在寓所的书房里偷偷阅读侦探小说或者武侠小说,只不过他们不会在课堂上堂而皇之地暴露自己的消遣读物罢了。也许,现在的文学教授同时也在阅读《盗墓笔记》《杜拉拉升职记》或者《步步惊心》,谁知道呢?

文学教授不愿意向自己的学生推荐娱乐作品,这恐怕并非"虚伪"这个说法所能完全解释。我宁可认为,批评家对于以下这个命题具有清晰的认识:好玩的作品不一定是好作品。他们因为好玩而阅读,因为不是好作品而无意推荐。初涉文学,不能以为消遣好玩就是文学的一切。沉溺于惊悚、悬疑、宫斗、穿越,文学的另一些探索性主题往往会遭到遮蔽,例如文学对于灵魂的拷问,或者文学对于猥琐的内心以及无意识的披露。如果

[①]〔英〕爱·缪尔:《小说结构》,罗婉华译,见《小说美学经典三种》,上海文艺出版社1990年版,第349页、第352页。

说，网络文学开启了一个虚幻的通道使读者逃离庸庸碌碌的日常生活，那么，陀思妥耶夫斯基或者普鲁斯特、乔依斯这些作家让人们返回地面，意识到日常生活的重量，迫使人们洞察内心的许多自己从未意识到的角落。通常，批评家会对于这一点保持某种不无残酷的清醒：认识自己比迷惑自己重要。

现在不妨回到先前曾经涉及的一个问题：为什么网络文学对于表述形式的探索没有兴趣，例如超文本的潜力方面？考虑到语言与主体的关系，人们可以认为，文学的表述形式对于意识结构的改造或者重塑具有非凡的意义。可是，至少在目前，这种意义似乎超出了网络文学大多数"写手"的关注范围。他们的理由是：作为消遣读物，网络文学有必要抛出如此"不好玩"的问题增添读者的思想负担吗？

然而，这就是许多批评家担心的问题：洪水一般的网络文学会不会淹没纸质文学探索人生的各种努力，从而使消遣和娱乐成为唯一的选项？

所有的探索主题中止之后，文学只能造就一代没有深度的读者。

十

忍耐了这么久，现在终于可以谈谈网络文学的作者了——或者说写手。某些时候，他们被叙述为隐身于网络背后的神秘工作者。写手不像纸质文学的作者那般经常抛头露面。让自己的产品在市场上卖个好价钱，如此足矣，很少人愿意进一步在文化舞台上充当一个明星。他们常常对文化舞台上声名卓著的纸质文学作家表示不屑。当然，网络文学的写手不会在获奖、国际声望、有多少批评家发表评论这些方面与纸质作家一争短长，他们的标准很简单也很实际：哥们，你去年的进账是多少？

不少第一代写手曾经回忆初涉网络文学的单纯追求。那个时候他们从未将写作与金钱联系起来，写作的动力是青春、激情与自由。然而，现在的写手一出道就是如此世故：没有钱为什么累死累活地写作呵。将写作视为一种换取口粮的生活技能，这无可非议。我的问题仅仅是，还有没有金钱之外的追求和标准？

与纸质文学作家比较，网络文学的写手仿佛相对年轻。考虑到他们写出的字数，年轻是一个必要的条件。年轻意味了精力的充沛和吃苦耐劳的精神，他们可以胜任激烈的写作竞争，充沛的体能是工作量的保证。许多时候，他们的工作强度之大令人想到了运转不息的写作机器。人们几乎可以得出一个不无贬损意味的结论：网络文学对于一个写手体力的要求远远超过了思想、见识、文化修养和语言能力的要求。这也是写手们成功的秘诀之一：年轻的意义超过了积累。

网络文学写手的另一个特征似乎是不无莽撞的大胆。如果说，年轻的作者擅长的内容是青春感伤或者对爱情的渴望，某些时候也可以批判老于世故的社会缺乏激情，批判泛滥的实利主义和犬儒主义，那么，那么多的网络文学写手拐入历史文学的确让人意外。通常，涉及历史的写作需要丰厚的知识储备。作者不仅要熟悉众多重大历史事件的来龙去脉，熟悉有关这些历史事件的种种细节——这种熟悉必须到敢于参与历史学专业对于相关专题的学术讨论的程度；而且，作者还要了解当时的各种日常生活细节，譬如服饰的特点、礼仪的特点、建筑的特点、民俗的特点，如此等等。这些方面的纰漏往往被称为"硬伤"。在专业圈子之内，出现"硬伤"甚至比观念的失误还要糟糕。观念问题还可以用"见仁见智"加以辩解，学识上的"硬伤"只能解释为无知。对于纸质文学来说，历史绝不是一个可以轻易涉足的地带。

然而，许多网络文学写手勇气十足地摆弄历史。他们没有上述的顾虑，甚至没有意识到这些问题的存在。与其说这是最为严谨的领域，不如说这变成了一个最好玩的领域。从武侠出没、后宫内斗、和尚道士的方术秘技到西域荒漠的奇花异草，所有日常现实无法展现的景象都可以塞入"历史"。除了历史学家，又有多少人有资格同时有兴趣追究这些问题呢？

我希望这些叙述不要仅仅留下一个否定的印象——我还想指出的是，网络文学是否打开了使用历史素材的另一种可能：没有必要考虑严格的历史真实——没有必要与各种历史著作相互参照，考辨求证，文学仅仅营造一种大致的历史感就可以了。纸质文学之中曾经出现过有趣的探索。20世纪90年代初期，苏童曾经发表过一部长篇小说《我的帝王生涯》。这部小说虚构了一个古代的帝国，虚构了一个兄弟争夺皇权的故事——竞争的胜利者终于带着苍凉的心境面南称孤。尽管中国历史上从未存在小所描述的这么一个王朝,但是,宫殿、大鼎、后宫、太监等元素造就了一个真切的宫廷,一种虚拟的历史感。这并非传统意义上的"历史"小说,而是关于历史的"小说"。很难断言网络文学写手有意追随这一部小说,但是,必须承认,在宽泛的意义上使用历史材料的时候,网络文学可能在历史、虚构与想象之间开拓出某种新型的可能。这种可能能够走多远?批评家有理由关注这种动向。

十一

网络文学写手常常引以为豪的是,他们敢于单打独斗,没有必要依赖作家协会这一类机构的提携,甚至也没有必要接受学院的正规训练,遭受文学史或者文学理论那些学术术语的痛苦折磨。我手写我口,想怎么写就怎么写,网络慷慨地为一切文字提供出口,那些苛刻的编辑再也不能任意地刁难了。小学教师、公司职员、"理工男"、厨师、打工者,所有的人都有权利在网络空间编织自己的文学梦。当然,没有人天真地认为,文字出现在网络上就是成功。能否通过市场的检验是成功与否的最后证明。写手必须勇于面对市场上的读者,二者之间的其他环节都是多余的干扰。

这种观念会不会将文学的机制估计得过于简单了?不言而喻,所谓的编辑、学院乃至作家协会都是某一个历史阶段的产物,最初的文学只能是一种自发的民间活动。从篝火旁边说故事的人、四处流浪的行吟诗人、瓦舍勾栏里的说书艺人,到编辑、学院乃至作家协会等文学组织或者学术机构的出现,这种变化通常来自社会分工的职业化。时至如今,一些文学组织和学术机构日益臃肿,甚至退化为与文学没有多少联系的行政机构,但是,没有理由否认设立这些组织和机构的专业意义。

文学业已拥有数千年的历史。数千年的探索和积累汇成了厚重的文学传统。这里既包括种种重大的主题,也包括种种成功的表述形式。如同多数学科一样,一个杰出作家的工作既包含了对于传统的继承,也包含了对于传统的开拓。作家并不是将各种粗糙的原始经验抛给读者,传统告知作家,如何将这些原始的经验有效地处理为文学。种种文学组织和学术机构均具有研习文学传统的功能,尽管各个组织和机构的分工不同。

许多网络文学写手绕过了这个阶段,他们的写作往往流露出粗糙简单的倾向。因此,相当多的网络文学无法避免两方面的问题:一,语言表述草率平庸,泥沙俱下,人们很难从中察觉精深的意味,更难发现个性化的风格;二,一些写手很快显露出难以为继的迹象,原地徘徊,重复的主题、情节构思读来似曾相识。第一波激情挥霍一空之后,职业训练的缺乏很快就显出了后果。没有文学传统的补给,没有职业训练提供的耐力和循序渐进的路径,枯竭的来临往往比预料中还要快。某些时候,他们不得不求助于读者的反应,将其作为完成一部作品的后续动力,譬如要不要让一个恶棍及时地死去,或者要不要让一对恋人终成眷属。

相对于纸质文学,网络文学尤为热衷与读者互动——网络为之提供了相应的技术支持。许多古典作家表示,他们管不住自己小说中的主人公,主人公根据自己的意志恋爱、结婚或者自杀,外力无法扭转他们的性格逻辑——这是一些"真正的"人物性格,人物不是随意捏造的蜡像。相反,不少网络文学写手习惯谦虚地根据读者的反馈意见及时修正情节走向,改变人物命运和故事结局。否则,他们可能遭受读者的抛弃——粉丝的大规模下线直接意味着经济损失。尽管重视读者正在成为一个普遍的理论倾向,但是,重视读者绝非唯唯诺诺地取悦读者。一个作家之为作家的前提是,他对于这个世界具有与众不同的美学发现。如果他的工作只是迎合通俗的想象而无法展示一个富有创造力的独特心灵,那么,这个职业再也没有什么可骄傲的——除了收入。

十二

我已经意识到,以上的考察基本上停留在网络文学的外围。这并不奇怪。尽管网络文学声势浩大,然而,对于文学研究来说,这仍然是一个陌生的庞然大物。相当长一段时间,许多批评家——当然包括我自己——不适应网络文学的存在。批评家的研究常常有意无意地忽视和回避网络文学,仿佛期待它们不久之后可以自动消失。现在,批评家不得不正视这种状况:网络文学的读者愈来愈多,读者人数的增加速度是纸质文学无法比拟的。所以,网络文学正在以强硬的姿态挤入批评家的视野,对其视而不见已经不可能。人们终于发现，要给这个庞然大物腾出位置，原先的文学版图必须做出深刻的调整，一系列既定概念、范畴的有效程度需要被重新思考、重新定位。文学的传播工具，读者与大众，市场与文化商业，作家的文化身份，雅与俗之辩，作家的成长与成熟，写作速度——诸如此类的问题无不需要新的结论。

相对地说，网络文学的"内部研究"——借用新批评学派的一个术语——远未展开。尽管网络文学面世的字数如此之多，影响如此之大，可是，还没有哪一个作家如同王蒙、莫言、王安忆那样得到批评家的完整研究。此外，从玄幻、穿越、惊悚、科幻、历史到都市、校园、官场、武侠、戏仿，对网络文学之中各种类型的特征及其盛衰规律分门别类的研究没有被提上议事日程，对其情节的巧妙设置以及悬念与心理的关系研究也没有被提上议事日程。至于网络的表述潜力与文学形式之间的关系几乎仍是一个盲点。一些诗歌作者曾经利用网络技术进行各种有趣的形式实验，例如诗句中出现"雨"字时，"雨"的四点闪烁不已，形象地表示漫天大雨。然而，这一类的探索迄今几乎未曾得到理论的任何回应。如果说，网络文学的研究要有实质性的进展，这些方面的考察已经成为当务之急。

后现代、轻型文化与二次元美学意识

一

文学史可以证明，20世纪80年代文学不仅迎来了一次人们期盼已久的复兴，并且充实了强大的现实主义美学范式。作为一种自觉的理论观念，现实主义美学范式来自"五四"新文学传统。五四时期的许多作家坚定地与各种保守腐朽或者游戏狎邪的主题划清界限，开始专注而紧张地探索历史和人生——"为人生的文学"显然显示出一种宽泛的现实主义精神。20世纪80年代文学力图恢复"为人生"的真挚信念。不久之后，"现代主义"试图从另一个层面介入"为人生"的文学信念，继而与"现实主义"构成旷日持久的争辩。二者的分歧很大一部分涉及文学与社会、历史、民族、国家或者文学与自我、大众的关系，哲学式的思考时常成为争辩双方共享的前提与方法。总之，当时的文化沉浸于不言而喻的严肃气氛，轻佻的逗乐无人响应，缺乏思想的消遣或者戏谑令人鄙视。

20世纪80年代的现实主义美学范式之中，许多人很快意识到王朔展示的异质因素。尽管《一半是火焰 一半是海水》或者《过把瘾就死》流露出对于爱情的执念，但是，王朔的独异特征毋宁说是强烈的反讽，例如《玩的就是心跳》《顽主》《一点正经没有》或者《你不是一个俗人》。某些场合，王朔被视为"痞子文学"的代表人物——这个贬称不仅由于王朔小说的主人公类型，同时还源于其半是尖刻半是嬉闹的叙事话语风格。王朔擅长挖苦调笑，揶揄嘲讽，尖利有余而激愤或者深邃不足，油嘴滑舌更像一种炫技式的口才表演。一个接一个的反讽编织成一层薄薄的语言帘子，掀开帘子空无所有。他不惮以自嘲的方式将自己列为反讽对象，他人甚至无从下手反戈一击。

　　反讽修辞存在多个不同的引申方向。反讽式的批判隐含一个正面的价值体系。嬉笑怒骂背后居高临下的语言姿态表明，人们已经意识到被肯定的观念是什么。因此，积极阐述肯定什么是反讽的一个引申。反讽的另一个引申是仇恨。当冷嘲热讽的语言不足以承载愤怒的时候，另一套更为激烈的辞令应声而出。人们丧失了调侃与正话反说的耐心，怒火中烧的愤慨必须诉诸远为强硬的表述。反讽的第三个引申方向是戏谑。冷嘲热讽通常带有相当的喜剧成分，尽管并非引人哄堂大笑而是进行不屑的嘲弄。如果说，不屑暗示了反讽隐含的智力优越感，那么，戏谑之趣可能由于一个小小的语言拐弯而炽烈地燃烧起来，以至于乐不可支的气氛迅速抛开了反讽的智慧含量。智慧含量骤减的一个特征是，人们的笑声并非来自一个巧妙的思想顿挫，而是源于外力的挤压——用力过度的迹象屡见不鲜。这时，我愿意提到赵本山与周星驰。

　　一个出入于小品舞台，一个活跃于电影银幕，对于大众文化来说，赵本山与周星驰均为炙手可热的重量级人物。他们的喜剧表演赢得了广泛的赞誉。尽管东北方言与粤语相去甚远，但是，赵本山与周星驰共同追求强烈、火爆、夸张乃至癫狂的语言风格。赵本山的诸多小品针砭时弊、抨击世俗，但是，反讽"言在此而意在彼"的迂回结构似乎削弱了直击的快感。若干广为流传的赵本山名言远比反讽的表现力更强烈，例如"上顿陪，下顿陪，终于陪出胃下垂；先用盅，再用杯，用完小嘴对瓶吹""别说你开车不合格，你长得都违章了"；另一些时候，他的俏皮话陷于单纯的滑稽和嬉闹而抛开了针砭或者抨击，譬如"脑袋大，脖子粗，不是大款就是伙夫""干掉熊猫，我就是国宝！""不吃饱哪有力气减肥啊？"，如此等等。喜剧美学表明，喜剧引发的"笑"隐含俯视和矫正对象的意向。相对地说，俏皮话仅仅显现为机智的语言修辞。机智的错动与出其不意的衔接带来莞尔一笑，意义的刻痕并未在笑声熄灭之后浮现与留存。如果说，这种机智在赵本山喜剧之中举足轻重，那么，周星驰更多地表露出强制性"搞笑"的倾向。插科打诨，装疯卖傻，胡言乱语，故作天真，甚至不惜扮出一张鬼脸——许多笑声的获取诉诸身体表演而不是机智的语言。这种修辞时常被称为"无厘头"，即粗俗、莫名其妙或者混乱与肆无忌惮。无论是对内在的机制还是风格与效果而言,这些笑声与反讽的距离已经很远了。

无论是王朔的京味嘲讽、赵本山的东北乡土幽默还是周星驰的港式"无厘头",戏谑与嬉闹逐渐淹没了反讽的尖锐,丧失了智慧含量。许多时候,这种状况可以视为一种文化症候:欢娱的轻型文化开始大面积流行。思想缩水,理论简化,深邃、缜密逐渐成为令人厌烦的品质;经济学仅仅涉及家庭开支,法律仅仅负责离婚财产分割咨询,哲学和诗转入幕后,交响乐或者小剧场话剧成为某个小众圈子的身份标签,小报、互联网、手机大规模主宰大众的文化生活。从明星八卦、搞笑段子、鸡汤短文到动漫绘本、电子游戏、脱口秀、短视频,众多品种的轻型文化蔚为大观。轻型文化不仅形式轻盈,更重要的是内容轻松。无论是小清新、小情调、小惊险、小机智还是哗然的爆笑,人们可以清晰地察觉另一个文化段落与严肃文化的分界线。严肃、深刻、忧患意识或者沉重的历史如同远去的雷声,现在是投身于游戏和收获笑声的时候了。

规劝那些20世纪80年代文学的拥戴者接受轻型文化诚非易事。20世纪上半叶的苦难、革命、战争已经转换为一种普遍的文化性格,许多人始终保持内心的紧张感。他们熟知"生于忧患,死于安乐"的古训与各种现代励志名言,如果肩上的重量突然消失,人生仿佛丧失意义。很大程度上,这种文化性格与现实主义美学范式互为知音。文学必须再现宏伟历史,宣谕人生意义,接续伟大传统,展示某种复杂的、不无晦涩的结构形式,否则,又有什么必要聚精会神地研读再三?他们心目中,沉溺于安逸、快活和享乐令人鄙夷乃至令人不齿。尽管王朔、赵本山、周星驰开始构造另一种叙事风格,但是,轻型文化的大规模扩张仍主要由年轻一代完成。

历史文化的意义上,"代"的界定通常依据文化观念的内在转换。许多场合,"年轻一代"的开端指的是1980年之后出生的"80后"。"80后"以及他们的后续梯队由于相似的文化性格而被概括为一个文化共同体:"城市的,独生子女的,现代消费的,最后,也是最重要的,属于互联网新媒体的。"[1] 显而易见,堆放于身边的20世纪80年代文学与他们的经

---

[1] 江冰等著:《酷青春 80后青年亚文化的生成与影响》,人民出版社2017年版,第1页。

验、文化趣味——与他们身上"代"的标记——格格不入。独生子女身上隐含的另一个社会事实是，这一代人拥有20世纪至今最为安定的生活环境。20世纪80年代之后，社会财富急剧增加，生活条件持续改善，与此同时，大部分家庭慷慨地将各种资源集聚于独生子女一代。现实主义美学范式持续关注的温饱主题丧失了昔日的分量，闯荡"广阔天地"不再是这一代人的典型经历；从城市到大部分乡村，攻破高考关隘成为独生子女一代青春期的唯一目标。居住条件的改善与令人窒息的繁重课业造就了许多"宅男""宅女"，课业之外的文学一律充当放松身心的精神保健操——除了追求发自肺腑的笑声，很少人还有余裕接受严肃的文学启迪，从而考虑历史的真相或者人生真谛。由于无暇涉猎多种复杂的文化类型，流行而轻松的动漫、科幻、电子游戏填充了他们大部分课余时间，并且转换为普遍的文化趣味，甚至沉淀为某种无意识。这个历史阶段恰恰是各种电子传播媒介全面碾压纸质媒介的转折期，他们对于电视、电脑、互联网、手机运用的影像符号远为熟悉，寄居于文字符号的传统经典遭到了冷落。闯过了高考关隘之后，这些文化趣味的影响并未消失——他们很少像父辈那样围绕篝火纵谈一部文学经典或者理论名著，周末火锅聚餐之后的消遣节目多半是歌厅"K歌"。当然，所谓"文化趣味"通常弥漫于业余的日常生活，而不至于干预他们的专业水准。事实上，"年轻一代"专业工作的质量并未下降，我力图表明的仅仅是——他们之间由于文学的启迪而改变人生志向的人远远少于父辈。

这种状况如何潜在地塑造他们？一些意味深长的迹象正在逐渐显现。无论是相对于五四青年还是他们的父辈，这一代人形成了独有的精神气质。一方面，这一代人的知识储备、文化修养以及见识、视野可能远远超出前人；另一方面，这代人也与五四青年的激情、冲动以及他们父辈探索人生的复杂思考渐行渐远。某种程度上，他们将顺畅地进入中产阶级的轨道，周边的众多因素有形无形地协助巩固这种社会地位和文化趣味。

所谓中产阶级至少包括职业、家庭、教育程度、经济收入、朋友圈，以及一套相对固定的价值观念——他们的娱乐存在哪些特征？不驯的力比多能否找到一个合适而安全的出口？这时，我想转向他们的审美，考察他们的文化趣味形成了哪些特殊的美学意识。

二

晚清至五四时期的文化潮汐隐含了古典社会与现代性之间的激烈冲突。一系列观念的剧烈震荡造就了初具规模的现代文化，包括现代"文学"概念的建构与完成。先秦至晚清，尽管诗、词、文、赋、传奇、小说、杂剧陆续登场，但是，具有概括性的总称迟迟未曾出现——古代汉语中的"文学"一词泛指各种博杂的人文知识，而不是描述某个独立的学科。置身于哲学、政治学、经济学、历史学、新闻学以及各种自然科学之中，"文学"的诞生来自复杂的理论运作，现代知识的重组、教育体系的改变与新型传媒体系的崛起构成不可或缺的文化条件。① 作为现代"文学"的重要特征，叙事文类进入文化舞台中心与白话文运动的兴起均是影响深远的重大事件。无论是现代"文学"概念的确立还是文学形式的转型，这种状况不仅呼应了美学意识的急剧裂变，而且为未来的美学意识敞开了广阔的空间。

如果说，儒、释、道的各种观念曾经在中国古典美学意识之中留下不可磨灭的烙印，那么，如同许多人指出的那样，启蒙与革命促成了现代"文学"美学意识的重大转折。从梁启超对于小说寄予的厚望，陈独秀、胡适发起的"文学革命"，鲁迅"铁屋子"里的"呐喊"到毛泽东《在延安文艺座谈会上的讲话》提出的一系列革命文学主张，人们可以清晰地看到，迥异于中国古典文学的美学意识愈来愈强大。尽管如此，启蒙与革命仍然沿袭了古典美学意识的两个特征，并且赋予了其新的历史使命。

古典美学意识对于审美愉悦的关注完整地承传至"五四"新文学。不论是孔子的"兴、观、群、怨"之说、《毛诗序》中的"动天地，感鬼神，莫近于诗"，还是梁启超阐述小说与"群治"关系时提出的"熏""浸""刺""提"，中国古代思想家曾经从不同的维度描述审美愉悦的意义。显然，"五四"新文学接受并且重新阐释了这些论断——周作人在《中国新文学的源流》之中表示："文学是用美妙的形式，将作

---

① 参见南帆：《文学经典、审美与文化权力博弈》，《学术月刊》2012年第1期。

者独特的思想和感情传达出来,使看的人能因而得到愉快的一种东西。"①美学意识之所以异于严谨的理性思辨,文学之所以异于哲学、经济学、社会学等学科,审美愉悦及其带动的心理能量是一个不可替代的标志。当然,从"兴、观、群、怨"开始,古典美学意识从未单纯地逗留于审美愉悦的心理区域。审美愉悦时常被解释为真理的诱人躯壳,观念的登堂入室是尾随审美愉悦的另一个"悟道"阶段。沉溺于审美愉悦而放弃真理的启迪犹如买椟还珠。因此,古典美学意识的另一个特征是,强调和引申审美愉悦包含的观念寓意,告诫人们不要被炫目的美学光芒迷惑而遗忘了内容真正的内涵。"诗言志""文以载道"也罢,"彩丽竞繁,而兴寄都绝"的感叹、"文章合为时而著,歌诗合为事而作"的主张也罢,古代作家经世致用的思想观念完整地进入现代美学意识,并且与启蒙、革命一拍即合。传统的"志""道"转换为现代的人道主义或者阶级反抗,二者的美学意识既泾渭分明,又一脉相承。

由于经世致用的强大传统,"为艺术而艺术"的主张并未随着现代"文学"概念的建立而大面积流行。尽管康德的学说或者某些现代艺术主张或显或隐地成为"为艺术而艺术"的后援,但是,古老的文化传统与激进的历史语境均未为其提供足够的空间。封建帝国衰朽不堪,内忧外患带来普遍的焦虑,救亡图存是众多仁人志士共同关注的主题,这时,"为艺术而艺术"往往被视为奢侈而无聊的文化游戏,甚至是逃避现实的可耻之举。相反,从"文以载道"到批判现实主义,种种"为人生"的文学观念被编织为完整的理论谱系,理论谱系的内在逻辑跨越了美学意识的转折制造的古典与现代之间的鸿沟。

经世致用的强大传统同时对娱乐作品追求的快感形成强烈的排斥。尽管娱乐构成了古代文学的一个主要主题,尽管这个主题是现今大众文化与市场消费合作的基础,但是,古今的思想家几乎从未表示肯定。古代思想家的非议往往是,娱乐作品无助于修身立志、陶冶人格,相反,娱乐的轻佻风格可能腐蚀深邃的心智,消遣的诱惑不啻玩物丧志。现代思想家对于娱乐作品的批评显示出更为开阔的视域。一种观点认为,许多娱乐作品歪

---

① 周作人:《中国新文学的源流》,华东师范大学出版社1995年版,第2页。

曲了历史，那些欺骗性的情节犹如消磨革命斗志的美学麻醉剂；精神分析学的观点进一步指出，相当一部分娱乐作品构成的"白日梦"毋宁说是欲望的象征性满足；另一些思想家——例如法兰克福学派——对于娱乐作品与市场消费的大规模合作深为不满。在他们看来，由于资本的操纵，市场体系与美学、个性、激情乃至解放的理想格格不入。"五四"新文学运动之后，无论来自启蒙阵营还是革命阵营，娱乐作品始终代表了美学意识之中的低级趣味。

经世致用的观念通常表明，文学不仅能提供正确的认知方式，改变一个人的理想信念，而且，审美愉悦带来的内心激情可能带动一个人投身革命。这构成改造世界的前提。从投身什么、坚信什么到蔑视什么、拒绝什么，美学意识具有撼动个人命运的作用。换言之，文学、世界、读者三者共同镶嵌于一个互动结构。然而，轻型文化撤出了这个结构。高考关隘成为年轻一代的主攻目标，娱乐作品成为精神调剂的首选。很大程度上，这被视为文学的首要功能。如果说，那些纳入课程体系的经典文学不再提供审美愉悦而成为枯燥的考试科目，沉重的哲学内涵或者令人费解的象征寓意毋宁说是令人厌倦的训诫和需要反复背诵的文字，那么，娱乐作品负责快乐的一刻：惊险、曲折、爆笑、感官刺激。当然，许多人对于娱乐作品的精神依赖并未随着高考关隘的远去而消逝。相反，当生活被分割为工作与业余两大部分的时候，娱乐作品理所当然地接管了后者。人们默认的观念是，娱乐作品的精神按摩作用有助于恢复心智疲劳，这是重新投入工作的必要条件。这时，启蒙与革命已经成为遥远的往事，年轻一代的美学意识正在给娱乐作品腾出更大的空间，并且为之大声疾呼，伸张权利。

尽管如此，我仍然对于"爽"这个概念的登场深为惊异。没有曲折的理论脉络，没有深奥的概念内涵，"爽"所形容的即是摒除各种深意的直接快感，犹如炎炎夏日的冰镇啤酒：

"爽"特指读者在阅读网络小说时获得的爽快感和满足感。"爽文"就是在这种读者本位的模式下创作的网络小说，而小说中最好看、最有趣的高潮部分或为实现高潮而固定下来的套路被称为"爽点"。"爽"也是网络小说的一个基本特征，因此也有人将网络小说统称为"爽文"。①

作为一个正式学科,"美学"诞生于18世纪——学科创始人鲍姆加登的一个重要意图是论证感性的意义:感官印象、想象、虚构不再是混乱的初级认知,而成了可以与理性相提并论的洞察世界的方式。"美学"之所以被称为"感性学",审美愉悦之所以与孤立的感官激动不同,恰恰由于其超越感官快感的深刻内涵。"寓教于乐"一词表明,美学意识的快感内含古代的"道",或者现代的"启蒙""革命"。然而,"爽"这个概念干脆利索地切除了快感的所有历史内容,仅仅剩余一个简单的快感装置,譬如持久压抑之后痛快淋漓的报复,含辛茹苦之后从天而降的巨额财富,九死一生之际意外的大权在握,如此等等。这些情节拒绝历史逻辑的审核,仅仅追求柳暗花明制造出的"爽"的感觉。尽管简单的分析即可揭示"爽"所隐含的"白日梦"结构,但是,相当多的作家与读者依然对此乐此不疲。他们并未期待文学的创新增添什么,而是在一次又一次的重复之中清空枯燥课业或者乏味工作遗留的倦怠之情。

"爽文"并非一个孤立的文体,而是与一批近似的文学、艺术彼此呼应,例如ACGN。ACGN之中的N为Novel的缩写,更多地指"轻小说"(Light Novel)。ACGN几个缩写字母的组合表明,Animation(动画)、Comic(漫画)、Game(游戏)与"轻小说"业已汇成一个整体。对于年轻一代来说,这些带有明显日本风格的亚文化曾经是他们课余最为熟悉的读物。这些读物陪伴他们步入青春期的同时,不可避免地转换出特殊的美学意识。尾随"爽""爽文"或者"爽点",另一些新概念渐为人知,且渐渐成为这种美学意识的标志。

三

首先提到的两个新概念是"酷"与"萌"。

---

① 邵燕君主编:《破壁书:网络文化关键词》,生活·读书·新知三联书店2018年版,第227页。

新兴概念"酷"是英文词汇 Cool 的汉语译音。百度百科对它的解释具有重要的参考意义：

> Cool 本来是冷的意思，上世纪六十年代开始成为美国青少年的街头流行语，初期是指一种冷峻的、冷酷而个性的行为或态度，后来泛指可赞美的一切人和物。九十年代，它传入大陆，这个词语在流传过程中含义不断丰富，现在它的含义可以表示广泛意义上的"好"，并不仅仅表示"潇洒中带点冷漠"的意思了。虽然"酷"可以作为"好"的意思，但一些青少年心目中的"酷"跟传统意义上的"好"是不同的。他们如果称赞一个人"酷"，那么这个人或者在衣着打扮、或者在言行举止、或者在精神气质上肯定是特立独行、充满个性的，绝不是大众普遍欣赏的那种纯朴循规蹈矩的"好"。"特立独行、充满个性"，正是"酷"的精髓所在，也是一些青少年青睐和欣赏"酷"的真正原因所在。

上述的简单梳理显明了"酷"与传统美学意识的差异。传统提供的参照坐标愈密集，这个概念的内涵愈清晰。"酷"显然包含骁勇善战的含义，但是，《三国演义》之中的关羽、张飞、赵云或者《水浒传》之中的林冲、鲁智深、李逵并非"酷"的经典形象。这些人物缺乏冷峻的气度与独来独往的作风。"酷"的原始形象包含一些穿黑皮夹克与骑摩托车的街头青年，隐约沉淀某种工业社会机械的钢铁风格，那些带有乡土气息的英雄好汉——例如金庸《射雕英雄传》之中的郭靖、洪七公或者莫言《红高粱》之中的"我爷爷"——均无法纳入"酷"的人物谱系。这并非放弃古典英雄。相反，一些动漫或者电子游戏推出了众多"酷"的古典英雄人物，例如《秦时明月》中的卫庄、《火影忍者》中的宇智波鼬、《鬼泣》中的但丁。他们服饰独异，不苟言笑，手中的兵器威力超凡。相似的意义上，哪吒、蝙蝠侠或者《黑客帝国》之中的尼奥是"酷"，阿喀琉斯、岳飞或者福尔摩斯不是"酷"。不言而喻，"酷"者通常是胜利者，失败者不足以言风格，而且，"酷"意味着绝对的胜利，丝毫无须谋略或者计策的协助。艺高人胆大——高超的武艺与强大的自信造就了"酷"的潇洒。令人眼花缭乱的搏杀后便是一剑封喉，"酷"的孤胆剑客径直离去而不屑转身补一刀；复仇的特种兵扔出打火机点燃毒品仓库，真正"酷"的男人绝不因为身后的剧烈爆炸而回首张望。

"酷"是否存在固定的性别背景？这时，"男性气质"很快成为考察对象。按照R.W.康奈尔的分析，所谓的"男性气质"并非本质主义的规定，而是拥有复杂的综合来源，包括阶级身份、经济责任、职业与工作环境、性角色及其符号、体育运动、政治和历史，等等。[①] 如此宏观的视域之中，"酷"与男性专属美学主题之间的联系模糊而间接。尽管如此，人们仍然觉得，"酷"通常依附于男性形象。无论是电影还是动漫中，某些女性角色也可能带有"酷"的风格。然而，这恰恰由于她们的服饰装束和神态动作具有男性特征，例如紧身武打行头与身手矫健的英姿。

目前为止，"酷"的形容对象往往是服饰、神情、形象造型乃至行事风格具备这种特征。"酷"的分析单位小于完整的个人形象——"酷"既可能显示正面人物的特征，也可能表现反面角色的风度，其对象可以是崇高的卫士，也可以是残忍的杀戮者。进入故事情节，"酷"的意义暧昧不明。进入更大的范围，"酷"并未成为某种亚文化的特殊标记。如果说，20世纪60年代西方文化里的摩登族、光头党、朋克一族等曾经以惊世骇俗的服饰和行为方式挑战正统文化霸权，召唤尖锐的叛逆体验，构建某种越轨的亚文化从事"仪式反抗"，那么，"酷"并未寓含如此激进的文化使命之意。[②③] 许多时候，"酷"止于造型风格而缺乏进一步实践的意义。搏杀之际的造型追求被称为"耍酷"，这是危险的游戏。严谨、专注和实用技术是搏杀的守则，华而不实的"耍酷"可能暴露出致命的破绽。在这个意义上，所谓的"酷"大多来自纸面或者屏幕，犹如脱离实际的美学

---

① 参见〔美〕R.W.康奈尔：《男性气质》，柳莉等译，社会科学文献出版社2003年版。

② 参见〔英〕斯图亚特·霍尔托尼、托尼·杰斐逊编：《通过仪式抵抗 战后英国的青年亚文化》，孟登迎等译，中国青年出版社2015年版。

③ 参见〔美〕迪克·赫伯迪格：《亚文化：风格的意义》，陆道夫等译，北京大学出版社2009年版。

空想。尽管存在某些经验原型，但是，轻型文化之中"酷"的大规模流行更像是受挫的自尊制造出的象征性满足——对令人瞩目造型的追求甚至超过对击败对手的胜利的执著。很大程度上，轻型文化之中的"萌"与"酷"相反，有趣的是，二者的来源十分相似——"萌"显示的路线更为清晰。

追溯"萌"的语义，考据相对充分：

"萌"的这种新用法来自日本御宅族对日文词语"萌え"（moe）的使用。而关于"萌え"的语源，获得最广泛接受的一套说法认为，"萌え"是由它的同音词"燃え"变化而来的。20世纪80年代，日本的御宅族会用"燃え"形容自己因动漫游戏中的美少女角色而产生的爱欲充盈——"仿佛整个人都燃烧了起来"——的情感状态。由于日文电脑系统在输入片假名时会智能识别汉字，当使用者输入"もえ"（moe）的时候，系统排序会将"萌え"列在"燃え"之前，而很多御宅族也觉得"萌え"这个说法同样具有非常强的表现力，因此，自20世纪80年代末以来，"萌え"在御宅族的交流中逐渐取代"燃え"，成为一个更为常用的词语，并且随着御宅族文化的流行，由日本传播到了世界各地，于是便有了二次元爱好者在中文语境下所使用的"萌"。[①]

由于各种场合的频繁使用，现今的"萌"业已具有更为宽泛的涵义："萌"可能是一种可爱的表情，一种有趣的形象或造型，"萌"的形容对象可以超出人物而包括动物、植物，乃至机械或者房屋。在我看来，上述考据之中的两个要点意味深长：一方面，尽管"萌"的美少女形象隐约包含情色的意味，但是，这是一种来自弱者的美学意识。"萌"存在示好、示弱的涵义，譬如"卖萌"。从怪异大叔、肉食动物到宇宙飞船，人们均可发掘"萌"的元素。铁血精神与丛林法则始终是主宰历史的强

---

① 邵燕君主编：《破壁书：网络文化关键词》，生活·读书·新知三联书店2018年版，第23—24页。

大势力，"萌"的美学意识悄悄带来了另类的气息。唇枪舌剑乃至战火硝烟之间，"萌"试图占有一席之地。弱者要做的并非咄咄逼人的征服，而是以引发怜爱悦人。另一方面，考据之中"御宅族"一词的反复出现表明，"萌"的始源来自游戏设计。所谓"宅男""宅女"——"御宅族"一词的字面延伸——的活动范围与20世纪60年代西方文化里那些聚啸街头的"摩登族"已经大相径庭。纸面与屏幕之外，"萌"可能撬开的空间极为有限——这种美学意识只能徘徊于社会历史之外。也许，"80后"短暂而简单的历史无法支持更为宏大的想象？

令人惊奇的是，社会历史的排斥并未降低"御宅族"的热情。轻型文化公开表示，不再依赖社会历史作为想象的资源。轻型文化研究显然意识到了后现代文化的基本特征：社会历史作为某种"宏大叙事"遭到了屏蔽。如果说，传统叙事提供的故事往往分享社会历史的内在逻辑——这种状况被形容为"消费宏大叙事"，那么，轻型文化已经找到正式的替代物：数据库。

> "数据库消费"就是指在宏大叙事解体之后，使故事得以成立的新模式：无数"萌要素"构成一个庞大的"数据库"，"萌要素"的组合构成角色，进而生成故事，人们不再消费故事背后的宏大叙事，转而消费这一"数据库"。[①]

所谓的"萌要素"既包括外部形象造型上的，也包括性格特征上的。"数据库"贮存"萌要素"的全部资料，并且根据各种故事模式进行不同的搭配与组织。虽然"萌要素"与故事模式的数量有限，但是，正如结构主义对于角色叙事功能的总结，二者之间的若干组合模式业已填满文化消费市场。对于文化生产来说，"数据库"正在成为一个万能的庞大资源。这是一个被普遍认可的观念：现实主义美学范式的后援是社会历史。一方面，社会历史始终是一个开放的领域，贮存无数的可能；另一方面，历史逻辑

[①] 王玉玊：《萌要素与数据库写作——网络文艺的"二次元"化》，《文化研究》2020年第1期。

同时限定了每一个时代所具备的可能——先秦时期无法研制高速列车，唐宋年间无法想象互联网。然而，"数据库"信息摆脱了历史的督察而任意组合。轻型文化按照各种欲望配置信息、组织图像，这些配置方案不再接受历史逻辑的干预、修正、肯定或者否决。"数据库"擅长生产种种安抚人心的故事，不论是惊险曲折还是情意绵绵。尽管"数据库"提供的想象与起伏幅度远远超出现实主义美学范式，但是，这些情节显然是新型的"信息茧房"。"信息茧房"的基本功能是：显现的内容恰恰是读者期待看到的——哪怕这种期待仅仅隐藏于无意识。这些情节不会溢出纸面或者屏幕，迫使桌子前面的主体反思什么，继而改变什么。由于"数据库"不动声色的精心呵护，人们徜徉于"萌要素"构造的空间，享受虚幻的悲欢离合。这种状况遗留的问题是：离开纸面或者屏幕的时候，那些"御宅族"还能认出身后的社会历史吗？

四

"酷"或者"萌"是年轻一代美学意识的标识性概念。事实上，一批谱系相近的概念已经广为人知，例如"古风""耽美""腐""虐""奇幻""白莲花""代入感""渣""奇葩"，如此等等。很大程度上，这些概念的密集出现表明：年轻一代美学意识的内在构造正在发生深刻的变化。调查显示，这些概念多半源于动漫。少年至青春期课余读物的对于人美学意识的塑造远比预料中深刻。一份关于"00后"思维方式的调查报告中，动漫的影响清晰可见：

"00后"成长在受到日本二次元文化、美国好莱坞文化熏陶的开放背景下，同时我国传统文化及以此为元素创作的视频、动漫作品对他们影响也较大。据腾讯2019年发布的《00后研究报告》显示："00后"的"二次元热爱排行榜"中，超级英雄的前六位分别是：超人、雷神、葫芦娃、孙悟空、蝙蝠侠、哪吒；动漫作品前三位是：《熊出没》《海贼王》《死神》；小众兴趣前五位则是：古风、潜水、滑板、街舞、日语。"00后"

喜爱的流行文化中，美国好莱坞文化与日本二次元文化占据较重地位。近年来，好莱坞主要依靠"漫威"和"DC"两大漫画公司改编制作的超级英雄题材影视作品，在世界范围内大量"圈粉"，我国也不例外。……日本二次元文化中亚文化类型则更为丰富，如"萌""热血"和"御宅"，这三个亚文化特征常在"00后"自我认知关键词列表中高频出现。①

正如"萌要素"那样，这一批概念积聚于"数据库"，成为持续生产动漫作品依赖的基本传统。许多人觉得，动漫作品不乏引人入胜的情节与形象独异的人物，动漫的特殊作品电子游戏甚至能提供互动模式。尽管这一批概念缺少社会历史的强大依据，但是，来自纸面与屏幕的夸张想象为什么不能充当美学意识的首要资源？如此之多的人沉浸于电子游戏的乐趣而不能自拔——难道这不是表明，电子游戏之中存在某些社会历史所缺乏的内涵？文学考察又有什么理由对其傲慢地视而不见，自以为是地将动漫和电子游戏贬为无聊的低劣之作？如果放纵一下想象，为什么电子游戏不能成为社会历史的蓝本？

的确，这种富有挑战性的质问不可避免——例如，简·麦戈尼格尔即是将通常的观念颠倒过来——她的著作名为《游戏改变世界》。她提到了一个令人震惊的数字："总的来说，全球每周花在游戏上的时间已经超过30亿小时。"②如果游戏毫无意义，全世界的玩家为什么如此慷慨地浪费自己的时间和精力？麦戈尼格尔的建议是，不要固执地纠缠何谓游戏、何谓现实，前者的设计恰恰会弥补后者的不足。《游戏改变世界》中显然支持这种观点："根据游戏工作的结构形式来创造现实中的工作，以给人们带来更多的幸福。游戏教给我们如何创造机会，从事自由选择的挑战性工作，不停地发挥出我们能力的极限。这些经验教训可以移植到现实当中。

---

① 杨雄：《"00后"群体思维方式与价值观念的新特征》，人民论坛网2021年4月20日。

② 〔美〕简·麦戈尼格尔：《游戏改变世界》，闾佳译，浙江人民出版社2012年版，第7页。

我们面临的最紧迫的问题，如抑郁、无助、社会疏离及自己做什么都无关紧要的感觉，都可以通过将更多的游戏性工作结合到日常工作中来有效解决。"① 论证游戏改变世界的意义时，麦戈尼格尔概括了游戏的四个特征：目标、规则、反馈系统和自愿参与。然而，人们很快发现，这些论证和概括远非充分。无论是科学研究、教学还是各种行政事务，许多工作均具有上述四个特征。尽管如此，人们并未从中体验到与游戏相似的快乐。厌倦、沮丧、失望寻常可见，人们无法产生愈挫愈勇的信心和激情。游戏结构与社会历史之间的差距在哪里？二者是否存在互相借鉴的可能？如果企图有效地索回诱人的30亿小时，这是必要的前提。

熟悉美学史的人可以指出，席勒的《审美教育书简》中曾经对于游戏持有相似的评价。许多时候，他心目中的游戏与审美相互重合。席勒认为，古希腊那种古典的均衡已经消亡。社会历史不仅已经形成各种分工，同时构造出民族国家："只要一方面由于经验的扩大和思维更确定因而必须更加精确地区分各种科学，另一方面由于国家这架钟表更为错综复杂因而必须更加严格地划分各种等级和职业，人的天性的内在联系就要被撕裂开来，一种破坏性的纷争就要分裂本来处于和谐状态的人的各种力量。"② 换言之，繁杂的分工和相异的职业驱使人们片面地发展某种能力。如果享受与劳动或者手段与目的产生了分离——如果一个人仅仅是整体内部一个孤立的小碎片，那么，他无法从这种工作之中获得真正的乐趣。席勒将游戏冲动——许多时候亦即审美——视为弥合这种分离的策略。游戏制造了各种快乐的王国，产生强大吸附力。③ 这即是麦戈尼格尔所形容的"自愿参与"。显然，远在18世纪的席勒已经陈述了与此相近的旨趣：将游戏作为抵制工作异化的资源。

尽管如此，席勒同时意识到，诞生了分工、职业、民族国家的社会历史是一个远为庞大的系列，坚硬的历史逻辑绝非个人意志所能控制：

---

① 〔美〕简·麦戈尼格尔：《游戏改变世界》，闾佳译，浙江人民出版社2012年版，第38页。

② 〔德〕席勒：《审美教育书简》，冯至等译，北京大学出版社1985年版，第29页。

③ 参见〔德〕席勒：《审美教育书简》，冯至等译，北京大学出版社1985年版。

"人从感官的轻睡中苏醒过来,认识到自己是人,环顾四周,发现自己已在国家之中。在他还未能自由选择这个地位之前,强制力就按照纯自然法则来安排他。"①如果说,个人意志、个人情趣隐秘地转换为游戏设计,以使游戏玩家产生前所未有的"自我"与"主人公"之感,那么,进入社会历史,个人的渺小与无力感扑面而来。《游戏改变世界》乐观地评估了游戏情节的参与方式可能多大程度地引入社会历史,然而,二者之间无法通约的层面并未获得清晰的揭示。游戏允许反复尝试,一次失利绝不意味着丧失后续的机会;相似的失利发生于社会历史内部,人们可能偿付巨大的代价,甚至是鲜血与生命。游戏中的成败仅仅涉及荣誉和自我评价,社会历史之间的成败小则涉及个人待遇,大则改变千百万人的命运。《游戏改变世界》的许多推荐者不约而同地指出这本著作的思想潜力:"更加明智的办法是用游戏中学到的经验改造世界,即'游戏化',让我们的世界和游戏一样引人入胜!""游戏将不仅是游戏,它可能是我们未来生活的全部图景。"②《游戏改变世界》中的一个有趣例子是《家务战争》——这一款游戏的玩家因为虚拟的积分而抢夺枯燥累人的家务。这是可以复制的成功吗?目前为止,"内卷"一词正在年轻一代之间盛行,各种有关焦虑的叙述涉及择业、学历、职务竞争或者子女教育培训。能否尝试以游戏的设计改造这些素材,从而赋予择业等乐趣横生的游戏性质?太不严肃了——这种构思可能遭受严重质疑,游戏与社会历史之间的差距似乎从未缩小。作者在《游戏改变世界》中断言,现实已经破碎;可是,游戏从未顺利地接管腾出来的空间——所有人都迅速意识到二者之间的深刻鸿沟。

---

① 〔德〕弗里德里希·席勒:《审美教育书简》,冯至等译,上海人民出版社2022年版,第34—35页。

② 〔美〕简·麦戈尼格尔:《游戏改变世界》,闾佳译,浙江人民出版社2012年版,第1页、第2页。

五

迄今为止的诸多事实证明：游戏并未对于世界的改变作出特殊贡献；更大范围内，普遍的轻型文化是否带来了普遍的欢悦？情况恰恰相反。轻型文化与社会历史之间的巨大落差隐藏了巨大的失望。人们可以发现，互联网空间颓丧文化的出现构成了一个奇特的症候。

多数考察认为，互联网空间颓丧文化的出现始于 2016 年。《我爱我家》剧照里的"葛优瘫"、Matt Furie 绘画作品 Pepe the frog 里的"悲伤蛙"、动画片《马男波杰克》之中的波杰克或者歌曲《感觉身体被掏空》，均为颓丧文化的著名代表。碌碌无为或者劳而无功是颓丧文化表达的主要情绪。颓丧文化往往将主人公设定为地位卑微、能力单薄的小人物。他们曾经胸怀梦想，斗志昂扬，然而，坚硬的现实轻而易举地摧毁了他们的勤勉和努力。他们的无效工作从未获得上司的青睐，他们的低下收入与标准的中产阶级家庭条件存在巨大的距离。令人沮丧的是，他们对于勤勉和努力的意义产生了严重的怀疑。"你全力做到最好，不如人家随便搞搞"，如果失败已经事先注定，兢兢业业毋宁说是徒劳的奋斗。与其相信各种空洞的励志名言或者虚伪的"心灵鸡汤"，不如尽早窥破世情。号称"永不言败"犹如自我欺骗，他们的遭遇更像"不战而败"。反正走不到理想的终点，不如就地坐下，以放弃的姿态换取无忧无虑的轻松——"葛优瘫"即是这种状况的形象表征。

颓丧文化的网络表白不足为奇，其独异特征是，放弃反抗。或许可以说，颓丧文化的反抗性仅仅显现为——终于将放弃反抗的意愿大声说出来了。从"士不可以不弘毅，任重而道远"到"故天将降大任于斯人也，必先苦其心志，劳其筋骨，饿其体肤，空乏其身"，从《牛虻》《钢铁是怎样炼成的》到《老人与海》，不同源头的文化传统共同鄙视软弱无为的性格。社会普遍传播的人生信条是，艰难困苦，玉汝于成。无论面临来自哪一个方面的考验，知难而进是成功者的基本品格。哪怕屈从于怯懦、愚钝、懒散，许多人仍然伪装出顽强进取的姿态迎合这种人生信条。的确，现代主义文学不屑于维护如此正统的文化观念。一批神情恍惚或者愤世嫉俗的"零余人""局外人"形象陆续登场，他们以无奈、反讽、嘲弄、亵渎对待传统的资产阶级文化。尽管如此，现代主义文学的内在紧张与焦虑从未真正消除，即使卡夫卡也无法心安理得地躲进自己的软弱而绕开一切责任。相对地说，颓丧文化迅速放弃坚持与挣扎。短暂的交锋之后，许多人显示了惊人的坦率和消极：我失败了，不想反抗了。现在，我要躺下了。

我要躺下了——网络空间流行的"佛系"文化显然是对颓丧文化的呼应，所谓"佛本是丧"[1]。当然，此处的"佛"仅仅是一个象征性的挪用。"风轻云淡，不争不抢"与其说是修炼之后看破红尘，不如说是挑选另一种轻松的处世方式。退一步未必海阔天空，但是，退一步可以安稳睡觉。另一些人曾经将"佛系"文化与后现代的"怎样都行"相提并论。"怎样都行"曾经包含与"宏大叙事"的对抗。然而，对于"佛系"文化不存在如此复杂的理论考察。分辨"宏大叙事"与所谓"星丛式"的小叙事显然是过于操劳的理论工作。

"'丧'的流行始于'小确丧'。'小确丧'出自 2016 年 7 月 14 日微信公众号'新世相'推出的同名文章，意为'微小而确定的不幸'，专指能毁掉幸福感但又微不足道的小事，如头发掉进汤里、橡皮在纸上留下污渍、明明定了闹钟却无法起床等。"[2] 意味深长的是，颓丧文化的源头的确与"小"和"确"联系在一起。再度提到"内卷"的时候可以察觉，人们的大部分苦恼源于中产阶级标准的陷落。学历、职场、收入、子女教育的无序竞争带来了普遍的无奈。出人头地人人渴望，穷困潦倒颜面何在？追求温饱远离了年轻一代的视域之后，公平、自尊、体面的社会地位日益增加权重。努力晋升难道不是可贵的进取精神吗？购房难道不是合理的诉求吗？避免自己的后代输在起跑线难道不是必要的责任吗？这些目标造成的各种争夺、比较、衡量消耗了人们的大量心血，收获的是诸多感慨乃至无望的叹息。"内卷"难道是一个合理的局面？这个问题理所当然

---

[1] 邵燕君主编：《破壁书：网络文化关键词》，生活·读书·新知三联书店 2018 年版，第 438 页。

[2] 邵燕君主编：《破壁书：网络文化关键词》，生活·读书·新知三联书店 2018 年版，第 436 页。

浮出水面。然而，我想指出的是，社会学分析紧锣密鼓地开始的时候，精神分析学正在快速后退。如果说，社会学分析能证明"颓丧"的原因如此确切，那么，精神分析学会不会证明"颓丧"缺乏精神深度？

这里的精神分析学并非指弗洛伊德的学说，而是指异于社会学谱系的人文精神考察。对于文学来说，后者显然是更为熟悉的主题。鲁迅曾经寂寞地在绍兴会馆"钞古碑"，他的苦恼是如何启蒙大众；王蒙成为"少年的布尔什维克"之后，精神探索是他孜孜不倦的文学使命；北岛、舒婷、江河或者王安忆、张承志、莫言、贾平凹、张炜、韩少功的文学追求远非一致，但是，他们的作品无不留有精神搏斗的深刻痕迹；徐星在《无主题变奏》中借主人公之口夸张地说："我搞不清楚除了我现有的一切以外，我还应该要什么。我是什么？更要命的是我不等待什么。"熟悉现代哲学的人明白，精神目标的重设恰恰是现代性遗留的重大问题。格非的《春尽江南》之中，诗人谭端午提前进入后现代状态。他放弃了乌托邦理想与各种物质利益，龟缩在寓所聆听古典音乐，剩下的事情就是抛出几句机智的牢骚。然而，如果将谭端午与《江南三部曲》之中《人面桃花》里的革命家秀米、《山河入梦》里的县长谭功达联系起来，家族的历史轨迹为这些形象注入了各种令人感叹的内涵。相对地说，颓丧文化不再追溯曲折的历史脉络或者幽深的精神渊薮。社会学分析已经囊括一切：是非分明，一览无余。中产阶级精神状况的特征即是平面化，种种芜杂的思辨、探索、拷问、反省乃至另类的生活选择已经作为多余的杂质被陆续删除。

匆匆忙忙地将平面化的精神状况归结为轻型文化的产物肯定过于草率。然而，人们没有理由否认，轻型文化缺乏深度。通常，动漫作品中的善恶观念清晰无误，坚定不移。数据库配置的二次元形象不会传来关于未来的信息，及时地通知即将迎来"黑暗王国的一线光明"；电子游戏之中对决的角色也不会产生怜悯的一念，更不必说化敌为友。也许，所谓颓丧文化或者"佛系"文化仅仅流行于某一个沉闷的区域，另一些活跃的区域与之风格迥异，甚至"战斗力爆表"，例如"饭圈文化"。"'饭圈文化'源于日韩，可以理解为以对某一偶像的迷恋为纽带，在社交媒体和现实生活中形成的群体文化。""饭圈文化"的兴起显然必须追溯至年轻一代的生活环境：

追星活动是未成年人彰显个性、追求潮流的重要手段。未成年人对新鲜事物充满好奇，对各类新兴文化产品具有很强的包容性，这为其理解和参与追星活动创造了前提条件。当代未成年人多为独生子女，在日常生活中多缺少陪伴，孤独感更为强烈，而互联网成为填补这一空缺的重要媒介。借助网络，艺人和各类文娱节目深入未成年人的业余生活，为未成年人所熟悉。艺人在文娱节目等公共空间中的形象光鲜亮丽、语言和行为富于个性，契合了未成年人表达情感、彰显个性的需要。①

轻型文化之中，"粉丝"的偶像崇拜是一个醒目的现象："'00后'偶像主要是虚拟形象、明星艺人及网红等，与此形成对照的是，父母、老师及科学家等作为偶像的占比很低，排行倒数位序。由此看来，'00后'心目中明星偶像一定程度上替代了传统权威地位，扮演了引导、励志角色，成为他们学习、模仿对象。"② "饭圈文化"表明了偶像崇拜强烈的倾向性——无论是肯定某一个偶像还是排斥另一个偶像，"粉丝"时常显现出非理性的激情。一方面，他们往往痴迷某一个偶像的所有活动：不仅追逐偶像的艺术表演，而且疯狂地付出钱财、礼物，追踪偶像的行程，嫉妒乃至攻击偶像的性伴侣，如此等等；另一方面，他们可能对于偶像的竞争对手发起人身攻击，搜索并且披露对方的隐私甚至造谣漫骂。这些痴迷与人身攻击往往超出个人言行，演变为大规模的无原则辩护或者野蛮的语言围殴。相对于如此激烈的形式，"饭圈文化"下对于偶像的夸张表扬苍白而贫乏，甚至不知所云。很大程度上，二者的失调与颓丧文化、"佛系"文化如出一辙。

对偶像的无原则维护是"饭圈文化"的一个特殊怪象。即使某些偶像

---

① 季为民：《警惕"饭圈"乱象侵蚀青年一代价值观》，《人民论坛》2021年第10期。

② 杨雄：《"00后"群体思维方式与价值观念的新特征》，《人民论坛》2021年第10期。

演技低劣，甚至暴露出严重的道德缺陷，众多"粉丝"仍然不离不弃，文过饰非，进而在辩护之中无理取闹。置身于日常社会现实，众多"粉丝"秉持正常的是非观念；然而，"饭圈文化"的偶像崇拜制造了不可思议的认知混乱。上述状况很大程度上源于某种无意识：作为两个性质迥异的系列，文化游戏与日常社会生活互不关联。文化游戏不负责解释社会历史，也不负责证明乃至改造"粉丝"的个人生活。这时，"为人生的文学"被轻蔑地视为一个遥远的口号。

　　的确，轻型文化是中产阶级娱乐规划的重要组成部分，也是庞大文化市场之中一个效益可观的产业链。然而，某些时刻，年轻一代置身的生活可能突破中产阶级的稳定躯壳，进而出现种种尖锐的问题。这时，轻型文化可能突然暴露出无能和浮浅。事实上，这些问题业已向许多年轻一代的作家发出挑战。这些作家之中的相当一部分共同集合在"新概念作文"的旗帜之下，自我、青春期和叛逆性格的组合曾经制造出炽烈的文学火焰。尽管如此，如同许多文学前辈经历过的那样：青春期的特殊能量消失之后，耀眼的火焰化为少许可怜的灰烬。现在是自我和叛逆接受历史洗礼的时候了——事实上，许多作家正在跨出独生子女所获得的特殊庇荫，仿佛在进行穿越青春期的又一次文学旅程。对于他们来说，察觉坚硬的历史存在与拒绝作为轻型文化的美学俘虏几乎是同一件事情。然而，如何铸造年轻一代真正倾心的文学，甚至由此演变出另一种美学意识？一切刚刚开始。

手机时代的艺术生产与消费

手机的双重性质始终在平行地持续发展：一方面，手机的技术含量愈来愈高，功能愈来愈强大；另一方面，手机愈来愈俗常，几乎成为人手一部的日常用具。如同某些快速繁殖的物种改变了自然生态，手机正在深刻地重塑社会文化生态。目前为止，固定电话、传真机、书籍出版、电视机、电影、个人电脑、互联网、金融结算系统等产业与功能正在逐渐向手机集聚，继而以手机为轴心配置信息传播产业链。作为电子元件与集成电路组装出来的机器，手机不仅架构了强大的通信网络，而且多方位地参与人们的知识获取、情感表述、行政管理、购物消费以及休闲娱乐。钢铁代表了工业时代的基本风格，各种宏伟的景观震撼人心，汽车、火车、飞机、轮船这些大机器运送人们周游世界；相形之下，手机犹如握在掌心的一只驯顺的宠物，但是，这一部小机器为人们敞开了巨大的精神空间。进入手机逛一逛抖音APP比周游世界还要有趣。手机的亲和力甚至制造出某种心理依赖症：一些人睡前的最后一件事与醒来的第一件事都是看手机。

对于当代艺术来说，手机的首要意义是作为一个新型的传播工具。传播工具犹如艺术传播的基础设施，既包括贮存种种符号的物质材料，也包括配送物资材料的网络体系。竹简、纸张、剧院舞台或者电影院银幕不仅拥有各自相宜的符号体系，而且形成了远为不同的传播区域。地方戏按照方言的分布范围与民间文化的脉络流传，著名唱片拥有全球同步发行的商业网点。本雅明曾经关注过一个特别的主题：传播的发达程度可能微妙地左右作品美学价值的体认。他在《机械复制时代的艺术作品》之中指出，工业时代的机械复制技术废除了作品独一无二的本真，复制品开始大面积流行，这时，作品丧失了神圣性质和令人膜拜的价值。博物馆橱窗陈列的作品真迹令人惊叹，然而，机械复制可能极大地削弱人们的美学敬畏。尽管完美的复制技术并未严重损害作品的美学价值，但是，机械的批量生产迅速地将艺术改造为日常用品抛入芸芸众生的生活。一个歌手充血的独特嗓门曾经唤起强烈的现场激情，因此，这个独特嗓门接受了录音带的大量复制，存放于某一个柜台寄售。这时，机械复制终于促成了美学与个性的商业转换：进入销售体系之后，商品质量与价格的权衡湮没了"现场"与"唯一"的魅力。现在，手机正在完成这个主题的当代版本：形形色色的艺术门类与手机组织的传播网络开始衔接的时候，美学正在陷入日常的世俗氛围。

许多大机器通常与特殊的生活事件联系在一起，例如火车、飞机之于旅行；另一些机器更像是点缀于生活边缘的某种高科技概念，抽象而遥远，例如航天飞机、人造卫星；然而，手机与大众的日常生活融洽地交织，这一部小机器可能随时随地出现于手掌之中。使用手机，能够轻易地跨越工作/闲暇、生产/消费、学习/休息之间的固定疆界，广泛收集和充分占有生活缝隙的各种"碎片化时间"。无论是候车、排队、等待、如厕，还是乘坐地铁、会场中途休息、咖啡厅晤面之前的空隙，人们都可以就地取出手机，借助搜索引擎浏览艺术作品。手机的传播功能如此强大，多数人如愿以偿地找到了自己感兴趣的读物。利用各种场合的"碎片化时间"完成一部小说的阅读，观赏几幅名画或者一段视频，发达的传播网络带来了普遍的文化民主。由于手机全方位的近距离展示，艺术最大限度地被投放到大众之间，如同食品或者服装。艺术史上流传的许多轶事表明，古代艺术家曾经费尽心机，百般辛苦，但求一睹先辈遗留的艺术杰作，或者阅读名家收藏的善本。相对地说，手机时代的美学享受犹如轻松地漫步艺术超市，自由选购种种心仪的作品。

然而，轻松会不会某种程度地转向轻慢？这是手机的传播与展示可能隐含的倾向。经典名作唾手可得，艺术与日常生活之间的分界愈来愈模糊，艺术接受的隆重仪式已经基本废弃。翻阅案头的皇皇巨著，古人必须沐浴焚香，净衣正冠，尊重与恭敬是伟大作品享有的特殊待遇；参加正式音乐会或者聆听歌剧，着正装乃至盛装构成了必要的礼仪；美术馆、画廊通常位于城市的显要地段，展馆内部流淌着景仰和崇拜艺术的整体气氛；艺术与宗教活动或者民族国家庆典相联系的时候，崇高、肃穆、庄重、激越的风格令人目不斜视，屏息敛声。作为工业时代典型的艺术形式，电影从属世俗的大众文化。尽管如此，电影院的设置仍然构成与日常生活的明显区隔。影片即将放映，电影院门窗密闭，观众缓缓沉入浓重的黑暗，一道耀眼的白光照亮前方的银幕，音乐骤然响起，幻梦徐徐展开……对于观众来说，沉入电影院的黑暗即是穿越艺术之门开启之前的隔离带，日常的种种琐事留存于隔离带的一边，不再携入艺术空间。可是，手机的使用无形地解构了艺术周围的庄严气氛，传播对象突然被拖到日常生活的平面，带有种种凡俗的烟火气息。那些作品仿佛不是来自神圣的艺术殿堂，而是从口袋里掏出来的。手机屏幕之中同一部电影的放映没有震撼人心的音响，没有扑面而来的炫目影像，情节梗概穿插于会议室走廊或者公共汽车站的嘈杂景象之间。周围的干扰如此密集，人们甚至无法完整地还原故事的来龙去脉。这时，心驰神移、如痴如醉或者热泪盈眶、血脉偾张很可能被视为过于夸张的情绪反应。

严格地说，手机可以传播与展示各种类型的作品，无论是古典风格还是现代风格，是一首抒情诗还是一出歌舞剧。然而，当艺术专门为手机组织的传播网络提供作品的时候，日常的世俗氛围开始提出要求。相对于经典作品的严肃、深邃、哲思、独创，一种异于传统的美学追求出现了。传统观念通常认为，杰出的艺术作品具有文化领跑的作用。艺术并非日常生活的翻版，而是去芜存菁之后的提炼和重组。艺术与日常生活之间存在特殊的张力，艺术想象之中美学理想的光芒折射出庸常之见的贫乏。发现大众尚未觉察的历史真理，洞悉世道人心的幽微曲折，发出振聋发聩的启蒙之声，捕获转瞬即逝的诗情画意，这是众多艺术大师的自我期许，也是大众对艺术保持仰视姿态的理由。然而，后现代文化愈来愈倾向于将这种状况论证为可厌的精英主义；艺术与日常生活之间的差别正在缩小，愈来愈多的艺术家愿意放弃独特性而尽可能迎合大众。许多古典作家觉得，作品之中的主人公具有独立的意志和命运，这些人物自作主张地出走、结婚或者自杀，作家只能被动地尾随记录而无法出面干预他们的言行。然而，网络小说作家拱手将这个权利交给了读者。一批读者公开声称：如果哪一个我们喜欢的人物死去，就再也不读你的小说。这种威胁迅速奏效，许多网络作家胆怯地妥协了。他们开始谦逊地向读者征求某个主人公的婚恋对象应为什么人物，或者投票选择 N 种故事结局的方案。

艺术没有理由自以为是地甩开大众，孤芳自赏，艺术的根系无法离开社会历史的沃土。可是，一些人仅仅从生产与消费的意义上给予狭隘的阐发。艺术不就是哄人开心吗？赢得广泛的青睐也就是赢得可观的经济收益。艺术的评价体系之中，经济收益正在占有愈来愈大的比重。撰写艺术史的时候，一部电影的演员身价、票房、上座率以及盈利或者亏损情况多半被视为拍摄花絮，现今的海报宣传几乎把这些数字奉为电影成功与否的首要标志。众多网络作家排行榜之中，粉丝数量、点击率、打赏数额、年度税后收入才是炫耀的资本，人物、主题、结构或者意境这些概念销声匿迹。如果说，艺术的标价曾经是美学意义的间接证明，那么，现今的美学意义已经被市场价格收编。除了定价，许多人不知道如何评判一幅画或者一件书法作品。

资本凭借灵敏的嗅觉迅速地将艺术视为极具实力的商品纳入市场体系。投资、生产规模、商品宣传、销售市场、利润分成——除了一套成熟的运作模式，种种新型的经济增长点层出不穷。对于手机组织的传播网络来说，"带货"是刚刚流行的一个时髦概念。现在，艺术家"粉丝"数量的意义不仅体现为票房或者版税，而且形成了一个特殊的市场。艺术家可以兼带从事电子商务为这个特殊市场供货，从服装、化妆品到家用电器、房产。网络运营商当然不会放过如此商机，粉丝的人数与流量分成设计构成了另一个市场。从手工业时代的艺术消费到手机时代的电子商务，传播网络的成本投入与经济收益均呈几何级数增长。艺术与经济的联系从来没有像今天这么紧密，以至于美学与经济学的博弈成为一个尖锐的问题。美学还有资格维持古老的骄傲吗？作为一个大神级别的网红，李子柒的归宿显然是经济学而不是美学。她所代言的农产品取得了惊人的销售业绩。李子柒的个人收入是一个诱人的话题，更为重要的是，手机在农产品与市场经济之间制造出一个新的接口。至于李子柒拍摄的那些小视频具有多大的美学价值，一批专家见仁见智的议论似乎已经无足轻重。

如同经济、市场围绕艺术形成了种种新型的可能，手机组织的传播网络同时为艺术生产开拓了广阔的空间。一部艺术史同时是种种技术介入的历史，给活版印刷、各种乐器、摄像器材、数码成像相关技术产品的生产销售带来巨大冲击。现在又到了技术大显身手的时候。手机与各种传播媒介的组合延伸了许多艺术形式的轨迹，例如网络小说或者网络电影；或者扩展了一些艺术门类的传播区域，例如书法、绘画、音乐、雕塑——尤其是摄影作品。小视频或者微电影可以视为手机时代的新型艺术，或许，另一些相似的艺术形式还在酝酿。然而，尽管艺术的符号、形式、传播无不具备了突破成规的条件，艺术的美学风格并未显现相似的活跃程度。

如果抖音APP之中的小视频可以视为手机时代的新型代表作，强烈的世俗气息与喜剧风格是其引人瞩目的两个方面。从手艺精湛的工匠、擅长烹调的厨师、衣冠楚楚的知识分子到旋风一般的民间舞者、鼓起腮帮吹唢呐的乡村老妪、众多神态欢乐的小猫小狗——大众出镜的积极性令人惊叹。除了生活常识的传授，五花八门的影像符号聚焦的唯一主题可能是谐趣。喜剧小品、脱口秀、俏皮话段子比以往任何时候都要流行，能够引起哄堂大笑是多数作者与观众共同的期待。然而，如此之多的作品与如此之少的主题遥遥相对，这种状况令人不安。事实上，"信息茧房"的效应已经出现。消费的兴趣与消费的内容相互逢迎，人们只能看到自己乐意接受的内容。主体在同一种性质声音的回荡之中愈来愈单调，逐渐与纷杂的外部世界丧失了联系。哪怕简单地重温一下古典作品也可以发现，许多主题杳无音信，例如社会与历史，令人难忘的人物性格，正义、善良与同情、怜悯，内心的激情，诗意，艺术形式的探索，如此等等。

电子元件、集成电路、芯片、数字信息处理技术……这些概念始终在某一个技术领域持续积累。手机与互联网的会师是技术逻辑制造的一个重大突破。对于文化逻辑来说，这个突破带有某种超前性质。迄今为止，印刷文化并未消亡，许多重要的作品仍然以印刷的形式广泛传播。因此，艺术生产并未迫切地意识到手机组织的传播网络包含的巨大潜力。由于陌生的操作体系，由于某种潜在的反感，许多成熟的艺术家对于技术的介入相对迟钝。技术可能部分地覆盖艺术家的独特个性：书籍取代了说书艺人绘声绘色的表演，印刷术不再为作家的书法提供表现的机会，录音棚降低了对歌手嗓音和演唱技巧的要求，影像符号的流行甩开了诗人擅长的遣词造句修辞术。尽管如此，技术的介入同时带来了艺术的巨大飞跃。例如，现代文学叙事包含了文字写作对于口述体系的全面超越，摄像器材的推、拉、摇、移发展出一套特殊的视觉语言，数码成像可以栩栩如生地再现种种罕见的奇观。艺术如何充分地运用种种先进的技术产品？正视技术的意义是充分评估手机与互联网艺术功能的前提。当然，种种磨合需要时间，但是，现在至少可以认为，艺术生产正在拥有跨入另一个历史阶段的种种前所未有的技术条件。

手机时代的
艺术生产与消费

第二辑

文学理论能够关注什么
——《文学理论十讲》序

文学理论通常显现为一批命题和一套观点的集合。这些命题和观点的阐述对象是文学,具体的考察围绕作家、作品、读者形成的三个不同部落。许多时候,文学理论试图发现文学内部隐藏的各种公约数,例如母题、原型、叙述模式、读者的期待视野,如此等等。如果意识到不计其数的作品拥有众多繁杂的形态,这种归纳犹如披沙拣金。相对于归纳的聚焦,延展是文学理论的另一种工作模式。追溯某些问题背后隐藏的历史脉络,描述问题域的分布范围,这时,归纳所获得的平面结论将具有时间与空间的维度。大多数文学理论谈论的是已然的文学,某些文学理论指向应然的文学。后者的论述不再依据充足的文学事实,作者的意图往往是呼吁特定的文学理想。

文学理论与诸多社会科学的一个重大差异是,并未直接处理社会历史,无法对周边的生活发言。社会学或者法学考察社会的某个层面,经济学关注经济活动引发的各种事件,政治学时常卷入激烈的社会制度之争,历史学研读史料的同时还包含了田野调查。相形之下,文学理论仅仅处理一堆文本,文本之中存留的是若干虚构的内容。柏拉图认为文艺与真理隔了三层,套用这个嘲笑可以表述为:文学理论与"现实"隔了三层。如今,对工具理性的追随愈演愈烈,信奉实用主义成为普遍的气氛,某种学说作用不明无异于一个污点。如此之多的学科正在围绕国计民生展开,文学理论又有什么理由置身事外,逍遥地自得其乐?

"雕虫小技,壮夫不为",蔑视文学的观念源远流长。"文以载道"

指的是那些宏大的论述，诗词曲赋等各种"浅斟低唱"不足为训。当然，文学理论曾经为之申辩。从康德的审美无功利、"为艺术而艺术"的口号到"独立的艺术从不反映城堡上旗帜的颜色"，各种申辩来自不同的理论谱系。显而易见，这些申辩包含了文学理论"夫子自道"的意味。必须承认，这些申辩正在现今的语境之中逐渐失效。如果说，审美独立的主张曾经显示为激进的文化反抗，那么，这种主张隐含的文化贵族姿态引致愈来愈多的不满。"文化研究"的崛起表明，文学理论不愿意仅仅徘徊于公共空间之外，演变为文化边缘某种无足轻重的泡沫。福柯式的分析显明，知识与权力之间存在各种隐秘的互动，文学理论不可避免地介入复杂的意识形态角逐。事实上，文学理论的许多结论可能曲折地抵达社会历史——谈论文学不得不谈论作家、作品、读者栖身的文化土壤；或者，作品内部显现的社会历史可能与外部世界形成某种紧张关系。当然，大多数时候，文学理论的叙述局限于学科内部，呈现于那些深奥的学术著作或者学院主办的学术杂志：考察文学形式、文学类型、神话象征等种种"专业"问题，一系列专门的术语、范畴以及对专门文献的引用，各种命题的提出以及持续的商榷乃至激烈的争论，学科框架之内学术同行的评价，如此等等。总之，一切仿佛都是以学科内部事件的面目按部就班地出现，社会历史的喧哗之声被远远地隔离于学术话语之外。然而，某些奇异的历史时刻，或某种特殊的原因或者机缘下，文学理论可能破门而出，直接投入现实的公共事务，或者卷入声势浩大的思想文化革命。这时，学科内部的漫长积累可能转换为巨大的能量，众多理论命题可能获得深浅不一的现实回声。回想20世纪，五四新文化运动或者20世纪80年代的思想解放运动都是这种奇异的历史时刻。大多数人无法预知奇异的历史时刻什么时候来临，但是，文学理论的漫长积累表明，这个学科不会在奇异的历史时刻茫然无措地交出一张白卷。人们也可以在哲学史上察觉相似状况：一批晦涩的概念术语流行于一个小圈子，若干哲学家终日沉溺于某些玄奥的、不着边际的思辨；然而，这些思辨与历史摩擦出异常的火花之后，整个思想长链炽烈地燃烧起来。这时的哲学革命可能导致宗教的大面积崩塌，或者转换为规模巨大的社会革命。

当然，必须重新理解社会历史。一种古老的想象是，波澜壮阔的历史正在远处展开，文学占据了某一个文化灯塔，居高临下地进行观察、描述和再现，动员大众支持革命，抨击那些魑魅魍魉组成的反动势力。如果文学仅仅蜷缩于某一个角落孤芳自赏，这种局外人的位置很快将遭到历史的抛弃。然而，现今的文学理论形成了另一种远为开阔的考虑方式：文学始终是社会历史的一部分。文学的内容是社会历史的"镜子"；同时，作家的想象方式以及文学话语的构造也是社会历史的产物。那些"为艺术而艺术"的主张必须在社会学的意义上证明，这个世界已经腾出一个波澜不惊的角落，人们可以心无旁骛地享受艺术提供的乐趣。然而，正如许多人指出的那样，维持这种角落的社会保障从未真正脱离权力体系、意识形态或者必要的经济条件。因此，文学描述的社会历史与社会历史形成的文学是同一个问题的两面，二者均为文学理论进入社会历史打开了窗口。

提到社会历史的时候，文学理论同时考察文学如何行使"虚构"的特权。虚构意味着不是"如实"地再现，《西游记》里的花果山与《红楼梦》里的大观园并非真正存在，《三国演义》里的赤壁与《水浒传》里的梁山泊和现实之中的原型相距甚远。我曾经多次论证，文学没有兴趣复制世界表象，文学从事的是意义生产。虚构是意义生产的重要手段。人们不仅栖居于物质空间，同时还建构了各种意义空间——"意义生产显然是文学的重要功能。虚构的文学从来不提供面包和钢铁，也不向这个世界真正地输送人口。文学之中出现了一条街道，一间店铺，几个人物，这一切并非如实记录——文学表明的是这一切具有什么意义。"[①] "感时花溅泪，恨别鸟惊心"，文学不仅试图告知诸多意象隐藏了多少美学意义，而且，文学形式负责删除那些多余的生活杂质，从而使各种美学意义尖锐地显现出来。这时，文学理论可以考虑一个相对新颖的结论：文学即是以意义生产的方式介入社会历史——这个结论与"镜子"的隐喻存在很大的差别。

当然，文学理论必须意识到欲望如何成为虚构的动力。如果不存在特殊意图，人们很少虚构刷牙、洗脸这些日常琐事。虚构热衷于现实中匮乏的内容，受挫的欲望力图在文学想象之中获得实现。权势，美女，财富，漫长压迫之后的彻底复仇，弱者的特殊运气和出其不意的成功，如此等等。

[①] 南帆：《文学的意义生产与接受：六个问题》，《东南学术》2010年第6期。

许多事实证明，强大的压迫可能遭遇同等强大的反弹；精神分析学的独特发现在于，欲望常常伪装成伸张正义的高尚情节打入文学，那些堂而皇之的故事内容毋宁说是欲望的症候。当然，多数精神分析学仅仅揭示心理图式而放弃了后续的问题：赢得了文学形式之后，这种心理图式有否可能再度冲击乃至改造政治经济结构？这是无意识与意识形态的交织或者交锋，也是精神分析学与马克思主义社会历史批评学派的分野。社会历史批评学派与精神分析学可能产生的一个结合点在于，虚构背后的欲望能否是富有政治意味的未来诉求——包含了未来历史可能的"乌托邦"？

现代性的兴起带动了传统知识体系的深刻重组，文学理论开始演化为相对于哲学、史学、经济学、政治学、社会学或者法学的独立学科。众多学科之间的分歧并非体现为观点冲突，而是体现为不同的关注指向——种种关注指向隐含的价值观念无声地潜伏于专业性的学科话语内部。如果说，每一种学科话语分别覆盖了社会历史的不同区域或者不同层面，那么，文学理论负责解释文学为什么聚焦个人与日常生活。对于政治学、社会学、法学乃至史学，学科的分析对象通常是社会整体，个人往往以平均数的面目出现，各种个案被视为社会整体的例证。而且，这种平均数通常按照各个学科话语给予命名，例如社会学意义上的某个阶级或者某个阶层，或者经济学之中的"经济人"；相对地说，文学话语展现了形神各异的个人，他们分别以独一无二的方式演绎种种悲欢离合。文学话语渗透于日常生活，几乎无孔不入。日常生活是一个纷杂琐碎、头绪多端的区域，众多学科坚硬的理论术语无法处理如此稠密而多变的流体，日常生活隐藏的种种"无名"的动向、能量以及多向的历史冲动或者边缘化声音通常由文学收集、炼制或者重塑。那些文学形象为什么打动了无数人？文学理论接住了这个貌似简单的问题，进而开始涉及文学的语言、叙述、情节或者意象象征，涉及恩怨情仇、性格、命运——文学理论最终将分享文学占有的那一部分社会历史。

所以，文学理论的任务并不是搜集文学之中的具体事例以佐证另一些学科，而是证明文学何以成为另一些学科无法覆盖的"余数"。文学正是在与多种学科话语的抗衡、比较、角逐之中显示出独特的性质。史学是文学最为接近的学科。很长一段时期，古人认为文学乃是对正史的补充。

然而，我曾经论证历史话语与文学话语的区别：前者最小的分析单位是社会，后者最小的分析单位是个人。尽管社会与个人可能彼此参证，但是，人们可以从不同的叙述聚焦发现，文学与史学遵从的价值观念存在微妙的差异。某些时候，文学所提供的人物命运无法熨帖地塞入历史著作提供的框架。对于文学理论来说，论证这些差异的存在亦即论证文学为什么拥有不可替代的独立意义。相似的情况出现于文学与社会学之间。站在社会学的视角可能认为，文学过分垂青那些另类的人物。事实上，《水浒传》里的梁山好汉、《红楼梦》之中的贾宝玉或者托尔斯泰笔下的安娜、纳博科夫笔下的洛丽塔均为"问题人物"。无视权力体系，缺乏进取精神，爱情至上，投身无视世俗道德的畸恋——这些人物的大量存在必将构成威胁社会的不安定因素。然而，文学理论的解释是，这些人物之所以可以堂而皇之地充任文学的主人公，恰恰因为作家异于社会学的判断：文学看到了他们性格之中保存的某些不可忽略的文化基因。这时人们可以发现，文学理论与诸多学科保持了紧张的对话关系。

文学理论与哲学的对话关系正在出现一个隐蔽的转折。柏拉图、亚里士多德或者康德、黑格尔、海德格尔、德里达这些哲学家无一不是文学理论中熟悉的名字。那些文学理论吸纳了许多辩证法的范畴，例如内容与形式、个性与共性、现象与本质、个别与一般、偶然与必然，如此等等。文学理论接受了一个普遍的传说：哲学是一种元理论，各个学科必须向哲学申请解释和思考存在本体的基本范畴。相对地说，文学之中充满了各种感性的、琐杂的具体事物。为了避免陷入日常生活的泥潭，文学理论必须站在某种"哲学的高度"给予形而上的观照。哲学是文学摆脱表象主义危险的救赎之道。然而，这个普遍的传说目前似乎遭到了普遍的怀疑。某些哲学家推崇的形而上学以及尾随而来的宏大叙事正在引起文学理论的警觉。作为一种反弹，后现代主义开始倡导"小"，形形色色的"小叙事"犹如雨后春笋，五花八门的"文化研究"可以视为这些"小叙事"的标本。拒绝形而上学封闭性的时候，文学拥有的感性、激情、审美开始作为破除枷锁的自由精神得到引用。个人感性或者日常生活是拒绝形而上学格式化的不竭资源。"小叙事"的出现同时与解构主义的思想背景有关。这来自结构主义之后语言学的馈赠。文学理论与语言学的对话必须追溯至人文学科之中的"语言转向"。分析哲学或者结构主义的出现表明，语言学大规模侵入哲学，并且相当大程度地诱发了哲学的转向，传统的形而上学开始急剧衰竭。这种转向制造的剧烈震波之中，文学理论再度意识到语词与社会历史之间的秘密联系。语言与主体的关系或者语言是存在之家这些新型的哲学观点从不同的维度批判了语言工具论，文学形式、叙述学或者诗的话语分析与海德格尔所说的"存在"联系起来了。形式主义或者语言游戏、实验性写作卸下了负面的名声而重新赢得了尊重。

相对地说，文学理论与经济学缺乏交流。也许，经济学无法产生足够的对话兴趣。对于关注数百亿资金流向或者某一种产业链如何配置的学科来说，若干虚构的人物或者一阵莫名的内心波动的确不是重要话题。仅仅因为审美而一掷千金的人为数不多，经济学还没有必要为之设立专门论题。然而，文学理论必须更多地意识到经济学的存在。这个世界的财富正在急剧增加；同时，这个世界的财富分配方式正在发生深刻的变化。二者无不汇聚到一个焦点：人们的需求。新型的需求开始悄悄地出现，而且，某些意味深长的变化可能向远离经济活动的另一些领域扩散，例如伦理道德、社会关系、精神追求，如此等等。这些扩散已经多向地汇入日常生活和感性领域。可以预想，某些变化可能抵达文学，抵达审美。如果文学理论始终意识不到经济学的炽热温度，文学或者审美的某些动向便无法获得完整的解释。

很大程度上，这个世界财富的急剧增加必须追溯至科学技术层出不穷的突破；同时，科学技术从业人员在财富分配之中赢得了愈来愈大的份额。然而，文学理论对于这种文化经济现象无动于衷——文学理论与科学话语几乎不存在对话。海德格尔或者哈贝马斯对于科学技术的论述并未有机地进入文学理论的视野。20世纪80年代，某些科学术语——例如信息论，系统论，控制论，或者熵——曾经短暂地骚扰过文学理论，然而，这些研究模式因为难以为继很快就无疾而终。我想指出的一个重要动向是，科学技术正在以前所未有的规模介入人们的日常生活。曾几何时，科学技术如同一个遥远的抽象名词。宇宙飞船或者粒子对撞机与大众之间几乎没有交集。喷气式客机、高速列车这些科技产品仅仅短暂地掠过日常生活的外围，作为某些特殊计划——例如出门旅行——的技术支持。可是，不长的时间里，科学技术突然全面抵达。许多具有相当科技含量的小机器陆续占领了人们身边的每一个角落，科学话语开始演变为另一种意识形态。大数据，转基因，3D打印机，人工智能或者机器人，这些科技产品不动声色地降临四周，密集地包围人们的身体。互联网的铺设构成了一个社会的文化神经，互联网与手机的结合甚至改变了人们的感觉系统。电子工程师根据大数据提供的资料设计各种APP，种种适应人们要求的软件层出不穷，甚至会让人产生生理依赖性。许多人每隔几分钟就要看一看手机，虚拟空间远比周边尘土飞扬的现实更为重要。如何在大脑之中植入一块储存知识和记忆的电子芯片？这种不可思议的话题居然已经浮出水面。另一个意味深长的动向是，许多人与机器相对的时长远远超过了与同事、父母或者邻居晤谈的时长。除了惊奇乃至迎合，文学理论必须从事预见性的思考。事实上，科学技术已经开始改写审美的密码。视频电话如何处置异地思念的焦渴？互联网为乡愁带来了什么？虚拟空间的人事关系——例如网恋——如何冲击现实的社会结构？那些无时无刻不在"刷屏"的手机积极分子对于青峰、落日、小桥、流水这些农耕文明的意象还有感觉吗？如何评判人工智能与机器人"创作"的小说、诗以及书法作品？另外，科学技术造就的新型大众传媒同时形成了多种异于传统的语言符号、叙述语法和阅读方式。文学理论必须预判这一切将为文学带来什么。

许多人时常表示怀疑：文学理论有必要为那些分子式、实验数据或者乏味的计算机程序耗神吗？如果说，文学理论曾经如此痴迷地复述那些晦涩而拗口的哲学名词，那么，为什么科学话语的陌生和深奥令人反感？或许，人文学科的"清高"仍然是一个重要原因。人们自觉不自觉地维持一个知识等级：哲学谈论的是存在本体，科学技术仅仅是一些实践性的具体手段；"形而上谓之道，形而下谓之器。"然而，之所以建议文学理论关注科学话语的动向，恰恰由于科学话语的急剧膨胀。不难发现，科学话语已经显示出问鼎"道"的强烈企图。显然，相当多的哲学观念与科学话语无法兼容——如果愿意正视这个事实，那么，另一个事实将同时显现：后者对于存在本体的解释正在形成强大的竞争力。不论文学理论如何选择自己的立场，科学话语的确凿存在与强势扩张已经不容忽视。

文学理论能够关注什么？回答这种问题的时候，许多人习惯性地转向了古老的学科史。"起源神话"导致历时性谱系考察的盛行。人们热衷于以追根溯源的方式论证一个学科当今的文化功能。这种观念相信，一个学科存在的真正依据完整地显现于最初的起源，后续的发展往往遮蔽了其纯正的本真，甚至迷途不返。然而，我更为倾向于描述，一个学科如何置身于共时的文化结构空间，并且在文化结构多重压力的敦促之下不断地从事自我调整。具体地说，文学理论即是在紧张的对话关系之中显示了其聚焦的范围和对象。

网络加持与文学批评谱系

一

作为一个稳定的术语，"网络文学批评"愈来愈频繁地出现于不同的理论场合，充当主导各种论述的关键词。既然如此，人们就没有理由持久地混淆这个术语包含的两重涵义：第一，"网络文学批评"指的是发表于网络的文学批评，既可能论述《水浒传》《红楼梦》或者金庸小说，也可以围观《盗墓笔记》《甄嬛传》以及众多网络电影，长则宏论滔滔，下笔千言，短则只有一个句子，甚至一个词，例如被称为"弹幕"的批评形式；第二，"网络文学批评"指的是对于网络文学的批评，批评家秉持各种观念评判发表于网络的小说、诗歌或者戏剧。尽管网络文学的批评多数发表于网络，然而，文学作品与文学批评必然栖身于相同的传播媒介显然是一种错觉。事实上，口头文学的批评文章可能见诸纸质的报刊，关于戏剧的文学批评从未谋求展示于舞台之上。

澄清"网络文学批评"这一术语的时候，人们必须完整列举两重涵义背后隐藏的多种逻辑可能：发表于网络的文学批评既可能考察网络文学，也可能考察纸质文学；考察网络文学的批评话语既可能发表于网络，也可能发表于纸质的报刊。这不是玩弄烦琐的文字游戏，而是指出两条不同的理论线索。换言之，两重涵义可能指向不同的理论焦点，其混淆将会导致无法进入问题的纵深。

"网络"一词显然是造成两重涵义混淆的主要原因——哪一种批评话语都不可能绕开网络。这种错觉从另一方面证明了"网络"一词的强势。"互联网+"成为时髦的观念之后，"网络"始终充当负责统领的中心词。

尽管各个行业拥有传统的谱系，但是，网络的加持极大开拓了延展的空间。从网购、网站、网银、网管到网友、网恋、网红、网课，这些项目幸运获得网络的垂青之后，奇迹般的效果屡屡出现。作为普遍的仿效，更多的行业正在向网络汇聚，力图赢得一个浴火重生的机遇。发表于网络的文学批评与批评网络文学共享"网络"概念。网络的特殊性质如此强大，以至于批评话语与文学作品之间的古老区别很快显得无足轻重。

"网络"的出现首先带来一场前所未有的通讯革命。通讯速度产生不可思议的飞跃，同时，线性结构进化为立体的网状。这场通讯革命正在许多领域显示巨大的成效，例如经济领域的国际金融结算系统，或者军事领域的精确制导技术。相对地说，网络赋予文学批评的特殊性质不如想象中那么突出，从而足以构造出一个显眼的历史阶段。文学批评史保存了古今各种形态的文学批评范本，无论涉及的是文学观念还是技术分析模式，发表于网络的文学批评并非面目一新。多数文学批评并未因为发表于纸质期刊或者网络而发生颠覆性变化。必要的时候，二者可以轻而易举地相互转移。的确，人们可以从发表于网络的文学批评中看到某些独特的术语，例如"扑街""太监""烂尾""金手指""崩""坑"，如此等等。这些术语多半来自口语表述，通俗风趣，犀利尖锐，同时缺乏足够的思想含量。批评家简明的语言平面背后不存在进一步的理论启迪。言及"新学语言输入"的时候，王国维提出的标准是是否形成新的思想格局："思想之精粗广狭，视言语之精粗广狭以为准"，"言语者，思想之代表也，故新思想之输入，即新言语输入之意味也。"[1] 显而易见，网络的文学批评并未显示出达此标准的意愿。相反，理论的深奥、晦涩往往被斥为迂腐的学究式卖弄。

目前为止，网络的介入并未向文学批评提供新型的文本解读理论。文本解读并非仅仅表现为单纯而直观的反应，而是涉及基本的文学观念，譬如文学构成、文学功能、文学传统等等，甚至涉及哲学理念、对历史的理解或者社会理想。孔子以"思无邪"解读"诗三百"，儒家的道德思想渗

---

[1] 王国维：《论新学语之输入》，见《王国维文集·第3卷》，中国文史出版社1997年版，第40页、第41页。

透于文学批评之中；陈独秀、胡适、鲁迅等共同肯定白话文学，能否启蒙大众的思想充当了文学褒贬的基础；"新批评"、俄国形式主义或者结构主义、解构主义这些批评学派无不涉及语言哲学，"陌生化"、文本结构、叙事学、话语分析等概念或显或隐地进入文本解读；接受美学对于"读者"的重视源自现代阐释学的转向，海德格尔等一批哲学家的思想重新设定了文本与阐释的相互关系。相形之下，发表于网络的文学批评不存在做出任何理论建树的雄心。彼此投缘，击节称赏；一言不合，一拍两散。没有引经据典的高头讲章，也没有委婉周详的辩解。即景会心，我手写我口，不必到哪一本哲学著作布置的迷魂阵里绕一个圈子，也不想为哪一篇标新立异的文学宣言摇旗呐喊。不设门槛，出入自由，人人可以发言，学术权威丧失了居高临下的中心位置，狂欢的气氛成为最为显眼的标识。这将为文学批评谱系增添什么？

二

返回文学批评谱系，发表于网络的文学批评更像在重现文学批评的早期状态。一种分析将网络内外的文学批评区分为"线上"与"线下"。"线下"多为熟悉学术训练的专业批评家："专业批评家评价一部作品时难免会有一种'思辨冲动'，即通过自己的批评行为完成一次有意义的'学术旅行'，用批评对象的价值判断印证某种文学观念的正确性与有效性"；相对而言，"线上"文学批评的"持论主要是个人立场而不是他者式理论立场，他们言为心声，袒露性情，面对阅读的网文，忠于自己的感受，不虚美、不隐恶、说真话、讲实情，针砭对象不留情面，三言两语却直击要害"。[①] 后者可能由于尖锐直率而迅速获得作家的关注。尽管这种概括泾渭分明，可是，后者并非网络的独特产物。中国古代文学批评史之中，一时一地即兴而作的文学批评比比皆是。快人快语，切中肯綮，坦然不羁，

[①] 欧阳友权：《网络文学批评："线上与线下"识辨》，《中国文学批评》2022年第3期。

直抒胸臆。金圣叹称《西厢记》为"天地妙文"[①]、赞叹《水浒传》作者的"非常之才""非常之笔""非常之力"[②]。或者,脂砚斋评《红楼梦》"如此叙法方是至情至理之妙文","其囫囵不解之实可解,可解之中又说不出理路"[③]。这些精粹的评点批语保存于纸质的典籍。中国古代的诗话、词话蔚为大观,批评家多半要言不烦,其精简的风格与学术式的"掉书袋"大相径庭。"凡有井水处,即能歌柳词"[④],大众的好恶不言自明。村夫野老街谈巷议,三五文友推敲切磋,古代民间的文学批评与现今网络上的众声喧哗相差无几。回溯文学批评的初始状态,即兴、明快犹如童言无忌,"言必有据"的学术规范是后来的事情。现今的文学批评之中,批评家对于作家的反馈亦非网络的专利。一些报刊设有"读者来信"栏目,读者可以在信件之中坦陈自己的观感。这些意见可能不同程度地影响作家,甚至对于作品后续的修改产生重要作用。20世纪50年代,杨沫《青春之歌》的修改即是一个著名的例子。总之,通俗、活跃乃至泼辣率真的文学批评并非始于网络,而是古已有之,并且长期寄存于纸质传媒。

如果总结发表于网络的文学批评带来了什么,首先可以指出的是其传播速度。这是纸质传媒不可比拟的。当然,"文以气为主"的命题或者亚里士多德的"模仿说"不会因为传播速度的加快而有所改变。尽管如此,传播速度并非仅仅充当外在因素。许多人记得麦克卢汉的著名论断:"媒介即讯息"。麦克卢汉解释说:"任何媒介技术的'讯息'是由它引入人间事物的尺度的变化、速度变化和模式变化。"[⑤]譬如,铁路运输的货物

[①] 参见〔清〕金圣叹:《金圣叹全集2·诗词曲卷(下)》,凤凰出版社2008年版,第854页。

[②] 参见〔清〕金圣叹:《金圣叹全集3·白话小说卷(上)》,凤凰出版社2008年版,第236页。

[③] 〔法〕陈庆浩编著:《新编石头记脂砚斋评语辑校》(增订本),中国友谊出版公司1987年版,第41页、第337—338页。

[④] 参见〔宋〕叶梦得:《石林燕语》,田松青、徐时仪校点,上海古籍出版社2012年版,第137页。

[⑤] 〔加〕赫伯特·马歇尔·麦克卢汉:《理解媒介 论人的延伸》,何道宽译,商务印书馆2000年版,第34页。

并不重要，重要的是铁路带来新型的城市、新型的工作和新型的闲暇。相同的理由，网络的传播速度可能改变批评家、文本、解读方式的传统关系，甚至转换为"内容"的组成部分。

网络的"弹幕"评论是一个典型的例子。"弹幕"评论的对象通常是网络播放的电影或者电视连续剧，任何一个观众均可充当批评家，即时将自己的观感借助键盘与鼠标同步上传到屏幕。"弹幕"评论亦步亦趋紧跟剧情，评论的对象可能是剧情之中的一个场面、一个桥段、一个人物的出场或者几句对白，评论的语言往往是一个短句，甚至是一个感叹词。"弹幕"评论的传播速度不能低于剧情的演变速度。剧情结束之后，这些评论文字同时冷却，迅速丧失意义。事后搜集那些"弹幕"评论文字——诸如"前方高能""美爆了""劝你善良"等等——可谓不知所云。然而，跟随剧情起伏的时候，诸多"弹幕"评论文字相互激荡，一路飙升的点击率显示出不可遏止的狂欢热度，不进入这个场合发出几声呐喊就像一个可笑的落伍者。对于许多人来说，说出什么或者看到什么并不重要，重要的是眼疾手快，迅速汇入浩浩荡荡的文字洪流。企图在"弹幕"评论之中追求思想观念的严肃表达肯定是走错了门，可是，狂欢本身就是另一种表达。屏幕之中的剧情悲欢离合，屏幕上方无数字符不绝地驰过，这个画面已经构成另一种导演始料不及的奇特屏幕现象。

对于网络经济来说，传播速度与流量密切相关。单位时间之内，愈来愈多的点击量表明网站愈来愈大的营业额。巨大的点击量迅速产生滚雪球效应，网站声望的提高将进一步形成吸附力。尽管纸质传媒——例如报纸或者杂志——的发行量同样是利润的表征，但是，网络传播、点击上网与传统的编辑、出版、配送给分散订户不可同日而语。如果说，用钢笔纸张书写文字与用电脑键盘敲击仍然相差无几，那么，印刷、出版、发行与网络传播之间完全是两套迥然不同的文化体系。电子信号瞬息之间的发射与接收决定了网络能做到即时传播，文学批评荣幸地被纳入这个体系的时候，纸质媒介保存的某些特征无形地消失了。

一方面，网络制造的互相激荡的气氛逐渐取消了深思熟虑的分析模式。竞相表述彼此的观感，层层递进的逻辑悄然成为主宰。张三的机灵不能比李四的俏皮逊色，王五的夸张必须换来赵六的戏谑，即兴的感想你追我赶越滚越快，一本正经的分析反而如同不识时务的愚蠢。浮光掠影带来轻捷的快意。既然可以充当一个舒适的乘客，人们便不再愿意像机械师检查发动机那样费神拆解作品的内部结构，衡量各种成败得失，继而联系悠久的文学史背景，阐述成败得失的意义及其文化根源。另一方面，网络之中喧闹的狂欢很大程度抑制了答辩机制。正如波普的"证伪"思想所指出的那样，严肃的理论观点必须接受严格的检验，答辩机制往往是检验的重要形式。然而，狂欢是喧闹式的同声相应而不是深入的思想对话。调侃、挖苦、嘲弄或者故作惊诧、装疯卖傻，嬉笑怒骂无法负担严密的理论辨析。即使存在不同的倾向与观点，没有多少人愿意瞻前顾后，进行冷静的思辨。喜剧性哄笑或者尖刻的反唇相讥很快就会冲垮丝丝入扣的论辩。迄今为止，印刷文化与思想的速度构成稳定的联系：意识的感知、鉴别、判断与漫长的印刷文化历史相互适应；书写、编辑、印刷、发行，诸多环节的衔接之间保留必要的反思空间。然而，报纸、刊物、书籍遭到网络传播速度的全面碾压。一念闪动，敲击键盘，鼠标一点，这些文字已经进入公共空间。从思想的生产到传播，前所未有的快车道出其不意地敞开。这时，网络的文学批评显现出令人惊异的快节奏。

可是，"令人惊异的快节奏"能否带来更有质量的思想？文学批评并非跑步竞赛。社会已经摆脱"文学饥渴症"多时，没有必要因为更高的产量追求而加快生产线的运转。的确，网络敞开了一个巨大的文化空间，许多人一拥而入，七嘴八舌，众说纷纭。然而，如同常言所说的那样：如果是对的，一个人说就够了。

这时，网络的文学批评又把这个争端抛出来了——多数人还是少数人，大众还是专家？

三

如果是对的，一个人说就够了。真理追求并不依赖"人海战术"。一个人真正拥有标准答案的时候，多数人起哄式的褒贬没有多少意义。然而，这种自信仅仅适合简明的自然科学领域。对于人文学科以及相当一部分社会科学来说，"大众"本身就内在地镶嵌在"标准答案"内部。

换言之,"大众"人数的大幅度上升可能改变标准答案。譬如,对于文学来说,大众的喜闻乐见始终是一个重要指标,尽管这个指标可能以不同的理论语言显现。更为复杂的是,"大众"的各种需求并非如同自然规律般始终如一,而是作为变数与历史运动之中的众多因素积极互动。这种状况必将导致专家与大众之间错综复杂的关系。

如同许多学科一样,文学批评领域的专家首先表现出深厚的文学知识积累。从对文学史的演变脉络、文学经典到各种文学理论命题的稔熟,各种文学专业训练是从事文学批评的前提。如果说批评家较之普通读者拥有更多的话语权,良好的专业训练是一个重要原因。然而,所谓的专业训练可能滋长精英主义的文化姿态。精英主义往往认为,文学史确立的经典具有不可动摇的权威。文学经典不仅是文学知识的核心,提供审美遵循的圭臬,而且在更高的意义上,文学经典可以代表文化传统。无论是纸质媒介还是网络空间,文学经典的追随将有效地保持文化的深邃、典雅、厚重、源远流长。许多时候,精英主义不知不觉地流露出厚古薄今的倾向,热衷于将现今的文学作为古代典范的证明材料。另一些批评家甚至将传统的典雅与文化阶层联系起来。渊博显示出的良好教育与文化修养仿佛带有贵族出身的意味,生机勃勃的世俗气息乃至俚俗风格则是来自底层的乌合之众。

另一些批评家并未如此公开地主张精英主义。大众必须成为文化的受益者——认可这种前提之后,批评家力图委婉指出问题的另一面:那些貌似赢得大众的通俗作品是否真的代表大众的利益?武功盖世的大侠及时除暴安良,"穿越"到另一个时空摆脱令人窒息的现实环境,或者,无缘无故地赢得霸道总裁的欢心而幸福地嫁入豪门——这些"白日梦"是解放大众还是麻醉大众?由于文化教育的限制,大众时常被称为"沉默的大多数";底层人民无法创造独特的形式表述自己。多数时候,他们只能沉溺于各种古老的文化形式及其封建主题,从社戏、说书、连环画、西洋景到侠客、神仙、花妖狐魅、青天大老爷。五四新文化运动开始之后,一批进步知识分子的启蒙使命包含了对封建主题愚民毒素的严厉批判。然而,即使批评家的理性分析拆穿了曲折情节制造的美学骗局,通俗作品的"白日梦"仍然拥有巨大的市场。许多时候,批评家的观点并未获得大众的响应。

　　文学史表明了更为复杂的情况：一批以"通俗"面目出现的作品最终入选文学史经典名单并且传诸后世，例如一些词、曲以及话本小说。不论它们的入选依赖哪些历史条件，这种状况至少显现出通俗作品摆脱众口一词的贬损而突围的一个缺口：通俗作品与文学经典之间存在转换通道。对于精英主义来说，如何应对通俗作品赢得市场与文学史的双重待遇是一个不可回避的理论挑战。

　　发表于网络的文学批评向学院与专业隐含的精英主义权威展开反击。驰骋于网络的批评家高度信任自己的感性直觉，并且认定大众之中普遍存在"人同此心，心同此理"的基础。喜欢就行，何必拖出一大堆权威站台。许多时候，这种反击可能扩展为对于传统文学知识的蔑视。修辞、叙事分析犹如烦琐哲学，对结构形式的考察毋宁说是自寻烦恼，学院派炫技式的理论铺排令人厌倦。网络之中的一个观点是这样的：大众要将文学批评的话语权从精英主义手里夺回来。

　　不言而喻，这时的批评家与大众融为一体。然而，什么"大众"？所谓的"大众"并非一个抽象名词，而是带有不可代替的历史时空标记。换言之，大众通常是根据历史提供的某种组织机制汇合起来的。"普罗大众""工农兵大众"或者"消费者大众"，这些称呼无不显示出清晰的时代烙印。作为精英主义的对手，各种"大众"提出的质疑不尽相同。"普罗大众"的通俗化涉及阶级动员，"消费者大众"的通俗化着眼于娱乐市场的扩大。网络上的"大众"往往等同于"网友"。事实上，根据网络出现的时间，围绕网络组织起来的"大众"大约只有二十年的历史。尽管如此，网络文学的碎片化阅读、高度类型化、功德圆满的结局与巨大的体量均已成为"网友"强烈期待的对象。而且，"网友"时常以"下线退出阅读"作为要挟，要求作家按照自己的意愿改造情节——譬如男一号必须娶女一号，或者绝不可赋予主角道德污点，主角更不能不幸逝世。发表于网络的文学批评是否应照单全收，忠实执行这些标准？

四

"网络文学批评"指的是对于网络文学的批评——转入这个术语的第二种涵义之前,必须明确人们的某些模糊共识:纸质传媒的文学批评流传于高深的学术圈子,强调各种理论命题和文学经典的范本,并且由一批学识渊博的专家把持;网络文学需要的批评话语直观、率真、坦言无忌,批评家与大众联袂狂欢。前者围绕传统的纸质文学,后者与网络文学共生共荣。这些观念仿佛认定:网络文学无法被纳入学术的视野,犹如唐诗宋词或者巴金、茅盾不会在活跃于网络的批评家心目中形成多大波澜。

的确,纸质传媒的文学批评未曾对网络文学表示足够的重视。网络文学的字数业已成为空前庞大的存在,可是,遵从学院标准的批评家视而不见。这种自以为是时常被形容为文学批评的缺席与失职。在我看来,批评家的傲慢或许是次要原因;更为常见的理由是,批评家仿佛无从下手。文学史生态表明,众多文学作品并非平均接待文学批评的"惠顾"。少数情况下,一部文学作品可能吸引一千篇研究论文;多数情况下,一千部文学作品无法吸引一篇研究论文。前者体现出文学经典享有的待遇。文学经典通常精深广博,结构繁杂,文学经典考察的基本方式是文本的细读。从文字训诂、修辞分布、叙事视角到人物形象、意境氛围以及微妙的节奏掌控,文学批评借助细读论证文学经典的宏大精妙。然而,网络文学——尤其是网络小说——几乎无法承受文本分析:

> 那些倾泻而下的文字一览无余,没有庞大的象征系统,没有远古的神话原型,没有深邃的哲学主题,也没有复杂多变的人物性格;许多文字粗糙的作品段落甚至缺少可供分析的修辞现象。从人物、结构、主题到意象、无意识、叙事模式,文学批评的众多术语只能空转。必须承认,相当多网络小说的情节设置极为出彩,漫长的故事悬念丛生,欲罢不能;遗憾的是,文学批评从来不肯对情节和悬念给予过高的评价。相反,许多作家和批评家的

共识是，过分离奇的情节夺人耳目，以至于真正的主题可能陷落在眼花缭乱之中，这犹如荣华富贵的温柔乡将会消磨一个人的雄心壮志。所以，作为一个旁证，传统的文学史通常不愿意将经典的荣誉授予侦探小说。

我想补充的是，大部分网络文学并没有兴趣追求结构、无意识、叙事模式等等晦涩的话题。为了投合普遍的"碎片化阅读"，写手的意图就是浅白，通俗，甚至让读者可以一目十行地囫囵吞枣。他们心目中，艾略特的《荒原》也好，乔伊斯的《尤利西斯》也好，这些深刻的玩意还是留给学院派享受吧，简单和好玩才是后现代的至高原则。①

网络文学之所以单纯、浅显，负责提供强烈而清澈的快感，很大程度上源于"白日梦"对于欲望的代偿性满足。欲望没有历史。然而，欲望的实现机制始终诉诸历史。饥渴制造的欲望世代相同，但是，满足欲望的食物与饮料必须由历史指定。苞谷、田间野菜还是丰盛的满汉全席，米酒、普洱茶还是牛奶、咖啡，历史决定分配的内容与形式。一个终身劳碌于田间的农夫无法想象皇亲国戚如何果腹，正如一个帝王会惊奇地询问"何不食肉糜？"文学的很大一部分内容来自作家的虚构，文学批评时常鉴定这些虚构是否符合历史逻辑。虚构古代的一个武侠利用互联网刺探宫廷里的情报，历史逻辑就会提出抗议。

事实上，文学批评的历史分析占据了很大的比重。从社会历史批评学派、新历史主义到后殖民理论，历史逻辑始终是批评家衡量文学的一个准则。故事情节的社会背景、人物性格的形成、叙事之中的民族或者性别观念，以及一段对白、一个战争场面，无不接受历史的检验。无论悲欢离合，每一个人物只能栖身于历史赋予的社会关系；因此，作家与批评家默契地共享一个前提：认可历史逻辑的限制。文学虚构不是任意捏造，缺乏"历史真实"的保障可能严重影响文学的审美效果。某些文学虚构利用幻想——无论是神话幻想还是科学幻想——摆脱历史重力，但是，神话或者

---

① 南帆：《网络文学：庞然大物的挑战》，《东南学术》2014 年第 6 期。

科幻文学的魅力恰恰是相对于后者的存在。换言之，文学虚构与历史重力之间的复杂博弈以及彼此衡量同时是文学批评反复谈论的话题。然而，当文学虚构放弃与历史逻辑的互动而仅仅遵循欲望逻辑的时候，文学内容迅速简化，以至于文学批评同时丧失了大部分话题。每一个主人公肯定吉人天相，心想事成，恶棍必死，善人善终，美人嫁给了白马王子，遭受世俗鄙视的穷小子终将因为挡不住的横财而青云直上，傲视人间，这时还需要文学批评补充什么呢？欲望没有历史，可是，如果同时将实现欲望的社会背景销毁，文学漫画只剩下简单的曲线：从欲望的启动到欲望的完成。个人成为没有历史的欲望主体。当然，网络文学同时设计了若干摆脱历史重力的文学策略，这些文学策略的反复执行形成了文学类型，例如"武侠""穿越""玄幻"，如此等等。"武侠"以常人无法获得的盖世武功摆脱历史，"穿越"干脆抛开物理限制奔赴另一个时空，批评家曾经详细概括出"玄幻"类型的坚硬框架："主角模板"，"主角光环"，始终采用主角视角，不能"虐主"——主角不存在各种缺陷，必须强大得无与伦比：

  表现主角的什么呢？表现主角的"强"。具体来说，就是"成为强者"，这是玄幻小说模式的核心谓语。在网络上，不计其数的小说都在写一个关于强大的故事，主角最后总是成王、成仙、成尊、成宇宙之王、成各种业界领袖……用17k小说网主编血酬的话来说，网络文学的核心与特质就是"成功学"。"主角成为强者"，这就是当下玄幻小说句法模式最为核心的部分。

  对于玄幻小说作家来说，文学虚构与历史之间的联系已经切断，重要的是让读者形成主角的"代入感"。社会历史批评学派的分析被精神分析学取代：强大的幸福幻象恰恰是众多失意者的内心寄托：

  小说就应该一直采用主角视角，不宜随意切换，不断地营造"主角光环"不断编织主角强大的故事，这是读者能够持续"代入"小说获得良好黏着度的重要保证。显然，"代入感"在根本上强调的就是能让读者代入到主角身上实行角色扮演的可能，而这也正是个体在网络空间的虚拟体验形式，换句话说，玄幻小说"主角成为强者"的叙事模式与网络空间中个体凭借虚拟自我而幻想自身强大的行为在本质上是合一的关系，在某种意义上，网络玄幻小说成了数字时代个体角色扮演的文学形式。[①]

网络文学之中的类型如同以平均值为基准压缩的粗糙模块。各种情节与人物大同小异，对其进行文学批评的细读如同浪费精力。然而，抛开围绕文学经典形成的专业训练，能否通过网络文学拥有的海量字数发现另一些问题？至少在目前，发表于网络的文学批评并未显示出关注这些问题的兴趣——事实上，这些问题的深度以及复杂关系更适合诉诸纸质传媒的文学批评模式。

五

将网络文学的海量字数纳入考察视野，这是"数字人文"研究出现之后形成的可能。大规模的统计、计算以及数据库等伴随计算机出现的研究方法是"数字人文"的必要条件。相对发表于网络的文学批评，我更愿意认可的是，"数字人文"开启了文学批评谱系的崭新空间，许多研究课题以及考察路径闻所未闻。例如，分析7000个英国小说的标题叙事；统计200年间的英国小说，区分为"菜园派""新妇女小说""帝国哥特"等44种亚文类并且建立可视模型；搜索、统计某一个词在特定阶段文学史之中出现的频次以及出现的位置；计量某一个作家在参考文献数据库中被提及的次数；如此等等。[②]"数字人文"为许多长时段或者大范围的文学特征描述提供了坚实的数据基础。批评家面对爆炸式增长的网络文学望洋兴叹的时候，"数字人文"轻而易举地证实了许多猜测与假说。

当然，许多人已经意识到"数字人文"存在的盲区。例如，计算机可

[①] 黎杨全、何榴：《中国网络玄幻小说的叙事语法》，《中国文学批评》2018年第3期。
[②] 参见赵薇：《作为计算批评的数字人文》、李天：《数字人文方法论反思》，二文均发表于《中国文学批评》2022年第2期。

以获知18世纪以来"浪漫主义"或者"现实主义"出现于理论文献之中的频次,但是,统计通常无法显示,哪一个理论权威的哪些论述赋予这些概念稳固的理论地位并且引起其使用的激增,或者,哪些论述导致这个概念出现转义,并扩大了使用范围。对于网络文学来说,"数字人文"的启用至少要考虑到如下几个方面:

第一,"数字人文"提供的结论可能远离传统的作品、作家范畴——不再是文学经典的示范,也不再介入个别作家如何获取题材、构思、写作等具体事项。根据许多网络写手的自述,他们大约每日不辍地上传八千字左右,甚至连错别字也无暇仔细订正。对于这些粗制滥造的文本字斟句酌、钩沉索隐有些可笑,但是,"数字人文"仍然可能从中获取某些有趣的信息。类型的总结始终是一个引人瞩目的课题。大量网络文学面目相似,所谓的"个性"或者"风格"必须从作品扩展至类型。无论是侦探、武侠、宫斗还是探险、盗墓、寻宝,概括一个类型的构成因素甚至比分析一部文学经典还要简单。当欲望、无意识与文学虚构的关系将社会历史条件完全挤压出去之后,所谓的类型仅仅剩下某种风格的表象外加悬念的制造。当然,"数字人文"还可以利用数据协助某些小型课题的完成,例如众多"穿越"小说分别选择哪些朝代作为落脚点——各个朝代的不同比例说明什么?或者,古往今来"武侠"小说对于内家拳与外家拳的态度发生了哪些变化?说明这种变化的原因之前,数据可以显示不同时期的演变曲线。总之,"数字人文"开设的各种课题并非为证明传统的文学理解,而是扩大了文学意义的延展范围。

第二,"数字人文"必须发现新的问题,而不是证实不变的结论——没有人愿意增添更多的数据证实人类的面孔上有两只眼睛。新的问题产生于数据统计之前还是统计之后?如果说,"数字人文"领域与作品、作家范畴缺乏交集,那么,新的问题通常不是源于二者的自然积累,而是来自研究者的设置。无论是假设某些问题之后收集数据给予证明,还是数据的增加使之察觉问题的存在,"问题意识"不可或缺。能否从民间故事之中发现叙事结构的胚胎?"问题意识"促使普洛普收集了100个俄罗斯民间故事进行比较分析,总结出31种功能项,他的《民间故事形态学》从而成为叙事学的奠基之作。中国古典诗词之中"月亮"意象如此之多,"月亮"在古人的理想生活之中扮演什么？对于古典诗词之中"月亮"意象的统计、分类与阐释可能带来新的发现。可以从各个层面描述一个对象的数据，"问题意识"才能在数据使用之中有的放矢。研究者想知道什么？面对一座山峰的时候，其高度、动物种类、植物种类、树木或者花卉的分布、季节与温度或者湿度的关系、地貌构造等无不可以转换为数据形式，然而，数据的意义必须由考察的问题确认。

第三，"数字人文"的大规模统计往往展开一个宏观视野，同时，庞大数据堆积的数字模型去除了不可复制的个别特征而留存富有共性的规律，抽象的数字不再依附于具象与个性。这时可以发现，无论是情节波澜的起伏设计还是类型的总体概貌，网络文学的规律远比文学经典清晰明快，以至于"数字人文"可以得心应手：

> 研究者认为，算法已经作为一种思维方式，主导了网文评价并且渗透到创作之中，形成各种"套路"或"模式"，不仅有"升级流""废柴流""重生流""退婚流"等桥段套路，也存在金手指、掐高潮等反复使用的具体应用技巧，甚至开篇和高潮等都有精确的设计。与传统文学的类型或模式不同，网络小说套路存在着高度的重复或规律性，显示出极强的量化可行性，即研究者所认为的算法基因，这使得数字人文方法的融入更为便利。①

然而，这种结论同时表明，遵从或者拒绝"套路""模式"恰恰是网络文学与文学经典的重要分界。独创是文学经典的重要指标，雷同的构思或者表述意味着缺乏对历史的独到发现。正如"影响的焦虑"这个命题所表示的那样，许多经典作家竭力回避前辈既有的成功。对于他们来说，"重复"——无论是重复他人还是重复自己——是包含很大耻辱成分的评语，甚至无法完成文学乃至美学的基本预设。可是，网络文学不再重视这个指标。网络写手的共识是——尽量投合读者的口味。双方的相互肯定迅速导致"套路""模式"以及类型的固化，貌似五彩斑斓的想象仅仅流动

---

① 李天：《数字人文方法论反思》，《中国文学批评》2022 年第 2 期。

在几个简单的槽模内部。由于可观的经济收益，网络写手不会如同经典作家那样为之沮丧或者自责。读者欣然吞食手机屏幕上的文学读物，种种曲折离奇的情节远比文学教授唠叨的《红楼梦》或者鲁迅有趣得多。文学生产与文学消费愈来愈稳定的回环之中，"信息茧房"如期而至。听到的恰恰是自己想听的内容，熟悉的快乐一次又一次定期重现。当"数字人文"将海量字数简化为一目了然的图表时，人们仿佛更加了解自己——的确，如此庞大的文学版图只有若干"白日梦"的集聚点。这时，作家与读者至少有必要重新反思一个基本的问题：机械的单向度快乐就是文学热衷的目标吗？

文化记忆、历史叙事与文学批评

"文化记忆"这个概念来自德国的扬·阿斯曼教授。从个体记忆、集体记忆到国家记忆,这个概念的广泛内涵引起了诸多兴趣,人们开始从各个方面进一步拓展"文化记忆"的潜力。文化记忆可能是一种精神形式,也可能是仪式、图像、建筑物、博物馆的展品等实践活动方式或者实物保存方式。当然,文化记忆包括了历史著作。我的疑问是,如何区分历史叙事与文化记忆?如果二者的涵义相差无几,又有什么必要放弃熟悉的范畴而另辟蹊径?

对于文学批评来说,"历史"是一个举足轻重的概念。社会历史批评学派始终是文学批评的一个重镇。尽管如此,不同的批评家心目中,"历史"的涵义存在种种差异。一些批评家关注作品显现的历史内容,包括这种历史环境之中的人物性格,他们力图证明作品是某一个时期历史的"镜子";一些批评家擅长分析作家置身的历史环境,考察这种历史环境赋予文学何种想象力,一部如此奇异的作品为什么会在这种历史环境之中诞生;还有一些批评家的兴趣转向了读者——那么多素不相识的读者为什么共同肯定一部作品,同时对于另一些作品嗤之以鼻?事实上,读者置身的文化圈以及教育程度、道德观念、文艺修养、意识形态无不隐蔽地参与作品的评判。显然,历史环境同时塑造了读者。总之,批评家可能在各种语境之中使用"历史"一词。如果炙手可热的"文化记忆"取代"历史"一词,文学批评不得不大面积地调整这些观念。

我曾经在《交汇与互动:文学、历史、记忆》这篇论文之中论及文化记忆与历史叙事,但是,我并未清晰地将二者拆解开来。我相信人们更多地意识到了二者的诸多共同之处,例如回顾往昔,或者追求真实。事实上，文化记忆与历史叙事均是主体不可或缺的组成部分。记忆不仅是对知识的贮存，记忆的一个特殊任务是构建个体的统一性，犹如历史文化构建民族国家的统一性。有趣的是，尽管这种表述无形地认可了历史叙事与文化记忆的互换结构，然而，我在散文写作中却再三地察觉二者的差异——再现记忆的散文远比对历史往事的陈述顺畅："来自各种历史著作的史料棱角坚硬，逻辑固定，文学话语的接收、改造和重新裁剪常常艰涩凝重。相反，来自记忆的各种情景柔软可塑，活灵活现，仿佛与文学话语一拍即合。事实上，记忆与文学话语时常珠联璧合，交相辉映。"当然，散文写作撬动的记忆具有明显的个人性质："这些片段之所以久久贮存于内心的某一个角落，多半由于曾经在个人的生命之中烙下印记。"我不止一次地考虑，理论可否澄清与描述这种差异？

　　我得到的启示源于对词汇的语义分析。我突然意识到，"记忆"是一个词组，"记"与"忆"可以拆开考察，二者存在微妙的差别。前者通常为 Remember，后者通常为 Memory 或者 Recall。汉语使用之中，"记"与"忆"的差距可以显示得更为清楚——许多地方，"忆"不能替换为"记"。"忆秦娥"或者"忆江南"不可改为"记秦娥"与"记江南"。如果将"日出江花红似火，春来江水绿如蓝，能不忆江南？"的末句改为"能不记江南"，诗人绝对提出抗议。相似的是，"解道澄江净如练，令人长忆谢玄晖"之中，"长忆"乃至"长相忆"如果置换为"长记"或者"长相记"，显然韵味尽失。一旦将"忆往昔，峥嵘岁月稠"之中的"忆"改为"记"，那必将辜负上阕"问苍茫大地，谁主沉浮"一语的沉郁气势。人们可以列举更多的例子证明，"记"更为强调信息或者数据的机械性保留、贮存、不可遗忘；"忆"更为强调个人思念之情即兴开启的回想和追思。

　　这种区分隐含了衡量"真实"程度的不同标准。"记"必须精确、翔实、客观，不可由于各种原因而虚构或者删减情节；相对地说，"忆"的状况远为复杂。"忆"同样力求真实，人们不会有意地改写回忆"自欺"。尽管如此，由于个体情感的介入——由于崇拜、爱恋、信仰、仇恨、偏见、羞耻、创伤、罪感等情感，回忆可能篡改真实。回忆可能"真诚"地扩大或者缩小某些事实，甚至按照某种意愿重构乃至虚构若干相关情节。具有自恋倾向的回忆时常夸大童年的苦难，"粉丝"回忆与偶像的交往时常夸大对方的高大可爱，"情人眼里出西施"这一条俗谚同样适合于回忆，另一些人甚至会因为强烈的羞耻、罪感而完全删除意识之中受辱、犯罪的经历。这些篡改已经成为由衷的叙述，回忆者的意识内部不存在更为真实的版本。

"记"与"忆"的另一个差异是不同的启动形式。"记"的启动通常取决于理性的指令。现实的情势向理性提出申请，解决某种问题形成的分析、综合、思索调动既有的知识储备构成了"记"的启动。没有人刻意地记住与眼前情景没有任何关联的情节或者知识。然而，"忆"往往无迹可求。由于情感的长期酝酿、积累，甚至由于无意识的某种泄漏，种种随机的触动可能导致"忆"出其不意地发生。因为一个破旧的水壶突然回忆起昔日的恋人，几声鸟鸣意外地召回了童年的时光，一座残损的庙宇成为回忆母亲的缘起，如此等等。如果说，理性的指令与"记"的启动通常遵循相近的规律，那么，"忆"的来临往往是个人情感逻辑的产物。某种景象可能召回一个人绵绵不绝的回忆，另一个人可能完全无动于衷。众所周知，普鲁斯特《追忆似水年华》之中的"小玛德兰点心"是一个经典段落：一个寒冷的冬季，主人公舀起一勺泡着小玛德兰点心的热茶送到嘴边，来自上颚的一种美妙的快感如同一个解禁咒语，瞬间激活了无数积压于内心的往事，"忆"令人惊异地开始了。可以找到一个极端的例子清晰地划分"记"与"忆"之间的界限：人工智能拥有超强的"记"而缺乏"忆"。人工智能可以在任何时候完整地调出贮存于硬盘的数据，它不会遭受机能衰退、身体疲惫或者外部信息刺激等因素的干扰。但是，没有任何因素可以触动人工智能的"忆"。它不会在某一个愁绪萦绕的傍晚回忆起设计芯片的工程师，也不会在夜深人静之时重温第一代计算机辉煌的功勋。

历史话语与文学话语的区别可以视为不那么极端的例子。历史话语显然注重"记"，文学话语显然注重"忆"。历史话语的记载尽量客观、公允，避免各种主观因素的干扰，描述历史内部各种举足轻重的社会维面；文学话语更多地纵容个人的好恶，许可独特的叙述角度，不惮按照一己的情感逻辑扩张什么，简化什么。让我们回到历史叙事与文化记忆的同与异：许多时候，二者异曲同工；对于许多人来说，历史叙事与文化记忆完全可以相互替代。然而,如果聚焦于考察二者之异,那么,对于"记"与"忆"的分辨可以成为一个入口。

  对于文学批评来说,区分历史叙事与文化记忆的意义是,可以更为精确地使用"历史"这个概念。分析作家或读者如何与置身的环境互动,"历史"这个概念可以组织各种恰当的表述。然而,考察作品显现的历史内容,"历史"一词可能遇到某种障碍。如果一部文学作品被形容为某一个时期历史的"镜子",那么,如何评判题材相似的历史著作?相对地说,一部合格的历史著作更为全面地再现了那个时期历史的基本面貌,拥有更为可信的社会制度、经济运行或者科技、交通、法律乃至风俗民情的各种史料和数据。换言之,这时的文学仅仅提供若干局部的形象诠释或者补充吗?对于再现历史的"宏大叙事"来说,某个人物脸颊的一颗痣、桌子上的一道裂纹或者路面随风盘旋的落叶会不会是一种累赘——文学奉献的那些琐碎细节会不会成为一种干扰性的遮蔽?

  然而,这些细节恰恰是"忆"所制造的文学成分。文学的众多人物、场面、故事情节无不围绕某种情感逻辑组织起来。《红楼梦》借"石头"之口自述,小说写的是"半世亲睹亲闻的这几个女子",这即是"忆"的结构形式。我曾经提出,分析文学作品的内容时,文学批评可以更多地考虑相对于"历史"的另一个范畴:"人生"。历史叙事的注视焦点往往是各种重大的社会领域,只有真正撼动社会发展的大事件才能被纳入"历史"的范畴。相对于"历史","人生"的视野急剧收缩——"人生"包含了许多日常生活细节。一次浪漫的邂逅,一个疑惑的眼神,一种尖刻的语调,一种信赖的神情……这些细节无法在"历史"的范畴产生回响,但是,它们可能影响乃至撼动"人生"的范畴。文学批评必须承认,文学的意义显现为"人生"的完整而不是"历史"的完整。正如"记"与"历史"互为表里,"忆"显然与"人生"的范畴遥相呼应。"忆"所包含的感叹、追思、想念、回味无一不是"人生"框架之内的情感回旋。

  想象之中,"人生"通常仅仅是"历史"内部的一个微小的单元。犹如细胞对于机体的无条件服从,所有的"人生"无非按照"历史"事先设计的剧本表演。然而,这种观念忽略了主体的能动意义。"人生"与"历史"相互联系又相互独立。"历史"并非一个凌空而降的范畴,无数具体的"人生"汇成了"历史",不存在一个删除了具体"人生"的"历史"空壳；另一方面，每一个具体的"人生"犹如"历史"列车之中一个渺小的旅客，不可能改变列车呼啸前行的方向。尽管如此，"人生"与"历史"之间的价值体系并非彼此重叠，而是相互交错与互动：

> "历史"并非仅仅是一个抽象、模糊同时又令人敬畏的词汇。历史话语的描述之中，一系列与之相应的范畴成为内在的支撑，例如民族、国家、制度、阶级、经济、军事，如此等等。文学话语的"人生"描述拥有另外一套范畴，例如性格、命运、欲望、恩怨情仇、心理创伤或者无意识，如此等等。后者可能完整地证明历史话语形成的概括，也可能显示出差异、游离甚至反抗和矛盾。换言之，文学话语可能证实历史话语，也可能某种程度地证伪历史话语。对于"历史"而言，二者的对话关系构成了历史连续性的丰富理解。

批评家对于"历史"概念的敬意无形地延续了一个文化等级观念：文学话语是历史话语的附庸。然而，这种观念并未获得思想大家的认可。亚里士多德在《诗学》中指出，诗比历史更富哲学意味，恩格斯赞扬巴尔扎克的作品汇集了法国社会的全部历史，他从中学到的东西要比从当时所有职业历史学家、经济学家和统计学家那儿获得的还要多。将"忆"从"记"的语义背后解放出来，一个重要的意图就是，为批评家提供另一种异于历史叙事的文学分析范式。

阐释什么：绝对与相对、词与物

至少在目前，许多批评家觉得他们的工作正在遭受某种冷落，文学批评不像 20 世纪 80 年代那么有市场了。大众丧失了兴趣情有可原，可是，文学圈子之内，作家经常表示他们不看文学批评论文。这往往让一些批评家心灰意冷。

我想起老托尔斯泰写过一本《艺术论》，阐述他的各种艺术观念。这本著作中有个很有意思也有很有代表性的观点：作家想表述什么，他的作品里面都说了，文学批评家还有什么必要跟在作家后面喋喋不休？话虽然这么说，托尔斯泰并不拒绝当一个批评家。我们都知道，他严厉批评过莎士比亚。尽管如此，这个观点还是抛出了一个很基本的问题，回答这种基本问题有时很困难。这并非理论的枝节，你可能会产生一种"从何说起"的感觉。

那么，从何说起呢？如果让我来回答的话，我会这么说：面包和鸡蛋已经在盘子里了，客厅里那个伯爵和他的夫人已经喝过了下午茶，总之，一切都发生过了，作家为什么还要一笔一画再把它写下来？有这个必要吗？一个杯子已经在桌子上了，画家为什么又要把它画一遍？而且，你画的这个杯子还不能喝水，无法使用。这不仅是文学艺术的基本问题，也是文学批评的基本问题。

在我看来，世界上存在两种人：一种人主要从事物质生产，而另一种人主要从事意义生产。我想从这个区别说起。

物质生产和意义生产是两大部类。大部分人都在进行物质生产，我们生产出了粮食，生产出了衣服，生产出了房子或者汽车。但是，作家、艺术家以及人文学者大部分从事意义生产。就物质生产而言，这些人所做的工作微不足道：他们就是在纸张上写下一些符号，然后印刷、装订成册。这些产品跟汽车、房子没法比。但是，意义生产会制造出另一种意义空间。所以，有时候我不太赞成仿照《红楼梦》里的描写，到什么地方建造一个大观园。我的意思是，曹雪芹给我们提供的是另一个意义空间，那个意义的空间比一个真实存在的大观园重要多了。

意义这个概念非常重要。我们的很多物质是根据实用原则生产出来的。我们都知道衣服御寒，汽车是交通工具，挎包是用来装东西的，如此等等。但是，这些物质在实用原则之外，随后还会产生各种各样不同的意义。例如，拿服装来说，长袍马褂的意义跟西装革履的意义就不一样。年轻人现在喜欢穿破的牛仔裤，裤管上还弄出几个洞。我们知道这不是表示贫穷，买不起新的裤子，而是另有特殊的意义。我们也知道汽车是交通工具，但是保时捷汽车跟桑塔纳轿车的意义远为不同。不久以前我被普及了一下知识，知道军用挎包跟 LV 包是不一样的。同样是挎包，价格相差极大。这是物质之外的意义生产。物质也好，文本也好，它们具有什么意义？人们的初步理解之外，还需要进一步阐释。

各种阐释以及我们所说的文化研究，很多时候就是解释各种物质或者文本背后含有哪些意义。比如说一个商业广告，那里面有没有种族歧视的信息？一个小说文本，那里面有没有歧视女性的理念？一首流行歌曲，它用什么元素来打动人？一个博物馆，它怎么布展，用什么布展方式来叙述民族的历史？这些都开始进入意义的层面。展品就是那几样东西，但怎么布展却会产生不同的意义。

现代社会出现了很多新的情况。譬如，我们大家都已经看到，对于现在的年轻人来说，人跟手机相对的时间、跟电脑相对的时间越来越长。人机的相对远远超过了传统的社交。手机里有什么？手机里没有物质，只有信息制造的意义。目前而言，意义生产在我们现有的空间里占有的份额跟分量越来越大，我们应该高度重视。特别是在大众传媒如此发达的情况下，我们应该高度重视现代社会的意义生产和意义再生产。这个变化比物质世界的生产与再生产的变化急剧得多，同时对我们影响也越来越大。

后现代社会的特征之一就是意义生产急剧增多。我们经常会在后现代社会产生那种眼花缭乱的感觉，我觉得不只是因为物质的极大丰富，同时也因为，对意义的解释也极大地丰富。权威的中心地位削弱之后，各种各样的意义生产更多了。我们的物质空间当然在不断地增大，但是，意义的空间增大得更快。物质空间的增大受到各种限制，比如资金、土地、建设规模等等。二十年的时间之内，一个城市的扩张是有限的，上述条件都是限制的因素。但是，我们的意义空间变化迅速。突然间各种意义一拥而来，突然间许多意义又完全消失。我们想一想，身边各种现象的意义二十年来发生了多少急剧的波动和变化？一些多少年前完全陌生的观念，现在被认为是常识。三四十年前，"恋母情结""无意识"这种概念说什么鲜有人知，现在好像年轻的学生都知道。这就意义空间的差距。我要说的是，作家首先在意义生产这个领域工作。批评家也是，批评家经常做的事情是意义再生产。作家首先生产出第一轮意义，文学批评以此为基础再度生产出新的意义。

　　诗人说："举头望明月，低头思故乡"，我们有时想问一下，为什么看见月亮必须思乡？当然，渊博的学者会告诉我们，西方人未必如此，这是典型的中国意象。古代诗歌里面折杨柳枝代表着送别，这又是为什么？为什么折榕树或者龙眼树就不代表送别？对意义的解释会不断地增加，有一些作品的意义解释从来就没有停止过。像《哈姆雷特》，像《红楼梦》，至今为止还在不断增加意义再生产。

　　所以，作家生产出一种意义空间，批评家重新进行再生产，他们把意义空间重新扩大了。可以说，批评家所做的也是一种意义生产，某种程度上批评家跟作家的工作性质是相似的。所以，罗兰·巴特认为批评家就是作家。这是一个方面。另一方面，意义的生产、阐释可能产生很大的争论。这些争论包括了意义的辩论，包括了符号的争夺。很多时候就是人们所说的话语政治，各种话语的博弈、斗争、角逐，这些都是从一个文本开始的。一个作家生产出第一个文本，后面有众多批评家跟上来，这样的工作持续不断。当然，并不是说所有的阐释都在以同等的速度均匀地扩散。一些人的观点迅速被社会所了解，所接受。比如说，某些权威、某些专家、某些拥有特殊行政权力的人、某些当事人、某些目击者，这些身份都可能使他的解释权急剧地扩大。对于一个文本来说，作者拥有特殊的解释权。解释权是非常重要的一种权力。种种重要布告后面都有一句话——

布告的解释权归谁？

阐释过程中，解释权决定了你的意义再生产，决定了你的阐释能够传播多远。所以解释权的争夺是非常重要的。中国古代文学传统中，孔子说："《诗》三百，一言以蔽之，曰：'思无邪。'"这就是一个非常权威的认定。其实读过《诗经》的人都知道，那里面还是有一点"邪"的主题。但是孔子说了"思无邪"。由于孔子是儒家的开山鼻祖，他的地位不断提升，他的结论越来越权威，解释权不断增加，这个观念传到后世就越来越响亮。当然，对于一些作品的争论远未一锤定音，也没有一个不可挑战的解释，各种解释还分散在各处，比如说《红楼梦》。关于《红楼梦》各种各样的解释非常多。有很多传统意义上的红学专家，但是，红学专家之外，还有普通的读者。比如，普通读者可以说，那个贾宝玉不就是一个花花公子吗！这种解释不能说一点道理都没有。贾宝玉是一个缠绵的情种，是一个封建社会的伟大叛逆者，还是一个喜欢谈恋爱的"富二代"？

如果解释权没有集中在几个人手里，意义生产就会朝多个方面扩散。后现代一个总体的倾向就是，解释权越来越多地向大众开放。无论是宗教经典还是各种古老的文献，这些专门的阐释多半集中在特定领域的专家手里，例如僧侣对于《圣经》的解释，儒家弟子对于孔孟学说的解释，专门的研究者对于《易经》的解释，等等。然而，总的来说，解释权不断下放，意义生产多元化是现代社会的状况。产生这种状况的一个重要原因是大众传媒的高度发达，各种声音都有机会出现，解释过程也越来越纷杂多样。但是，正是在这个过程中，会不会出现"过度解释"？有没有所谓的"过度解释"？如何认定"度"？传统观念之中，一个文本最好只有一个答案。解释权下放之后，各种解释纷至沓来，"大狗小狗都可以叫"，那么，是不是答案愈多愈好？一万种答案呢？十万种答案呢？如果一个文本有十万种解读的话，这个文本肯定处于崩溃状态，甚至整个社会的交流链条都进入崩溃状态。

我们可以说，一个文本只有独一无二的独断解释并非好事，但是，我们肯定不能推论出，越多的解释越好。过多的解释只能带来混乱和崩溃。这个意义上，我们希望有一个标准，有一个度量，不要"过度解释"。那么，度量在哪里？度量固定不变吗？我觉得，历史转换的标志往往就是摧毁旧的度量标准、准则、依据，建立新的标准、准则、依据。纵观历史，一切都可能变化，可是，特定的历史时期始终存在准则、标准、依据。我赞成这种观点：理性的解释始终有追求确定性的一面。如果没有确定性这一面，我们就没有必要交流、对话。各说各的就行，"短笛无腔信口吹"。事实上，论述本身就存在说服他人、取得共识的意图。否则又有什么必要辛苦维持概念、推理、判断、结论这么一套复杂的话语程序？

但是，我还想补充的是，确定性会随着历史时间的变化而变化。历史演变过程中，确定性会重新变成不确定，继而新的确定性出现了。这个过程我们应该怎么描述？在我看来，文学批评的解释与创造经常围绕着两个焦点波动：一个是解释权，谁的解释？另一个是度量的标准和原则，哪一个历史时期的度量标准和原则？当然，也正是因为有了标准和原则，文学批评才谈得上创造。如果没有这个标准，任何人都在创造，也都不是在创造。这是我想到的一组关系。

接下来我想提到的是绝对与相对的关系。其实这一对关系仍然是前面这个问题的延续。所谓阐释学的现代转向之后，亦即接受美学出现之后，我们更多地把解释权交给了读者。接受美学的一个基本观点就是：不同的读者可能对同一个文本产生不同的解释。

不言而喻，我们所说的读者相对于作者。其实，这里出现了读者跟作者之间的博弈。解读一个文本，如果主要权力在读者这一面，那么，作者的意图究竟算什么？作者想要表达的主题又算什么？当读者这个概念被提出来的时候，人们同时知道，哪怕再蔑视、再不屑或者声称"作者已死"，作者依然存在。因为这两个概念是相对的，没有作者就没有必要提到读者这个概念。所以，完全消除作者不太可能。但是，现代文学批评的各种学派之中，两股思潮对作者产生了极大的限制。

一股思潮是结构主义和解构主义。结构主义通常认为语言是重要的，文本本身是重要的，作者是不重要的。结构主义没有办法完全否认作者的意义，但是，那些理论家至少认为，语言自身的力量超过了作者。这涉及结构主义里的"在场""不在场"，"声音中心主义"还是"文字中心主义"。"文字中心主义"强调文字自身在历史流传中的力量；"声音中心主义"是"在场的"，对话之中双方都在现场，你可以直接问作者这句话什么意思,理解上出现了分歧可以直接向作者求证。我是作者,身在现场,如果你理解错了,我可以纠正。我们的对话借助声音展开,以声音为中心。德里达的解构主义强调"文字中心主义",写作文本的作者已经消失,他的力量并不重要,读者可以不管。这个观点当然引发了复杂的争论,我们可以暂时放在一边。我想表达的一个观点是,不管作者在文本之中表达的意思是什么,起作用的是读者怎么理解。结构主义可以说,那些读者的主体就是语言塑造出来的,语言先于主体;解构主义认为,作者不在场,文本仅仅是一堆文字符号,剩下的事情就是读者怎么理解,这是唯一的现实。

另一种思潮是现代阐释学。现代阐释学强调读者带有自己的期待,自己的视野,自己的先见,自己的结构。理解一个文本的时候,读者不是空白的。这种观点无形地抑制了作者。作者当然力图传达他自己的主题,但是,读者根据自己的已有观念进行理解,这就不可避免地压低了作者。这些表述当然是简单化的,我仅仅想表明,结构主义和解构主义、现代阐释学构成了两个思考问题的线索。

这时,我们一定会意识到另一个问题——如此强调读者,强调解释权的下放,总有一天我们会产生怀疑:读者的权力会不会太大了?作为一个读者,我是否有权力认为,莎士比亚是英国文学史上最糟糕的作家?是否有权力认为鲁迅的小说远不如琼瑶的作品?当然还有一些问题会比较复杂一点。曹雪芹伟大还是金庸伟大?《阿Q正传》有价值还是《大话西游》有价值?抛开文学史的各种已有观点,读者的看法可能与专家大相径庭。如果不存在读者权力太大的问题,那么,我们扪心自问,对于那些五花八门的解释,我们接受了吗?我们放心了没有?无论是文学的外行人还是内行人,估计都会对其中的一部分解释深感怀疑。我们会再次觉得,文学批评的阐释还是需要一个基本的度。

回到这个问题:度量在哪里?标准在哪里?可以观察到,我们的考虑会有意无意地朝两个方向发展:一个方向是"人同此心、心同此理",大家心里会产生一个美学标准,彼此相同,我认为美的,大致你也会认为美。当然存在各种折中与平衡,但是,大体上我们有一个共同的美学标准。另一个方向是诉诸历史:我们之所以产生共同的看法,是因为共同的文化环境训练了我们，让我们产生相同的观念，相同的意识形态，相同的审美标准，而不是我们的身体内部隐藏了一个类似生理结构一样共同的美学器官。

因此，历史环境一旦发生转换，这个度量或者标准就会变化。今天我们都是同时代人，一起来讨论《包法利夫人》，我们观点大约还是会千差万别。但是，如果我们和唐朝的士大夫一起讨论《包法利夫人》，那些士大夫与我们的想法肯定相差更远——尽管我们与唐朝士大夫的生理结构没有太大的区别。这时，我们大约可以发现一个现象，我们现有的很多共识，显然与历史环境、历史文化训练存在密切关系。所以，我强调的观念是，度量和标准在相近的历史语境里面起作用，脱离这种历史语境就会起变化。

可是，历史语境是一个非常麻烦的概念。我们先不加"历史的"，什么叫"语境"？"语境"就是 Context，就是上下文，根据上下文理解一句话。脱离上下文可能误读一个句子乃至一个词。如果把一个词或者一个句子扩大为一个文本，上下文就会扩大为周边的文化环境，这就是历史语境。我所表达的很多观点对现代人而言比对唐朝的士大夫来说容易理解，很大一个原因是我们在同一个历史语境里。可是，一个历史语境的边界在哪里？有时候我也常常为这个问题所困惑。历史语境不能仅仅用时间段落来衡量。我可以举一个很简单的例子：我们对于许多20世纪50年代的诗歌已经不感兴趣，这些已经属于另一个历史语境；然而奇怪的是，我们仍然很乐意阅读唐诗宋词，数百年乃至数千年之前与现在仍然被视为同一个历史语境。可见历史语境不能简单地用时间"远"和"近"来衡量。空间似乎也不是一个绝对的标准。我们对于一部作品的理解可能与英国的文学批评家产生共鸣，同时却不愿意接受越南文学批评家的意见。空间的远近不说明问题。

时间、空间与历史语境之间有着非常复杂的关系，我的意思是，不可能简单地画一条线区分"历史语境"。另一个问题是历史语境的转换。这种转换带来了度量和标准的急剧变化，大量文学经典的名单必须刷新。五四时期就发生过这种事情。"桐城谬种""选学妖孽"这种说法就表明，旧标准确认的经典名单已经遭到了严厉攻击。同样麻烦的是，历史语境什么时候发生变化？谁知道是十年之后发生变化，还是一百年以后？或者，明天就会变化？如何判断？我觉得这个问题已经超出学术范畴了。这种判断似乎不是取决于学问渊博与否，不是取决于我多读五十本或者一百本书，而是真正考验一个理论家的历史眼光和敏锐程度。学问仅仅是其中一个条件，甚至是不那么重要的条件。

对于同一个历史语境，我们通常追求共识，否则没有必要进行各种讨论；历史语境发生变化，度量和标准随之变化。但是，历史语境的边界在哪里，什么时候发生变化，如何判断，这是一系列后续的问题，这些问题导致各种相对的答案遭受质疑。人们似乎不断地追求绝对答案，可是，真正的遭遇是，一个又一个相对答案的过时与废弃。绝对与相对的关系卷在这一系列问题之间。

再接下来要简单说一说词与物的关系，借一下福柯著作的标题。我们刚才讨论了历史语境，也一直强调文学或文学批评要关注社会历史，这是对的。但是，我们要注意到一个学科特点：与经济学，法学，社会学比较，别的学科经常直接处理社会事务，经济学直接处理现代经济，社会学直接讨论社会现状；而文学批评不是直接研究社会，而是研究文学文本里的社会历史，即通过文本折射的社会历史。因此，语言问题对于文学研究特别重要，因为文学描述的那个社会历史是通过语言媒介来叙述的。当然，历史学也是如此。人们从未亲眼看到秦朝或唐朝的历史，看到的都是历史文本，所以历史叙事学也是一个极其重要的学术研究课题。不过，我觉得历史叙事学在历史学研究里似乎分量不重。

词与物的关系，或者说语言与世界的关系并非如简单想象的那样，仅仅是语言对于世界万物的命名——这是一棵树，那是一只老虎，一辆汽车，等等。实际上是主体、语言与世界三者之间的关系。语言极为重要。我们都知道，语言的出现对各个民族都是惊天动地的事情。人类独特的符号体系出现了，有了这个符号体系，我们跟五千年前的人类大不一样。老虎、狮子和猴子与五千年前相差无几，一个重要的原因是没有一个完整的符号体系。古代的时候，人们认为语言是一个富有魔力的符号体系，语言周围伴随着一些神话。现在还可以从语言里面发现非理性魔力的痕迹，譬如说"我发誓如何如何"，"某人预言如何如何"。当然，语言的魔力也包括负面的能量。例如诅咒"某人赶快死吧",难道某人真就会死?尽管如此,谁也不愿意被诅咒。所以,我们都要给孩子取一个吉祥的名字,谁也不愿意叫"李倒霉""王短命"之类。认同语言的魔力是古老的传统,从中体现了古人的语言崇拜。从现代的意义上来说,我觉得要注意到这么几个方面:

第一,语言对主体的建构。这是结构主义出现以来的概念。我们总是在表现论的意义上认识主体,并且由此考虑语言与世界的关系。因此,我们总是默认这种观念:我作为主体使用语言表达了内心的想法。但是,你的内心是从哪里来的?结构主义的观念认为,你的内心本来就是由语言装配起来的。没有语言就没有你的内心。这时,语言和主体的关系不再限于表现论的单向考察,而是同时包括语言对于主体的建构。没有语言的意识就像没有软件的计算机,裸机无法工作。安装不同的软件会产生不同的计算机,或者说主体。我们一定要意识到主体本身是被语言装配起来的。我们的意识之中存在各种语言制造的文化片段,如同盖房子的建筑材料。大部分建筑材料只能盖四四方方的房子。如果想盖椭圆形的北京大剧院,那么普通砖头无法砌出圆弧形的结构,需要另外一种建筑材料。语言也是如此,特殊的语言装配出不同的主体。如果没有某些词汇、概念、范畴、短语,我们甚至不能意识到相应的命题。这是结构主义出现以来语言留给我们的基本观念。不是说人类主体不能创造性地使用语言,运用语言组织出新的思想,而是说这仅仅是问题的一面;问题的另一面是,对于个人来说,语言存在于主体之前,主体是在语言中成长起来的。

第二,主体所接受的世界已经由语言加以编辑。这种编辑可能不知不觉。人们觉得人类的语言使用简单地依赖词与物的对应。例如,当我说"这是一朵菊花",我的表述确实包含了词与物的简单联结。但是,这个表述的内涵远比显现出来的复杂。提到菊花的时候,我已经同时排除另一些别的花:它不是茶花,不是梅花,不是牡丹,不是玫瑰,如此等等。排除的内容越多,我们的理解越精确。意识之中的"分辨率"很多时候取决于语言。当我说这是一辆小轿车的时候,我已经知道这不是卡车,不是吉普车,不是自行车等。一个孩子可能由于缺少足够的词汇量而没办法列举更多需要排除的内容,他理解问题就不如我们精确。

第三，语言会脱离世界进行自我繁殖。最初语言与外部世界是对应的，但是，语言成为一个精确而灵敏的符号系统以后，它会自我繁殖，自我延伸。我们现在正在开会。我可以用一句话描写会场，也可以用一千句话、一万句话描写。语言中甚至会出现与外部世界的实物无法对应的概念，比如柏拉图的理念或者老子的"道"，还有黑格尔的绝对理念，甚至数学上的零。零没有对应物，桌上没有杯子不叫零杯子。零只是数轴上的一个刻度，区分正数和负数。伊格尔顿在他的那本《文学事件》里有一些奇思怪想，例如福尔摩斯小说中是否存在冥王星（福尔摩斯小说发表的时候，冥王星还未被发现）。这些有趣的现象只能发生在语言领域，无法变成实际状况。这是语言脱离外部世界的自我生产。

总而言之，这些现象背后有一个基本的命题：语言其实是我们现实生活中一个非常重要的部分。别的学科可能不重视这个部分，就像我们不重视经济计算，或者也不怎么重视化学成分一样。但是，对于文学批评来说，这个部分一定要加入你对现实和社会历史的理解，加入你对于文学文本的研究。除了文学批评的解释与创造的问题，绝对与相对的问题，词与物的问题，还有一些问题需要考虑。如果文学批评不去认真思考这些问题的话，我们只能在很浅的层面上不断徘徊，进一步退两步，一直是这样。让这些问题进入我们的考虑范围，加以探讨和思考，文学批评可能会有一些进展。

文学知识、历史与欲望

网络小说制造的文学震荡正在持续,诸多人们熟悉的文学命题无不察觉到这个庞然大物带来的压力。现今的文学知识体系大约拥有一百年的历史。20世纪之初,五四新文化运动启动的"文学革命"曾经带来文学知识的深刻重组。传统的考据、义理、辞章迅速地被"文学概论"覆盖,新型的文学教育得到了学院体制的保驾护航。尽管某些前沿的论题——例如现代主义或者超现实主义——仍然存在种种争议,但是,多数人业已就文学的形态、功能、类型、符号体系、传播网络、经典篇目等达成广泛共识。如果说,古典文学转换为现代文学的道路曾经出现巨大的曲折,那么,20世纪的文学知识业已再度稳定了如下的标准:何谓文学,何谓好的文学。

尽管这种标准迄今仍然在印刷文学之中享有崇高的声望,但是,网络小说仿佛带来了另一个文化空间。互联网上360百科的"小说"这一条目之中,《红楼梦》《阿Q正传》或者《安娜·卡列尼娜》已经不再充当小说的经典范本;条目推荐的小说标本多半流行于互联网,例如《倾尽天下》《重生之帝妃谋》《绝色倾城》《悲伤逆流成河》,等等。相对于印刷文学的现实主义、现代主义乃至魔幻现实主义,网络小说提供了种种前所未有的类型,诸如玄幻小说,冶艳小说,穿越小说,网游小说,或者架空历史小说,耽美小说,末日生存小说。

当然,矜持的学院对此并不急于表态,大多数文学教授毋宁说置若罔闻。然而,当社会的阅读重心从印刷传媒转向互联网之后,网络小说必然谋求文学殿堂的正统身份。除了拥有不可比拟的读者数量,互联网同时展示了一个新型的知识传播体系。对于门户俨然的学院来说,互联网的冲击可能迅速颠覆沿袭已久的教学体系——例如360百科对阵文学史教科书。

这个意义上，网络小说的积累和总结不仅促进了文学知识的持续增长，更重要的是逐渐显示出两套文学知识的分歧和角逐。

"诗言志"或者"文以载道"是古代批评家反复陈述的信条。五四新文化运动之后，"为人生"的口号成为文学的最强音。作为这个口号的呼应，社会历史批评学派急速崛起。古老的神话传奇、宗经征圣退出了理论舞台，"历史"成为举足轻重的范畴。马克思主义批评家不仅将所谓的"志""道""人生"纳入社会历史；同时，物质决定精神、经济基础决定上层建筑构成了他们剖析社会历史结构的基本原则。根据社会历史的语境考察文学的产生及其功能，并且在对文学的解读之中捕获社会历史演变的种种信息，这种认识方式已经成为众多文学知识的前提。学院的文学教育表明，文学理论的诸多命题无不成为这种前提的扩展和延伸。同时，这种前提形成的鉴别与衡量决定了作家的文学史位置，例如鲁迅、郭沫若、茅盾、巴金、老舍、曹禺构成的现代文学第一方阵。

许多批评家心目中，"为人生"的文学亦即"现实主义"文学。现实主义文学再现了社会的世俗百态，再现了形形色色的"人生"故事，正视大众的疾苦，关注小人物命运。但是，现实主义文学所谓的"现实"并非一张即时性的平面图、一种没有深度的表象堆砌；"现实"包含了昨天、今天、明天之间必然的历史脉络，包含了现实之所以如此的原因。这种历史脉络可以解释文学人物性格形成的原因，解释他们命运之中的悲喜，同时解释他们置身的"典型环境"如何延续到读者的"人生"之中，从而唤起批判、反抗以及革命的信念与激情。所以，尽管贾宝玉、阿Q、安娜生活于另一个世界，但是，没有人觉得他们的悲欢"干卿何事"，"历史"将文学著作之中的"人生"与此刻身边的社会联系在一起。

20世纪20年代，"为人生"的文学口号来自"文学研究会"。这个文学社团的众多作家不仅鄙视"唯美派"的风花雪月，同时对《礼拜六》《游戏杂志》以及鸳鸯蝴蝶派之类娱乐市民的通俗文学表示不屑。才子佳人，黑幕大观，武侠侦探，宫闱秘闻，诸如此类的消遣性故事消磨斗志，麻醉精神，不啻戕害大众的文化毒品。相当长的一段时间，所谓的通俗文学成了文学知识否定的对象。大部分文学史教科书与学院的课堂拒绝研究，甚至拒绝谈论。通常，这些作品遭受拒绝的首要理由是——脱离现实的"人生"。一帮无聊文人杜撰各种离奇的情节,编织催情的白日梦,惊险的生离死别或者揪心的悬念背后不存在真实的气息;一些等而下之的粗劣之作甚至形同文字垃圾。

然而,网络小说的汹涌大潮冲垮了文学知识构筑的脆弱堤坝。如果说,琼瑶、金庸、梁羽生们扮演了复兴通俗文学的先锋,那么,后续的网络小说终于成了气候。网络小说对于社会历史批评学派所围绕的"历史"范畴无动于衷。从众多武侠共同追逐一本武林秘籍到一幢凶宅突如其来闪现的吸血鬼,从若干后宫妃子密谋争宠到几个纯洁的青春期少女为梦幻之中的白马王子洒下一掬晶莹的泪珠,网络小说制造的悬疑、惊悚、争风吃醋和秘密怀春的确仅仅是一些短暂的临时性情绪波动。人们无法从中发现支配历史的深刻冲动。描述历史内部构造的众多范畴无助于解释这些故事,例如政治经济学,或者种族、阶级、性别、国家,如此等等。尽管巧妙的悬念设置令人欲罢不能,奇幻的场面被一个接一个地抛出,但是,这些令人眼花缭乱的故事与读者的生活没有内在的精神衔接。无论是就业、购房、婚姻还是缩小城乡差别、改善医患关系、开拓年轻一代的发展空间,网络小说无法提供任何值得信任的参考。

尽管如此,一个不争的事实是,网络小说拥有庞大的读者群。因此,人们不得不面对一个令人费解的后续问题:脱离现实"人生"的作品为什么竟然赢下了如此之大的市场?许多时候,人们可以听到大量"质朴"的回应。一个会计刚刚从众多财务报表之间脱身,一个温习功课的考生打算放松一下紧张的精神,一个厨师试图离开烟火缭绕的厨房休息半小时——什么是适合他们的文学读物?这时,《幻城》或者《诛仙》显然比曹雪芹和普鲁斯特有趣。等待一趟晚点的航班或者必须在嘈杂的地铁车厢度过大半个小时,这时多少人愿意琢磨鲁迅的《狂人日记》或者福楼拜的《一颗纯朴的心》?大多数读者没有义务考虑,文学如何成为"经国之大业,不朽之盛事",娱乐毋宁说是他们的首选。他们甚至坦率地表示,恰恰因为就业、购房或者开拓发展空间十分渺茫,阅读网络小说至少有助于暂时遗忘各种挫折带来的不快。当会计、考生、厨师被纳入"大众"范畴并且拥有市场消费者的身份之后,他们的愿望必将迅速转换为文学的生产订单。必须承认,这种状况是对文学教授的严重挑战。文学的意义、功能不得不重新规划和描述。一个文学教授感叹地说，网络小说绕过了"五四"新文学而径直汇合到鸳鸯蝴蝶派，这个事实甚至令人怀疑20世纪文学教育的成效。

在我看来，考察网络小说与现实"人生"的联系，现在已经到了需要正视一个概念的时候：相对于人们不断重复的"历史"范畴，"欲望"是某些文学介入读者精神生活的另一种形式。由于精神分析学的洗礼，人们对于"欲望"并不陌生——尽管精神分析学过多地将"欲望"的内容描述为"性"曾经引起广泛争议。许多时候，某些不合时宜的欲望将会遭到社会规则的抑制和封闭，欲望的扑空通常意味了主体的某种现实匮乏。精神分析学认为，受挫的欲望并未消失，而是潜伏于无意识的某个角落，等待理性监控松懈之际乘隙逸出。逸出的欲望时常乔装打扮，借助各种符号和意象从事象征性表演。许多人时常虚构一段情节补偿现实匮乏，例如胆怯者幻想自己拥有绝世武功，姿色平庸者幻想自己花容月貌。这时，欲望带动的想象已经与文学很接近了。事实上，弗洛伊德即是按照这种逻辑描述文学。他将文学形容为"白日梦"，种种概括的核心观点是：未曾满足的欲望成为想象的催化剂。

受挫欲望的象征性补偿机制很大程度地解释了网络小说取悦大众的秘密。武侠和惊险小说隐含了英雄梦和淋漓尽致的复仇，后妃们钩心斗角赢下的是帝王的爱情和荣华富贵，青春美少女身上保存了滤尽烟火气息的纯情，借助穿越小说可以抛开世俗的烦恼遁入另一个快乐的空间。当代故事之中，"总裁"和"女上司"均是炙手可热的主角，他们或者她们的潇洒、精致、霸道以及令人垂涎的绯闻无不隐含了腰缠万贯的前提。总之，权势、财富、性和情场上的赢家、暴力对抗的胜利者——这些诱人的情节背后隐藏了现实之中遥不可及的荣耀和快感。换句话说，网络小说并未脱离现实"人生"，而是以文学想象集中表征一个特殊的"人生"主题：对受挫欲望的补偿。相对于日常工作的理性状态，人们的业余娱乐往往交付无意识掌控。这时，遭受压抑的欲望蠢蠢欲动，继而与等待多时的网络文学一拍即合。当然，精神分析学里的"欲望"及其后续故事仅仅是一种心理图式，而不是历史结构。尽管"欲望"带来心理"共振"的强烈程度可能超出文学显现的"历史"动向，但是，没有嵌入历史结构的心理图式不可能改造历史，对现实匮乏的虚拟补偿不可能消除产生匮乏的原因。

如果说，网络小说巨大的市场号召力再度证明了通俗文学占有半壁江山，那么，作为某种理论回应，"欲望"有必要纳入文学知识成为一个常规范畴，并且与"无意识""象征性补偿"等另一些精神分析的概念相互补充。当然，提出"历史"与"欲望"两个考察文学的范畴，并非一分为二地重新分配另一些概念的归宿，例如精英与大众，官方与民间，经典与市场，网络文学与印刷文学，如此等等。事实上，介入文学场域的诸多因素往往按照不同的比例形成各种组合。同时，"历史"与"欲望"并没有成为两种迥然不同的纯粹模式，彼此绝缘。首先，所谓的通俗文学并非一个"本质主义"的概念，文学史的轴线上，某些通俗文学——譬如词、曲、话本——曾经在另一个时代转换为经典文学；其次，许多通俗文学并未拒绝"历史"信息，例如金庸武侠小说之中明史与清史的背景；最后，"为人生"的文学并不意味着"欲望"的彻底清除，现代文学史上那一批"革命加恋爱"小说甚至流露出纵欲的气息。

然而，不论二者之间存在多少交集，这个判断的意义并未缩减：现今，两种文学类型的分歧、竞争比以往任何时代都要突出。对于文学想象来说，遵从历史逻辑与遵从欲望逻辑包含了内在的对立，批评必须为两种类型的文学解读设置不同的代码系统。一个意味深长的文学史事实是，"为人生"的文学很大程度地塑造了五四时期一代青年的精神，他们借助文学洞察历史，决定自己的命运；相形之下，现今许多年轻读者的心目中，文学仅仅是一种娱乐、一种失意之际的慰藉、一种欲望的想象性完成——总之，与他们置身的生活仅有微弱的心理联系。当然，这个事实本身即是深刻的历史产物。

理论的半径与审美

——《先锋文学的多重影像》自序

一

这本论文集并非阶段性文选,尽管收入的理论作品大多数完成于最近十年。论文集分为六辑,试图标出我的理论兴趣围绕哪些主题。有了足够的时间距离,这些主题的轮廓、脉络和范围逐渐清晰起来。这一段时间出版的专著——例如《五种形象》《无名的能量》——聚焦于某些特殊区域,这些主题始终作为思想背景调节理论的杠杆。论文集收入了若干访谈和演讲稿。与引经据典、严谨而规范的论文不同,访谈和演讲稿多半是发散式的,不仅保存了对话的现场气氛、多向的论述线索和活跃的思想触角,而且保存了思想完成的某些具体步骤。

编选每一辑论文的时候我突然意识到,这些主题曾经在我的思想之中逐渐生长。尽管不存在一个事先的理论规划,但是,我的考虑不知不觉地盘旋于相近的区域,持续地思索,自我辩难,期待构成一个相对完整的理论图景。当然,各种观念的完成并非一蹴而就。编辑论文时可以察觉,一些论点和例证曾经出现于多篇论文。这种现象记录了思索的缓重节奏。

如同第一篇论文的标题所示,物质生产与意义生产、历史与人生、关系与结构、词与物、共时与历时、绝对与相对均为我关注的问题。尽管如此,如今我更愿意谈论的是考察这些问题秉持的一个普遍观念:关系主义。

1998年出版的《文学的维度》之中,我开始将文学置入社会话语谱系给予描述。在我看来，社会话语谱系包含了多种话语类型共时的横向排列："这是一个开阔的话语平台，每一个独立的话语系统彼此抗衡，互施压力，最终表现出相对稳定的特征。换一句话说，相对于历史学、哲学、经济学、社会学、政治学——相对于诸多学科，文学之所以成为文学。话语系统之间的差异关系既提供了认识"自我"的"他者"，又表明了话语权力的再分配。"① 这显然是关系主义的定位方式。关系主义的基本构思是，展示多种话语类型的平衡、比较、角逐，并且进入这种关系网络辨认文学话语。我的记忆之中，《文学研究：本质主义，抑或关系主义》正式地确认了关系主义异于本质主义的内涵："相对地说，我们更多地关注多元因素之间形成的关系网络。相对于'本质主义'的命名，我愿意将这种理论预设称为'关系主义'"。

在一个论断之前加上"相对于……"这个短语，这是关系主义的一个基本特征。相对于植物，这是动物；相对于自然物，这是人工制品……"相对于……"的参照坐标愈多，论断愈严密：相对于橱子、床铺、桌子，这是一张椅子；相对于斑马、豹子、狮子，这是一只老虎；相对于哲学、史学、新闻，这是文学；相对于小说、诗、论文，这是散文——的确，关系主义同时构成了我考察文类的理论视域。事实上，关系主义对于多数人并不陌生。日常表述之中，形容一个人性格豪爽、一条街道拥挤不堪或者一堵墙壁整洁白净，无不包含了"相对于……"的参照，只不过这些参照物貌似"不在场"——借用解构主义的术语——罢了。

显而易见，关系主义的"相对于……"对于本质主义产生了严重的威胁。的确，关系主义不想隐瞒对于本质主义的深刻怀疑。本质主义的主张已经成为多数人的常识性想象：万事万物的性质和意义无不来自恒定的本质规定。这些规定不会因为"相对于……"而发生改变。真理始终如一。这时，关系主义包含的比较、权衡、互动、互适无不隐藏了对于本质规定的瓦解。这必然导致本质主义的强烈反弹。天地玄黄，宇宙洪荒，男女老幼，善恶美丑——如果万事万物闪烁无常，旋生旋灭，所有的故事无非临时组织。丧失了稳定的秩序之后，何谓社会？何谓历史？

---

① 南帆：《无名的能量》，人民文学出版社2012年版，第14页。

如何安抚这种强烈的理论惊惧？关系主义只要提到一个事实就够了：所有的关系莫不是社会历史的产物。社会历史从未消失。从锄头、镰刀、扁担到拖拉机、计算机、航天飞机，从哲学话语、历史话语、经济学话语到广播、电影、电视剧——社会历史化身于各种具体的事物，制造了它们之间复杂的关系网络。由于计算机的普遍运用，锄头、镰刀、扁担的价值正在下降；由于电影或者电视剧的出现，文学不得不重新设置自己的关注范围，等等。如此复杂的关系网络显示了某一阶段历史空间的巨大容量和基本结构。如果说，历史空间的各种实体注释了"巨大容量"，那么，这些实体的相互关系决定了历史空间的结构性质。必须强调的是，社会历史的能量不仅可能剧烈地撼动已有的关系网络，进而改变各种事物的意义、价值和位置，而且，社会历史的能量也可能巩固已有的关系网络，维护各种事物的面貌，从而在众多领域保证一个熟悉的、仿佛亘古不变的秩序。大多数时候，后者覆盖的时间与空间远远超过了前者。所以，关系主义挑战的仅仅是这个命题：万事万物的性质和意义无不来自恒定的本质规定。规定权必须归还社会历史。当然，社会历史从未使万事万物成为瞬息万变的幻影。

关系主义同时可以解释，为什么我不信任"纯文学"这个概念。我充分理解赋予"纯文学"的各种临时功能——这个概念曾经形成抵抗外部干涉的防线，也曾经负责鉴定文学的学科知识正统与否。尽管如此，我从未发现某种"本质"规定的文学坐镇古今中外。事实上，人们只能遇到标明了各种时间与空间型号的具体文学，例如神话，史诗，传奇，诗词，小说，戏曲，等等。关系主义的视域之中，"诗词"相对的文体是古代的骈文、赋、曲、传奇、话本、章回小说以及奏章、笔记等；"现代小说"相对的文体是现代诗、电影、电视剧、现代散文以及新闻和各种类型的论文等。这些相对的文体隐含了深刻的历史感。所谓的"历史感"远远不只来自"开元年间"或者"20世纪初"这些年代称号，而是显现于文学赖以形成和运行的历史文化——文学与另一些文类的合作、紧张和互动。这是远为内在的"历史感"。

二

为什么"历史感"如此重要？至少我愿意知道，自己栖身于何种历史潮流，扮演的是何种角色。生活的表象琐杂喧闹，黏稠纷乱，人们往往身陷某一个逼仄的角落而无法登上制高点纵览历史。哲学负责调集各种形而上的概念，历史著作简约地勾画出千年大势，然而，这些观点常常循环于学院内部，甚至仅仅是某些教授购买晋升门票的理论货币。相对地说，文学有声有色地踏入了日常生活。文学隐含的历史解释以及各种激动、感慨、愤怒、嘲笑无不近在咫尺，触手可及。

对于文学来说，日常生活构成了一个主要的工作领域。从额头上的皱纹到栀子花的气味，从火车汽笛的尖锐鸣叫到荡漾于湖面的波纹，风花雪月，世态炎凉，日常生活中的一切现象无不可能纳入文学。高高在上的哲学没有兴趣眷顾如此低俗的世界，历史学的宏大视野无法处理如此稠密的细节，经济学、政治学、社会学以及法学仅仅涉及日常生活的某个层面或者某个局部。迄今为止，只有文学义无反顾地投入其中，如鱼得水。

文学什么时候发现了日常生活的价值？这是一个有趣的问题。日常生活始终存在，但是，文学对于日常生活的关注与现代性的兴起密切相关。对于神话、史诗以及种种浪漫传奇来说，充当主角的是神、英雄以及王公贵族。现代性的兴起隐含了一系列观念体系的革命，人文主义、启蒙主义、世俗精神以及对个人的重视无不带来了文学风格的隐秘转折。现实主义的一个重要特征即是与日常生活的联系。底层的普通小人物，现实的密集纹理，带有各种气息的细节，栩栩如生的景象，饱满的性格和内心波纹，诸如此类的现实主义文学特征无不沉淀了现代性带来的内在演变。当日常生活作为一个巨大的主题投入文学的时候，这个主题产生的压力甚至开始修正文学形式，例如叙述密度的增加，个人视角乃至第一人称的独白，华丽的修辞转向了写实，等等。相对于哲学的形而上学思辨，相对于诸多社会科学的概念系统，文学直接卷入人们的喜怒哀乐。日常生活这个概念表明，文学最为接近个人生活圈。

现代性兴起制造的后果之一是，日常生活不再是某种观念的附庸或者证明；相反，这个领域拥有独立的价值和社会逻辑。某些重要的历史阶段，日常生活成了各种巨变的策源地，许多观念的形成、巩固或者瓦解无不根植于这个领域。这同时为文学提供了相对独立的意义——独立于诸多社会科学的概念系统。当这些概念系统因为陈陈相因而演变为僵硬的陈词滥调时，社会科学将丧失洞察日常生活的功能。日常生活中充满了芸芸众生的渺小意志，仿佛仅仅制造一些微不足道的小故事。然而，某些意外的时刻，无数的渺小意志可能从四面八方汇入相同的河道，演变为反抗压迫的汹涌洪流。我曾经用"无名的能量"形容众多无名之辈共同完成的壮举。

显然，文学擅长从日常生活之中察觉、分析和形象地演示"无名的能量"，甚至成为这种能量的积聚、组织和动员。这即是文学的先锋性。如今，历史进入了一个开阔地带，各种传承多时的理论模式逐渐失效，新型的可能闪烁不定。社会科学再度开始集结，力图重新解释历史，提出富有预见意义的结论。这时，文学的先锋性显现为，提炼日常经验内部的历史矿藏，将喜怒哀乐作为语言对话社会科学的概念方阵。如果说，社会科学概念系统的概括与思辨具有某种普遍意义，那么，文学赢得的是虚构特权。虚构使形象摆脱了原型的拘囿，根据想象的逻辑纵情飞翔于初始的现实之上。这是文学对于历史的独特描述，也是文学参与并介入历史的实践。"日常生活"曾经由后现代主义"越过边界，填平鸿沟"的口号给予阐释，也曾经充当娱乐嬉戏的世俗躯壳，然而，对我来说，日常生活是与文学的先锋性联系在一起的。

我由衷地尊重社会科学，社会历史发生的剧烈震荡正在迫切地等待后续的理论解释。尽管如此，我从未考虑离开文学。并非因为某种宗教般的虔诚，而是因为另一个理由：文学同时隐含了一种独特的社会历史解释。

三

如此频繁地提到"社会历史"，无疑展示了社会历史批评学派的基本前提。现在，我必须面对社会历史批评学派反复遭受的质疑：审美又到哪里去了？文学曾经被视为社会历史的资料与情报，所有的故事仿佛都乏味地图解某些时髦的口号或者众所周知的政治学、社会学命题。没有内心的悸动，没有掩卷之后的唏嘘和长叹，也没有令人欲罢不能的悬念和波澜。如果所谓的审美仅仅是可有可无的外部包装，那么，为什么不考虑直接阅读政治学或者社会学著作？

许多人的观念之中，康德的美学观念是谈论审美无法绕开的理论节点。康德认为，审美超越功利的衡量。换言之，审美是一个纯净无瑕的领域。从审美联想到嘈杂的外部世界——无论是从一部长篇小说之中发现阶级差异，还是从一幅裸体画像体会到色情，这种粗鄙都不可原谅。当然，相当长的时间里，康德的美学观念引发的争论从未停止。例如，社会历史批评学派通常倾向于认为，那种超阶级、超历史的悬空审美仅仅是一个可笑的幻觉。

康德美学观念的普遍引用显然与一个事实有关：拒绝对于审美的任意强奸。然而，现今的审美领域似乎存在明显的矛盾。一方面，装饰性几何图案、无标题音乐与小说、电影、戏剧共同陈列于审美领域，它们之间的明显差异——这种差异并不亚于楼房之于汽车——遭到了漠视；另一方面，审美领域与相邻领域之间的界限得到再三强调，各种意识形态话语或者世俗事务插入审美领域被视为不伦不类的干扰。

许多时候，我宁愿考虑另一种分析路径。历史事实证明，政治观念、意识形态话语或者经济、科学技术对于审美领域的修正、改造、瓦解、重建从来就没有消失；尽管如此，这种状况并未破坏审美领域的相对独立。感性、内心感受、激情、形象、意象、性格与故事、符号与形式——这些因素组成相对完整的意识结构，审美之外的因素通常遭到这个结构的屏蔽。然而，我想指出的是，审美领域的相对独立表明了另一种视野的存在。这个事实本身包含了明显的政治意味。哲学、历史著作以及各种社会科学不断地使用各种重磅的概念描述历史，例如存在、本体、民族、国家、社会制度、市场与经济、法律体系，如此等等。这时，文学力图显示的是，这些历史的巨型景观如何与个人、命运、内心和激情有机地联系起来。换言之，文学的意义是双重的呈现：历史视角中的个人与个人视角中的历史。

众多的历史著作之中，那些重磅的概念拥有同等分量的主人公。与"民族""国家""社会制度"这些概念匹配的人物只能是伟人、英雄、领袖、帝王将相、王公贵族，充当配角的"群众演员"没有资格进入聚光灯圈。他们仅仅徘徊在故事边缘，如同没有性格特征的平均数。现实主义文学改变了这一点。现实主义文学的功绩并非写实技术的运用，而是让那些平庸的小人物有机会登上表演舞台。令人意外的是，舞台上的小人物嬉笑怒骂，神采飞扬，君子、好汉、奸人、懦夫一应俱全。一个又一个"人物"活灵活现地上场，现实主义文学又被称为——借用周作人的命名——"人的文学"。当然，现实主义文学并没有放逐所谓的伟人或者英雄，而是力图将他们造就成真正的"人物"。他们不再扮演各种概念性傀儡，而是拥有了自己的性格、内心和七情六欲。从帝王将相垄断主角之位到小人物突破重围竞选文学主人公，这显然是一个政治的胜利。当然，我感兴趣的仅仅是问题之中的一个方面：这种胜利如何曲折地显现于话语类型的演变之中。话语类型的演变具有漫长的历史。文学话语如何摆脱历史话语从而拥有独立价值，这个事实的另一面即是"人的文学"如何成熟。从民族、国家、社会制度到个人、命运、内心，从帝王将相、英雄书写的历史到普通小人物、民众创造的历史，谁是真正的主人公？相当长的时间里，各种力量的角逐从未止息。考察审美与文学话语类型，涉及了这种角逐最为隐蔽的一条线索：

> 论证审美是一种独立的评判，亦即包含了个人权利的伸张。尽管各种社会框架宏大、坚硬，但是，个人的悲欢不仅真实地存在，而且渴望获得表述。人们没有理由认为，理论语言勾勒了社会图景的轮廓之后，聚焦内心的波澜仅仅是搜集一些无足轻重的填充材料。王公贵族与芸芸众生的等级秩序已经解体，前者不再是社会、国家的天然代表，后者不再是历史舞台边缘的无名氏，不再是千人一面的模糊群体。"大众"由无数的个体组成，每一个体无不具有自己的神情、经验和内心。当理论语言效力于宏大叙事的时候，无数个体沸腾的或者琐细的七情六欲开始被托付于审美。审美表明了另一种视野的开启。①

---

① 南帆：《挑战与博弈：文化研究、阐释、审美》，《文学评论》2015年第6期。

四

　　显然,这些观点决定了我如何分析"历史与人生"。事实上,我时常阐述的是话语类型的内在区别:历史话语的分析单位是整个社会,文学话语的分析单位是每一个具体的人生。尽管二者不可能彻底分割,但是,历史话语关注的是历史事件的完整,文学话语关注的是人生事件的完整。前者往往表现为一场战争,一个王朝的更迭,一种制度的建立——总之,需要是一个撼动了历史的事件;后者往往表现为一场未遂的恋爱,一个成功的婚姻,一次举足轻重的舞会或者晚餐——总之,一个改变了人生的事件。如果说,历史著作或者经济学、社会学著作擅长描述的是某种社会的普遍状况,那么,文学擅长描述的是个人的特殊际遇。这时,"人生""个人""感性""普通小人物""日常生活""细节"——诸如此类的范畴无不显示出某种相近的意味。

　　通常的想象是,文学终于为那些重磅的概念提供了生动的证据。历史著作粗线条勾勒的轮廓找到了填充的实物,整个历史图景极大地提高了分辨率,各个局部显得精致、饱满。然而,某些时候,这种想象可能遭受严重的挫折。风起青萍,日常生活底部无名能量的持续积累开始动摇种种习以为常的历史描述,那些重磅的概念逐渐空心化。这时,人们可能遇到一个怪异的现象:将文学之中众多日常生活景象连成一体,这幅画卷已经塞不进历史著作的事先设计了。

　　这也是我屡屡质疑将"典型"作为解读机制的原因。回想各种文学人物的时候,对于"典型"的解读往往急于依附某种通行的社会学命名,诸如阶级、劳苦大众、资本家等等;甚至不惜削足适履,例如文学史对于阿Q阶级身份的勉强解读。不少批评家觉得,无法纳入社会学命名的共同体,这种文学人物多半是可疑的,他们因为身份不明而无法获得足够的信任。但是,审美颠覆了这种观念。文学的聚焦隐含了价值的重估——重新认定基础的分析单位。基础的分析单位具有这种价值:这个单位的内容发生改变,整体的意义必将或多或少地遭受改动。一篇文章基础的分析单位是每一个字以及标点符号,结构语言学的基础分析单位是每一个音素;文学的聚焦表明,个人成为社会历史基础的分析单位。谈论经济学的国民生产总值、政治学的社会制度或者社会学的阶级和阶层，担任社会历史主体的是各个群落社会成员的平均数；只有文学真正回到了每一个独异的个体。脸颊上的一颗痣，衣襟上的一片油污，老屋里的熟悉气息，邻人的特殊口音，"感时花溅泪"或者"恨别鸟惊心"，诸如此类的琐碎描写无不作为"个体"的内容而获得了不可忽视的意义。

相对于社会科学的概念系统，文学的任务并不是按比例收缩视野，清晰地显现局部。文学收缩视野的目的是让人看到原先无法发现的内容。无论是个人的肖像、性格还是命运制造的悲欢离合，这些个别形象可能证明通行的社会学命名和历史著作的事先设计，也可能瓦解甚至推翻这一切。

五

审美带动巨大的内心波澜，欢愉、愁苦、惆怅或者憎恶波及灵魂的每一个角落。那么，社会科学的概念系统丧失了阐释的功能吗？的确，并不是所有的内心波澜都能得到社会科学的正面呼应；二者之间时常存在差距，格格不入乃至分庭抗礼。社会历史批评学派可以谈论《红楼梦》之中隐藏的阶级搏斗，解构主义或者精神分析学可以挑出一首诗中的某一个比喻、某一个细节大做文章，20世纪下半叶出现的文化研究进一步显示了理论的强悍。文化研究的特征之一即是：援引各个学科的理论模式深度阐释文学。社会科学正以前所未有的密度积极介入文学和艺术的阐释。理论可以兴之所至设置自己的题目，例如研究18世纪欧洲文学之中的瓷器与纺织物，或者描述晚清小说之中的机器意象，还可以专题考察武侠小说出现的各种奇特兵器。各种分析对象脱离了文本的叙述逻辑，这些题目必然远远甩下审美而仅仅保持某种理论自洽。

苏珊·桑塔格曾经提出"反对阐释"口号作为审美的尖锐抗议。然而，这种抗议并未阻挡文化研究的步伐。如今，人们再也不能无视二者的紧张关系了：审美与社会科学之间的紧张意味着不同视野的竞争。如何注视这个世界——专注于个别、具体、形象，沉浸于审美享受，投入内心的纵情起伏，还是重返理性的客观严谨，以各种理论语言重写文学故事，进而赋予其普遍性的高度？

　　这种分歧由来已久。一段时间以来，我的考虑逐渐集中于一个词语——博弈。我曾经如此解释诸多话语系统的博弈关系："相对于平稳的'对话'，'博弈'包含了更多的内容：管辖区域的分配、挤占与争夺，战略与战术，不同学科拥有的知识权力，学科的知识权力与国家机器以及社会组织之间彼此交错的联系，如此等等。"① 博弈不再预设一个虚拟的轴心，不再确认一个终极性的意义金字塔结构，不再想象结构的顶端存在一个控制所有话语系统的制高点。没有一个先验的正史模式，理论构思之中的决定论开始褪色。我倾向于认为，由于特定的历史条件和历史情势，每一种话语系统均有资格成为主导：社会学，政治观念，阶级斗争学说，经济，娱乐，还有审美。这些话语系统呼应历史演变的形式之一即是博弈。

　　审美不再作为一个弱不禁风的角色，胆怯地缺席社会历史的所有重大场合。审美真正地活跃起来了。但是，人们没有理由转向另一个极端，夸张地将审美叙述为至高的原则，神圣不可冒犯。审美语言擅长某些主题的同时，往往拙于另一些主题。一个作家可以栩栩如生地叙述一个囚徒的微妙内心，叙述一个家族内部的财产争夺，但是，他的小说并不能替代一个国家的法律体系或者财政规划。后者依赖另一套语言。必须坦率地承认，审美评判存在错误的可能。感性的狭隘视域，激情的偏执，悲天悯人混杂的软弱，迷醉于辉煌的形式而无视真正的牺牲，甚至真诚地颂扬暴行，陶醉于历史罪行，等等。这时，社会科学的诸多学科可能出面质疑、辩论、修正，改换不同的视角和叙述方式，甚至激烈地否定。当然，审美始终拥有申辩和反驳的权力——这一切无不显现为各种话语系统的持续博弈。

　　关系主义、日常生活、审美及其视野隐含的价值转移、博弈，这些问题彼此存在联系，我的理论考察逐渐汇聚为相对完整的场域。所谓的"相对完整"包含了一个特殊的期待：弥合社会历史考察与审美之间由来已久的理论分裂。"美学观点和历史观点"存在何种意义的统一？二者之间相互交汇的理论逻辑是我始终关注的论题。

---

① 南帆：《挑战与博弈：文化研究、阐释、审美》，《文学评论》2015年第6期。

结束这篇冗长的序言时，我正站在延续这种理论考察的交叉路口。一个路标指向了哲学领域，上述问题与本质主义、形而上学之间的关系包含了一批有待深入的哲学命题；另一个路标指向了文学史，20世纪文学史上的众多现象无不涉及对这些问题的理论认识。不言而喻，我的兴趣会再度选择后者。

手机时代的
艺术生产与消费

第三辑

乡土的持久煎熬

一

作为一个久负盛名的作家，贾平凹从来不惮自称"乡下人"，一如当年的沈从文。作为一个文学的"乡下人"，贾平凹始终对于乡村一往情深——《废都》转向城市仅仅是一个小小的文学岔道。尽管数十年客居西安，然而，乡村的气息、苦恼、哀伤时时裹住他的灵魂，既是一种持久的煎熬，同时又赋予其电光石火一般的文学灵感与不竭的写作冲动。

广袤的"乡土中国"造就了"乡土文学"的独特传统。一个世纪左右的时间，大地、田野、乡村和面孔黝黑的农民持续活跃在文学之中。然而，时至如今，"乡土中国"的形象正在改变。国际大都会、金融街、互联网+、后现代主义、大型客机与高速铁路、发达的大众传播媒介组成了新型的文化视野，"乡土"逐渐沦为现代社会一个甩不下的累赘。历史内部发生了哪些变故？文学显然被惊动了。所谓的"乡土文学"开始与新型的文化视野发生深刻的互动。这时，贾平凹的写作可以视为"乡土文学"力图开启的另一个历史段落。

通常，"乡土文学"之称可以追溯至20世纪30年代鲁迅撰写的《中国新文学大系·小说二集》的导言。多数人心目中，"乡土文学"包含了故乡、故人、乡愁，包含了久违的田野、村落和年迈的双亲。那些游子长年累月地寄居于陌生的城市，故乡既是他们心中的隐痛，又是最后的慰藉。所以，"乡土文学"收集了故园的诗意和漂泊者孤独之际的思念。尽管人们可以从"乡土文学"之中察觉某种启蒙主义的批判，但是，作为有关故乡的记忆和想象，所谓的批判多半显现为温和的嘲讽。后继的文学史叙述之中,"乡土文学"之称之所以遭到了某种程度的冷落,恰恰因为其初始内涵的狭隘。一个世纪左右的时间,乡村一跃成为文学之中最为显眼的主角。从农村包围城市、土地革命、农业合作化运动、人民公社到家庭联产承包责任制,乡村的巨大震荡远远超出了"乡土文学"的覆盖范围。

田园、乡愁、诗意、对故人的思念——这些"乡土文学"美学元素始终回荡于贾平凹的小说之中。尽管如此,贾平凹的小说并未沉入抒情式的回忆。如果说,汪曾祺小说之中的故乡往事不露声色地续上了"乡土文学"的传统,那么,贾平凹选择的是直击历史。汪曾祺的种种回想与记忆流露出大俗即大雅的士大夫情趣,"乡下人"出身的贾平凹更多地意识到乡村逐渐恢复的活力。20世纪70年代末期,家庭联产承包责任制激活了乡村经济,农民脸上的表情生动起来了。对于贾平凹来说,乡村的苏醒与文学的苏醒几乎同时发生,《腊月·正月》等一批小说力图记录这种表情的生动程度。然而,乐观没有维持太久。《秦腔》之后的一系列小说表明,贾平凹的不安和忧虑日复一日地滋长。乡村的历史似乎正在临近另一个转折点。

贾平凹曾经反复地提到走访乡村时的一个痛苦发现:愈来愈多的乡村正在空心化,甚至瓦解、消失。农民之中的青壮年纷纷拎起编织袋进城务工,寂静的乡村仅仅剩下老人、儿童和残破的院落;许多农户甚至举家出走,柴门上挂了一把大锁。经济学或者社会学对农民工进城做出了积极的描述,例如增加农民收入,补充城市某些行业的劳动力,伸张农民落户城镇的权利,如此等等。然而,乡村怎么办?衰败是乡村注定的命运吗?

显然,贾平凹陷入了矛盾和惶然。由于如此熟悉贫瘠的乡村,贾平凹清楚地意识到,奔赴城市的意愿可以形成多么强大的迁徙冲动。极其悬殊的城乡差距可能使许多农民断然放弃祖祖辈辈守护的乡村,只有那些仅仅生活在概念之间的书生才会简单地将奔赴城市的冲动形容为资本的阴谋。另一方面,贾平凹同样清楚地意识到,如此迅猛的迁徙可能给乡村带来多大的伤害。人去楼空,田园荒芜,根深蒂固的乡土文化及其意义系统开始崩溃,乡村的明天又在哪里?

于是,《秦腔》之后又有了《高兴》《古炉》《带灯》《老生》《极花》等等。

二

贾平凹曾经在《南方周末》发表过一个短篇小说《一块土地》。小说简约地写出了几代人对土地的羁恋。土地是农民世世代代赖以生存的经济命脉，同时也演变为他们唯一的情感寄托。太爷每天用脚步丈量自己的十八亩田地，爷爷忍不住咀嚼田地里的泥土，种种近乎变态的行为表明，土地已经从生产工具转换为农民心目中的图腾。然而，城市残酷地打破了这种可怜的幻象。按照城市的标准，所谓的经济命脉仅仅是微不足道的几文小钱。如今，谁还能依赖田地里的粮食一夜暴富？如果没有纳入城市规划成为房地产商的抢夺对象，所谓的土地一文不值。因此，只有城市才是财富的放大器。这种观点如此气人同时又如此诱人，乡村的年轻一代一把扯断了传统，义无反顾地奔赴城市。

作为乡村生活的古老理想，"耕读传家"的理念破裂多时。首先，"耕"与"读"业已不可兼得。一个令人沮丧的事实是，"耕"所赢得的收益无法供养"读"。换言之，乡村的经济、文化再也无法自洽。那些来自乡村的知识分子拒绝回归故里，一个经济学的描述不容漠视：乡村获取的收益无法弥补维持学业的成本。然而，接踵而来的另一个问题更为严重："耕"甚至无法"传家"。风吹雨打，面朝泥土背朝天，农民手中的余粮竟然不足以维持自己的生存。饥寒交迫，揭竿而起，相当长的时间里，"革命"成为乡村摆脱困境的唯一手段。地主阶级垄断了大部分土地，多数贫苦的农民只能依靠出卖劳动力换取一份赖以苟活的口粮。革命不仅以暴力形式没收了地主的财产，而且诞生了一种崭新的观念：为了彻底铲除滋生地主阶级的社会条件，乡村必须尽可能抛弃私有财产。因此，农业合作化运动势在必行。相对于"人民公社"这个光荣的称谓，"家"如同一个可耻的存在。尽管乡村的传统势力制造了猛烈的反弹，但是，令人生畏的阶级斗争学说终于平息了各种异议。当古老的土地羁恋被叙述为"私有制"的阴魂之后，那些保守的农民终于在"阶级敌人"这一顶可怕帽子的威慑之下退却了。

然而，农业合作化运动与人民公社并未真正地改善农民的经济状况。对于这些粮食生产者说来，饥饿竟然如同久久无法甩下的阴影。家庭联产承包责任制解放了农民的生产积极性，粮食问题终于成为"过去时"。当然，由于人民公社的解体，土地连片与农业机械化的设想不得不搁浅；乡村放弃了集体化的激进实验而回到了实利主义的立场，实验的失利甚至耗尽了几代人的激情，各种虚幻的社会理想表述听起来如同谎言。个体或者家庭的劳动量清晰地转换为经济收益，如此简明的衡量标准终于抛开了各种华而不实的概念。

抛开华而不实的概念包括阶级斗争学说的后撤。当然，地主阶级残酷地剥削农民始终是教科书的一章，但是，城市财富的积聚继而成为众目睽睽下的直观事实——城乡差距的表述至少部分地取代了阶级盘剥的传统解释。如同安装在地面的硕大吸盘，城市广泛地收纳各种企业、金融机构、服务行业和杰出人才；城市的经济循环功能、就业空间与居民的优厚待遇是乡村所无法比拟的。尽管如此，作为一个强大的压抑体系，户籍制度彻底冻结了农民的城市梦。这种冻结的时间如此之长，以至于解禁之后出现了令人瞩目的超常反弹。由于城乡差距隐含的巨大不公，农民时常公开地怨恨城市；然而，多数农民心目中，消除这种不公的策略恰恰是打入城市，充当城市的一分子，而不是再造一个与城市相辅相成的乡村整体。这时，乡村不再显现为一种强大的社会组织形式，农民三五成群地以个体的形式进城务工，从事经济自救。相对于城市的财富诱惑，古老的土地羁恋几乎不堪一击——尤其是对于年轻的农民。谁没有权利追求富裕的生活？对于那些在泥土之中煎熬了数十年的农民来说，这似乎是一个理直气壮的反问。

贾平凹的《秦腔》显示，城市与乡村的竞争之中，前者保持了无可抗拒的全面优势。交通系统和传播媒介的延伸、覆盖，商业的扩张以及经济模式的调整，乡村的风俗民情正在彻底改变。年轻的农民不愿意继续下田，汗流浃背地从事传统的农业活动。因此，乡村的凋敝几乎是一夜之间的事情——包括历史悠久的乡村文化，例如激越的"秦腔"。那些风格绵软的流行歌曲轻而易举地击败了"秦腔"，因为流行歌曲代表了城市文化。

三

贾平凹擅长运用简约的笔触描述乡村生活,再现农民的群像。传神的三言两语,一个乡村人物便生动地跃然纸上。然而,人们很快察觉,贾平凹通常采用外部视角。他笔下的人物多半没有深邃的意识,人物与人物之间很少存在紧张的、纠缠不休的内心角逐。这当然不是贾平凹的错。日出而作,日落而息,忙碌于田间的农民不可能如同知识分子那样拥有复杂的内心生活。贾平凹笔下的乡村人物往往沉浸于对各种蝇头小利的盘算,心中转过的念头大部分与"吃"有关。《秦腔》《古炉》《带灯》之中,贾平凹驱遣稠密的细节展示乡村的日常生活、琐碎纷杂、一地鸡毛。家长里短的争端之中,不少农民气量狭小,性格猥琐,关注的范围几乎没有超出自己的小院落。那些深沉、博大乃至胸有百万雄兵的性格很少在贾平凹的小说之中露面。这时人们会意识到,长期的饥馑生活对于乡村产生了多少隐蔽的伤害。仓廪实而知礼仪,衣食足而知荣辱,饥馑不仅意味着物质的极度匮乏乃至生计的难以为继,而且严重损害了农民的精神质量——例如视野,兴趣范围,生活观念。

我相信贾平凹曾经为这种问题深感苦恼:现今农民的精神质量可以撑起一个新型的乡村吗?"乡土文学"业已拥有大半个世纪的历史。无论是金融、医学、艺术还是街道、建筑、大众传媒,大半个世纪的城市发生了天翻地覆的改变;然而,相对于鲁迅的《故乡》或者《阿Q正传》,贾平凹塑造的乡村人物进步了多少?如今看来,精神质量并非一个多余的指标。如果大多数社会成员的精神质量无法适应新型的政治,双方的矛盾通常以新型政治的流产或者变异而告终:

> 革命的意义不仅是摧毁统治阶级,夺取政权——如果革命试图赋予世界一个崭新的面貌,那么,必须造就一代新型的社会成员。新型的社会成员拥有远为高尚的道德情操和内心修养,这是避免革命之后的政权和社会重返旧辙的重要条件。很大程度上,第一代革命者的聚焦是浴血奋战,摧毁腐朽的国家机器;对于第

二代革命者说来，社会成员的精神质量已经是一个迫在眉睫的问题。①

无论如何认识"国民性"的存在，社会成员的精神质量肯定是鲁迅始终关注的特殊主题。鲁迅在《呐喊》自序之中表述过"弃医从文"的原因：对于那些麻木的庸众来说，拯救精神比拯救肉体远为重要。然而，相当长一段时间，社会成员精神质量的考察被纳入了阶级谱系。经济基础和阶级地位决定了社会成员精神质量的优劣。无产阶级因为一无所有而大公无私，地主、资本家的万贯家财不仅造就了众多私有制的卫士，而且赋予这个阶级的成员守财奴性格。对于文学来说，这种理论描述毋宁说是一幅超前的模糊图像。在我看来，贾平凹的《老生》开始涉及这个问题的复杂之处。20 世纪之后，土地革命与农业合作化均以"革命"的形式彻底改造乡村。然而，正如《老生》中那样，相当多农民的精神质量并没有多少改观。还有多少崇高的人格或者宽广的襟怀隐藏于乡村茅舍的柴门和泥墙背后？贾平凹更多地遇到形形色色的"闰土"与"阿Q"。某些时候，贾平凹甚至从农民身上察觉到若干令人不安的品质，例如粗野，凶悍，刁蛮，还有明目张胆的恃强凌弱与阿谀逢迎。这些文化基因什么时候植入了一个安分守己的社会群体？

人们或许会记起柳青的《创业史》。相似的陕西乡村景象，《创业史》力图塑造一个乡村的新型创业者——梁生宝。这个拙朴寡言的小伙子胸怀大志，他终于率领蛤蟆滩走上了农业合作化的大道。然而，这个形象的"真实性"一开始就成为一个问题，家庭联产承包责任制的兴起加剧了社会学的质疑。也许人们可以说，社会学的质疑如今再也无法为这种形象提供充分的美学依据。贾平凹找不到他的梁生宝，甚至也找不到他的徐改霞——《创业史》之中梁生宝的恋人。梁生宝的深沉、执着与远大的志向曾经深深地打动徐改霞，尽管他几乎家徒四壁。只要梁生宝伸出那一张结满老茧的巴掌，徐改霞就愿意跟随一辈子。时至如今，这种情节仿佛演变为愚蠢的笑料。乡村的婚嫁已经沦为严格定价的商品交易。乡村气氛之

---

① 南帆：《"水"与〈老生〉的叙事学》，《当代作家评论》2015 年第 1 期。

中,"爱情"这种"文明"的字眼消失多时。乡村的贫穷男性通常是这种商品交易之中的失败者——女性纷纷逃离乡村,城市的女性"售价"似乎高一些,哪怕是以娼妓的方式出售。笑贫不笑娼。谁没有权利追求富裕的生活?这种反问之中破釜沉舟的口吻似乎表明,那些古老的廉耻观念再也不是金钱的对手了。

那么,法律还是不可逾越的防线吗?贾平凹的《极花》表明,乡村那些贫穷的男性铤而走险之前似乎没有多少犹豫。农民为什么没有权利娶妻生子,传宗接代?卷入妇女拐卖的时候,他们丝毫没有觉得理亏。当然,法律的惩罚和情感的处罚如期而至。悲剧如期而至。

四

贾平凹心目中的乡村仅仅是一潭死水吗?远非如此。贾平凹曾经发现乡村之中某些独异的性格,某些不甘平庸的人物。传统的农耕生活无法安抚躁动的心智,他们决心闯出一片自己的天地,例如《古炉》之中的霸槽。这个土生土长的农民是一个乡村的激进分子。他对于大多数农民一辈子厮守的田园、庄稼不屑一顾。如何摆脱乡村的贫穷和乏味?霸槽时刻渴望各种异常事件颠覆传统秩序。当激荡的政治文化与桀骜不驯的个人性格一拍即合,各种疯狂的口号突然打开了所罗门的瓶子,霸槽内心沸腾不已的力比多一泻而出。他成了乡村第一个"造反派",雄心勃勃,摇旗呐喊,继而大打出手,俨然一个乱世英雄。然而,当不再奉行无政府主义策略的时候,霸槽立即遭到了清算,成为一个毫无意义的牺牲品。换言之,尽管霸槽具有不凡的野心,但是,他无法逾越历史为一个农民指定的活动范围。农民的身份决定了他仅仅拥有极为有限的政治知识,霸槽不可能预见自己如此迅速地溃败,更不可能高瞻远瞩地洞悉未来的政治路径,设计一个理想的归宿。如果没有城市提供的知识训练和各种机遇,乡村内部的单纯冲动走不了多远。

贾平凹笔下的另一个人物已经意识到这一点。因此,他出卖自己的一个肾筹措到若干经费,然后进城深造——我指的是《高兴》之中的刘高兴。这是一个见识不凡的农民,长相英俊,风度翩然。但是,他清楚地意识到自己与城市居民之间的"素质"差异。从衣着、谈吐、待人接物到审美观念，刘高兴尽可能模仿城市居民，他甚至将自己带有"乡土意味"的名字"刘哈娃"改为"刘高兴"。与同行务工的农民伙伴不同，刘高兴的志向远远不限于那微薄的劳动报酬，他的企图是革除自己身上那些来自乡村的陋习，例如吝啬，小气，言谈粗鄙，知识贫乏，等等。因此，刘高兴没有锱铢必较地积攒工钱，他愿意为某些城市独有的开销破费，例如游乐园的门票，或者乘坐出租车。刘高兴阴差阳错地恋上了一个筹款破案的妓女。每隔一段时间，他就会将节衣缩食省下的费用无偿地捐给她。这些气质使刘高兴成了同行农民之中特立独行的一员，甚至成为无形的小头目。相形于他的爽朗和热忱，许多城市居民——包括那些富翁——时常显出了卑琐和自私。尽管如此，刘高兴始终是徘徊于城市外围的拾垃圾者。由于农民的身份，城市拒绝给予他更高的待遇。刘高兴一次次尝试深入城市，但无不铩羽而归。也许，刘高兴令人扼腕的遭遇多少遮蔽了另一个深刻的问题：作为一个"人才"，为什么乡村与刘高兴相互丧失了兴趣？

《带灯》之中的"带灯"也改了名——这个原名"萤"的女子自愿来到乡镇任职。带灯喜爱读书，独自陶醉于浮云、山花和清泉。尽管她全心全意地投入烦琐的乡村事务，但是，这种"小资产阶级情调"始终与乡村的鸡零狗碎存在不可弥合的距离。她不断地给自己的精神偶像——一个省城的官员——发短信诉说种种感受，这显然象征了某种精神出逃的姿态。更具象征意味的是带灯的精神异常与梦游，她已经与自己栖身的乡村貌合神离。小说的结局出现了一个美学意象：带灯安详地融入璀璨的萤火虫阵。也许，《带灯》已经无法提供一个富有"情节"意义的结局了。

贾平凹心目中，乡村不再是曲折丰富的情节而仅仅是一些美学意象。乡村的花、树、鸟、山泉、昆虫、星星、院落前后的菜园和葫芦架、大风吹来的云团，如此等等。那种心旷神怡的感觉依旧，但是，这些美学意象已经无法召回乡村内在的活力，它们如同一些孤立的片段生硬地张贴于乡村的干涸生活之上。某种程度上，粗糙、坚硬的乡村与作为美学意象的乡村正在彼此剥离。同时剥离的还有乡土文化，各种传统的民风民俗陆续沉没，贫瘠的日常生活正在裸露出最为功利的一面：柴米油盐，衣食住行。贾平凹始终注视乡土文化残存的某种神秘性质，试图召唤天人合一的另一种远为宏大的结构。贾平凹或许觉得，这种宏大的结构有助于破除日常生活的功利性短视。乡村生活不再是一个无数烦琐杂事组成的乏味平面；某些时候，一种神秘的"深度"突如其来地显现。他的诸多小说出现了具有异禀的特殊人物，例如《古炉》之中的善人、蚕婆以及狗尿苔，《老生》之中唱阴歌的老者，《极花》之中的麻子婶、老老爷。知其雄，守其雌，这些人物或者是农耕时代道德的化身，或者带有"巫"的神秘气息。当现代性携带着科技、机械、商业、消费以及现代政治滚滚而来的时候，乡土文化带有原始性质的阴柔犹如隐性的遏制。然而，相似的问题是，昔日的乡土文化能否有机地织入乡村的明天？

五

没有人知道"乡土文学"还能走多远。乡村的"空心化"持续地增添这个问题的危险性。贾平凹的《极花》书写的仍然是一个乡村的故事——乡村的悲情和一个女人内心的磨难。没有女性的乡村怎么能延续香火？贾平凹表示，乡村的衰败带给他的痛苦犹如失恋。尽管《极花》是一个诱人的话题，但是，这个场合我更愿意考虑的是：贾平凹庞大的小说体系之中，《极花》增添了什么？一个偶然的发现出其不意地攫住了我。

我发现贾平凹的《高兴》与《极花》之间存在一种有趣的对称和回环——二者之间大约相距十年。《高兴》的故事是一个男性农民挺进城市，在偌大的城市四处游荡，屡遭挫折；尽管他承诺把同行伙伴的尸体运回故乡，但是，他的终极目标只能是城市。《极花》的故事是一个城市姑娘——由于乡村出身，她对于城市生活的热衷甚至超过了城市居民——被掳到乡村，囚禁于一个狭小的窑洞，繁衍后代；尽管她被警方解救回城，亲人团聚，但是，她最终还是返回了那个贫穷的山村，返回丈夫和儿子的身边。

或许可以如此表述：十年左右的时间，乡村并未给贾平凹带来更多的情节——乡村仍然处于进行性的衰败之中。人们毋宁认为，贾平凹开始从各个视角不断地想象同一个历史事实：乡村的，城市的，男性的，女性的。《极花》的故事来源于一个真实事件，一则情节相似的新闻报道曾经引起广泛的关注。妇女权益、拐卖的罪行、乡村的愚昧、"看客"与舆论的新闻消费,这些层面无不引起社会学意义的激烈批判。另一种相对微弱的声音是,乡村那些购买妇女的男性农民不仅是被谴责的对象,同时是另一批受害者。他们并非"天生"的恶棍,他们的贫困、蒙昧无不可以追溯至漫长的乡村历史。尽管社会学的争论方兴未艾,但是,《极花》的意图远远超出了对一个"新闻"事件的文学再现。文学负责展示的是,这个社会事件的空间隐藏了哪些深刻而独特的内心波澜——贾平凹罕见地选择了内心独白。这时,女主人公不再单纯地充当一个案件之中人质的角色,她的内心曲线与社会事件的外部轨迹并未重叠。不言而喻,女主人公的结局并非快乐地返回乡村,她的返回包含了多重的情感纠葛乃至情感折磨:从夫妻、母子到母女。因此,《极花》的外在悲剧终将衍化为长久的内在悲剧。尽管如此,《极花》仍然存在另一种意味深长的寓意:乡土文化的阴柔性质与母性、生育之间的隐喻关系,母子之间的血脉相连与大地养育人类之间的隐喻关系。如果说《高兴》的最终指向是孤独的男性如何坚决地投入车水马龙的城市,那么《极花》的隐喻某种程度地寄寓了贾平凹的乡村情结。当然,隐喻与其说是社会学意义上的现实事件,不如说是符号象征意义上的美学想象。但是,对于一个久负盛名的作家说来,缔造悲欣交集的文学乡土即是抵抗乡村衰败的积极行为。

悬念：轻与重

——读格非《月落荒寺》

《月落荒寺》发表之后，格非在一次接受采访的时候说：许多人很快将这一部小说读完，最快的仅用五个小时。格非委婉地表示，读得慢一些或许另有收获——他在这一部小说里埋伏了许多故事线索。我尝试以各种阅读速度品味《月落荒寺》：可以读得很快，悬念制造了足够的叙事动力，对情节的理解并未遭遇坚固的障碍，格非的另一部小说《隐身衣》巧妙地充当了其人物谱系的注释；也可以读得很慢，无须急不可耐地向结局冲刺，而是东张西望，甚至心不在焉地停在了中途——搁下一阵子再读也无妨。

这是为什么？

叙述话语曾经以简约的公式描述情节：X+动词+Y。动词打破了X代表的原初平衡，Y表示行动赢得的重新平衡，无论是令人安慰的"大团圆"结局还是家道中兴，功成名就。毫无疑问，这种叙事公式自始至终的延续很大程度地依赖内在的心理动力：悬念。悬念高高地吊起了人们的期待。"后来怎么样？"急欲落地的强烈好奇维持了人们不懈的阅读兴趣。

《月落荒寺》的最大悬念显然是林宜生与楚云的聚散离合。然而，我想指出的是，这个悬念给我带来了既重又轻的奇特感觉。阅读之际，我隐约地渴望林宜生与楚云的终成眷属，以至于不忍释卷；某一个时刻，我又会突然觉得，他们的归宿是一件无足轻重的事情，没有必要牵肠挂肚，反正死不了人。这时阅读速度迅速下降，甚至掩卷歇息——我已经意识到，各种悬念存在不同分量。

可以构思三个自由落体制造的不同悬念。一、一个人坠下了高高的悬崖，他死了吗？二、一个篮球从跃起的球员手中抛出，篮球是否被准确地投入篮筐？三、窗口的一阵风吹落了桌上的一张A4纸，纸张是否落到了地面的一片水渍里？显然，人们心目中三个悬念的分量依次下降，一些人甚至会产生疑问：一张纸是否落到水渍里能不能构成悬念？众多武侠小说往往由接踵而至的一连串悬念掀起持续不断的情节波澜。这些悬念涉及主人公性命攸关的内容，紧张惊险因而扣人心弦，以至于令读者欲罢不能。相对地说，若干鸡零狗碎的小曲折无法将读者紧紧拽住不放。我渐渐觉得，《月落荒寺》之中林宜生与楚云制造的悬念没有显现出足够的分量。"反正死不了人"，这种感觉恰恰证明了林宜生与楚云的关系并非性命攸关。

文学叙述了多少性命攸关的爱情？格非"江南三部曲"之中的《山河入梦》即是如此。那个名叫谭功达的县长终于在结婚之后发现自己爱上了女下属姚佩佩。姚佩佩成为在逃的杀人犯，谭功达仍然割舍不下。这种爱情注定只能演变为悲剧，谭功达与姚佩佩分别遭受法律不同形式的制裁。爱是一种危险的能量，不啻以命相搏，不能成全生命，就将撕裂生命。远溯文学史，《红楼梦》之中的贾宝玉与林黛玉如此，《包法利夫人》如此，《安娜·卡列尼娜》也是如此。相对地说，《月落荒寺》没有那么严重。林宜生与楚云最终无法走到一起，这带来了一种彻骨的忧伤。尽管如此，忧伤只不过毁了心情，而不是毁了生命。

那种激烈的甚至疯狂的、令人不顾一切的爱与恨会不会裹挟林宜生？这个人物似乎缺乏这种气质。林宜生仿佛与喧闹、尘土飞扬同时又活色生香的世俗存在某种疏离感。格非擅长制造主人公与周围生活的微妙疏离，他们身上不时流露出落落寡合的气质。很大程度上，这也是先锋小说的普遍风格。那些获得了现代主义美学淬火的人物已经无法自如地汇入街头的大众，一起闲聊、骂娘或者到市场上津津有味地砍价。当然，林宜生远未如此激进，他与卡夫卡笔下的格里格尔·萨姆沙或者加缪笔下的默尔索并非文化同类。尽管如此，人们仍然可以察觉，林宜生对于生活变故的态度异于通常的人情世故，例如面对妻子的背叛。林宜生的妻子白薇与一个瘦高个儿的加拿大人派崔克"好上了"。虽然林宜生愿意原谅妻子的不忠，但白薇并不领情。她理直气壮地分割了一半财产，一溜烟地飞到加拿大去了。林宜生不像大部分丈夫那样大发雷霆,或者报复性地制造各种障碍,而是得出一个文绉绉的结论:他们婚姻的失败,并非"由于白薇道德上某种缺失所导致(她曾经向宜生坦陈,在一个光线黯淡的房间里,当派崔克的右手滑过她的肩胛骨,试图触摸她的乳房时,她'一下子没忍住'),而是源于妻子自主的价值选择。"

"文绉绉"仿佛是构成疏离感的一个重要原因。无论是与朋友的交往还是对待叛逆而脆弱的儿子,"文绉绉"的感觉挥之不去。人们可以不无轻蔑地将其形容为某种知识分子气质。这种疏离感渗透于林宜生的视野之中,以至于滤掉了生活之中的血污与骇人听闻的暴力。楚云被一伙不明身份的人绑架,继而遭受极为凶残的虐待并毁容。然而,林宜生并未亲历这一切,他是在事后从楚云哥哥辉哥的叙述之中获知这一切的。换言之,凶残、恶毒、疼痛、恐惧等因素已经转换为语言符号。作为一个奔波于各地的哲学演说家,语言叙述无疑是林宜生擅长的一个领域。他会理性地从语言叙述之中组织一幅适合自己接受程度的图像,那些过于野蛮的因素只能退为背景,成为抽象的词汇,甚至干脆消失。总之,不会出现鲜血淋漓的伤口和锋利的刀刃迫使感官战栗不已。有趣的是,辉哥的叙述口齿清晰,用词准确,没有语无伦次,没有各种芜杂的粗口,也没有怒不可遏的咆哮或者咬牙切齿的口吻。他并未流露出因为仇恨或者恼怒而失控的迹象。我曾经不止一次地指出,格非的叙述通常光滑优雅,无论修辞、句式还是微讽的风格无不保留了明显的书卷气;这种叙述往往摆脱了现场气氛而显现了语言的自身存在。叙述者并非投入的,忘情的,而是隐约地保持一个游离于现场之外的视角。某种程度上可以说,叙述与现场的距离恰似林宜生与生活的距离。

人们可能提出的异议是,所谓的疏离感表明了知识分子与世俗的差异,"文绉绉"毋宁说恰恰是知识分子体验生活的另一种方式。他们不善于讨债,也不善于在别人头上"狠狠地敲了一闷棍"解决问题;知识造就的美学感悟渗透了他们的视野,知识分子往往以独到的敏感迅速地察觉生活的另一些幽微,例如《月落荒寺》之中林宜生与楚云赴"曼珠沙华"茶社喝茶的那一段:

> 一走进这个小院,楚云就望着院内墙角一棵百年垂柳呆呆地出神,目光随之变得有些清虚起来。这棵垂柳由锈迹斑斑的铁架子支撑着,正在恹恹死去。长满树瘤和藓衣的枝干上绑着四五个白色的树液袋,通过细细的塑料软管和针头,向树身输送营养。看上去,这棵老树就像一个浑身插满管子、处于弥留之际的病人,正将体内残存的最后一丝活气逼出来,抽出柔嫩的新枝,随风飘摇,在小院的一角洒下一片可疑的阴翳。

这种叙述远不止对事物的精细观察,更重要的是意识到某种无形的气氛。这种气氛储存于林宜生的记忆,以至于在他日后的意识之中反复回放:

> 这是一个平常的四月的午后。但不知为什么,今天所遇见的所有的事情,似乎都在给他某种不祥的暗示。惨烈的车祸、自称是来自华阳观的猥琐道士、赵蓉蓉的爽约、"曼珠沙华"生死永隔的花语、扇面上的诗句,以及这棵奄奄待死的百年垂柳,均有浮荡空寂之意,让他不免悲从中来。在浓浓春日的百无聊赖之中,隐隐有了一种曲终人散之感。

> 后来,宜生一次次回忆起这个令人困扰的画面……每当他想弄清这个四月的午后到底发生了什么,眼前首先或最后出现的,始终是她在窗口的凄然一笑。

"楚云易散,覆水难收",《月落荒寺》之中诸如此类的笔墨比比皆是。中国古典文学中的白描、余音袅袅的韵味与西方小说的细腻或者节制的幽默交织为一体,"悲凉之雾,遍被华林"。尽管如此,我还是愿意补充指出,这种"心有所感"的氤氲之状并未有机地织入惊心动魄的传奇情节,成为因果链条之中不可或缺的一环;而是就地弥漫浮动,构成一种光晕一般游移不定的境界。

叙事学分解了叙述话语包含的纵横两轴。"老张驾车离开大院,临近中午的时候抵达县城"——如同一个陈述句，叙述话语的横轴隐含了持续的延展，延展是完成事件叙述的基本保证。动词形成的"行动"作为驱动叙述话语的马达，延展制造的事件轮廓甚至在人们的接受期待之中固化为心理逻辑。第一幕挂在墙上的枪最后一幕没有打响，人们就会觉得多余和赘冗。换言之，纳入横轴的一切因素必须前后呼应，左右相随，共同造就自始至终的延展势能。然而，分析表明，叙述话语的横轴时常同时附加另一些游离性因素，它们无助于提供延展的势能而是在某一节点扩张与膨胀。"老张匆匆忙忙地驾车离开大院，临近炎热的中午抵达喧闹的县城"——"匆匆忙忙""炎热"与"喧闹"这些形容仅仅是局部的涂饰而不是叙述后续的一环。《月落荒寺》之中林宜生与楚云的感触即是附加于情节的游离性因素。作为悲凉心境的抒情性隐喻，喻体与所指之间的替代关系构成了叙述话语内部的纵轴。很大程度上，纵轴无法改变横轴的轨迹。林宜生与楚云的悲凉之感是内心对于外部世界的被动回响，然而，这些回响几乎不可能干扰情节发展的既定路径。指出这种状况力图表明，格非的情节处理出现了微妙的变化：《月落荒寺》构造了一个完整闭合的情节，情节的某些缺漏与阴影巧妙地由《隐身衣》穿插填补；另一方面，情节按照自己的逻辑固执地运转，主人公所思所感与这种逻辑脱钩了。

作为先锋作家的一员，格非曾经对于神秘保持特殊的嗜好。我在《纸上的王国》一文中表示，格非的许多小说放弃了"整体"的概念。无论是《褐色鸟群》《锦瑟》《镶嵌》《唿哨》还是名动一时的《青黄》，这些小说中并存多种解释世界的视角，众多零碎的生活片段交叠错落，某些情节的关键部位付之阙如："这里，生活整体的退隐表述了这样的事实：作家丧失了或者放弃了居高临下的统一视域。那个可以撼动地球的支点已经不知去向。"从"江南三部曲"之中可以察觉，格非逐渐倾向于现实主义的写实、清晰与世俗气氛。不知是偶一为之的尝试还是文学趣味的转移？从《隐身衣》到《月落荒寺》，格非的小说开始具有愈来愈强的传奇意味。传奇表明情节的起伏幅度急剧增大，同时，作为一个娴熟的骑手，作家的自如驾驭终将使急剧起伏的情节平稳落地，所有令人揪心的悬念都将赢得一个合理的解答。换言之，剧烈的情节颠簸并未打断理性信赖的因果链条，甚至可以说，情节颠簸的剧烈程度恰恰证明了因果链条的坚韧程度。与情节的完整性遥相呼应的是，主人公——特别是林宜生——的精神世界并未出现无法弥合的致命裂口。信念，形而上的哲思，社会使命，刻骨铭心的情感债务，宗教，这些精神性的内容不再真正打扰他。总之，没有什么交代不了的事情，只有主人公的某些不合时宜的幽暗情绪若隐若现地浮动于故事边缘。

戏剧性传奇为主的情节构造之中，外部世界的强大程度远远超过了人物左右事件发展的能力。如同一枚被潮水带到沙滩上的贝壳，楚云由于某种阴差阳错的偶然来到了林宜生身边，相投的情趣让他们很快走到了一起。然而，外部世界不由分说地夺走了楚云，暴力与阴谋的锋刃轻而易举地切断了情趣相投而形成的聚合力。《月落荒寺》的后半部分，主宰情节运转的显然是楚云的哥哥辉哥。辉哥所代表的黑道人物与对手之间的激烈角逐决定了情节的波澜，林宜生与楚云无非是漂浮在紊流之中两个身不由己的被动角色。林宜生与楚云的聚散离合之外，《月落荒寺》还包含了若干情节的分支，譬如林宜生与赵蓉蓉的暧昧及其债务关系，周德坤与赵蓉蓉及宋妈的狼狈纠葛，李绍基的仕途起伏以及精神状态的剧变，林宜生的儿子伯远与周边各种人物的往来，如此等等。这些情节分支无不按照外部世界提供的逻辑运转，经济实力、权势与暴力是集结各种烦恼的三个要素。赵蓉蓉试图抵赖林宜生的借款，辉哥以黑道的方式迅速迫使对方就范；为了摆脱宋妈一家的威胁，周德坤希望向辉哥求援，然而，即将升迁的李绍基径直给宋妈一家所在地的领导通了个电话，问题立即迎刃而解。更大的范围内，从补课、饭局、宠物、交际到出国留学以及海外生活，所有的故事均由经济实力叙述。总之，三大要素包揽大部分问题——无论多么粗鄙，生活的基本守则不再遭受怀疑与挑战。

当然，外部世界仍然斑斓多姿，文化仍然存在，音乐与哲学仍然存在。可是，流行的文化、音乐、哲学是否显示出异于日常世俗的另一种维度？人们看到的事实毋宁说是，生活的基本守则正在吞噬与消化种种不驯的因素，包括所谓的文化。对于李绍基来说，文化——从茶道、书法到抄《金刚经》、谈论佛学——无非仕途失意之际颓唐与放浪的不同形式；在那批高级的音乐"发烧友"那里，昂贵的音响器材正在成为身份与财富较量的特殊领域；作为一个著名科学家，"老贺"父亲对于作家、诗人敬而远之，他的电脑里收藏的是一大批黄色视频；周德坤是一个颇为有才的画家，他的主要心思早早地投向了艺术品的经营与猎艳；他的太太是"动物权益保护协会"成员，可是，她曾经傲慢地逼迫保姆的丈夫跪在宠物狗的骨灰前叩头。总之，这一批热衷于文化的家伙并未生活在另一个超越性的空间。林宜生的工作领域是哲学。他研究下的康德、海德格尔或者庄子、王阳明早已和日常社会达成和解，甚至亲密无间。林宜生可以将种种晦涩的概念、命题表述得亲切可人，"总有办法让听课的政府官员或企业老总时而笑得合不拢嘴，时而正襟危坐，目眩神迷"，同时还赢得了一大堆面色潮红的中老年妇女的崇拜。最为重要的是，每年将近一百万的讲课收入迅速地填平了哲学与日常世俗之间可能产生的鸿沟。

某一个历史时期，许多知识分子曾经与外部世界产生剧烈的冲突。当对自由解放的渴求遭到历史躯壳的强硬封锁时，文学曾经发出激进的呐喊。无论是巴金的《家》、路翎的《财主底儿女们》还是杨沫的《青春之歌》，寝食不安的主人公再也不能与身后那个令人窒息的家庭敷衍下去了，他们毅然破门而出。在这些知识分子心目中，闯出家庭结构象征了与传统的历史结构决裂。格非的《人面桃花》涉及这一段历史，小说的第一句话意味深长："父亲从楼上下来了。"这些知识分子决心甩下楼房里那种朽烂而发霉的日子，憧憬着奔赴另一个广阔天地，大口地呼吸新的空气。多年之后，相对于这一批知识分子的激昂表情，那些先锋作家的眼神开始变得迷离而恍惚。何谓"历史结构"？历史存在整体吗？他们没有勇气坚定地与历史搏斗，只能顺手抓住某些生活的碎片，任意拼贴成一幅残缺不全的画面。先锋作家无力正面对抗外部世界的重压，内心涌出的是精神分裂的感觉，他们的冷嘲风格如同一种后撤式的美学逃离。从《山河入梦》到《春尽江南》，格非再现了这个转变。外部世界万花筒一般炫目地旋转，那个先锋诗人无所事事地游荡在生活之外。尽管诗人的妻子不断地以成功人士的身份给予居高临下的讥讽，甚至恶语相向，他仍然不愿意摆出合作的姿态。诗人坚持以边缘的位置拒绝现实的粗鄙。

然而，上述两种紧张俱已从《月落荒寺》之中消失。林宜生没有察觉外部世界的压迫，他的精神领域平衡有序。他的失眠症不过是各地奔波和演讲的副产品。林宜生演讲的哲学显然是一种安全的词语，他所出示的哲学话语不会撕裂日常世俗,深刻地展示一个遥远而诱人的思想彼岸;林宜生与自己的朋友圈子融洽相处,惺惺相惜;即使妻子的出轨也没有给他带来多大的精神危机,正如妻子的存在也没有给他带来多少内心的慰藉。作为知识分子,林宜生不再参与这个社会的精神建构,但是,这状况并不妨碍他愉快地生活。事实上,这是许多知识分子的真实状态。

当然,楚云的失踪是一个猝不及防的沉重打击。尽管如此,这仅仅是林宜生生活之中的一个偶然变故。楚云不是因为林宜生的身份、言论或者卷入某一个纠纷而遭受劫持,报复楚云的哥哥辉哥是事件的真正起因。不论林宜生是一个官员、一个农民还是一个修鞋匠,这个事件无论如何都将发生。林宜生可能忧心如焚,可能长恨绵绵,也可能意气消沉,看破红尘,但是,他的真正角色仅仅是这个事件的一个旁观者。这个事件之所以扑朔迷离,神秘而恐怖,很大一部分原因是作为旁观者的隔阂与不明真相。因此,林宜生以及楚云的伤春悲秋或者不祥预感并未插入悬念背后的因果链条,"文绉绉"的感觉毋宁说是知识分子外在视野的遗留残迹,既不能撼动情节,更不能撼动经济实力、权势与暴力构成的坚固三角关系。

《月落荒寺》之中的另一些人物穿插于林宜生与楚云聚散离合的间隙。他们出入频繁,同时井然有序,显示出格非掌控与调度戏剧场面的强大能力。然而,林宜生与儿子伯远之间的相当一部分情节从这些戏剧场面之中剥离出来,显现出另一条不同的轨迹。儿子从困惑、敌意、谅解、逐渐释然到奔赴海外留学并且拥有自己的恋情,父亲从内疚、怜爱到不时泛上心头的羁念——父子关系之中,林宜生的复杂心情不仅与父亲、知识分子的双重身份相互吻合,同时与父子分离的情节展示交织为一体。这些情节的悲情程度远逊于楚云的失踪,仅仅若干欲说还休的心酸无声地来回荡漾。父子的和解让林宜生重新赢得了父亲的威信,然而,伯远的大部分心思显然集中在如何远走高飞,而不是回眸顾盼。原地驻留和遥遥的牵挂不仅暗示了林宜生的衰老,而且暗示了他的被动与失意——伯远奔赴海外的线路与他的前妻白薇如出一辙。无论是对于口若悬河的知识分子、貌似强大的父亲还是曾经的丈夫,这都构成了隐蔽的一击。

林宜生与楚云的悬念之外,我愿意回味的另一个问题是,音乐在《月落荒寺》——当然,也可以包括《隐身衣》——中产生了哪些意味?显然,格非十分熟悉那些"骨灰级"发烧友的众多轶事。对于他们来说,"音乐洗净尘世的污垢"只不过一个漂亮的借口——一批人借助这一句话卖弄驳杂的音乐史知识,另一批人借助这一句话夸耀音响器材象征的惊人财富。尽管如此,音乐仍然可能在某一个时刻让世界突然停顿,万物在某一瞬间被美妙的音响提纯了——例如《月落荒寺》之中的中秋之夜:

> 湖面上笼着一层淡淡的轻岚,秋荷叠翠,烟波浩渺,杳然不见其际涯。在缥缈迷离的琴声中,丝丝缕缕的云翳,缓缓掠过老树的枝丫,把月亮那皎洁的银盘,擦拭得晶莹透亮。
>
> 不论是坐在前排的官员、商界精英和社会名流,还是散席上那些普普通通的爱乐者,此刻都沉浸在同一个旋律中,恍如梦寐。不论这些人是有着精深音乐素养的专业人士,还是附庸风雅之辈,不论他们平日里是踌躇满志、左右逢源,还是挣扎在耻辱、失败和无望的泥潭中艰辛度日,所有的人都凝望着同一片月色溶溶的夜空,静默不语,若有所思。

这一瞬如此奇妙,几乎无法镶嵌在任何一个红尘滚滚的历史段落。美的品质是脆弱和易逝,短促的美学时常隔绝在社会历史的外围,格非显然对于这个悲凉的事实感慨再三。也许,《月落荒寺》只不过留存下一个模糊而隐秘的梦想:虽然月光和音响转瞬即逝,虽然世俗的一切都将重新复活,然而,由于如此纯粹的一瞬,漫长的日子不再被视为无望的刑罚,忍受终于获得了意义。

《回响》：多维的回响

对于一个成熟的作家来说，轻车熟路往往是一个隐蔽的负面诱惑。无论对于文类还是叙事模式，轻车熟路可能不知不觉地遮蔽独到的发现，甚至封锁这种冲动的出现。东西显然清晰认识到这种诱惑的危险性。他宁可自寻烦恼，毅然闯入种种荒芜地带——长篇小说《回响》可以视为他开疆拓土的产物。《回响》的后记中指出，这一部小说打开了一个深邃而纷杂的领域，坚硬、明朗的现实世界背后突然显现出一个既熟悉又陌生的空间，各种日常现象闪烁出令人惊讶的意义。这一切迫使作家重新认知相识已久的人物。开疆拓土绝非轻松的工作，东西甚至饱受折磨，几度辍笔。但是，他并未退却或者避重就轻，而是以坚忍的写作姿态正面接受挑战。《回响》的21万字历时四年完成，作品的分量令人刮目相看。

《回响》的问世引发了持续的"回响"。许多批评家的强烈兴趣表明了这一部作品的诱人内涵。在我看来，《回响》的内涵之中包含一些富有启示的话题。这些话题不仅涉及叙事的架构、文本的肌理，而且进入文学的纵深，挪用印在这一部小说封底的话说，这些话题还涉及如何"勘破人性"。也许，更为准确地说，《回响》涉及的恰恰是叙事、文学与"人性"之间的复杂关系。

这时可以说，《回响》隐含了带动理论命题的潜力。

一

《回响》的情节围绕一个案件的侦破展开，人们通常将其命名为"侦探小说"。

许多人将西方"侦探小说"的鼻祖追溯至爱伦·坡。时至如今,"侦探小说"业已发展成为一种著名的文类,具有数量庞大的拥趸。一些带有专业精神的读者仅仅愿意充当侦探小说俱乐部的成员而对于其他文学作品不屑一顾。与这种状况极不相称的一个事实是,众多侦探小说几乎无法入选文学史认定的经典名单。哪怕"福尔摩斯"名声再大,没有哪一个批评家敢于将柯南·道尔列入伟大作家的行列,与莎士比亚或者托尔斯泰这些文豪相提并论。也许,这是一个重要的原因:那些让人眼花缭乱的侦探小说太简单化了。尽管离奇的案情或者波谲云诡的破案手段显现了作家的高超想象力,然而,这些作品对于"人性"——尤其是人物"内心"——的认识与发现乏善可陈。

作为一种表象,侦探小说似乎展示了冷静的理性洞察力:剖析错综的案情,发现因果关系,推断犯罪动机并且预测未来的路径,如此等等。然而,全面的分析可以显示,这种理性洞察力仅仅回旋在一个狭小而封闭的逻辑架构内部。一具无名尸体突如其来地出现,一个著名或者无名的侦探应声而出。侦探目光如炬地追踪各种隐晦的蛛丝马迹,见他人之所未见,以至于读者往往没有意识到,他的活动半径相当有限。侦探虽然吃五谷杂粮,拥有七情六欲,可是,侦探小说要求删除侦破案件之外的各种乐趣,例如到哪一个朋友的寓所悠闲地喝咖啡,或者在郊外的山坡上看一看日出。侦探往往只能涉足案发现场,譬如神秘的单身公寓或者抛弃尸体的荒郊;跟踪罪犯的时候,也许他还可以出入酒店大堂或者穿过繁闹的街头。总之,侦探如同被铐在案件之上,没有理由如同常人四处闲逛。即使愿意谈一场无伤大雅的恋爱,他的精神轨迹必须迅速返回那一具无名尸体,而不能忘情地沉浸于结婚之后的蜜月,甚至庸俗地繁衍后代,子孙满堂。这些明显的限制之外,侦探小说的另一些约定似乎较为隐蔽,譬如侦探不会身受重伤躺在医院里,更不会英勇殉职,从而让案件难堪地搁浅——无论如何,擒获罪犯的结局始终如一。狭小而封闭的逻辑架构可以使侦探小说如同一张绷紧的弓,不枝不蔓,严密而紧凑,但是,紧张的悬念通常无助于揭示人物的性格纵深——这已经成为侦探小说的文类缺陷。

现实主义小说的一个精湛功夫即是对日常生活的再现。这不仅表现为对物质环境或者自然景观的逼真描绘，更重要的是，利用日常生活细腻显现人物性格的丰富层面。或许，这个事实还没有获得批评家的充分阐述：高度紧张的情节往往与人物性格的丰富程度成反比。这个事实的原因并不复杂：千钧一发的时刻，多数人物的选择大同小异。一个平凡无奇的早晨，有的人散步，有的人遛鸟，有的人奔赴菜市场，有的人匆忙上班——平凡无奇恰恰为每一种性格铺开表现的机会；然而，紧张却疾速收窄了选择的空间。例如，空袭来临的时候，几乎所有的人都愿意进入防空洞。侦探小说通常并未给人物性格留下多少游离于情节中轴线的出口。不论粗犷、豪放还是尖刻、机智，所有的侦探都不会改变自己的初始动机：破案。更为深刻的意义上，所有的侦探都不会改变职业守则背后的价值观念：弘扬正义，惩罚罪犯——所谓的正义必须以法律为准绳。当然，正如许多侦探小说显示的那样，侦探之中的败类可能被金钱或者美色收买，继而与罪犯沆瀣一气。但是，令人放心的是，肯定有另一个侦探挺身而出，继续案件侦破遗留的未竟工程。换言之，不论那个具体的侦探遭遇了什么，侦探小说里的侦探是一个固定的"角色"，他会始终执行这个"角色"的基本功能。

相似的开端与结局，相似的逻辑架构以及角色功能——如此之多的相似可能形成文学所忌讳的"公式"。很大程度上，这恰恰是人们对于侦探小说诟病的原因。对于结构主义文学批评来说，侦探小说时常成为称心如意的分析素材。批评家可以轻而易举地从一批侦探小说之中破获相对固定的结构图式与角色设置。"公式"亵渎了文学天马行空的想象，层出不穷的侦探小说不断地试图打破陈陈相因的格局。例如，许多侦探小说开始向惊险小说转移——侦探对于罪犯居高临下的各种特权遭到削弱，他们可能遭受威胁与伤害，甚至命悬一线；同时，侦探与罪犯之间的角逐远远超出静态的智力博弈，汽车追逐、比试枪法乃至拳击格斗的桥段比比皆是。尽管如此，这个文类的基本轮廓并未动摇，人物内心的缺失仍然是一个结构性问题。

但愿如此冗长的背景叙述不至于多余——这些叙述有助于表明，东西的《回响》脱离侦探小说的传统背景之后走得多远。

二

如同许多侦探小说，《回响》的情节始于一具无名尸体，尸体的右手掌被残忍地砍掉。案件的侦破一波三折，预想、猜测等沙盘推演带有很大程度的推理小说成分。推理小说是侦探小说的一个分支，严谨的智力演绎构成延展情节脉络的重要动力。许多时候，过分严密的逻辑环节甚至绞干了浮动于情节缝隙的真实气息，以至于整个故事如同塑料制造的人工产品。然而，《回响》保持了细致入微的纹理。这种纹理并非显现为对日常景象的物质构造，而是全面开启人物的内心维度。如果说，侦探小说创作的长期苦恼是，无法在双方的激烈较量之中匀出容纳人物内心活动的空隙，那么，《回响》的情节拥有超常的心理含量。哪一个人内心没有埋藏些什么？只不过坚硬的生活躯壳从未允许这些内容无拘无束地表露出来。侦探小说的紧张情节是生活躯壳之中最为粗糙的一面，人们时常以命相搏。刀尖与枪口面前，种种微妙的思绪或者感慨、抒情、反思消失得无影无踪。然而，东西不仅察觉到了种种表象背后的弦外之音，并且成功地将人物之间或显或隐的内心角力转换为情节的演进，从而替代了侦探与罪犯之间种种外在冲突产生的戏剧性。的确，从被害者夏冰清开始，无论是徐山川、吴文超、沈小迎、刘青、易春阳还是慕达夫、洪安格、贝贞、卜之兰，口是心非几乎是所有人物的共同特征；或者用精神分析学的术语形容，所有的人都处于意识与无意识的搏斗之中。意识是无意识的压抑与伪装，无意识隐秘地控制意识进行巧妙的或者拙劣的表演，二者的互动也可以作为对"回响"的一种解释。许多人物那里，口是心非已经从对危机的应对转变成理所当然的习惯。"人一旦撒了谎就像银行贷款还利息，必须不停地贷下去资金链才不至于断。"这一句不无睿智的比喻来自《回响》的主角、刑侦大队队长冉咚咚。《回响》的最大成功显然是这个对人物的塑造——精通心理学的冉咚咚迟迟未能意识到，她自己也在不断地撒谎，撒谎的对象恰恰是她自己。

可以用"不屈不挠"形容冉咚咚艰苦的侦破工作。断断续续的线索，证据不足，案件之中许多沉没的环节由冉咚咚的猜测给予填空，这些猜测很大程度建立于过往的经验、智商和心理知识之上。作为正义与法律的代表,她意志坚定,大义凛然,不擒真凶决不罢休。然而,与传统的侦探小说相异,《回响》并未为冉咚咚的办案开辟一个纯粹的斗智斗勇空间,家庭以及个人感情纠纷的大面积卷入耗费了冉咚咚的很大一部分精力。《回响》赋予这一部分情节的分量绝不亚于案件的侦破,不少批评家将"回响"一词视为对于二者纠缠的巧妙形容。

与预想不同,围绕冉咚咚丈夫慕达夫展开的社会关系与案件线索不存在有机的交集。《回响》之所以能将两方面的情节衔接在一起,冉咚咚的内心以及精神状态架设起了过渡的拱桥。侦破夏冰清案件的时候,冉咚咚同时发现了丈夫慕达夫的酒店开房记录。这迅速导致恩爱夫妻之间的巨大裂痕。慕达夫反复申辩无效,两个人几经曲折终于离婚。然而,《回响》以精神分析学心理医生的口吻宣告了一个令人震惊的结论:冉咚咚之所以如此固执地怀疑慕达夫,甚至以不近人情的蛮横屡屡拒绝慕达夫的示爱,恰恰因为她隐秘地喜欢另一个年轻的警察同事。由于强烈的道德愧疚,她的内心从未正视这个秘密;对丈夫的苛责毋宁说是这个秘密试图突破无意识状态的症候——冉咚咚坚信丈夫出轨毋宁说是在为自己摆脱婚姻制造一个堂堂正正的理由。

对于精神分析学来说,这种颠倒是非的案例不足为奇。然而,当遭受压抑的无意识与一个专注破案的侦探联系起来的时候,一丝不安可能悄然掠过。侦探的自信、手中的权柄乃至武器会不会遭受无意识的潜在支配?对于冉咚咚来说,这不是多余的疑问。无形之中,她开始使用审讯技术犀利地侦查和审问丈夫,家中的书房犹如审讯室。她似乎主张纯粹的爱情,可是,她自己仿佛无法察觉,这种爱情已经被她熟练地制作为一副坚固的精神镣铐。

偏执与过激——慕达夫已经意识到冉咚咚的精神疾病,只不过他将这种状况归咎于侦破受挫带来的压力。压力突破了理性与意识的表层之后,童年的创伤经验悄然浮现——童年的创伤经验是精神分析学的标准答案。孩童时期,冉咚咚不断怀疑父亲与邻居阿姨存在暧昧的亲密,担心父母关系破裂而遭受抛弃是她秘不示人的情结。这个情结转换为她对于夫妻关系的忠诚近于病态的苛求。然而,侦破案件带来的一个意外发现是,几乎所有人都存在相似的创伤经验。

冉咚咚侦破的案件内容几乎俗不可耐,种种八卦新闻纷纷披露大同小异的情节:夏冰清以身体作为交易筹码,向富豪徐山川索取不劳而获的生活。不管两个人之间的秘密协议如何,夏冰清还是无法安于情人的身份转而谋求婚姻。这终于招来杀身之祸。徐山川当然不愿意亲自动手,于是,谋杀夏冰清的事业如同击鼓花一般从徐海涛、吴文超、刘青转到易春阳手中。所有的参与者都明白游戏的危险性,所有的参与者都不想终结游戏——直至定时炸弹传到易春阳手中炸响。这些参与者的性格与职业各不相同,他们组成同一根链条的共同原因是渴望钱财;所以,富豪徐山川理所当然担任了链条的起始一环——他仅仅负责付钱买单。如果说,钱财的匮乏显现了外在的社会境遇,这些人物的另一个相似之处则来自家庭的创伤经验。或者由于经济窘迫,或者由于家庭分裂,他们的父母无法给予足够的关爱。一些父母不仅没有履行基本的责任,甚至极冷嘲热讽之能事。这些创伤经验深藏于子女的无意识,酿成严重的心理扭曲,"爱"的饥渴症成为诱发种种异常行为的秘密动机。冉咚咚攻陷嫌疑人与罪犯心理防线的策略几乎如出一辙:将"爱"——包括"爱"的感化与"爱"的要挟——作为钥匙。冉咚咚破案之后会不会发现一个令人意外的事实?五花八门的生活表象背后,真正的"爱"如此稀缺,传统的家庭框架如此脆弱,童年创伤经验的影响如此久远。对这个事实的发现甚至比擒获罪犯更具意义。当然,这种结论必将从精神分析学转移到社会学。

《回响》的末尾提到了一个概念"疚爱":因为深深的负疚而产生的强大爱意。这个带有强烈精神分析学意味的概念可能赋予绝望者一丝暖意:深重的伤害背后或许尾随着更为深重的"爱"。伤害才会真正展示爱的意义。但是,仅仅"或许"——并不是所有的深渊都藏有引渡行人的独木桥。这个概念的背面同样令人伤感:没有负疚就没有"爱"。幸福而宁静的日子里,爱会像烈日之下的水渍般被迅速烘干。生活的真理如此残酷吗?

三

现在可以重提一个事实：《回响》之中多数人物的表象与内心存在很大距离。号称深度心理学，精神分析学不再将内心视为外部世界的一面镜子；相反，无论是意识与无意识或者本我、自我、超我，内心包含各个层次结构的相互作用。作为案件的嫌疑人，吴文超或者沈小迎不得不制造各种伪装保护自己。他们以所行掩盖所思，同时，内心的无意识作为理性"所思"背后的另一个层面无声地涌动；另一些人物儒雅风趣，文质彬彬，可是，只要气氛适宜，他们会立即摘下面具敞开内心的另一面，例如贝贞的丈夫洪安格。他们的伪装如此脆弱，仿佛时时在等待卸下的那一刻；相对地说，"被爱妄想症"已经远远超出了伪装的范畴。冉咚咚与易春阳——两个如此不同的对手——共同发生了完全失真而且栩栩如生的记忆虚构，同时，慕达夫与贝贞之间也出现了选择性记忆与事实的相互混淆。

这些描述不存在褒贬的意味，即使是所谓的"伪装"。我想涉及的话题是另一个常见的概念：自我。暂时不必引证各种艰深的哲学表述，"自我"至少表明一个稳定的主体。所谓的稳定，既包含一整套精神、身体的内在认知，也包含社会角色的认定。纷杂的社会关系之中，被称为"自我"的那个主体拥有固定的基本内涵以及社会位置。然而，精神分析学对于这种主体观念形成巨大的冲击。"自我"丧失了稳定的性质。如果意识、理性以及围绕"超我"表现出来的各种言行代表了传统意义的"自我"，那么，所谓的无意识、欲望、创伤经验乃至"被爱妄想症"等诸多遭受压抑的内容是否也是"自我"？遭受压抑表明意识与无意识的对立与分裂。这时，前者还是后者更有资格代表真正的"自我"？譬如，对于冉咚咚或者易春阳来说，代表"自我"的是社会性外表还是蛰伏于内心的强大渴望？

真实与否几乎无法作为这个问题的衡量标准。通常的语义之中，"真实"往往表示某一个事实曾经发生。可是，如果内心的强大渴望以虚构的形式存在，如果这种渴望产生的精神与身体能量远远超过了曾经发生的事实——尽管这可能构成一个偏执乃至谵妄的"自我"——何者更适合充当"自我"的基础？

一个令人感到安慰的事实是：尽管笛卡尔式的理性主义传统遭到了精神分析学的深刻挑战，但是，社会意义上的"自我"并未真正崩溃。日常生活之中，每一个社会成员仍然拥有可供辨认的独特面目，张冠李戴的现象十分罕见。精神分析学的内在图景仅仅是认识"自我"的坐标之一，而且并非最为重要的坐标。多数场合，人们启动外在的社会坐标作为"自我"的定位。张三之所以被视为一个独特的"自我"或者主体，很大程度上因为张三异于李四、王五、赵六等等来自外部的衡量。这种状况被称为"主体间性"。换言之，主体的内在结构仅仅部分地塑造"自我"的性质；诸多主体之间的关系网络提供了"自我"赖以参照、互动、制约与修正的"他者"。这种关系网络愈是密集有力，外部社会文化框架对于"自我"或者主体的构成与认知愈是重要。政治家、官员、教授、工人、商人等各种重要的社会身份主要由外部社会文化框架决定。冉咚咚与易春阳的内心共同存在"被爱妄想症"，然而，由于强大的社会定位，他们的生活轨迹截然不同。《回响》之中每一个人物的内心揭秘往往带来情节的突兀转折，可是，侦探不会因为这些转折而变成教授，教授也不会因为这些转折而变成商人。周围的认可、指定、信任、授权无形地阻止了精神分析学对于"自我"的过度瓦解。

从哲学、精神分析学返回文学的时候，"自我"必须同时登上文学设置的特殊舞台进行表演——文学形式。这时，"情节"这个熟悉的概念又一次进入理论视域。尽管《回响》之中的所有人物无不来自东西的虚构，但是，"情节"无形地限定了虚构的半径——"情节"的意义如同外部社会文化框架之于"自我"或者主体。换言之，人物性格的生动或者丰富必须以情节框架为前提。M·福斯特《小说面面观》中对于"扁平人物"与"立体人物"的区分众所周知。意味深长的是，福斯特并未贬低"扁平人物"。在他看来，二者均承担了完成情节的职能——"扁平人物"甚至可以比"立体人物"更为机动地填补情节运行遗留的空隙。

亚里士多德在《诗学》中列举了悲剧的六个组成因素，即情节、性格、言辞、思想、形象、歌曲，最为重要的因素是情节而不是人物性格。迄今为止，"情节"仍然是多数人对于叙事文学的期待。"讲一个好故事"是许多作家从未放弃的目标。只有对人物性格塑造的好坏才能代表文学成就的高低，这种广泛流传的观点并非不证自明。一些作家表示，情节与人物犹如同一枚硬币的两面，生动的人物形象不就是生动的情节吗？尽管许多文学经典可以成为这种观点的佐证，但是，显然还可以察觉另一些不同的文学倾向。一方面，福楼拜《一颗纯朴的心》或者鲁迅的《阿Q正传》均为成功塑造人物性格的杰作，它们并没有显出多么有趣的情节；另一方面，许多小说充满了悬念，情节如同过山车一般跌宕起伏，情节内部只有角色而缺乏饱满的人物性格。饱满的人物性格往往造就了人物的命运；无论是林冲雪夜上梁山还是安娜·卡列尼娜卧轨自杀，他们人生的每一步无不来自性格的选择。相对地说，角色的主要意义是推动情节持续奔赴终点，犹如安顿在机器内部按照规定方式运转的某一个齿轮。侦探小说通常如此。侦探与罪犯的对手戏是情节推进中的不变旋律，他们的行动恰恰由对方而不是自己决定。罪犯从情节之中退场而移居监狱的时候，侦探就会因为无所事事而领取一张文学退休证。

《回响》的成功在于保持住了巨大张力之中的平衡。精神分析学的视野开启了对人物内心的关注，许多隐秘的内容意外地闪现，然而，这些内容毋宁说丰富了——而不是肢解了——社会学逻辑。罪犯一次又一次地滑出视野令人欲罢不能，《回响》的情节始终保持悬念的刻骨魅力；可是，所有的悬念均来自人物性格的内在驱动，侦破外在使命形成的驱动愈来愈弱。情节的结局缓缓地停靠在"爱"字的站台上，这显然远远超出开端那一具无名尸体带给人们的联想。

这种成功还可以引申出哪些意义？

四

提到了"立体人物"形象之后，M·福斯特并未进一步解释，文学为什么要费尽心机塑造各种人物。这些人物不会真正消耗食物与氧气，身体内部不存在各种腺体，每一日不必安排大量时间睡眠，没有档案和护照，也不会在哪一个机构领到薪水——作家输送他们来到这个世界干什么？

许多文学批评家的阐述之中，这些人物仿佛来竞争"典型"的头衔。他们力争成为文学的"典型人物"，从而赢得进入文学史的长期居住证。

"典型"这个概念具有漫长的理论谱系,现今业已成为叙事文学解读机制的轴心。如何评判一部叙事作品——无论是小说、戏剧还是电影或者电视连续剧——的成就?人物性格的成功与否成为首要的衡量指标,成功的标志即是"典型"。

希腊文之中的"典型"为Typos,英语为Type,包含范式、类型之义。如果说,文学的魅力始终与个别形象的生动性联系在一起,那么,这种状况遗留的理论负担恰恰是——个别形象拥有哪些普遍的意义?普遍意义的缺席无法解答一些基本的文学问题:为什么作家选择这个人物而不是那个人物,为什么某些作品的主人公熠熠生辉而大部分作品的主人公却如昙花一现?以"典型"为轴心的解读机制提供的解释是,前者拥有强大的普遍意义——这种意义通常被称为"共性"或者"本质"。例如,作为文学的"典型",一个贫农、一个地主或者一个知识分子、一个商人的人物形象之中闪烁着千百个贫农、地主、知识分子或者商人的身影。

列举贫农、地主、知识分子、商人这些社会身份并非偶然。这些社会身份背后还可以概括更大范围的普遍意义,譬如分别代表某些阶级、某些阶层的社会文化特征,如此等等。当作品主人公之间的戏剧化情节被视为若干阶级、阶层之间社会关系的隐喻时,一个宏大的社会历史图景如约而至。文学再现了"历史"云云并不是强调史料保存或者重大事件记载可以与历史著作一争短长,而是借助以"典型"为轴心的解读机制充分展示"个别/普遍"这对范畴隐藏的哲学潜力,从而使个别的人物形象有逻辑地扩展为"总体性"的历史图景。换言之,文学的个别形象必须为认识"总体性"的历史图景做出贡献。因此,所谓的"普遍"必须锁定社会文化/历史图景层面而不能拐到另一些意料之外的主题,例如生理意义上的"普遍"。考证林黛玉的头晕是否因为低血压或者阿Q头上的癞疮疤属于何种皮肤病,这种文学批评肯定弄错了方向。

可是,多数侦探小说很少涉及社会文化/历史图景之中起伏不定的前沿探索,涉及尖锐的思想分歧或者新兴的生活方式。无论案件多么复杂,侦探与罪犯的博弈是非分明,既定的法律体系事先划定了不可逾越的界限。由于罪与非罪的法律观念坚固而稳定,侦探与罪犯的博弈不再卷入社会文化内部各种观点微妙的此消彼长。如果说,一些杰出的现实主义小说恰恰从各种观点的微妙波动之中察觉阶级、阶层的构造改变,察觉历史图景内部深刻的震动,那么,侦探小说往往滞留于显而易见的生活表象层面。然而,尽管《回响》的情节沿袭了以罪与非罪观念评判生活,东西却从另一个方向撬开了生活表象。《回响》并未全景式地描绘这个时代阶级、阶层之间的急剧错动,而是拐向另外两个社会范畴:性别与家庭。

作为一个微型社会单位,家庭的生产任务是繁衍后代,不同性别的合作是完成这一生产任务的前提。然而,家庭的组织方式与劳动生产形成的协作以及利益分配机制大相径庭。相对于企业、政府部门、工厂、学校、军队等形形色色社会机构组织的共同体,家庭结构远为坚固——家庭成员之间的黏合剂是强大的"爱":性别之爱与亲子之爱。"爱"的特殊凝聚性往往源于无私。个人的利益追求与衡量压缩到最小限度,一荣俱荣或者一损俱损构成家庭内部的一致步调。一个社会之所以不会聚散无常,起伏无度,坚固的家庭结构功不可没。从宏大的民族、国家、阶级、阶层收缩到家庭的时候,一种无私的精神突然开始耀眼地闪亮。理想的意义上,"爱"不仅是个人的精神归宿,而且应当成为社会成员彼此联结的接口。一些人甚至借助宗教式的表述将"爱"形容为照亮人生的精神信仰,例如,冰心曾经感叹地说:"有了爱就有了一切。"可是,这个优美的命题在《回响》之中遭遇了严重的挫折。性别之间与家庭内部,"爱"暴露出惊人的秘密。由于这些秘密的发现,《回响》从侦探小说文类的成规之中破门而出,并且迫使人们重审以"爱"的名义联结起来的各种社会关系。

叙述与经验的形成

这篇阅读札记里，我决心收起那一套大概念，例如现实主义，浪漫主义，现代性，或者后现代主义。相对地说，这些大概念更适合与文学史的某一个段落对话。随机地谈论一本文学刊物、某一个季度的小说，我宁可挑选小一些的话题。

许多人意识到，新型大众传媒——诸如电视、网络、各种都市报——的崛起正在对小说构成巨大的挑战。现今，对于这个文体说什么的都有。一些人认为小说可以经天纬地，匡时济世，另一些人认为，小说的本源就是道听途说，假语村言。一些人主张，作家的职责是充当历史的秘书，另一些人宣称，读图的时代终于来临——小说即将走上末路。我对于小说依然乐观很大程度上源于：这个富有弹性的文体隐藏了丰富的可能。重要的是，人们能够发掘出多少文体的潜力。米兰·昆德拉遗憾地说过，小说形式几乎享有无限的自由，但历史错过了时机。① 尽管如此，我仍然心存侥幸：或许还存在弥补的机会？

当然，这一切取决于作家做了些什么。这个意义上，如何叙述的确是一个令人感兴趣的问题。结构，叙述语言，细节以及悬念，叙述并不是经验的外部装饰；20世纪以来的诸多研究表明，叙述决定了经验如何形成。外部世界、社会、想象或者体验都可能成为经验的来源，但是，对于小说而言，完成的经验即是被叙述的经验。二者血肉相连。谁又能说出一套未经叙述的经验呢？这是一个不可克服的悖论。叙述完成经验，这个命题首

---

① 参见〔捷〕米兰·昆德拉：《小说的艺术》，孟湄译，生活·读书·新知三联书店1992年版，第81页。

先显示出作家驱遣和拓展小说形式的能力；更深刻的意义上，这决定小说可能提供什么性质的经验与世界对话——这显然是衡量一个作家伟大程度的首要依据。

"历史"是一个许多人深感兴趣的字眼。人们不甘于生活在"此刻"的时间平面上，而是千方百计地回溯历史。有一句名言说，忘记过去就意味着背叛现在。现在是历史的延续。小说有责任记录历史，这至少是小说异于新闻的一个重要维面。

叶广芩的《响马传》即是寻访一段湮没已久的历史。"我"在整理故居时偶然从旧报纸上发现了一则1945年的报道：教育督察主任考察途中遭劫，夫人下落不明。这引起"我"的极大兴趣，"我"打算到一个被称为紫木川的地方查个水落石出。这一段查访引出了历史业已掩埋的种种复杂关系，例如土匪与文明输送的纠缠，知识对于残暴的改造和遏制，革命与仁义道德的奇特相遇，如此等等。寻访一段历史的时候意外地揭开一系列秘密，种种真相甚至改变了人们对于这一段历史的传统评价——这种故事渐渐多了起来。但是，《响马传》的独特结构意味深长。小说平行地展开了另一条寻访历史的线索：日本学者山口和"我"结伴到紫木川查找唐朝杨贵妃的出逃路线。他坚信杨贵妃没有死在马嵬坡，而是途经紫木川时逃到扬州，而后乘船漂流到了日本。这两条线索并没有情节上的交叉相汇，它们仅仅构成主题上的呼应。山口对于异国的、年代久远的历史充满自信，他认定有一个历史真相埋藏在重重叠叠的往事背后，等待他的发掘。然而，"我"却无法还原本土的、仅仅是半个世纪之前的历史。历史的遗物正在风化、销蚀，种种传说记录莫衷一是，当事人的记忆日渐朽坏，另一些文物贩子制造的假文物同时也是在伪造历史。如此之多的人对于历史抱有种种特殊的企图，历史的真相是否可能如愿地浮现？这种疑虑背后隐藏了后现代主义历史观念的影子。当然，这里没有雅克·德里达、罗兰·巴特或者海登·怀特，《响马传》动用了某种特殊的叙述结构内在地将这种疑惑织入了故事内部。

表面上，张翎的《雁过藻溪》也在寻访一段晦暗的历史。但是，母亲往事的轮廓并未改变，寻访的结果是这些往事之中增添了许多性的内容。

20世纪上半叶的革命历史通常被诠释为：从经济压迫到政治反抗。有关性的内容往往被这种诠释隐藏起来了。然而，和另一批小说相似，《雁过藻溪》中，性的问题始终交织在革命之中，成为反抗、报复、救赎或者感恩、报酬、拉拢的展开形式。许多时候，性关系可能出其不意地混淆甚至短暂地瓦解既定的政治关系和经济关系。如果说，革命时期的性终将屈从于政治的支配，那么，革命成为过往的历史之后，性的问题并没有得到自动的解决。相反，尖锐的冲突继而暴露在前台——主人公末雁和丈夫、女儿的隔阂无不可以追溯到性。不过，《雁过藻溪》之中的百川是一个苍白的形象。无论是化学教师、诗人的身份还是一套一套机智的调侃都无法有机地形成这个人物的内涵。百川与末雁的性关系缺少乡土气息——这个"知识分子"化的情节仿佛是硬贴上去的。一些片段的轻佻风格多少冲淡了母亲故事的凝重感。

必须提到，《雁过藻溪》的叙述语言富有张力。"她恨他，有时能把他恨出一个洞来。""一丝笑意，从嘴角凉凉地流下，流得脸上也有了凉意。"小说之中不时跳出的尖利句子可能令人一怔。这不仅是一种普通的陈述，而且包含了叙述人的强烈体验。后者形成了故事的另一个层面。《雁过藻溪》之中，故事与体验两个层面的交织相得益彰。

叙述不仅再现故事。叙述的意义不是从开端匆匆地奔向结局。正如多多的《搭车》显示的那样，故事梗概仅仅是所叙述内容的一部分——甚至不一定是最重要的内容。《搭车》书写的只是一次简单的经历，但是，作家竟然将这个小小的生活片段叙述得饱满多汁。这种叙述之中明显地存有诗的痕迹——多多的另一个身份是著名的诗人。诗中的隐喻、格言以及奇思异想赋予了这个短篇小说超额的内涵。

但愿这么说不至于引起误解——我并不是说短篇小说的叙述语言都得像诗一般精致。事实上，季栋梁的短篇小说《小事情》中的人物对话拖沓，重复，啰唆，东拉西扯。这似乎与几个村民之间鸡毛蒜皮式的纠纷以及他们散乱的思维相互合拍。有趣的是，这个短篇小说给人的印象是结实而不是松弛散漫。在我看来，《小事情》已经将所有多余的部分剔除——尽管留下的那些内容表面上如此琐碎。

相对地说，另一些短篇小说无法给出一个尖锐的打击。短篇小说的篇幅有限。如果有限的篇幅无法凝聚成瞬间的爆发力，短篇小说很容易无声无息地沉没。如何以少胜多，尺幅之间见千里之势，这曾经是短篇小说孜孜以求的境界。然而，一些迹象似乎表明，许多作家已经不太关心"短"的形式特征，凝练的短篇小说愈来愈少了。荆永鸣的《创可贴》是一个典型的短篇小说构思模式：安全套与创可贴之间的"蒙太奇"切换既吻合人物性格和现场气氛，同时又巧妙地成为情节的转折点。令人惋惜的是，《创可贴》多处出现了叙述角度的游离。这犹如走调的乐曲，叙述的统一性遭到了破坏。叙述的统一性时常有效地形成一个整体，这对于短篇小说十分重要。毕飞宇的《彩虹》叙述口吻悠闲散漫，不时有些插科打诨的闲笔。尽管如此，这篇小说的叙述人始终如一——这使《彩虹》保持了短篇小说固有的单纯和明净。

凝练与丰富是一对矛盾。单纯谨防单调，丰富避免凌乱，二者之间的张力时常是短篇小说的难题。我愿意在这个意义上提到苏童的短篇小说《西瓜船》。苏童是始终钟情于短篇小说的作家之一。《西瓜船》的叙述保留了苏童一贯的从容不迫。一桩意外的命案突如其来：陈素珍试图调换一个白瓤的西瓜，遭到了瓜农福三的一顿奚落。陈素珍的儿子寿来跳上西瓜船上，一刀捅了福三。几日之后，福三的乡亲赶到了镇上，砸了陈素珍的家。派出所平息了这一场风波之后，小说似乎到了尾声。出人意料的是，作家就在这个时刻悠然荡开一笔，续上了一大段福三母亲进城讨船的情节。这个死了儿子的老太婆卑躬屈膝地面对城里的老老少少，理亏地恳求他们寻回福三丢弃在河里的西瓜船。一番奔波之后，满河的夕照里，她的身影缩成小小的一团摇着船返回乡下。这时，人们的确感到了心酸难抑。通常的短篇小说只能容纳一出戏剧性的起伏。《西瓜船》敢于横生枝节同时又开阖自如，这的确显现了作家的不凡手笔。

《冬露》是苏童的另一个短篇小说。与《西瓜船》不同，《冬露》没有那么多的曲折的情节。冬露即将赴城里打工，临行之前她在村子里四处走一走，替家里打一捆猪草，听到几句左邻右舍对于进城打工的不同评价——仅此而已。尽管冬露将要前往的城市并未在小说之中出现，但是，那一片遥远的陌生之地不仅引导着冬露的未来生活，而且为小说的叙述蓄足了能量。

　　这个季度《小说选刊》之中的多篇小说涉及城市与乡村两套价值观念和体系的冲突与抗衡。现今，城市与乡村之间的落差已经制造出巨大的社会浪潮。一系列传统的社会关系陆续解体，另一些新型的社会关系正在形成。具有乡村背景的城市人或者具有城市背景的乡下人无不察觉到另一种生活的压力。多数情况下，这种压力驱使大量乡下人涌向城市。这个洪流背后包含了对新生活的强烈渴望，也包含了乡村传统的道德观念以及美学理想的苦苦挣扎。

　　胡学文的《土炕和野草》似乎仅仅是一个老式的乡村故事：父亲锲而不舍地找回一任又一任的后母，然而，她们无不遭到泼辣的女儿海棠明目张胆的强烈排斥。田野、河流、村庄、砖窑和这个残破的家庭浑然一体地交织在一起，乡村的天地似乎就是他们命定的生活。然而，故事临近结束的时候突然出现了一个通向城市的入口：镇长在镇上为海棠谋了个差事。令人惊叹的是，一旦遭遇城市的压力，貌似坚固的乡村伦理一触即溃。在镇上待了一个月之后，海棠不仅断然结束了自己与乡村的联系——包括持续已久的恋爱关系——而且亲自张罗父亲的婚事。显然，这是在为长久地居留城市解除后顾之忧。

　　涉及城市与乡村的互动，单线的叙述很难完整地显现故事的复杂维面。李铭的《娘家侄儿侯赛寅》不得不设置一明一暗的两个结构维面。侯赛寅进入城市的所作所为无不可以追溯到他的乡下老家。这篇小说的主人公似乎是"我"、"妻"与侯赛寅，然而，形成戏剧性冲突的根本原因毋宁说是乡村与城市之间的差距。有些奇怪的是，作家免费给这篇小说安装了一个乐观的结尾：交通事故致残的侯赛寅终于养猪致富了。然而，这种没有情节依据的廉价安慰可能产生一种遮蔽——遮蔽乡下人进城之后的身份尴尬以及因此产生的众多难题。

　　方格子的《上海一夜》之中，杨青渐渐地脱胎换骨成为城里人了。出入大酒店，吸烟，打手机，雇钟点工，上网聊天，这不就是城里人的日子吗？的确，她因从事皮肉生意可能遭受某些白眼，但是，口袋里的钱是城市生活的根本保障。尽管如此，她的"根"仍然扎在乡村——虽然这可能仅仅体现为乡下母亲打来的几个电话。城市无法消除她的漂泊感，她最终还是想回家，回到母亲为她铺就的床铺和新弹的棉花胎里。这个时候，人们再度发现了小说的双重结构——人们的目光再度穿越鳞次栉比的高楼而投向广袤的乡村。有趣的是，那些真正的城市人时常产生恍惚、迷离和身在何方的闪烁不定之感。许多时候，城市人将自己丢失在纷杂社会关系网络的某一个角落，不知所终——例如张念的《深度昏迷》，或者朱文颖的《猫眼》。相反，城里的乡下人不会产生这种吸毒似的飘浮感，他们牢牢地守住城市的某一个部位，深知自己只能做些什么。攒了一点钱或者受了点委屈，他们就会迅速地回顾自己的来处——落叶归根是他们摆脱不了的内心渴求。小说结束的时候，杨青已经坐上了返回乡下老家的火车。

《上海一夜》的结尾意味深长：杨青在返乡的火车上接到了同乡——也是她的"姐妹"——阿眉的电话。阿眉先于杨青回家嫁人，而此刻她正在重返上海的路上。这的确是一个吊诡的问题：她们的家乡、她们的"根"真的是人生的庇护吗？赵光鸣的《两间房》终于正式面对这个问题。主人公八里和油布曾经从城镇返回村庄，经历一番波折之后再度出走。这时，主宰他们的不再是幼稚的憧憬，而是多方权衡后得出的结论。无论是经济生活、成功的机遇、受教育机会还是性爱角逐，他们一次又一次地发现了城市生活的巨大优惠。可以说，经济收入不是他们的再度出走主要原因。油布忍受不了乡村生活的沉闷，从亢奋的械斗发泄到奔向城市是一个必然；八里一度决心在乡下经营饭店，然而，因为知识匮乏，理想迅速破灭——他不得不走。很难说他们会不会又一次逃出逼仄的城市，《两间房》的结尾遗留了一个模棱两可的画面：一条代表了现代生活的高速公路掠过村庄，护路的钢栅栏如同两道绿色的虹；八里辛辛苦苦盖起的两间房子趴在路边，空无一人。动和静，远方和故土，没有人知道哪里是真正的归宿。这就是侯赛寅、杨青和八里、油布们的生存境遇。

小说文体存在丰富的可能和多方面的潜力。开拓潜力以及实现丰富的可能必须依赖积极的实践。尽管这个季度的《小说选刊》中可读之作颇多，然而，回到这个话题，我想谈论的是杨遥的《二弟的碉堡》和映川的《下一个是你》。

《二弟的碉堡》中有些疯狂的因素——我指的不仅是小说的主人公,而且指小说的叙述。一个我行我素的乡下女人名叫"二弟",无论是给女儿取名字、养猫、采摘贼麻花还是盖房子,她从来没有将周围的村民和习俗放在眼里。这引发了村子里大规模的嫉恨,而她则是以一种更为夸张的蔑视答复这种嫉恨。有趣的是这篇小说的超现实笔墨:高耸的碉堡,垃圾大战,碉堡顶上高高飘扬的乌鸦刺绣,这些不可思议的情节仿佛特别解气。这种叙述遗留下一个小说修辞学的问题:某些时候,超现实的情节是不是具有细腻的现实主义笔触所无法比拟的强大力量?从故事到细节,如何建立现实主义与超现实之间的平衡?依据什么掌握其中微妙的分寸?

《下一个是你》展示了一个光怪陆离的话语世界。所有的人都生活在他人的话语之中,但是,这些话语时常毫无真实可言;或者说,这些话语时常生产出当事人从未经历但又无可辩驳的"真实"。人言可畏。然而,这在很大程度上即是现代社会生活的组成部分。从单位里的飞短流长到社会的大众传媒,话语生产的规模空前庞大。不过,我所关心的是这篇小说的叙述动力。在我看来,性格冲突并非情节的全部。小说之中一直存在某种巧妙的"换位",一种自食其果和请君入瓮的游戏。显然,欧·亨利式的小说结尾表明,智慧、机智和有趣的意义已经远远超出了人物性格的必然。亚里士多德的观念之中,人物的重要性远不如情节。现今,尽管情节是人物性格的发展史成为一个著名的命题,但是,作家必须意识到,情节时常包含了人物之外的内容。《下一个是你》之中,人物之外的内容相当大程度地驱动了叙述的持续运转。仅仅将小说的价值等同于人物性格以及"典型",这种单调的观念已经成为小说形态的束缚。

如何叙述,这当然不仅是单纯的技术问题。由于20世纪人文学科的"语言转向",文学批评出现了深刻的转折。从"新批评"、形式主义到结构主义,"叙述话语"成为一个众目睽睽之下的话题。在我看来,作家没有必要详细地考察这个话题的符号学脉络,他们充分地意识到这个结论的分量就够了:叙述涉及经验如何形成。这个结论至少包含了两方面的命题。一方面,叙述是对于素材的深刻处理。这是叙述隐藏的思想含量。正如人们时常看到的那样,软弱的叙述无法完成素材的全面转换，炼制出种种潜在的内涵；另一方面，叙述不是神奇的灵丹妙药，种种苍白的片段并不会因为某种奇异的叙述配方而聚合为伟大的杰作。展开这两方面命题的时候，我想提到何存中的《洪荒时代》和晓航的《努力忘记的日落时分》。

《洪荒时代》属于那种激情十足的小说。小说重现了1998年长江抗洪的壮烈一幕——多年之后，许多场面依然动人心魄。然而，尽管小说聚敛了一股逼人的气势，种种刻骨铭心的经验温度犹存，但是，庞杂和纷乱抵消了故事的递进能量。某些段落如同脱节的碎片，例如严纪委之死；更为重要的是，许多经验片段都在同一个平面上滑行。如此之大的篇幅缺少了持续的内在纵深展开。《洪荒时代》之中包含了两套经验：一方面是城市机关芸芸众生的日常生态；另一方面是生死关头，堤坝和村庄风雨交加的抗洪第一线。衔接这两套经验的是主人公高风的观感。情节冲突的意义上，这两套经验并没有交汇成巨大的漩涡。文牍主义、形式主义、钩心斗角与抗洪第一线紧张而赤裸的人生擦肩而过——人大常委会主任怒斥文明哨棚是两套经验唯一的正面交锋。这些经验已经积压多时，它们可能酝酿出深刻的认识裂变。因此，一系列令人眼花缭乱的故事仅仅扇形地铺开，如此跌宕的情节仅仅收束到禅宗式的人生顿悟，这多少有些可惜。叙述跟不上经验的内涵，这往往是"现实主义"式记录隐藏的问题：无法展示最为深刻的历史可能——而这恰恰是现实主义文学极力主张的。

《努力忘记的日落时分》恰好相反。这篇小说殚精竭虑地征用了各种叙述手段，但是，人们仅仅看到一束塑料的假花。作者刻意制造了一系列大大小小的悬念，例如几个女人鬼魅般地消失，一个永远找不到的姐姐，一个仅仅藏在电话另一端的情人，如此等等。另外，作家广泛地搜罗了众多时髦的情节元素：谜一样的金币，一本古老典籍的寻找——这些令人联想到老套的寻宝故事；另外，失忆、心理医生和日记、郊区的寂静住宅、藏在相片镜框背后的电话号码、盲人建筑师的奇异作品……这些元素兑入欧洲小城、咖啡厅、暧昧的小姐和落日、河流、树荫，放在博尔赫斯式的圈套里面搅动一番，一个五彩斑斓的故事终于出炉。尽管作者卖力地培植某种"诗意"，致命的问题是，丰富而曲折的情节之间察觉不到生命的迹象和烟火气息。种种貌似"欧化"的片段只能堆积出一种矫揉造作的情调，整个故事缺乏有机的"粘性"。显然，这种传奇充分地体现了标准的中产阶级理想、趣味和想象方式。如果在《洪荒时代》和《努力忘记的日落时分》之间选择，我肯定会将票投给前者。尽管《洪荒时代》的叙述有些笨拙和呆滞，但是，人们还是会被扑面而来的土腥气打动。没有这种土腥气，再花哨的叙述也无济于事。这时，离奇的叙述魔术仅仅是一种舞台式的表演，它并不能真的把母鸡变成鸭。

文体、视角与重组世界的内在逻辑

相对于文学研究的严谨与钝重，散文显得轻盈、无拘无束与随意婉转。因此，散文写作隐含很大的快乐。尽管如此，我的文学研究很少涉入对散文的考察。散文写作并未提供"近水楼台"之便。许多时候，散文的自由自在毋宁说增添了研究的困难。一则日记、一篇战斗檄文、几个意象或者若干随想、感悟均为散文，相对固定的模式迟迟未曾出现。如水银泻地，无迹可求。这个文体存在哪些不变的规范，边界又在哪里？

我放弃了散文"本体"这个概念。许多人对于"本体"一词深为敬畏。形而上学的膜拜造就的观念之一是，一个遥远的本原规定了种种后继的派生物。散文"本体"的描述力图表明，这种文体来自一个先在的规定，文体的种种规则犹如不可改变的本性。我对于这个本原的存在深表怀疑。我倾向于认为，作为一种人工产品，文学诞生于某一个历史时期，种种文体的定型及其规范无不来自那个时期的文化塑造。没有哪一种文体一铸而定，随物赋形是历史对于各种文体的不懈要求。历史公布一批新的题目，传统的解题方式失效了，文学开始另辟蹊径。革故鼎新是文体对于历史的深刻呼应。这种观念显然将历史——而不是"本体"——作为前提。一些作家注重文体纪律的严格约束，兢兢业业地遵循文体规则，犹如遵循文学生产的施工手册，这是他们向"本体"致敬的特殊形式。另一些作家更为关注文体与历史的互动，对于文体的实验与探索保持开放的姿态；多数时候，我更愿意置身于第二个文学阵营。文体的实验与探索即是写作的乐趣之一。

相对于诗、小说、戏剧，散文的文体规则几乎不存在刚性的约束。篇幅短小，体态轻盈，散文写作的实验与探索可以完成种种高难度的技术动作。如果说，小说或者戏剧的写作如同举重，散文写作更像体操。前者必须托举情节的重量，后者仅仅负责控制身体。另一方面，散文的异常之举并未遭遇强大的抵抗。如入无人之境，散文的实验与探索并未像20世纪70年代末的"朦胧诗"或者20世纪80年代初期的先锋小说那样制造出分歧巨大的理论波澜。

西方文学理论通常公认三种文类：诗，小说，戏剧。散文的缺席包含一个重要原因：这种文体不存在某些标志性的形式特征——这些特征不仅表明散文与诗、小说、戏剧的差异，而且是文学与非文学的区分。散文并非文学的专属产品，而是横跨哲学、神学、历史学，乃至经济学与社会学。Essay一词时常被译为"随笔"。这是一个惬意的概念。天南海北，信笔所至，犹如在纸面上愉快地散步。对于"随笔"而言，是否被称为文学并不重要，重要的是其自由随意的气息。

中国的文学理论倾向于认定四种文类，即诗、小说、戏剧、散文。"文以气为主"，散文很早就成为中国古代文学研究的一个范畴。哪怕翻阅《古文观止》即可发现，历史、政论、家事或者山水游记均为散文内容。然而，中国古代文学研究意识到散文的美学特征，"文"可以成为与诗并列的文体。这种观念一直延续至现代文学。周作人的"美文"概念显然与中国古代文学传统一脉相承。尽管如此，这些美学特征并未成为一套固定的程序。"文以气为主"的命题隐约地表明了散文的灵动。"气"从属于主体范畴，根据主体的情志、神采、风格随机转换，而不是演绎为僵硬的文体规则。行于所当行，止于不可不止，这是中国古代散文隐含的大自在。现今的某些文学研究倾向于为散文设计若干条款，如"豹头凤尾"、卒章点题、三千字上下的篇幅等，外部的枷锁时常窒息内在的活跃，甚至成为沉重的负担。

从结构主义到后结构主义，文学研究对于文体构造的外部因素愈来愈重视。文体本身并没有哪些"本质"的、不可动摇的规定，文体的维持和延续依赖社会文化公约。文体犹如社会成员共同接受的游戏规则。通常情况下，种种文学判断默认游戏规则约定的前提。对于诗歌来说，"白发三千丈"或者"感时花溅泪"是一些精彩的夸张，移诸小说或者戏剧立即成为笑话。如果脱离戏剧舞台，利用唱腔剖明心迹或者绕场一周表示去过千山万水几近荒谬。文学史上诸多著名形象分别被供奉于不同文体构成的神龛：阿喀琉斯、孙悟空、堂吉诃德、阿Q的形象必须与安顿他们的文体框架相互协调。貌似都有一副相同的血肉之躯，然而，他们依循迥异的真实标准，拥有不同的活动半径。总之，对于文学来说，种种不言而喻的"自然"内部业已包含人们的文体共识。伊格尔顿甚至指出，"虚构"也是一种文体。是否"虚构"的首要标志不是来自叙述内容与外部世界的相互衡量，而是文体形式特征。相对于新闻报道，小说叙事似乎天然具有"虚构"的成分。这种评判的来源是文体背后根深蒂固的社会文化公约。

　　作家不仅遵从这种社会文化公约，而且将文体作为文学的"取景框"。每一种文体均或显或隐地规定了观看世界的视角与重组世界的内在逻辑。中国古典诗词之中，诗词格律很大程度地介入诗人的意象组织。如果不是对偶的格律规定，"一行白鹭上青天"未必尾随"两个黄鹂鸣翠柳"，"无边落木萧萧下"亦非与"不尽长江滚滚来"联袂而至。这种出双入对的景象并非世界的原始构造，而是来自诗词格律的剪辑。按照结构主义的术语分析，诗词的对偶显现出典型的纵组合轴，那么，小说叙事内含标准的横组合轴。叙事学认为，叙述句可以被视为叙事作品的小型标本。语法指定种种语言成分的位置之后，主语、谓语、宾语以及附加的修饰形容互为关联地组成一个句子；作为叙述句的扩大，叙事作品内部的众多成分前后相随地完成情节的叙述。情节的开端、演变与结局由戏剧性的因果转换提供动力，各种片段汇聚为因果链条的每一个环节。一个片段承接之前的后果，开启后续的可能。对于叙事横组合轴内含的关联性质，一个著名而通俗的表述是，第一幕墙上挂着枪，最后一幕一定要打响。我想指出的是，遵循叙事横组合轴重组世界的时候，各种片段的独立性被无形地削弱，重要的是它们之间的彼此衔接。

　　当然，诗词或者小说的"取景框"并非如此简单。由于"诗言志"的传统，崇高的美学趣味作为意识形态压缩于诗词格律之中，出双入对的景象必须接受崇高美学的过滤。"天"对"地"，"日"对"月"，"江南"对"塞北"，"沁园春"对"满江红"，人们对诸如此类的对偶习以为常；然而，当"蟑螂"对"蚂蚁"、"白糖"对"酱油"或者"水槽"对"电闸"的时候，人们立即觉得有违雅训，日常生活的烟火气息莽撞地扰乱了诗词的高贵风格。小说的因果转换叙事同时强调传奇性，缺乏传奇意味的因果转换——例如，大型的数学演算答案或者一项化学实验的结果——无法充当叙事作品的情节。很大程度上，文学的虚构是传奇性的副产品：平庸的日常现实无法满足人们的期待时，虚构是制造传奇性的必要燃料。

　　耗费如此篇幅谈论诗词或者小说，显然是企图描述散文的参照物。相对于诗词或者小说，散文能否提供另一种重组世界的方式？让我再度将一个叙述句作为观察对象：许多词汇妥帖地各司其职，完美地构成对一个事件的陈述；然而，如果脱离叙述句的整体关联而专注聚焦每一个词语，许多词汇可能突然显现桀骜不驯的一面——这些词汇的内涵甚至远未明确。"力争做一个有文化、有思想的合格人才"，这是一个平凡无奇的句子。可是，如果以挑剔的姿态停留于叙述的中途，一些词汇立即成为问题：何谓"文化"？何谓"思想"？事实上，这两个概念的内涵均为学术史的著名难题。许多人都有这种经验：书写一个句子的时候，一切正常；反复书写句子之中的某个字，这个字可能愈来愈陌生，甚至无法辨认。这时，某种深藏不露的奇异性质突然从这个字的背后暴露出来了。

　　我再度记起罗兰·巴特早期的随笔著作《神话集》曾经给我带来特殊的激动。由于巴特犀利的凝视，众多寻常的文化现象显出不同寻常的意味，各种意识形态密码逐渐显现，如同显影液之中的相片逐渐清晰。巴特的视域暂时冻结了种种陈陈相因的传统关系，剥离出来的生活景象很快显露出另一种隐蔽的主题。由于擅长拆卸种种文化传统构造的幻象，《神话集》被视为"文化研究"的源头之一。让我及时地回到散文的话题——我想说的是，脱离诗词或者小说的熟悉视角，散文能否解放出世界的另一些内涵？

　　这是我对于散文的真正兴趣所在。放弃散文"本体"这个概念，拒绝将散文塞入种种繁文缛节，一个重要的动机即是尽量敞开散文的视域，避免那些僵硬的文体规则形成不必要的遮蔽。然而，不拘一格，变幻莫测——散文时常逸出理论的监控，挑战种种勤勉的归纳，以至于文学研究赌气地掉头而去。由于悠久的历史传统，诗词是文学研究的宠儿，围绕诗词的美学范畴洋洋大观，诸如雄浑、豪放、劲健、冲淡、有我之境、无我之境等；作为小说、戏剧、电影以及电视剧的理论后援，叙事学急速崛起，蔚为大观；相形之下，散文独有的美学范畴寥若晨星。

这里我想提到"趣"。在我看来,"趣"已经无形地左右了许多当代散文对于生活的接收与裁剪。无趣之人落落寡合,无趣之文味同嚼蜡。然而,何谓之"趣"?迄今为止,这个美学范畴未曾获得充分的阐释,仿佛一言难尽。我曾经在《说"趣"》一文中转述明代的袁宏道的观点:"趣如山上之色,水中之味,花中之光,女中之态,虽善说者不能下一语,唯会心者知之。"袁宏道仅仅提供一些语焉不详的隐喻,我试图勉强做一些补充——譬如"趣"与"情"的比较:

> "趣"不像"情"那么专注、强烈、指向单一,而是包含了多种意向,不仅出人意表,往往还令人莞尔。莞尔一笑异于放声大笑,前者止步于微妙而缺乏后者拥有的汹涌笑意。

我还想说明的是,"趣"通常与悠闲的风度联系在一起。悠闲的心情是发现和体验"趣"的前提。散文之中的"闲笔"时常是"趣"的产物。闲笔不闲——"闲笔"摆脱了既定叙述逻辑旁逸斜出,如同一次调皮的逃学。这不仅带来意外的视域拓展,同时意趣横生。逃学之所以免遭谴责,理由是发现了超过课堂的吸引力。散文之"趣"意味着抵近日常生活,甚至在烟火气息之中察觉种种零散的美学斑点。崇高与传奇分别由诗词或者小说负责,散文显示的是,为什么情趣盎然的日常生活也值得过。

文以载道是中国古代文化的强大主题。这种气氛之中,沁人心脾的晚明小品如同一个小小的美学叛逆。然而,现代性携带的世俗气氛瓦解了古典的高贵、宏大。从黑格尔所说的散文时代到利奥塔形容的"后现代状况",这个历史流程正在制造种种有趣的散文话题。庸常、松弛与碎片化的文化特征愈来愈明显;作为一种新型的文化联系,散文与后现代之间出现了某种默契,利奥塔甚至别出心裁地将蒙田的散文归入后现代之列。然而,"趣"会不会导致过度沉溺于日常生活,优游自得,甚至丧失了突围的冲动?我在《说"趣"》一文之中补充说:

> 大多数"理趣"诉诸智慧,一念闪过,粲然一笑,电光石火之间的一个顿悟,所以,"理趣"是一种宁静的认识,不再裹挟

强烈的情感并且带来起身而行的冲动。这么看来,"理趣"更接近于审美的静观,同时也可能产生洞穿世情之后的空寂之感。

众所周知,鲁迅曾经在《小品文的危机》之中表示对于"小摆设"的不满。一个"挣扎和战斗"的时刻,他更愿意把散文磨砺成匕首与投枪。"匕首"与"投枪"之所以成为一个著名的比喻,显然因为吻合了散文的短小精悍。我想进一步指出的是,鲁迅的散文、杂文成绩表明,他恰如其分地掌握了作家、文体与世界三者的紧张关系:作为既定的规范,文体不断地以传统的名义行使权力,然而,杰出的作家始终根据自己体验世界的特殊方式驾驭文体、改造文体。我的心目中,散文是文体之中最为友善和宽怀大度的合作伙伴。

写作犹如天命：文学与历史的缠绕
——对叶兆言若干作品的感想

一

坊间隐约存在一种舆论：叶兆言是一个被低估的作家，他的文学实绩超过了普遍的评价。当然，所谓的舆论通常是查无实据的模糊传闻或者临时感慨，人们无法制定"文学实绩"或者"评价"的计量指标，并且考察二者之间是否失衡。一方面，叶兆言加入文学写作的队列四十多年，数百万字的作品赫然盘踞于当代文学史的要津；另一方面，叶兆言的许多作品似乎仅仅产生温和的反响，以至于人们不得不搜索自己的记忆：他的哪一部作品曾经带来猛烈的一击？

我曾经遭受的猛烈一击来自叶兆言的《枣树的故事》。这部中篇小说盘旋起伏的奇异叙事让我深为钦佩，以至于觉得叶兆言相近时间发表的《状元境》《追月楼》《半边营》等多少有些平庸。那是20世纪80年代中期的事情，"先锋文学"的实验性写作正在成为一个重大话题。《枣树的故事》仿佛表明，叶兆言正在与马原、余华、苏童、格非、孙甘露这些作家共同组成先锋作家团队。但是，叶兆言后续的另一批小说很快显示出游离的倾向，他对于激进的叙事浅尝辄止。相当一段时间，我的很大一部分兴趣聚焦于叙事学，叶兆言的许多作品逐渐脱离了视域——我对于叶兆言作品显现出的历史学识和烟火气息缺乏足够的关注。

20世纪80年代至今，我与叶兆言时常有机会晤面，或者私下交谈，或者在会议上聆听他的文学见解。对于一个如此著名的作家，我始终保持持续的了解。叶兆言是当之无愧的学者型作家。他博览群书,对于历史资料尤为有兴趣,他的小说存在一种书卷气。或许由于不断地重温历史上各种人情世故,对于形形色色的兴亡成败见惯不惊,叶兆言很少流露出偏激乃至极端的观点。他的学识隐藏于和风细雨的语言风格背后。叶兆言善解人意,体察入微,时常替他人着想,不惮沉溺于庸常的世俗氛围。很少遇到叶兆言如同诗人那般发表惊人之语,或者锋芒毕露地加入某种论辩,高调地炫耀自己的不凡个性。遭受若干来自网络的非议,他仅仅自嘲般淡然一笑。世情如此,不必斤斤计较。一方面,叶兆言是叶圣陶的孙子,家学渊源众所周知。但是,我从未见到他将家族的荣耀作为夸口的资本;另一方面,叶兆言也从未刻意隐瞒一个事实:他与叶家不存在真正的血缘关系。

在我看来,叶兆言为之疯狂的仅仅是文学写作。一本文学杂志曾经发表过一幅叶兆言的相片:他盘腿而坐,怒目圆睁,胡子拉碴,双手搏命一般敲打键盘,充满舍生忘死的气概。不过,对于叶兆言这种长跑型的作家来说,更为重要的是常规写作:每日得数千字,数十年如一日,完成一部作品的目的就是为了开始另一部作品。文学写作犹如天命。没有什么可写的时候,他们焦虑烦躁乃至痛苦不安,仿佛生活丧失了目标。文学写作可能遭遇种种问题乃至挫折,解决的方式只有一种——持续不断地写下去。叶兆言在长篇小说《很久以来》之中写下了这么几句话:

> 很多年前,刚开始写作的时候,有着多年写作经验的父亲告诉我,写作就一个字,就是他妈的"写"。父亲从来不是个喜欢爆粗口的人,可是忍不住用"他妈的"来加重语气。似乎时不再来,写作的最大秘诀就是想写就写,想写赶快写。

由于一个大学的盛情邀请,我与叶兆言共同参与了一个文学周活动。作为文学研究者,我试图发表若干对于叶兆言作品的观感。叶兆言寄来了四部作品:长篇小说《1937年的爱情》《很久以来》《刻骨铭心》和厚厚的一本《南京传》。三部长篇小说均以南京为背景,合称"秦淮三部曲"。《南京传》为"南京"这个城市添加了漫长的历史注释。这是一个临时组织的文学单元。与此同时，我又在书架上发现了叶兆言一部中篇小说的单行本《一号命令》——这本书有一个有些刺眼的标题。如同一个贸然拜访的不速之客，《一号命令》可以被视为插入这个文学单元的偶然因素，但是，故事的空间背景也是南京。一段时间集中阅读这个文学单元，纷至沓来的感想意外地充沛。有趣的是，许多感想是由《南京传》——我最为陌生的作品——的阅读诱发的。我愿意将这些感想整理出来，札记的形式可以更为随意自由一些。

二

显而易见，《南京传》必须被视为历史著作。《南京传》的篇幅超过叶兆言的任何一部长篇小说，叶兆言的写作状态十分理想："没想到创作《南京传》状态会那么好，有段时间，每天工作将近十个小时，结束时天旋地转，仿佛云中雾里。真是很疯狂，作为一个写作者一个上岁数的老同志，能够这样，实在太美妙"[①]。尽管如此，我仍然感到好奇：一个作家为什么放弃虚构的特权，转向了庞杂的史料辨认与考证？撰写历史著作的兴趣为什么会潜入一个作家的文学写作？

史官是一个古老的职业。很长的时间里，历史学被视为一门重要的官方知识。赋诗言志，为文抒怀，这些仅仅是闲暇时的遣兴，历史学远比文学严肃。中国古代的知识分类体系为"经史子集"，历史学著作占有一个大部类，文学仅仅是集部之中的一部分。许多人觉得，文学是历史学的补白，罗织各种细节充实历史著作粗线条的局部构造。相对于虚构的文学，历史学强调客观、严谨、真实。这也是历史学赢得"以史为镜"荣誉的主要理由。然而，文学的虚构并非天马行空的恣意想象，而是以另一种方式表述特殊的主题。所以，亚里士多德在《诗学》中肯定了虚构的意义："诗人的职责不在于描述已发生的事，而在于描述可能发生的事，即按照可然

[①] 叶兆言：《南京传·后记》，见《南京传》，译林出版社2019年版，第509—510页。

律或必然律可能发生的事。"① 因此，诗比历史更具普遍性，更富于哲学意味。通常，一方面，骄傲的历史学家不接受这种观点；另一方面，相当一部分作家仍然愿意尾随历史学家摇旗呐喊。他们反复重申巴尔扎克《人间喜剧》前言之中的说法：法国社会将要做历史家，我只能当它的书记。叶兆言也曾经在《一号命令》的扉页上写下一句话："小说不是历史，然而有时候，小说就是历史，比历史课本更真实。"总之，"历史"是主词，文学担任次要的形容词或者后缀。

但是，必须在"历史"这个主词上稍作停顿：通常的用语之中，"历史"一词至少包含两种涵义；许多时候，两种涵义之间的界限并未获得重视。我在多年之前已经指出这种状况：

> 按照最为通俗的观点，"历史"可以解释为过往发生的一切；另一些时候，"历史"也可能指称各种历史著作陈述的内容，正如约翰·H.阿诺德所言，"语言会让人迷惑。'历史'常常既指过去本身，也指历史学家就过去所写的内容。"现今，二者的混淆已经带来了严重的后果。或许，这种表述有助于摆脱纠缠：过往发生的一切均可充当历史著作的素材，历史著作的陈述意味了运用某种话语给予有效的处理——这即是历史话语。"过去发生的一切"相对于现状或者未来，权衡的要素显现于时间之轴；"历史话语"相对于哲学话语、经济学话语或者社会学话语，权衡的要素显现于话语组织层面。当然，历史话语并不是处理上述素材的唯一形式，另一些类型的话语也可能显示出强烈的兴趣，例如文学话语。②

指出这种状况的目的是，力图回收文学的空间。简而言之，今日之前所发生的一切均可被称为历史。历史话语有权利处理这些素材，文学话语

---

① 参见亚理斯多德、贺拉斯：《诗学 诗艺》，罗念生译，人民文学出版社1962年版，第28页。

② 南帆：《无名的能量》，人民文学出版社2012年版，第73页。

也有权利处理这些素材。历史话语遵循一套叙事成规，文学话语遵循另一套叙事成规。如果将《春秋》或者《诗经》作为历史著作与文学著作的古老代表，那么，"春秋笔法"与"风、雅、颂、赋、比、兴"组成的"诗六义"分别成为两种叙事的源头。文学话语担任"历史"的记录员指的是作为素材的历史，正如历史话语同样担任"历史"的记录员。换一句话说，文学话语并非历史话语的附庸，作家不是历史学家的随从。他们分别从历史素材之中发现了自己感兴趣的内容。因此，文学作品的意义远远超出历史著作的补白或者充实。换言之，历史话语是考察历史素材的一种"装置"，文学是另一种"装置"。

恩格斯曾在致斐迪南·拉萨尔的一封信中写下一句话："我是从美学观点和史学观点，以非常高的亦即最高的标准来衡量您的作品的"[1]。许多人十分熟悉这一封信。但是，以往的译文是"美学观点和历史观点"。为什么将"历史观点"改为"史学观点"？我尚未查阅到翻译修改的说明。显然，修改之后的"史学观点"指的是历史话语。"美学观点"和"史学观点"均为再现世界所依循的两种不同观念。两种观念的并举表明，二者在恩格斯心目中具有相近的分量。

人们时常有意无意地认为，历史著作揭示的历史如同自然一般客观、真实，往往忽略了历史话语是一种人为的显现。历史著作不是任意堆放的素材，历史话语隐含了各种事件整理、秩序设定、叙述视角、繁与简、褒与贬，如此等等。海登·怀特发现，历史话语时常与文学话语共享某些叙事模式，例如故事、情节以及因果脉络的完整性。根据一些历史学家的研究，西方文化对于"过去/现在"或者"古代/现代"这些观念的评价不断变化。"过去"或者"古代"是神圣的、辉煌的，还是落后保守的？这些问题涉及过去与现在的互动方式。对于现在来说，过去又有什么意义？这即是历史学家所谓的"过去的社会功能"[2]。"过去"或者"古代"赢

---

[1] 〔德〕恩格斯：《致斐迪南·拉萨尔》，见《马克思恩格斯文集·10》，人民出版社2009年版，第177页。

[2] 〔法〕勒高夫：《历史与记忆》，方仁杰等译，中国人民大学出版社2010年版，第122页。

得的文化价值不断渗透于历史叙述的末梢,甚至抵达遣词造句的修辞。

指出历史话语遵循一套叙事成规并未削弱历史知识的重要程度。独特的叙事成规表明,历史话语拥有独特的主题。尾随这个事实的是另一个事实:文学的叙事成规意味了另一些独特主题。因此,文学再现的历史是历史著作无法替代的——亚里士多德甚至在这个意义上肯定文学优于历史。

叶兆言如何徘徊于两批主题之间?他的历史著作处理了哪些主题?这些主题如何反哺文学写作,或者与他的文学写作构成特殊的紧张关系?

三

叶兆言《南京传》的第一句话是:"南京的城市历史,应该从三国时代的东吴开始。"对于历史话语的叙事来说,起点的认定举足轻重。叶兆言旁征博引,论证这个起点的合理性。即使是作家撰写的历史著作,文献征引仍然不可或缺。叶兆言抛开了夸张、虚构、想象等文学习气而严格遵循历史话语的叙事成规。作家加入历史学家的队伍,考据兴趣的显露是一个特殊标志。考据是一门要求人兢兢业业的手艺,分析材料,鉴定证据,这些工作不允许矜才使气,张扬个性。《南京传》之中的几处考据颇为细致翔实,显示出精确与明晰的追求,例如"新亭对泣"之中对于"新亭"原址的考据,"多宫制的建业"之中对于南京主城的考据。相对于左思描写南京的《吴都赋》,文学话语与历史话语的差异显而易见。

然而,文学话语与历史话语的差异更为深刻地表现为话题的设计与选择。从国号与年号的改变、社会经济状况到行政区域的划定、人口的增减,这些多半是历史话语深有兴趣的题目。许多闲常的事情没有资格叩访历史著作,历史话语记载的必然是历史学家认为重要的情节。譬如,国号与年号远比一个人物姓名的来历重要。前者是国家、政权、江山社稷的符号,必须郑重其事,与证明个人乃至家族的张三、李四等称谓不可同日而语。历史著作之中获得详细描写的人物只能是掌管或者动摇国家、政权、江山社稷的帝王、重臣以及拥有足够分量的对手,农夫、士兵、工匠这些普通的小人物往往划归文学阵营。《南京传》稍稍辨析了一下"江南道"的行政辖区——政权分布形式通常从属于历史话语而无法成为文学话语的消费对象。人口数字也是历史著作擅长使用的一个指标:《南京传》中指出,朱元璋时期南京的人口与遭受太平天国重创之后南京的人口存在巨大落差,二者的历史性对比显现出同一地域社会经济状况的起伏。总之,这些话题显示出叶兆言的身份转换:他顺利地换上了属于历史学家的眼光。

这在很大程度上是改换一套衡量历史的标准。他在《南京传》中不止一次地调侃李白。按照另一套衡量标准,这个令人崇拜的文学偶像拥有一副可笑的形象:"李白喜欢谈王论霸,好权术,好大喜功,不负责地酒后瞎出主意,充满了浪漫情调,根本不在乎老百姓死活。"当然,如果过多地迁就历史学家的观念,个别人物的意义便可能遭到那些巨型景观的遮蔽。叶兆言认为,结束了三国的纷争,西晋有理由成为一个强盛的王朝。遗憾的是,晋武帝司马炎去世之后,众多司马氏为了一个皇位互相残杀,"兄弟阋于墙",以至于外部强敌乘虚而入。这种状况"不正常得离谱"。然而,根据文学的洞察,这种状况再"正常"不过了。许多人物争权夺利的冲动如此强烈,他们绝不会因为顾全大局而放弃一己的私利。这些角色充当历史主人公的时候,可悲而可叹的情节几乎不可避免。《南京传》中有这样一个历史事件:元朝的军队攻陷襄阳。元军耐心地包围襄阳六年,使之成为一座孤城。宋朝的援兵迟迟不来,元世祖忽必烈向襄阳守将吕文焕招降。忽必烈的诏书说,尔等守护孤城,业已尽忠,顽抗到底,"如数万生灵何"。权衡之下,无可奈何的吕文焕终于放弃。这种事件背后隐藏着一个尖锐的矛盾:为了避免元军屠城,生灵涂炭,个人必须承受叛徒的千古骂名。投降之后的吕文焕是否经受灵魂的痛苦煎熬?叶兆言提到了文天祥对于吕文焕的痛斥。这种考验乃至折磨人性的题材往往能赢得文学的青睐——然而,叶兆言并未对此大做文章。他宁愿恪守历史学家的姿态:仅仅负责记载而回避历史事件背后的复杂内涵。

如同多数历史著作,叶兆言遵循时间秩序记述南京的沧桑之变。尽管如此,三个特殊的主题仍不时徘徊于记述之间,仿佛在提示时间秩序之外仍然存在各种可供品味的思想漩涡:

第一,南京的"金陵王气"问题。这是一种奇特的传言,无从核实。但是,这种传说具有强大而隐蔽的影响,以至于隋唐时期的北方朝廷开始有意无意地抑制这个城市的崛起。与这种传言相映成趣的是两个历史事实。其一，南京从一个被称为"秣陵"的小地方成为首善之区，带有很大的偶然性，三国时期东吴定都南京产生了决定性的作用。然而，孙权迁治南京多少有些心血来潮，他更为倾心的是武昌。其二，南京似乎是一个不祥的首都，"亡国成为南京不断演奏的主旋律，成为这个城市的笑柄。"也许，所谓"金陵王气"与两个历史事实的交织恰恰是触动叶兆言写作《南京传》的重要动机。

第二，《南京传》的叙事不时会跳出一个匿名主人公"南京人"。"南京人"觉得是否存在"金陵王气"并不重要，能够过得上太平的日子就好；"南京人"没有想到，一个王朝就这么快结束了，如此等等。"南京人"显然泛指帝王将相之外那些芸芸众生。叶兆言的某些议论显然借助"南京人"之口表述。许多时候，叶兆言的立场与匿名主人公"南京人"相差无几。

第三，尽管《南京传》沿袭了历史著作的面目，但是，叶兆言偶尔还会对历史话语发表几句不恭之辞："所谓正史，从来也就那么一回事，不可不信更不可全信。"历史话语行使"过去的社会功能"，人们的"信以为真"是首要前提。然而，历史话语的建构性质表明，纯粹的"本真"是不可能的。正如罗兰·巴特所言，历史话语的"真实"仅仅是一种"效果"。"信以为真"与严密的科学实验远为不同。也许，恰恰由于历史著作的撰写，叶兆言深知必须对历史话语的"真"以及"信"保持必要的思想弹性。

这一切至少表明，历史话语远未穷尽历史素材的内涵，文学话语还有巨大的空间。

四

叶兆言的长篇小说《1937年的爱情》完成于1996年，距离1937年六十年。按照叶兆言"写在后面"之中的自述，他原先是考虑写一部纪实体小说，"写一部故都南京的一九三七年的编年史"，结果却意外地写成了一部爱情小说。叶兆言很早就显示出对于历史话语的兴趣，但是，撰写"编年史"的企图遭到了文学话语的劫持。叶兆言在"写在前面"之中说："我看不太清楚那种被历史学家称为历史的历史，我看到的只是一些零零碎碎的片段，一些大时代中的伤感的没有出息的小故事。"撰写《南京传》的时候，叶兆言才正式和历史话语结盟。

然而，《1937年的爱情》中出现了历史与个人的剧烈冲突。这些"伤感的没有出息的小故事"意外地强硬，以至于无法随着时光的流逝烟消云散。

1937年是一个重要的历史年份：抗日战争全面爆发。对于南京来说，1937年的历史还存在某些独特之处："一九三七年的南京不堪回首。对于南京人来说，这一年最残酷的历史，莫过于震惊中外的南京大屠杀。"作为这一部小说的故事背景，叶兆言还提到一个未必有多少人记得住的历史事实：南京作为当时的首都业已十年。众多南京政府的官员和军人均为这一部小说之中的人物。

雅克·勒高夫说过，他倾向于将一系列历史事件视为一个"体系"："我之所以偏爱用'体系'而非'情节'，因为体系所拥有的特征是客观的而不是主观的。"[1] 显然，历史学家深刻地意识到历史内部存在一种强大的冲动。这种冲动很大程度地转换为历史的连续性，左右历史的延展方向，成为个人意志无法转移的历史逻辑。如同种种能量长期积聚之后的骤然爆发，历史之中的战争往往表现为这种冲动不可阻挡的强悍形式。战争机器一旦真正发动，即使发动者也无法控制和阻止。熊熊烈焰冲天而起，无数年轻的生命以及大量和平年代积累的财富充当了维持这个壮观景象的燃料。这时的历史犹如卸去刹车的列车呼啸狂奔，冲向一个伤痕累累的结局。

即使是这种历史时期，独特的个人生活仍然存在，譬如《1937年的爱情》之中那个半是天真、半是痴狂的主人公丁问渔。丁问渔1937年最为核心的个人事务是爱情。作为一种狂热的精神现象，爱情的箭头指向了个人。不可理喻的情感痴迷，性的快感，生殖，还有家庭。性的快感犹如造物主对于生殖与繁衍的奖赏，这是性包含的社会内涵。然而，当避孕技术将性的快感从生殖与繁衍之中剥离出来之后，性愈来愈成为个人事务。

---

[1]〔法〕勒高夫：《历史与记忆》，方仁杰等译，中国人民大学出版社2010年版，第140页。

作为一个袖珍型社会组织,家庭带有强烈的个人烙印。家庭拒绝向社会透露各种内部信息,许多社会信息同时遭到家庭形式的屏蔽。然而,丁问渔甚至抛开了性的快感和家庭。他已经阅人无数,不必在性的意义上纠缠女主人公雨媛;他也没有考虑世俗的家庭形式,婚姻对他而言无非一纸法律文书。丁问渔仅仅需要一个爱情对象。这种爱情不必依赖社会土壤的供养,他的倾诉和对方的聆听构成了完美的回环。对于丁问渔来说,雨媛愿意收下情书已经让他无限满足。1937年的时候,柏拉图的精神之恋业已是一个众所周知的概念。

丁问渔多半会令人想到《红楼梦》之中的"情种"贾宝玉。但是,贾宝玉与环境的冲突密集而温和。贾宝玉仅仅流连于大观园,意识形态的全部枷锁由众多的姐妹、丫鬟和老祖宗、凤姐等人掌控,很大程度上诉诸宠爱乃至溺爱的形式。贾宝玉与这种意识形态之间最为严重的冲突形式是,他遭到了贾政的一顿暴打。贾宝玉的终极反抗是"出家"。宽泛的意义上,家庭、家族乃至背后的皇亲国戚无不承担了正统思想的规训任务——"出家"就是了却尘缘,割断显现一切正统思想的社会关系。相对地说,丁问渔身后的家庭、家族仅仅构成微弱的束缚。由于五四新文化运动的洗礼,家庭或者家族节节败退;与此同时,爱情几乎成为一个神圣的概念,爱情名义之下的癫狂或者乖戾无可厚非。丁问渔仅仅辗转于欧洲、学院与几个声名显赫的家族,他并未遭到传统道德观念的严厉非难;令人惊奇的是,那种不可思议的爱情竟然修成正果:雨媛竟然和丁问渔走到了一起。然而,这种不可思议的爱情迅速像一个玻璃器皿般摔得粉碎。1937年的日军枪声片刻之间结束了所有的恩爱。

某种程度上或许可以说,由于兵荒马乱的战争氛围,社会道德放松了对爱情的监管。许多人存在醉生梦死的心情。还能看见明天吗?这种情况下,反复的权衡、斟酌与顾虑显得多余。无论是交往、缔结婚姻还是离别、分手,战争仿佛调快了所有事情的节奏。雨媛与她的飞行员丈夫余克润之间即是如此。丁问渔从一个花花公子转变为情圣,他的爱情穿行于疾速逼近的战争乌云缝隙。他听不到战争动员令,听不到空袭警报,滞留南京的理由仅仅是企图陪伴在心爱的雨媛身边。然而,历史洪流没有给如此反常的爱情留出空间,丁问渔很快被淹没。

指向个人的爱情几乎不存在阻挡历史的能力——古希腊海伦导致的特洛伊之战不是因为爱情，而是因为海伦是国王的妻子。然而，历史从未放过爱情。历史由无数个体的人生累积而成，是无数的意愿、追求和言行实践的混合。奇怪的是，历史的累积隐含某种神秘机制，残酷的一面可能意外地浮现，轻而易举地碾碎个体的人生。强大的历史逻辑无视个体的悲欢，血与火大唎唎地洗劫了他们的生活，包括肆意践踏所谓的爱情。执行命令的士兵毫无愧疚地开枪，命令之上还有命令。无数的命令衔接起来的时候，其运行的轨迹与无数个体累积的历史存在巨大的距离。人们只能期待未来，期待两种轨迹有朝一日可以重合。

五

我想重提这个概念："人生"。多数人按照自己的经验注释这个概念，而我是在相对于"历史"的意义上重提"人生"。"历史是由无数个体的人生累积而成"——尽管如此，历史并非人生的简单叠加；描述二者的范畴远不相同。长时段的历史显现出大势所趋的曲线，小小的人生只是曲线内部一个短促的线段。历史话语的分析单位是整个社会，历史著作之中个体的人生通常以社会细胞的面目出现。尽管如此，我力图补充的是，"人生"仍然存在独立的意义。一方面，作为社会细胞，众多个体共同被组织于民族国家、社会制度、革命与战争等历史的宏大景观之中；另一方面，众多个体分别拥有大量日常的琐碎经验。从脸颊上的黑痣、嗜好某种啤酒、一阵偶然的幻觉到令人满意的晚餐、一声例行的问候、蒙蒙细雨打湿了眼镜，这些不可能撬动历史的细节恰恰是"人生"的基本构成。当把"人生"作为分析单位的时候，历史话语不屑一顾的内容可能彻底改变"人生"的线路。对于一个政治官僚来说，耳朵形状长得如何无足轻重；但是，当他的妻子开始厌恶这一副耳朵的时候，双方的"人生"均遭到了致命的颠覆——这是托尔斯泰《安娜·卡列尼娜》之中一个细节诱发的巨变，或者是一个巨变借助细节开始燃烧。相对于历史话语，文学话语的分析单位是"人生"。邂逅，误会，惊吓，窥视，一个意外的微笑，一次火车误点，一支共同拥戴的足球队……若干微不足道的细节闪亮起来，它们的意义愈来愈重要，直至汇聚到"人生"的平面上。这时，文学开始出手捕获它们。文学能多大程度地复制各种生活细节——是用一句话还是一万字的篇幅描写一个房间？许多批评家和哲学家曾经严肃地争论过这个问题，例如卢卡奇，罗兰·巴特，或者朗西埃。叙事学研究证明，许多生活细节并非单独作用，而是互相聚合为一种人物置身的环境。所以，还原真实气息之外，这是一个重要的标准：当生活细节隐藏了撼动"人生"的意义时，它们将进入作家的视野。《1937年的爱情》之中，患感冒的丁问渔勉强参加一场婚礼。他偶尔瞥见新娘雨媛，瞬息之间一见钟情，从此交出了余生。这一瞬间改变了他的"人生"。

　　文学话语之所以关注"人生"，显然基于一个认识："人生"是历史素材之中一个重要范畴，有必要给予单独的显现。如何想象文学话语与历史话语之间的紧张关系？很长的时间里，批评家将文学作品视为历史的寓言，将作品之中的重要人物称之为"典型"——"典型"意味了对某一类型人物的概括；作品之中诸多人物构造的情节犹如社会关系演变的缩微模型，这种模型与历史同构。换言之，一部微小的文学作品即是认知宏大历史的镜像。

　　这种观念存在许多未尽事宜。许多作品无法达标，例如，相当一部分唐诗宋词令人头痛。更为棘手的是，历史的寓言往往隐含一个理论前提：人们已经预先知悉历史的整体蓝图。只有事先预知蓝图，人们才能评判一部作品是否为合格的历史寓言，或者仅仅是一片无足轻重的历史碎屑。一些宗教神话按照创世说或者末日审判构思历史的整体蓝图，另一些哲学家认为历史是某种形而上观念的外在显现，历史整体论与后现代"星丛式"碎片的争论远未结束。这一切均是"历史的寓言"不得不接受的理论挑战。另一个相对简单的问题是，如果历史的整体蓝图事先存在，人们为什么不去阅读宗教神话著作、哲学著作或者按照二者撰写的历史著作，而是沉溺于文学话语？

　　也许，文学话语没有必要纠缠历史整体这种问题，"历史的寓言"可以被视为一个存而不论的理想。文学话语更多的是俯身察看历史如何与曲折起伏的"人生"相互缠绕，共同展开。个体竭力改善置身的世界，世界时刻重塑个体，两个系列的事实分别转入历史话语和文学话语。当然，宏大历史落入"人生"的具体内容往往无法预想。叶兆言《一号命令》之中的赵文麟是一个职业军人，曾经慷慨激昂，出生入死。然而，几经历史的颠簸，他的英雄气概荡然无存。妻子的自杀让他遭受重创，赵文麟再也摆脱不了黯淡的内心。他成为一个谨小慎微的角色，甚至无法让幼稚的女儿正视自己的存在。由于历史的重负，初恋的情人近在咫尺，又遥不可及。与丁问渔的积极行动相反，赵文麟逆来顺受，郁郁寡欢。这些历史造就的无奈和感伤不可能进入历史著作的概念、数据、图表，而是存留于文学之中。

六

"人生"是历史素材之中一个重要范畴，有必要给予单独的显现——重复这句话的时候，我愿意补充的是：叶兆言对于历史素材的兴趣以及熟悉程度超过了许多作家。

一个作家对于历史素材的兴趣往往显现为对叙事时间的特殊处理。回想叶兆言《枣树的故事》，时间的剪裁随心所欲而不逾矩，自由自在的叙事穿行于故事缝隙犹如流动的阵风穿行于一幢大楼内部。"多年以后，面对行刑队……"加西亚·马尔克斯《百年孤独》第一句话包含的多种时间维度曾经为众多作家带来巨大的启示。《枣树的故事》中不断地出现"多少年来""多少年后"等类似的时间状语。《枣树的故事》另一个异常之处是后设小说的叙事，叙事人作为主人公堂皇地出入故事情节。时间状语与后设小说叙事表明了叶兆言对于历史素材的关注——二者均是摆脱编年史刻板叙事的修辞策略。事实上，叶兆言后续的众多历史素材小说无不延续了这些修辞策略，例如《很久以来》与《刻骨铭心》。

《很久以来》与《刻骨铭心》共同关注的主题镶嵌于时间秩序之中：一个世纪左右的历史造就了哪些曲折的"人生"。因此，叶兆言的历史兴趣首先表现为《很久以来》与《刻骨铭心》漫长的时间跨度。如果说，多数长篇小说的往往保持叙事时间与故事时间的巨大张力——作家选取若干戏剧性段落放大、充实甚至精雕细琢，更多常规性情节隐在幕后，那么，《很久以来》与《刻骨铭心》似乎相对均衡。叶兆言仿佛不屑浓墨重彩的章节，甚至耗费整整一部小说的篇幅描写一个人的二十四小时，例如《尤利西斯》。叶兆言擅长娓娓道来，半是叙述半是描写，叙事话语缺少强烈的内在波动，《刻骨铭心》甚至给人以泥沙俱下之感。或许，这恰恰是叶兆言的追求——强调人物如何在漫长的时间跨度之中随波逐流地翻滚，而不是由于某一个决定性的瞬间发生突变？

一个世纪左右的历史天翻地覆。革命，战争，建立新的国家政权，社会主义建设，"文化大革命"，改革开放，这些醒目的重大事件标出了历史的基本坐标。叶兆言注视的是，这些重大事件如何彻底地改变了人物——不仅改变了他们的命运，而且改变了他们的内心感觉，例如重新认识家族、名声、财产、爱情、性。《很久以来》中的欣慰出身名门望族，在神户与伦敦度过了童年，回国之后的课余生活是跟随名角研习昆曲，与公子哥儿进行无伤大雅的调情。她肯定没有料到，日后自己竟然嫁给肉联厂的杀猪师傅，与浑身猪肉腥膻的汉子安然地同床共枕。欣慰被一个情人牵累，祸从口出，因为几句不合时宜的议论而遭到逮捕，很快被枪决。欣慰的闺蜜春兰一直以冰清玉洁的姿态寂寞地生活。她帮助欣慰照料女儿，被欣慰的丈夫强奸，继而不得不违心地公开控诉欣慰，最终竟然与欣慰的丈夫结合成立起另一个家庭。从欣慰的父亲、母亲、女儿到昔日的公子哥儿，那么多的人物从一个角色转换为另一个相反的角色。历史仿佛在变魔术。

造化弄人——历史调转个体命运的力量令人震惊。《刻骨铭心》之中，这个特征更为明显：汹涌的历史洪流之中，众多人物忽左忽右，变幻不定。从革命家到阔太太，从汉奸、特务到地下工作者，从凶残的警察厅长到面对侵略者大义凛然的英雄，种种大跨度的转换司空见惯。《刻骨铭心》聚焦到一个特殊的领域：这些人物身份大跨度的转换带来了性关系的剧烈震荡。担任刺客的女革命家嫁给了刺杀的对象，电影女明星的婚姻关系令人眼花缭乱地周转于资本家、进步导演与侦缉队队长之间，一个身为地下党的进步学生同时让另一个女性职业革命家与一个医院的护士怀孕，一个穿梭于苏联、重庆、南京的多重间谍拥有多个性对象，甚至同时占有一个大家庭内部的母女，而且几乎与母女分别成婚。多重间谍被判死刑之后，他与这对母女中女儿的婚姻落空了——后者庆幸的是，她终于回避了"乱点鸳鸯谱"的混乱:"说到底还是因为这个人与继母的关系:不管怎么说,与继母的情人结为夫妇,与自己一个弟弟的父亲公开结婚,这个关系太乱了,太有违人伦。"总之,他们的政治身份与他们的性关系反复多变,而且相互交织,动荡的外部世界与内心的隐秘形成某种不对称的呼应。

叶兆言的"秦淮三部曲"中未曾出现那些强悍的英雄性格。拥有这种性格的人物立于历史潮头,指点江山,睥睨天下,振臂一呼而应者云集,甚至能让人不惜为某种事业而将生命付之一炬。叶兆言似乎不太信任这种性格。这让我又一次想到了《南京传》之中匿名的"南京人"。考察历史的时候,叶兆言不知不觉地站在了芸芸众生的位置上。那些挣扎于生活下层的升斗小民几乎未曾出现过左右历史的念头,他们只配接受历史。对于叶兆言来说,作品缺乏强悍的英雄性格会不会是缺乏强烈反响的原因?

《很久以来》与《刻骨铭心》对于叙事时间的特殊处理是,来回穿行于时间之轴,往返于过去与现在。《很久以来》的章节标题几度出现1941年与2008年的时间刻度。《刻骨铭心》的第一章是叙事人的自述而与后续情节毫无联系,但是,叙事人的自述显现为现在时。现在时不断地将人们从历史的车厢之中拽出来,返回现代站台;现代时恰恰显示人们身在此岸,梦魇一般的历史往事已经落入时间之流一去不返。如果只能接受历史而不是左右历史,身在此岸的状况是一个莫大的安慰。《很久以来》中的小芋甚至对母亲欣慰这一代人的苦难深感不耐烦。割断历史之后,她毫无负担,随心所欲,并且在跨国婚姻之中迅速进入了后现代状态。然而,许多人对于所谓的后现代充满疑虑。"过去的社会功能"消失了吗?沉淀于无意识之中的内容会不会以另一种方式无声地重返?这些疑虑远远超出了叙事学范畴,开始重新考验作家的历史意识。

修辞、叙事机制与文化症候分析

如同武侠小说或者侦探小说,科幻小说构成一个独特的文学部落。作为清晰而稳定的文类,科幻小说的基本标记是什么?迄今为止,各种视角正在提供不同的概括。人们很快意识到,科幻小说展示的世界与现今的日常社会存在巨大差异,诸多技术化的硬件制造了另一个奇异空间。太空飞船,外星人,机器人,"赛博格",各种基因变异与办公室、超市或者公共汽车交织在一起,而这些甚至就在卧室的窗外。许多时候,这些技术化硬件成为情节组织内在结构的一部分,充当想象依附的骨骼。正如亚当·罗伯茨在《科幻小说史》之中所言:"科幻小说最好被定义为'技术小说','技术'在这里不是机械玩意的同义词,而是在海德格尔意义上的作为'框架化'世界的一种模式,一种基本哲学观的呈现。"①

修辞学意义上的科幻小说描述依赖相对严谨的文本分析。当然,所谓"修辞学"远远超出遣词造句的范畴而隐含远为广泛的意义。正如韦恩·布斯的《小说修辞学》对于这个概念的运用,"修辞"包括了一系列叙事学的基本问题。譬如,可以从修辞学意义上考察所谓"硬科幻"。种种技术化硬件是"硬科幻"的独特表征,用阿西莫夫——一位著名的科幻作家——的话说,"硬科幻"指的是"那些科学的细节在其中扮演重要角色的故事"②。当然,当这些技术化硬件充当运作情节的各种角色时,

---

① 〔英〕亚当·罗伯茨:《科幻小说史》,马小悟译,北京大学出版社2010年版,第15页。

② 参见陈舒劼:《"硬科幻":内涵的游移与认同的犹疑》,《扬子江文学评论》2021年第5期。

作家必须不辞辛劳地将背后的科学知识解释清楚。"硬科幻"必须表明，从宇宙空间太空飞船的激烈交战到"赛博格"身体的各种超级技能，科幻小说叙事的逻辑自洽获得了各种现代科学知识的担保。尽管如此，"硬科幻"提供的逻辑自洽能否作为其叙事的历史担保？换言之，众多技术化硬件会不会仍然是某种"叙事装饰"？种种饰物剥落之后，科幻小说叙事仍然不时暴露出严重的历史断裂与错位。换言之，某些貌似"硬科幻"的科学知识会不会像是掩盖历史断裂与错位的修辞策略？

很大程度上，这即是陈舒劼对于科幻小说的担忧，"叙事装饰"也是陈舒劼曾经使用的表述。① 很长一段时间，陈舒劼关注中国当代文学之中知识分子的命运，关注他们的启蒙工作、精神守则以及意义认同。《价值的焦虑 二十世纪九十年代以来中国小说中的知识分子叙述》《认同生产及其矛盾 近二十年来的文学叙事与文化现象》《意义的旋涡：当代文学认同叙述研究》这些著作围绕知识分子主题展开持续论辩。从知识分子主题转向科幻小说，哪些因素促成了跨度如此之大的调整？如果说，正统的文学史从未将前排的经典座位留给科幻小说，那么，近期的一个重要学术动向是，科幻小说研究正在急剧升温。弗·詹姆逊等一些大牌理论家纷纷躬身下场，科幻小说成为引人瞩目的议题。作为现代性的一个催生因素，科学技术不仅带来了政治、经济、文化的巨大转型，同时还潜在地改造了人们的想象方式。日常生活之中，科学技术开始无声地介入家族、家庭、婚恋、就业、商务往来等一系列社会关系，潜移默化地助长了后现代倾向。陈舒劼显然意识到，科幻小说的虚构——或者说科学式的文学幻想——获得了这种理论背景强烈召唤。

如何开采科幻小说背后的思想矿藏？陈舒劼近期一批考察科幻小说的论文显示出开阔的视野——某种程度上可以说，这种考察的理论追求与关于知识分子主题的论辩一脉相承。显然，陈舒劼并非科幻小说的拥趸，他毋宁说是将科幻小说视为这个时代的一种文化症候。科幻小说周围始终簇拥着一批忠实的崇拜者，刘慈欣《三体》赢得的声誉进一步增添了他们的

---

① 参见陈舒劼：《想象的折叠与界限——20世纪90年代以来的中国科幻小说》，《文艺研究》2016年第4期。

狂热。许多崇拜者忘我地投入科幻小说的情节，甚至信以为真，如痴如醉；从平行世界、时间机器到另一些星球的生态与外星人的语言符号，他们津津乐道地延伸和扩展科幻小说提供的想象，接续既定情节隐含的线索。这时，陈舒劼往往扮演一个泼冷水的角色。他的批判通常从修辞学开始：摆脱种种"硬科幻"使人眼花缭乱的迷惑，分析深藏不露的叙事机制，继而指出该叙事机制内部填补各种想象空隙的修辞策略，譬如"时空折叠"与"冬眠"。

　　郝景芳的《北京折叠》获得雨果奖。"折叠"是一个科幻小说的流行词汇。何谓"时空折叠"？陈舒劼如此概括："对时空折叠的简略性描述就是：由于科幻因素的介入，历史与未来之间的路径不再遵循进化或发展的逻辑，而是体现出某种意义上的重复或等质。""在时空折叠的成像效果中，未来时常宛如历史的复印，而历史同样可能受制于来自未来的指示。"这里所谓的成像效果包含情节的延伸运动。时空折叠意味着，先后延续的情节不是来自严密的因果关系，而是某种同质构造的反复呼应。很大程度上，过往或者未来的时序并不重要，重要的是某些内涵在时空之中神秘地持续复印。历史是某种神话原型的重复、循环或者某种绝对理念的回响，这种历史哲学属于老生常谈。科幻小说将这种观念作为一个情节装置重组各种现代科学知识，只不过必须聚焦一个与众不同的命题。例如，按照陈舒劼的分析，刘慈欣《三体》遵循的命题是"他人即地狱"——"正是在'他者即地狱'的意义上，《三体》的'文革'时期、危机纪元、威慑纪元、广播纪元、银河纪元、黑域纪元和647号宇宙时间线纪元，实现了同质性的叠加。"如此之多科幻作家利用时空叠加的修辞策略负载各种或古老或时髦的命题，这些命题之间的分歧远未解决；对于科幻小说而言，另一个问题或许远为重要：时空折叠会不会遮蔽了什么？陈舒劼含蓄的警告是："时空折叠作为科幻文学结构文本的常用手法之一，同时也在发出这样的警示：作为一种类型文学，科幻小说的叙事模式可能存在着许多固定的套路或设置，进而圈限想象的活动空间。"[1]

---

[1] 陈舒劼：《想象的折叠与界限——20世纪90年代以来的中国科幻小说》，《文艺研究》2016年第4期。

相似的意义上,陈舒劼分析了科幻小说的另一个常用修辞策略——冬眠。冬眠是意义是指向未来,是"一种未来想象机制。"科幻小说如何使一个人物顺利空降于未来的某一段情节内部?冬眠是一个普遍使用的手段。作家有权利任意让人物冬眠五十年或者三百年,待到时间或者空间合适的节点重新唤醒。某些时候,这种修辞策略还可以冻结另一些人物。情节要求一些人物暂时回避同时又不能死去,送去冬眠是安全可靠的处置方式。然而,这一次陈舒劼的批评严厉起来:"'冬眠'跳过的不仅是时间,还包括这一段历史进程中的社会空间变化及其内部诸要素间的复杂互动。"如果说,现实主义文学时常因为历史段落与人物性格之间的合理互动殚精竭虑,那么,作为修辞策略的冬眠选择了轻松的回避——面对严峻的历史睡着了。正如陈舒劼形容的那样,这种叙事是"积木式"的;由于对大量关联性内在因素的删减,各个情节段落处于"跳跃式更迭"状态——如同一堆积木。①

也许,迟早必须指出陈舒劼心目中作为参照的"正常历史"是什么。尽管正式的完整表述阙如,人们愿意默认的"正常历史"往往接近多数读者置身的日常社会。无论是经济、文化、自然景观还是阶级、阶层等诸多社会关系,这种历史存在相对合理的因果关系,有章可循,各种事件、人物言行及其经验可以获得社会共同认可的解释。更为深刻的意义上,这种对历史的基本描述遵循马克思的历史唯物主义。陈舒劼在《"长老的二向箔"与马克思的"幽灵"——新世纪以来中国科幻小说的社会形态想象》一文之中表示:"迄今为止,马克思所阐明的社会发展规律依然有效。对热衷讨论未来人类社会发展前景的科幻小说而言,离开辩证唯物主义和历史唯物主义,社会形态想象可能无所适从;要科学地呈现未来的社会形态,就无法忽视马克思主义理论。想象的错位、无力与终结等新世纪以来科幻小说中社会形态想象所出现的种种症候,都出于唯物主义和辩证法的诊断。"②当然,科幻小说的前提即是摆脱现实主义叙事依循的常识,放

---

① 陈舒劼:《冬眠者何以醒来?——"三体"系列中的科幻小说未来想象机制》,《文学评论》2022年第3期。

② 陈舒劼:《"长老的二向箔"与马克思的"幽灵"——新世纪以来中国科幻小说的社会形态想象》,《文艺研究》2019年第11期。

纵"科学"的文学幻想，但是，相对于默认的"正常历史"，科幻小说聚焦什么、夸张什么或者遮蔽什么、压缩什么——二者的落差恰恰是陈舒劼展开阐释的起点。

"正常历史"给予科学技术高度的积极评价，同时，科学技术是科幻小说存在的前提。然而，可以从科幻小说之中察觉，科学扮演的历史角色正在发生微妙变化。种种现代话语体系之中，科学从来不是纯粹的真理探索；科学往往与另一些宏大叙事联系在一起，例如民族、国家，或者启蒙工作。五四新文化运动的口号是民主与科学，科学充当了开启现代历史的地标。众多表述已经将"科学"作为一个不证自明的褒义词。"科学认识"几乎就是正确观念的同义词。尽管如此，正如"启蒙辩证法"这种命题所喻示的那样，现代社会对于科学技术的反思已经开始。陈舒劼从晚清迄今的科幻文学史之中察觉到一个愈来愈明显的倾向：科学技术带来的那种乐观、自信以及启蒙的激情逐渐衰减，同时，悲观、科学技术的负面意义以及理性的限度、科学认识的相对主义立场正在潜滋暗长。如果说，20世纪70年代末期叶永烈的《小灵通漫游未来》还保留着积极明亮、快乐舒适的气息，那么，20世纪80年代或许是一个分水岭——陈舒劼曾经借助对一个特殊问题的考察描述了这一时期前后的转折：科幻小说与科普知识的关系。晚清至五四新文化运动的启蒙气氛之中，文学、科学技术和科普知识共同活跃在相似的文化频道。唤醒民心与开启民智几乎是同一个硬币的两面。20世纪50年代，苏联科幻文学对于科普知识的重视以及"向科学进军"的口号始终维持二者的紧密关系；20世纪70年代末期尊重知识、尊重科学的激情再度巩固了传统的联盟。然而，20世纪80年代之后，这些故事不再续写。作为科学文化的组成部分，科普知识的传播从未停止；然而，科幻文学创作丧失了昔日的热情。科幻文学与科普知识开始脱钩。

20世纪80年代中期，汹涌的经济大潮严重削弱了科学技术的地位——除了外部的社会文化原因，陈舒劼同时意识到另一些深层的理论困惑。例如，没有一种科学解释始终正确，相对主义的解构观念不断地漫延；同时，科学无法"就人类的价值观或生存的意义总结出任何东西"，换言之，"启蒙理性尚未填补放逐神后留下的空白，自己对理性近乎极致的推崇和乐观就招来了后现代主义汹涌的反击"①。文学是现代主义和后现代主义的易感门类，科幻小说普遍开始放弃对于科学技术的强烈好感，换上一副忧郁的神情。陈舒劼指出，《三体》之中许多冬眠者醒来之后发现，他们并未抵达预设的位置。科学的理性设计尴尬地落空，科学技术并未如愿地超越遍布历史的偶然与随机。尽管拥有宇宙飞船等种种尖端设备，可是，重返的主人公发现自己置身于一个不明所以的地带——这种理性失误是"科幻想象中的现代进步意识的内在矛盾。"②另一些科幻小说之中的负面情绪更为极端，高度发达的科学技术甚至被视为种种"恶托邦"的罪魁祸首，例如韩松的一系列科幻小说。

"乌托邦"还是"恶托邦"？科学技术会制造出幸福美满的发达社会，还是将世界带入光怪陆离的废墟？陈舒劼显然不愿意草率地加入乐观或者悲观的阵营，而是力图将科幻小说提出的问题带入历史纵深。刘慈欣的《三体》之中出现了这样一段情节："长老"向"歌者"转交了一种威力巨大的武器"二向箔"，"歌者"用"二向箔"轻松地抹去了整个太阳系。这是高级文明对于低级文明的降维打击，后者没有任何反抗的余地。然而，陈舒劼从上述情节引申出一个被普遍忽略的问题："社会形态想象与科技能力想象之间的关系"。《三体》之中的描写表明，"长老"与"歌者"置身的社会科学技术异常发达，同时，社会成员之间等级森严，布满了监控网络，"有权者能进入下级的思想并任意改变其状态"；为生存而战是社会成员唯一的生活目标，没有爱，没有美，也没有彼此尊重，如此等等。陈舒劼对于这种情节的质疑是：如此专制的社会可能产生如此发达的科学技术吗？两种社会图景的不相称犹如在衣不蔽体、食不果腹的奴隶社会研制出先进的核武器一样。对于科幻小说而言，"社会形态想象与科技能力想象之间的关系"是一个绕不开的情节设置依据，尽管许多作家甚至没有明确意识到。

---

① 陈舒劼：《知识普及、意义斗争与思想实验——中国当代科幻小说中的科普叙述》，《东南学术》2021年第1期。

② 陈舒劼：《冬眠者何以醒来？——"三体"系列中的科幻小说未来想象机制》，《文学评论》2022年第3期。

然而，刘慈欣事先业已备好了答辩词。在他看来，社会形态与科学技术之间存在足够强大的弹性。换言之，相对落后的社会形态仍然可能拥有相对发达的科学技术。在我看来，这或许并非最佳辩解路径——事实上，只要持续放大"长老""歌者""二向箔"代表的文明与太阳系文明的差距，任何毁灭都可以成为轻松的必然。奴隶社会仅仅处于刀耕火种的生产水平，可是，对付一窝蚂蚁的时候，一壶水就够了。对于许多作家来说，想象一种高高在上的强大势力"完虐"蝼蚁般的生灵是否隐含某种秘密的快感？哪怕"长老""歌者"之类多半在科幻小说中被设置为可恶的反面势力。

陈舒劼承认刘慈欣所说的"弹性"，他试图按照"正常历史"的知识、逻辑展开更为严谨的分析，进一步论证"人类历史上的奴隶能使用核武器"的结论隐藏的内在荒谬。文学想象仿佛天马行空，无拘无束，然而，某些历史常识或者意识形态的边界仍然隐蔽地划出了不可逾越的范围。想象项羽、刘邦大战无人机或者诸葛亮操控互联网肯定令人不适。尽管如此，我更有兴趣的毋宁说是这种论辩设置的宏观前提：社会形态与科学技术的正向联系。二者的相互依存显示出双重意味深长的联动：一方面，良好的社会形态是科学技术昌盛发达的必要条件，无论是提供独创必须享有的空间还是公允完整的评判、推广体系；另一方面，恶劣的社会形态必将制约科学技术的长足发展，无形地削弱科学技术助纣为虐的能力。置身于动荡不安的历史段落，这种观点多少令人感到安慰。

相对于科学技术对于日常生活的不懈重塑，科幻小说似乎更乐于以宇宙为背景虚构各种宏大的冲突，譬如星球之间不同类型的文明对决。这时，地球之外的巨大压力迫使人类成为一个共同体。如果说，地球内部的民族、国家或者宗教、阶级、阶层曾经成为形形色色共同体的纲领，那么，进入浩瀚的宇宙文明圈，人类只能作为一个整体面对另一些星球的文明。人类能否以"自由联合体"的身份组织起来？陈舒劼对于一批科幻小说的解读似乎有些暧昧犹疑。首先必须指出，科幻小说提供的巨幅图景通常以牺牲个别人物的复杂性格为代价。仰望星空考虑地球命运的时候，微妙的眼神或者哈姆雷特式的犹豫过于琐碎，《红楼梦》大观园内部隐藏各种机锋的钩心斗角根本摆不上台面。更多的文学作品证明，人物的复杂性格往往深刻地渗透于各种共同体的组织——考虑共同体组织这种主题的时候,《哈姆雷特》或者《红楼梦》的价值丝毫没有下降。或许可以说得更坦率一些:科幻小说并不擅长按照人物性格、社会关系、共同体组织这种逻辑构思情节,人物性格的扁平化以及社会关系的简单化倾向几乎是这个文类与生俱来的缺陷——"时空折叠"或者"冬眠"毋宁说是作为另辟蹊径的修辞策略完成情节。面对种种粗线条的图景与轮廓,陈舒劼没有找到拥有足够理论含量的话题。

如果说,科幻小说极大扩展了空间尺度——只有科幻小说热衷于将宇宙作为驰骋的场域,那么,主体并未缺席。作为科幻小说的奇特探索,主体时常表现为特殊形式:怪物。"变异的恐龙、凶残的巨鲨、复活的僵尸、狰狞的外星生物、蠢蠢欲动的机器人、融合人机的'赛博格',这些科学和幻想共同养育的怪物"远远不限于主体,但是,再也没有什么现象比主体发生的异动更为诡异了。陈舒劼在《"他者"的挑战——1990年代以来中国科幻小说的怪物想象》中将这些怪物称为"他者"。这些怪物没有深邃的意识,没有高尚的情操和道德信念;许多时候,他们更像某种外在于人类的"客体"。然而,如果察觉到许多怪物是一种"脑状存在",即意识的奇异物质化,这时,传统意义上主体与客体的边界可能失效。现实主义文学里的人物性格从未逾越传统的主体范畴,多维的人物性格是与复杂的历史社会联系在一起的——前者很大程度上来自后者的塑造;科幻小说的情节往往是科学技术的单维突破,人物身体形态的外在改变乃是这种突破的产物。陈舒劼的表述显示了足够的敏感:科学技术带来了"主体意识的危机"。正如陈舒劼所分析的那样,科幻小说中的怪物形象产生了两组感觉:"恐惧感和崇高感"。很长一段时间,"进步"始终是一个正面词汇,可是,现今这种怀疑愈来愈明显:科学技术是不是必定能将人类引向一个祥和的高地——主体将会以什么面目出现?

《"他者"的挑战——1990年代以来中国科幻小说的怪物想象》一文即将结束的地方有一句有趣的话:"怪物拥有无限的可能"。人类在怪物制造者与怪物后裔两种角色之中交替。没有理由固守"僵化的人的边界",因为这个边界已经被历史反复挪移。很大程度上,这种观念包含解构主义与后现代主义之中积极的那一面。扬弃形而上学而投入历史,并且在"无限的可能"之中力争最好的可能,这是主体所能拥有的希望。在我看来,这种观念也适合认识科学技术。科学技术始终是把双刃剑,重要的是掌握它的智慧。诸多科幻小说是否秉持这种立场?陈舒劼的修辞分析引申出了种种富有历史意义的结论。

手机时代的
艺术生产与消费

第四辑

"当代"与动态的理解

当代文学以及当代文化与学术研究之间的距离几乎成为一种惯例。文学杂志或者数量庞大的文学出版物几乎令人目不暇接;一部抢眼的电影或者电视连续剧可能成为普遍的社会话题,甚至引得万人空巷;新兴的网络小说、短视频、笑话段子或者流行歌曲、动漫游戏蜂拥而至,纷杂而斑斓的文化景观体量巨大。尽管如此,这个区域并未成为学术开垦的黄金地段。熟悉的生活气息与强大的文化活力无法挽留教授或者博士的匆匆步履。他们甚至无视了一个显而易见的失衡:勤勉地发掘一百年前的报刊是标准的学术研究,沉溺于身边令人眼花缭乱的文化传媒是不务正业。

不少人敦促学术研究积极登场,从而在当代文化生产的强大惯性之间兑入深思熟虑的学术理性。然而,这种呼吁收效甚微。进入实践阶段,种种学术性质的努力如同溪流逐渐消失于干涸的沙漠。为什么二者格格不入?当代文学以及当代文化的活跃、新颖、多变为什么没有转换为饶有兴味的挑战,从而积聚来自各个方面的学术兴趣?

不屑、操作技术的陌生、学科设置不合理均有可能成为二者之间的障碍,另一些人强调当代文学"未经沉淀"。相对地说,我更愿意关注学术研究的一个潜在规则:考察对象与研究者之间的距离。为了避免两者相互纠缠从而干扰研究的客观与中立,考察对象与研究者之间的休止符不可或缺。尽管现代认识论或者阐释学共同认为,彻底清除主体的"客观"几近理论幻觉,但是,这个潜在规则仍然无声地左右着人们的选题与聚焦。许多学术研究之所以倾心"故纸堆",恰恰由于那些材料已经与现今中断了直接联系。相对而言,当代文学之"当代"几乎不存在时间与空间的隔阂。

我对于当代文学以及当代文化的学术研究寄予厚望,但是,重申这个主题并非此时的意图。我力图表明的是，当考察对象与研究者的互动成为不可否认的前提之后，一批命题与概念必须从固定的涵义之中解放出来，进入动态的理解。动态的理解意味着多种功能的交替：这些命题与概念既可能作为评判的依据，也可能接受评判对象的质疑与修正，二者的对话甚至重新展开了一个探索的纵深空间。这个意义上，我想提到几个频繁露面的概念："经典""审美""精英主义""大众"以及"符号体系"。尽管这些概念均为文学史的支柱，但是，动态的理解可能赋予它们某些新的涵义。

对于认知文化传统的构成而言，"经典"拥有举足轻重的分量。学术研究通常以"经典"为中心。很大程度上，漫长的文学史即是按照文学经典的名单组织起来的。经典是文学史内部各种架构的枢纽。文学理论中的相当一部分内容是对经典的总结——来自经典的经验、规律与价值观念。总之，经典不仅是学术研究的对象，而且充当各种衡量的准则。然而，对过往经典的崇敬有意无意地阻止人们转过身来，注视当代文学如何破门而出，回应当代起伏不定的历史情势。"当代"是一种历史视野的巨大拓展，某些依附于前朝旧事的闸门可能随之开启。这是孕育未来经典的土壤。厚古薄今的倾向时常令人遗憾地忽略了未来经典的诞生。长于解读过往经典的博大与精妙，拙于察觉、分析乃至阐发超出经典的那一部分内容，厚古薄今与其说是由于能力，不如说由于观念。无法意识到"守正创新"包括相辅相成的两个方面，也就无法意识到围绕经典的复杂张力。经典显然是当代文学的至高范本，同时又是其力图逾越的目标。只有逾越过往经典才能造就未来经典。更为深刻的意义上，学术研究的一个重要内容是，发现过往经典内部前无古人的独创性价值，并且隆重发出通知——这恰恰是当代文学必须首先汲取的精神。或许可以说，如果仅仅将目光盯住过往经典而不屑于降落到"当代"，进而阐明经典之所以成为"当代"经典的原因，这种学术研究的解读并不完整。

不懈地注视过往经典，追求稳定的考察对象，注重客观、缜密的风格，以敬而远之的态度回避纷杂、流动、良莠不齐乃至"趣味无争辩"，这是学术研究乐于维持的稳重形象。然而，当代文学撤销了一个平台，"远离是非之地"，人们不得不置身于种种文化漩涡慷慨陈词，参与什么或者抵制什么，重新经历种种观念的颠簸震荡，甚至必须返回起点开始争论——譬如何谓"审美"。

文学经典的标志之一是，"审美"水准业已获得认证。审美水准是一部作品荣获经典称号的重要条件，也是评价这部作品业已解决的问题。因此，学术研究从事的往往是后续工作：传播文学经典强大的审美魅力，考察作品的构造如何造就这种审美魅力。然而，当代文学的审美鉴定仍为进行时。许多作品的审美水准究竟如何是一个激烈争辩的议题。更为棘手的是，当代文学时常抛出新型的作品，制造前所未有的审美趣味。拒绝这种审美趣味的加盟还是为之鼓掌，渊博或者严谨无济于事。只有那些能迅速辨识出历史风向的人才能及时做出正确的判断。很大程度上，面红耳赤地争辩审美趣味，恰恰是积极投入当代生活的证明。

审美首先显现为一种感官愉悦，带来愉悦的可能是一片风景，几声鸟啼，一张面容或者一幢建筑。将审美愉悦视为文学或者艺术的普遍性质，这种观念的历史并不长。"天下皆知美之为美，斯恶已"或者"天地有大美而不言"，这些命题并非专门论证文学或者艺术的。当"审美"晋升为一个基础性概念形成广泛的覆盖时，不同类型的文学以及不同的主题和情趣可能遭受遮蔽。因此，当代文学无法将审美作为一个现成的模式，一种静止的标准，甚至一种单纯的享受，而是由此展开一个重新探索的巨大空间。即使面对公认的"艺术杰作"，一部长篇小说与一首轻音乐的审美性质迥不相同，电影、雕塑、书法作品、杂技表演无法混为一谈。这时，所谓审美仅仅是一个有待于进一步解释的起始，各种类别的文学成规分别介入，为各种解释提供参考资料。譬如，社会历史批评擅长与现实主义文学的互动，反讽哲学更适合阐述现代主义作品，精神分析学的"白日梦"有助于勾画出许多网络小说背后隐藏的心理模式。所谓的"解释"始终发生于某一个历史段落之中，"当代"作为一个不可忽视的时间刻度影响审美价值的裁定。当今的语境之中，古典诗词格律的审美指数肯定有所下降，短视频等活跃的新型艺术门类正在争先恐后地争取自己的地位。动态的理解涉及审美趣味与新型艺术门类之间的互相试探或者互相摸索，审美鉴定提出的是某些竞争性结论。竞争性结论并非排除各种干扰从而发现一个事先存在的标准答案，而是在反复的争辩、权衡、比较之间逐渐胜出，赢得相对广泛的认可。漫长的争辩过程中，这个历史段落的众多因素可能或偶然或必然地卷入，参与结论的形成与修订。相对于那种超然的学术研究，考察当代文学如同置身于湍急的河流，航行的路线取决于航船与水流的复杂角力。因此，审美鉴定包含了投身历史的勇气和见识，也增添了产生各种误判与偏见的可能。

争辩、权衡与外部的众多因素是否属于文化运作必然的组成部分？传统的学术研究时常对此弃置不顾——这些内容更像是干扰性喧哗。然而，这种观念被形容为"精英主义"。至少在目前，文化范畴的精英主义带有贬义。精英主义往往表示脱离大众，蔑视草根一族，不食人间烟火和自以为是、故弄玄虚。精英主义的视域之中，相当一部分当代文学以及当代文化仅仅是肤浅的嬉闹，旋生旋灭，不必为之耗费心智。精英主义高高在上的姿势引起了普遍的反感。多数人接受的观念是，世事洞明皆学问，人情练达即文章，尺短寸长，没有理由鄙视历史文化之中的日常因素。以学术的名义装点门面，卖弄渊博，冒充高雅从而哗众取宠，这种尝试常常在强大的世俗主义气氛之中遭到耻笑。对于大众来说，抵制精英主义的呼声可能迅速赢得响应，但是，必须谨慎地将两种倾向从精英主义的主张之中区分出来。首先，不能草率地将各种专业积累视为精英主义的表征。从古老的书法规范、戏曲表演程式、诗词格律到现代科学的前沿学科，重重叠叠的专业积累不可能一蹴而就。粗暴拆除学科框架的各种预设与前提，拒绝一切超出直观范围的知识，这种反智主义姿态的危害不亚于精英主义。其次，尊重各种严肃的艺术独创，哪怕这种独创并未成功。至少在短期内，独创的标志恰恰是超出多数人的预想，独树一帜；作者往往不惜以精英主义的口吻为受众寥寥辩解。如果独创的作品的确存在超前的成分，那么，没有必要将短暂的不解归咎于精英主义，以至于埋没真正的杰作。

人们熟悉的理论矩阵之中，"大众"通常作为精英主义的对立面而存在。近代以来，"大众"概念的理论声望不断上涨，甚至成为诸多学科的关键词。尽管如此，"大众"概念的内涵意外地复杂化，当代文学再度增加了变数。由于远为不同的历史脉络，"大众"被赋予不同的内涵，并且在多变的理论语境之中承担不同的功能。

精英主义的表述之中，"大众"不仅指称一个数目庞大的群体，同时，这个群体仿佛带有某些默认的精神特征,例如见识平庸,缺乏理性的独立思考能力,躁动狂热,喜欢相互模仿,如此等等。有一个烙印了贬损意味的称呼——"乌合之众"。乌合之众的潜在参照即是特立独行的精英人物,譬如一些知识分子。许多时候,"大众文化"即是指流行于乌合之众间的文化产品,主题浅显,内容通俗而生动。无论是情节惊险曲折,场面火爆,还是先抑后扬,有情人终成眷属,大众往往血脉偾张,如痴如醉。当然,那些游离于乌合之众之外的精英人物不会公开表彰这些作品——他们的良好教养不允许投靠如此简单甚至如此粗俗的品位。

但是,按照文化区隔与文化品位划定"大众"的视角逐渐被阶级分析所否决。阶级话语造就的观念谱系之中,阶级与革命成为定义"大众"最为重要的历史因素。这时,大众时常被冠以"无产阶级"的定语,或者被称为"工农兵大众"。换言之,这个数目庞大的群体开始显现阶级身份。当然,"数目庞大"与阶级身份的联结本身即是一个历史事件:由于愈演愈烈的经济压迫和剥削,贫困的无产者日益增加,这个群体逐渐成为革命运动中一个愈来愈醒目的主角。对于当代文学来说,这个意义上的"大众"代表了历史潮流之中的进步力量。

"无产阶级大众"或者"工农兵大众"不仅拥有自己的阶级目标,同时还开拓出自己的美学风格。通俗显然是这种美学风格的重要因素。通俗的标准一方面取决于大众的文化水平。长期陷于繁重的劳作与窘迫的经济条件,大众无法获得良好的文化教育,许多人甚至是文盲。通俗意味着与他们的文化视野相互协调,了解大众的识字数量,投合他们喜爱的形式——例如口头文化。另一方面,大众同时根据自己的生活方式保存一套令其群体喜闻乐见的主题和情节,通俗意味着接受、吸收、重组和改造,继而以大众熟知的语言给予表述。短期之内,通俗有助于完成一套卓有成效的革命动员机制;长远的意义上,通俗有助于构建新型的大众文化,制定阶级的美学趣味。这时,阶级与美学、政治终于被纳入相同的轨道。

由于阶级身份的显现,相对于"大众"的知识分子不得不表明自己的阶级归宿。对于投身革命阵营的知识分子,这是一个令人困惑的问题。相当长的时间里,知识分子获得的阶级称号是"小资产阶级"——一个摇摆不定、忽左忽右的群体。然而,无论如何认识小资产阶级的经济地位,小资产阶级美学趣味从未赢得肯定。从写"中间人物"、沉湎个人主义的爱情、赞颂自然风光、戏谑调侃反讽的口吻、颓废苦闷低沉的情绪到晦涩难解的表述，乃至现代主义的形式实验，当代文学的众多现象都曾经在"小资产阶级"的标题下面接受批判。事实上，阶级身份的"大众""知识分子"，以及通俗或者精英主义曾经组成一套彼此呼应的评价体系，深度卷入当代文学以及当代文化的生产。

20世纪90年代市场经济应运而生。如同阶级身份那样，市场角色迅速成为"大众"的另一种定位：消费者。愈来愈多的语言场合，"大众"指的是出入于市场的购物人流，与大众相对的是企业家、商店或者厂方。商品社会对于大众需求的精心考虑，即是市场向消费者提供称心如意的产品。这种定位指向了另一种社会分类方式：从贵妇人、知识分子、官员到市民或者工人，种种相距甚远的社会身份可能轻而易举地统一在"消费者"的称呼之下。消费者"大众"隐含着另一种社会理念：消费行为将他们组合为一个共同体，传统社会身份之中的冲突意味减弱了，生产与消费的对立进一步显现出来。这种"大众"背后隐藏的社会地图与阶级话语的预设形成耐人寻味的张力，二者的差异源于远为不同的历史图景构思。

对于当代文学来说，消费者"大众"的现身同时意味着市场评价体系的崛起。从票房、收视率、点击率到流量，这些概念在作品评价之中的权重愈来愈大。大众传媒发表的评论中，这些概念时常率先出场，情节、人物乃至悬念、结构犹如尾随其后的补充说明。市场宣布了自己的标准，一锤定音的因素无疑是利润。利润回报率正在重新规划文化生产与文化消费区域，并且重构文化传播方式。设立于发达地区的电影院、电视台、网站、出版机构无不进入机械化生产阶段，说书、地方戏、民歌、地域性传说这些艺术门类因为面对面传播网络的效率低下而逐渐终结。因此，消费者"大众"背后不是村庄或者社区构成的"民间"，而是报刊销售亭或者电讯、卫星电视、互联网铺设的新型商业网点。消费者"大众"甚至能够享受免费节目，他们的费用已经由赞助节目的广告商支付。与本雅明所说的"机械复制时代"相互适应，市场设计了一套利益均沾的巧妙机制，保障生产与消费各得其所。如果说，阶级身份形成的共同体曾经在风起云涌的革命运动之中爆发出强大的集体力量，那么，没有理由低估消费者"大众"共同体的牢固程度。市场调集的资本与技术可以发出强大的号召,以至于产生振臂一呼应者云集之效。只要看一看各个明星周围疯狂的"粉丝"和"饭圈",人们就可以意识到市场隐藏的组织能力。从虚拟的互联网空间到剧场、机场或者明星下榻的酒店,人们随时可能看到"粉丝"的身影。窥一斑而知全豹——回溯"大众"的浮现、阶级身份与消费者身份的转换,人们可以察觉当代文学的深刻转折。

当代文学以及当代文化的深刻转折同时体现于符号体系的巨变。几乎所有人都会意识到,新型符号体系正在进驻当代生活。针对文字构成的符号体系以及印刷文化,一些人提出了"影像时代"或者"读图时代"。影像或者图像的盛行不仅是表意方式的变化,而且波及社会的文化生态和思维的基本模式。对历史的考察表明,报刊形成的公共空间与白话文的使用是五四新文化运动的重要条件,二者已经内在地嵌入现代社会的文化肌理。时至如今,电子技术造就的符号体系与传播网络已经降临,围绕印刷机器产生的各种文化形式无不遭遇强大的对手。从电影、电视连续剧、网络小说到卡拉OK、手机段子、微博、微信或者短视频,新兴的艺术门类正发展得如火如荼。很大程度上,新型符号体系的意义正在溢出"文化"范畴向经济领域、社会领域延伸。许多时候,"文化"与经济领域、社会领域之间的传统界限恰恰由于新型符号体系的介入而失效。如果联系到人工智能带动的种种未来想象,人们可以充分意识到电子技术以及相应的符号体系将给历史带来什么。

当然,"经典""审美""精英主义""大众"以及"符号体系"仅仅是当代文学的若干坐标。这些概念之间的结构关系是另一些富有吸引力的话题。我想说的是,"当代"这一定语同时表明,诸多问题尚为未定之数;探索不是重现业已发生的历史,而是肯定或者否定未来的种种可能。如果意识到所谓的未来恰恰是自己将会栖身的文化家园,那么,人们必将同时意识到探索的重大意义。

这一代的表述

每隔一段时间，中国当代文学的价值评估就会周期性地成为舆论的焦点。多年以来，贬抑之声总是占据上风。群殴中国当代文学是一件轻松而解气的活计，谁都有资格顺手掴一巴掌。非议中国古典文学或者西方文学，所需的必要学识则令人气馁。谈论当代文学不存在准入门槛。只要读过《上海宝贝》《驻京办主任》或者郭敬明的小说，许多人就有胆量登台发表主题演讲。一般情况下，没有必要迂腐地对他们的观点斤斤计较。那些信口开河的激愤之言或者夸张之词无非是制造出某种文化气氛，字斟句酌的研究结论还是交给学院里那些戴眼镜的教授好了。

然而，近来那些戴眼镜的教授似乎开始有些反常，他们动用吓人的名义——例如，海外汉学界之类——召开庄严的学术会议，然后抛出一个个草率的论断。一位教授以惊世骇俗的姿态否定中国当代文学，理由仅仅是中国作家不谙外语。我不明白为什么还有那么多教授一拥而上，一本正经地争辩不休。不管这种论断正确与否，似乎犯不着那么麻烦地向那些渊博的教授讨教。如果问题真的如此浅显，我们就有充分的理由怀疑，这一门学科是否有必要存在。无论天文学、物理学还是生物学、医学，这些学科的问题设置以及分析、探索均表现出相当的思想含量。相形之下，这种文学研究表现出的心智水平令人羞愧。我猜想，或许这一位教授并不相信自己的论断。谙熟外语的作家就能够写出杰作吗？写出杰作的作家都谙熟外语吗？这些小小的反问就可以驳倒自己。抛出这种论断的意义更多的是摆出一个激进的姿态，这似乎可以迅速地赢得大众传媒的青睐。大众传媒时代，"言之无文，行之不远"的格言已经被改为"语不惊人，行之不远"。

如今看来，中国当代文学的价值评估正在从学术领域向大众传媒转移。哗众取宠，策划各种引人注目的事件，这是大众传媒的拿手好戏。潜移默化之中，学术趣味不断地遭受大众传媒的蛊惑。许多人远远地绕过紊流纵横的学术深水区，热衷于围绕某些火爆的题目大做文章。危言耸听的翻案，检索史料之中的情色线索，讨伐名流大师，这些均是打动大众传媒的热点，略加渲染即可名利双收。文学排行榜显然属于这种企图的产物。从哪一位作家坐第一把金交椅、众多作家的版税收入竞赛，到按照《水浒传》三十六位天罡星给作家排名，擂台比武式的设计层出不穷。如果作家与作家的决斗影响有限，还可以想方设法策动大规模的文学史对垒——例如，古典文学伟大还是现代文学伟大？当代文学的成就是否超过了现代文学？如此等等。没有多少人愿意认真考虑，这些问题对于文学究竟具有多少意义。况且，何谓"伟大"或者"文学成就"，人类几乎无望形成共识。所以，许多人如此爱好当代文学的等级鉴定，热心地断言当代文学比哪一个时期的文学高明或者低劣，这种兴趣的确令人费解。一代人有一代人的文学，文学与生活的横向关系远比文学之间的纵向比较迫切。一个人口袋里有了三千元，他首先考虑的是可以给自己的生活增添一些什么，例如一台计算机、两个月的食物、一次短途旅行的费用，等等；他不必急于与祖父或者父亲口袋里的钱财进行比较，从而确认自己比先辈富裕。除了获取某些自欺式的虚荣，这种比较说明不了什么。所以，我宁愿为这种问题耗费精力：中国当代文学为我们的生活带来了什么？

中国当代文学——我们必须意识到"当代"的特殊意义。当代意味的是，我们生活的时代。无论文学还是别的什么，当代的许多问题与我们的生活息息相关。这些问题可能是我们的学术素材，同时，这些问题的结论往往超出学科框架而深刻地触及此刻的生活基础。研究一百年前的空气质量与研究现今的空气质量，后者的意义可直达我们的日常环境。中国当代文学如此引人注目，显然由于它在生活之中扮演的角色。可是，我们是否意识到了这个问题的真正分量？当代不仅意味了一个时间段落，而且形成了一个独特的结构。国家，政治制度，经济基础，意识形态特征，文化氛围，这一切汇成了一个无可替代的场域。投入这个场域，我们就会有一种基本的感觉，通常不至于弄错或者混淆。这种感觉回旋于当代文学之中，如影随形。因此，进入文学即是体验当代，我们甚至能在文学之中更强烈地意识到生活本身。一种观点认为，传统文化——尤其是儒家文化——是中国当代文学的脉络，这多少忽略了当代结构的坚固程度。只有栖身于这个结构内部的传统才是活的传统，尽管这丝毫不妨碍对各种古代传统文化精微的研究。换言之，传统文化无法主导当代文学的解释。如果试图衡量当代与儒家文化之间的距离，语言或许是一个有趣的标本。晚清以来，数以千计的外来词汇广泛地植根于现代汉语之中。相对地说，儒家文化的各种关键词及其衍生范畴仅仅活动于狭小的区域。这生动地显现，一个民族如何融入并且积极地表述周围的世界。如果说，现代汉语织成的中国当代文学业已内在地包含了世界的各种庞杂成分，那么，儒家文化的阐释能力相当有限。

因此，当"中国立场"被设定为中国当代文学的考察视域时，我们没有理由用所谓的传统文化填充这个概念，甚至给文过饰非地找到一个堂皇的名义。在我看来，"中国立场"的意义毋宁说在于指出，我们正置身于一段奇特的历史时期。炽烈的革命渐渐退隐到幕后，我们所熟悉的左翼文化成了思想遗产。经济晋升为历史发展的头号主题，市场造就了新型的意识形态。当然，曾经许诺的理想并未完全废弃，平等和自由仍然是令人憧憬的前景。现在的问题是，市场经济如何与这种理想顺利地衔接？这不仅面临革命浪漫主义与市侩哲学的冲突，更为重要的是，如何解决资本运作带来的贫富悬殊，如何遏制贫富悬殊派生出的权力与等级。显然，大半个世纪的运动并未达到预期目的，另一些枷锁意外地出现。但是，只要压迫和剥削被视为一种令人憎恨的社会现象，只要革命的初始动因始终存在，"历史的终结"就是一个幻觉。迄今为止，历史驶入一个陌生地带，各种传统的导航图陆续失效。我们的周围充满了未知的挑战。新左翼与自由主义曾经发生激烈的遭遇战，它们分别依据自己的观念谱系归纳历史。尽管哪一方都没有妥协的意愿，然而，一个意味深长的事实是，双方的观念都无法完整地处理许多新型的经验。恐怕还是要承认，我们正在经历的事情历史上不存在先例。许多理论资源可供参考，现成的答案阙如——无论求诸中国古代传统还是西方现代文化。我们一度设想，革命可以解决诸多问题；现在，我们遇到的问题是革命之后怎么办。"中国立场"首先表明了我们落入的环境：如此之多的问题必须重新解释、探索，思想、智慧、勇气和洞察力缺一不可。显然，中国当代文学加入了这方面的工作。这方面的工作包括总结历史，也包括参与未来的建构。当然，文学的建构不是提供面包、钢铁或者坦克，文学擅长的是改造我们的意识。这并非制造若干美感的波澜，引来几阵无厘头式的笑声，或者杜撰一个悬念丛生的故事。改造我们意识的意义是，我们——所有的人——均有资格担任现在和未来的历史主人公。

总会有那么一天，中国当代文学成为过往的历史景象，供后人指指点点地参观、访问和研究。然而，至少在今天，论功行赏的时候还没有到来。授予哪一种功勋称号，金质奖章还是银质奖章，是否荣任经典入选中学语文课本，当前能不能被命名为文学最好的时期，这些问题都不是当务之急，可以放心地抛给后人。现在，中国当代文学的首要任务仍然是，孜孜不倦地表述这一代人，紧张地与周围的历史进行全方位对话。一些作家才高八斗，时刻在筹划扛鼎之作；另一些作家人微言轻，终其一生只能提供一些小作品。这又有什么关系？当代文学的正常生态即是鱼龙混杂。重要的是，我们始终与当代文学站在一起，呼吸这个时代的空气，共同承担自己的命运。在我看来，这即是"当代"这个概念的真实意义。

现实主义、理想与历史逻辑

作为一个文学术语,"现实主义"似乎从未遭遇冷场。"现实"是一个巨大而坚硬的存在,文学无法也不该对其视而不见或者绕道而行。作家必须勇敢地直面"现实",这个简单的理由是支撑"现实主义"长盛不衰的基本事实。然而,进入众多文学术语共同组成的理论场域,"现实主义"是否存在更为严密的理论涵义?如果浪漫主义或者现代主义声称它们从未放弃直面"现实","现实主义"可否提供另一些独一无二的内容?对于许多人来说,这时的"现实主义"多少有些面目模糊,边界不清,如同一把由于过多使用而磨损的理论钥匙。

另一种辨认"现实主义"的方式并非围绕文学术语展开理论思辨,而是依赖文学阅读经验。例如,文学阅读很快察觉,福楼拜或者巴尔扎克笔下的生活场景或者人物性格存在某种共同的意味,人们倾向于将这种意味视为现实主义的风格标志。窄窄的街道两旁有一排倾斜的、污迹斑斑的木板房,一个秃头男人正在超市货架上挑选便宜的婴儿奶粉,教室里趴在座位上的女生装着没看见邻桌男孩抛来的小纸团,弄堂里一个正在给煤炉引火的妇女指桑骂槐地讽刺那个穿皮夹克骑摩托车的少女,刚刚收摊的小贩神情疲惫地在饭桌上抚平一张张皱巴巴的纸币……带有烟火气息的日常景象形成黏稠的生活洪流缓缓移动,人们可以从中掂量出现实的重量。现实主义不仅能栩栩如生地再现这些日常景象,同时还无形地维护某种稳固的基本逻辑:一日三餐,朝九晚五,所有的事情都在按部就班地发生,因果规则稳定地控制生活的基本节奏和人物内心的起伏。历史可能缓慢地酝酿一场必将来临的风暴,人们可以从各种生活细节中提前发现众多的征象。总之,没有匪夷所思的奇迹。没有哪一只猴子拔下一根毫毛吹一口气,一群活蹦乱跳的猴子便出现于四周——《西游记》被称为"神魔小说"而非现实主义；没有哪一个美少女踏上一块毛毯，便能悠然飞向空中，《百年孤独》在"现实主义"之前加上"魔幻"的形容词；当然，也没有哪一个小伙子跌落悬崖，中途被一棵松树托住，然后爬入一个隐蔽的山洞，意外地发现失传已久的武功秘籍。多年之后这个小伙子再度现身，已然是天下无敌的一代大侠——这种奇幻的情节属于金庸和他的同道热衷的想象方式。

的确，金庸不屑于追求"现实主义"的桂冠，他更愿意纵情挥洒自己的不羁想象。金庸的文学江湖没有那么多限制。那儿的人物可以跑得更快，跳得更高，为人处世更为恣意潇洒，许多小概率的可能总是令人惊喜地成为幸运的现实。相形之下，那些现实主义作家远为拘谨。他们兢兢业业地再造一个可信的生活环境，所有的人物性格必须与生活环境协调一致。所谓"可信的生活环境"，通常表明是一个凡夫俗子可以自如生存的空间。因此，不止一个现实主义作家表示，必须知悉小说之中每一个人物的经济收入，否则，他们无法构思这个人物出门之际进入哪一个饭馆，或者给岳父大人送的是什么礼物。当蔬菜价格、办公室的飞短流长、商务客户的弦外之音或者如何对付周末那一张请柬共同挤入视野的时候，一个人物的性格将逐渐丧失单纯的品格而显现出多面特征。然而，金庸的武侠世界轻松地甩开这些俗不可耐的烦恼。他们纵横天下，出入客栈酒肆，吃大块肉，喝大碗酒，从来不必为经费而发愁。他们的躯体隐含了惊人的能量，借助特殊的修炼将这些能量汇聚于掌心，足以开山裂石；他们的内心具有极为充沛的情感库存，各种恩怨情仇数十年持续不已，甚至愈演愈烈。这些人物身怀异秉，干的是惊天动地的大事，侠肝义胆，快意恩仇，华山论剑，独孤求败，没有人愿意提到洗浴更衣、挑水劈柴、头疼脑热这些日常的琐杂。在我看来，武侠小说的首要文类特征即是——剔除日常生活。许多人说，金庸的小说是"成人的童话"，没有必要到"成人的童话"之中迂腐地核对各种生活细节。

"童话"这个概念是否缺乏足够的分量？许多人宁可从"历史"出发组织褒扬之辞——金庸拥有丰富而扎实的历史知识。不论是宋金冲突还是满汉对抗，众多武侠频繁穿梭于如此复杂的历史背景，金庸的叙述开阖有度，游刃有余。从民间习俗、边陲风貌、江湖帮派到皇家王族的礼仪与人情世故，种种景象异彩纷呈，汇成古色古香的逼真气氛。然而，历史表象未必能指示历史逻辑，历史知识未必会带来历史感。当文学与历史成为两种相互衡量的文化门类时，我愿意深入"历史"概念，进一步对"历史表象"与"历史逻辑"稍作区分和解释。从服饰装扮、风俗礼仪到官吏制度、武器配备，丰富而扎实的历史知识指导金庸准确地描述一系列历史表象。然而，历史表象的静态堆积无法显示古往今来的演变与沧桑。对历史运动的解释必须诉诸连缀历史表象持续延展的历史逻辑。换言之，历史逻辑是历史运动依循的方向、轨迹、时机和规律，带有相当程度的必然意味。不论是"分久必合，合久必分"的简单概括还是"凡是合乎理性都是现实的，凡是现实的都合乎理性"的历史哲学，或者从经济基础到上层建筑的历史唯物主义，种种观念无不表明了思想家预设的某种历史逻辑。相似的是，许多著名的现实主义作家并不满足对于历史表象的复制，他们的作品时常形象地寄寓了对历史逻辑的独特理解。卢卡契在《现实主义辩》之中指出："每一个著名的现实主义作家对其所经验的材料进行加工（也利用抽象这一手段），是为了揭示客观现实的规律性，为了揭示社会现实的更加深刻的、隐藏的、间接的、不能直接感觉到的联系，因为这些联系不是直接地露在表面，因为这些是相互交错的，不平衡的，它们只是有倾向地发生作用的，所以著名的现实主义作家在艺术上和世界观上就要进行巨大的、双倍的劳动，即首先对这些联系在思想上加以揭示，在艺术上进行加工，然后并且是不可或缺地把这些抽象出来的联系再在艺术上加以掩盖——把抽象加以扬弃。"不论卢卡契是否低估了文学构思之中的汹涌激情以及形象的独立繁衍，人们至少可以发现，许多现实主义作品的确隐藏了一副洞悉历史逻辑的深邃目光。可是，金庸并没有展示出这种雄心——他的历史知识没有转换为独到的历史判断。那些武侠仅仅在教科书提供的背景框架内部活动，大部分剧情局限于民族与皇权的古老主题。他们仿佛大动干戈，搅得满城风雨，然而，围绕武功秘籍或者华山论剑的情节从未真正撼动历史，改变什么或者增添什么。

对于这种异议，金庸的拥戴者可能嗤之以鼻：所谓的历史逻辑那么重要吗？金庸的作品风靡汉语世界，又有哪一个号称发布了历史信息的现实主义作家可以望其项背？在我看来，这个事实迫使人们不得不正视一个问题：如果"历史"这个主题乏善可陈，那么，金庸小说的巨大感召力源于什么？悬念，惊险，奇幻，曲折的情节令人欲罢不能，这些仅仅是表面的原因；真正的感染力来自小说中那种令人血脉偾张的人生：笑傲江湖，壮怀激烈，坦诚无忌的爱或者光明磊落的恨，不必掩饰隐瞒，不必委曲求全。与郭靖、洪七公、萧峰这种人为伍，叱咤风云，悲天悯人，哪怕遭到九阴白骨爪或者蛤蟆功的荼毒也比一辈子混迹于世俗的家长里短有趣。总之，铁肩担道义，妙手著文章，举杯邀明月，得意须尽欢——对于日复一日匍匐于风尘之中的庸常之辈，这种人生理想令人神往。的确，"理想"这个久违的词语出现了，这是比拘谨的历史记载多出来的那一部分内容。历史只能以纪实的形式在地面爬行，文学可以追随飞翔的理想自由虚构。日常用语之中，"虚构"包含了杜撰、臆造、谣言乃至信口雌黄、制造骗局之意。无论是联合国大会发言还是同仁之间的彼此商讨，断言对方虚构通常意味着谴责。然而，文学享有虚构特权。现代社会仿佛设置了一个必要的道德缺口，文学的"不实之词"堂而皇之地获得了合法性，甚至备受赞誉。尽管作家和读者共同承认文本之中的事件从未发生，他们仍然倾情投入，悲喜交加。金庸在虚构的武侠江湖寄存了至情至性的理想，强烈的光晕甚至让那些严谨的现实主义作品黯然失色。

从陶渊明简短的《桃花源记》到托马斯·莫尔洋洋洒洒的《乌托邦》，人类时常借助文学虚构表述社会理想。作家通常想象一个与世隔绝的特殊空间：令人向往的社会制度、财富分配方式和高尚的道德情操、完美的教育体系——拔地而起的海市蜃楼往往将卑微的现实反衬得庸俗不堪。然而，由于理想的社会模型不得不依赖众多社会条件的配置，更多的作家乐于虚构某种理想的人生：万贯家财，绝世武功，行侠仗义，除暴安良，娇妻美妾，白马王子，功成名就，儿孙满堂，隐逸田园，吟风弄月……另一些时候，种种依附于个人境遇的理想被称为"欲望"。社会理想具有普遍意义，"欲望"则更多的是个人化的内容。

对于文学想象来说，按照"欲望"提供的原型构造若干令人心旷神怡的情节是轻而易举的事情。金庸的答卷赢得了交口称赞。许多作家擅长叙述曲折而紧张的情节：一代武林宗师暴毙。武林秘籍重现江湖。茶楼的角落一个瘦瘦的中年人正在品茶,双目精光四射。街道的拐角,一高一矮两个戴斗笠的汉子鬼魅般地闪出来——好了,故事已经开始,情节内部的巨大惯性带动作家轻盈地御风而行,甚至把他们拖得跌跌撞撞。事实上,作家需要提防的往往是事情的另一面:不要过分纵容虚构的夸张与神奇,以至于不慎滑入可笑的荒谬——例如"抗日神剧"之中的"手撕鬼子",或者将手榴弹抛到空中炸毁日本侵略军的飞机。可笑的荒谬通常来自这种状况:夸张与神奇完全丧失了历史逻辑的支持,以至于找不到任何现实接口。

事实上,现实主义从不反对显现理想,只不过这些理想必须接受历史逻辑的审核。"希望"与"欲望"的区别恰恰是,前者与历史逻辑存在重要的联系,后者仅仅是幻想构成的廉价安慰剂。如果理想即是历史逻辑展示的未来图景,现实主义文学将会成为历史的预言。的确,卢卡契就是如此形容他心目中的现实主义:"伟大的现实主义所描写的不是一种直接可见的事物,而是在客观上更加重要的持续的现实倾向,即人物与现实的各种关系,丰富的多样性中那些持久的东西。除此之外,它还认识和刻画一种在刻画时仍处于萌芽状态、其所有主观和客观特点在社会和人物方面还未能展开的发展倾向。掌握和刻画这样一些潜在的潮流,乃是真正的先锋们在文学方面所要承担的伟大历史使命。"

也许,现今已经没有那么多人关注卢卡契,这个理论家似乎有些过时。卢卡契对于现代主义的厌恶可以视为一种狭隘,然而,他对于现实主义的要求毋宁说是真知灼见。尽管人们可能指出,卢卡契的相当一部分理念并未兑现,历史远远脱离了他的预想,但是,这个事实并不能证明卢卡契现实主义观点的错误,而是揭示了现实主义文学的难度——如果卢卡契充当一个现实主义作家,他的理论思辨无法成功地兑现为文学实践。也许,我还可以引用《乌托邦之概念》一书序言之中的一句话作为这个事实的一个后续补充:"乌托邦思想,在想象、希望和致力于一个更加美好的世界这样的意义上,是人类的抱负和政治文化中永远存在的基本要素。"当然,人们不仅可以看到成功的、不那么成功的乃至失败的努力,同时还可以看到不同的工作方式。对于现实主义作家来说,他们的工作方式是潜入现实谋求真正的发现。

谋求真正的发现,长盛不衰的"现实主义"必须包含积极的探索。理想的表述、历史逻辑以及历史预言均是探索的主题。现今,几乎所有的人都可以察觉中国大地的灼热温度,最新的一页历史充满了喧哗与骚动。无数迥然相异的人生故事不断涌入视野,前所未有的经验纷至沓来,"沙尘暴"一般的海量信息突如其来地淹没了作家。还有多少人踞守在寂静的象牙塔之中?事实上,现实主义口号又一次获得了广泛的回应。许多作家的突出感受是,社会现实所提供素材的丰富前所未有。生活的表象层层叠叠,激情、欢乐或者痛苦、愤怒彼此激荡。然而,这时的"现实主义"不再仅仅忙碌地记录经验。作家的目光必须超越经验的拘囿,力图做出深刻的历史展望。当然,许多现成的公式已经纷纷失效,当代作家不得不与现实短兵相接。或许,这种状态同时意味着另一个事实:现实主义文学拥有巨大的未定空间。对于那些胸怀大志的作家来说,只有巨大的未定空间才能满足他们的艺术雄心。这些作家没有必要隐瞒自己的意图——他们塑造的文学形象将为未来的理论总结提供重要的依据。

历久弥新的命题

为何写作？为谁写作？每一个不同的历史时期，许多负责的作家都会以不同的形式向自己提出这些问题。孜孜矻矻，倾尽一生心血，究竟是为了什么？古人有"立德""立功""立言"之说，著书立说谓之不朽。所以，《典论·论文》中宣称"盖文章，经国之大业，不朽之盛事"。当然，许多传统文人心目中的理想读者往往是朝廷和君王。无论是杜甫的"致君尧舜上，再使风俗淳"，还是白居易的"惟歌生民病，愿得天子知"，朝廷和君王的赏识不仅是莫大的荣耀，而且可以产生最大的成效。出于相同的理由，"怀才不遇"成为传统文人的最大悲哀。

近现代越来越发达的大众传媒形成的公共空间以及五四新文学运动共同造就了一个深刻的转折：大众进入了文艺的视野。"人的文学"或者"平民的文学"不仅意味着"引车卖浆"之流有幸被选为文艺主人公，而且他们同时成为文艺的广大读者。这是现代文艺对于启蒙任务的承担。五四新文学运动对于白话文的推崇表明，开启民智是文艺关注大众的重要原因。显而易见，作家以及知识分子在启蒙任务之中占据了导师的位置，大众是被启蒙对象。

20世纪30年代围绕文艺大众化出现了一场轰轰烈烈的争论。争论涉及口语、通俗形式、艺术风格、克服"欧化"等多方面问题，同时提出了作家必须向大众学习。这些争论无不涉及为何写作和为谁写作。争论之中提出的种种文艺观念表明，"五四"新文学隐含的启蒙任务出现了某种微妙的改变：一方面，作家以及知识分子不再无条件地担当主角；另一方面，大众不再被想象为庸常之辈无所作为地等待先知的召唤。当然，如同文学史上许多类似的争论，"文艺大众化"之争同样遗留了许多未竟的理论问题。20世纪40年代,毛泽东《在延安文艺座谈会上的讲话》发表之后,为何写作和为谁写作的问题在一个新的历史背景之下重新成为焦点。

毛泽东在《在延安文艺座谈会上的讲话》中提出了文艺的两个中心问题:为群众的问题和如何为群众的问题。谈论"文艺是为什么人的"时,《讲话》打破了作家良好的自我感觉。毛泽东指出:"我们的文学艺术都是为人民大众的,首先是为工农兵的,为工农兵而创作,为工农兵所利用的。"在他看来,尽管这种观点已经成为一个理论共识,但是,许多作家并未开始真正实践。文艺创作之中,许多作家的兴趣还是"放在少数小资产阶级知识分子上面"。出现这种状况的主要原因在于他们的"小资产阶级出身"。换一句话说,这些作家不太熟悉人民大众,更不熟悉工农兵,"倘若描写,也是衣服是劳动人民,面孔却是小资产阶级知识分子"。由于阶级意识的潜移默化,这些作家对于小资产阶级知识分子充满了同情,包括同情他们的缺点。这个意义上,毛泽东语重心长地提出了"立足点"的转移。他号召作家深入人民群众:"只有代表群众才能教育群众,只有做群众的学生才能做群众的先生。"这是作家担任群众"代言人"的基本条件。显然,这与五四时期的启蒙观念已经迥然相异:知识分子业已成为接受启蒙的对象,他们的首要任务是拜人民群众为师。

上述观点隐含的一个重要前提是,人民群众渴望自己的"代言人"。历史上的大多数时刻,人民群众属于"沉默的大多数"。由于教育的匮乏和文化水平的低下,他们往往无法清晰地意识到自己的历史地位以及阶级诉求。正如马克思所言,他们无法表述自己;他们必须被别人表述。这是知识分子充当其"代言人"的历史依据。所以,《在延安文艺座谈会上的讲话》之中具体地解释说,人民群众对于压迫和剥削的事实司空见惯,习焉不察,因此,"他们迫切要求一个普遍的启蒙运动";文艺承担的任务是集中这些日常现象,从而"使人民群众惊醒起来,感奋起来,推动人民群众走向团结和斗争,实行改造自己的环境。"

上述观点的另一个重要前提是,每一个社会成员通常倾向于维护本阶级利益。因此,知识分子的"小资产阶级出身"妨碍了他们对于人民群众——尤其是工农兵生活——的深入理解。因此,作为人民群众的合格"代言人",知识分子必须彻底改造思想,摆脱小资产阶级的种种局限,促使自己成为人民群众的一员。这是知识分子阶级身份的转换，也是文艺融入革命事业的保证。

无论是五四时期知识分子的进退沉浮还是延安时期知识分子的言行表现，《在延安文艺座谈会上的讲话》中的论断无不显示出历史的针对性。当然，如果考察更长的历史时期，知识分子表现出的另一些特征不可忽视。例如，古代知识分子对于"道"的追求或者现代知识分子对于公共事务的关注无不形成一个特殊后果——他们某种程度地摆脱了阶级出身的局限而获取了一个远为开阔的视野。这也是许多富裕家庭出身的知识分子甘当本阶级的"叛徒"从而投身革命的原因。时至如今，相当多的知识分子已经成为劳动大军的一员。他们擅长的精神劳动同样能为这个社会添砖加瓦；科学技术和大众传媒如此发达的今天，他们的贡献率甚至远远超出了社会成员的平均数。然而，尽管"小资产阶级出身"带给知识分子的负面因素或许不如估计的那么多，但是，《在延安文艺座谈会上的讲话》对于文艺深入人民群众的要求始终没有过时。从行业的隔膜、兴趣的狭窄、贪图安逸到教条主义、本本主义或者迷信个人才能、迷信大投资与大制作，总之，多方面的原因阻碍了文艺进入生活的纵深，深刻地分析和表现我们所置身的这一段特殊的社会历史。

这大约已经成为一个共识：现今这个历史阶段包含了前所未有的复杂经验。一方面，巨大的社会转型过程之中，多种经济体制、生活方式以及价值观念交织在一起，形成了斑斓的图景；对社会生活的探索时常突破了现成模式的示范，诸多因素处于活跃状态。这种历史阶段通常是文艺杰作诞生的温床。另一方面，现今文艺形式储备的丰富前所未有。20世纪80年代出现了多个回合的文艺形式探索。这并非徒劳，而是形成了有益的积累。从古典的高贵典雅到后现代式的拼贴，对多种文艺形式的涉猎极大地扩展了艺术家的视野。面对各种复杂的经验，艺术家拥有形形色色的处理手段。然而，尽管外部条件相当优厚，这个时期的文艺杰作并不像预期的那么多。人们可以从不同的方面追溯产生这种状况的原因，但是，艺术家对于社会生活的陌生、二者间的隔阂或者认识肤浅肯定是一个重要原因。

当下文艺的某些症候似乎表明，许多艺术家无法跟上现今的复杂经验。例如，他们不约而同地把目光转向过往的历史故事。简单地宣称历史题材的小说或者电影回避了丰富的现实生活，这肯定是一种草率的概括。历史题材绝不是一个贬义的概念。重要的是，文艺从历史题材之中发现了什么？发现历史背后新型社会结构的雏形、发现复杂的人性纠葛或者多种势力的隐蔽博弈，还是把历史当成"戏说""穿越"或者武侠出没的游乐场，二者之间大相径庭。相对而言，前者的艺术成就、思想含量乃至艺术生产的劳动量远为领先，然而，后者往往在娱乐的意义上赢得了更大的反响。娱乐性作品获得的高额利润以及巨大声望无形地鼓励了闭门造车和面壁虚构的倾向，甚至改造艺术评价体系，一定程度地产生劣币驱逐良币的效应。当然，一个正常的社会没有理由任意取缔娱乐，人们也无法否认一个事实：娱乐性作品通常拥有更多的受众。尽管如此，人们仍然没有理由将受众的人数视为裁决艺术作品优劣的唯一依据。在我看来，这种可能必须纳入考虑的范围：某些时候，大众称许的艺术隐蔽地包含了损害大众利益的内容。20世纪初叶，与"五四"新文学并驾齐驱的是声势浩大的"鸳鸯蝴蝶派"，但是，鲁迅等一批新文学主将始终不屑于为娱乐和利润效命。他们心目中，娱乐包含了麻醉；文艺必须把沉睡的大众从黑暗的铁屋子里叫醒，启蒙才是历史赋予他们的重任。

　　人民群众是文艺的主人公，又是文艺的接受者；是文艺的启蒙对象，又是文艺的服务对象——《在延安文艺座谈会上的讲话》不仅确立了人民群众对于文艺的多重意义，并且使之历久弥新。为何写作？为谁写作？对于当今的作家来说，这些问题的回答始终与这些命题联系在一起。

"寻根文学"的理论

一

多数文学史的叙述之中，"寻根文学"的生成过程是一个完整的文学事件。一篇宣言式的文章形成文学纲领，一个举足轻重的会议推波助澜，若干获得了共识的作家彼此呼应，一批引人瞩目的文学作品陆续问世，众多批评家兴致勃勃地持续阐述……这些因素终于在文学史著作之中被组织成一段前后有序的情节。当然，也可以将这个文学事件视为一个庞杂的信息团块，其中隐含了多向的理论脉络等待有识之士开拓。

这个文学事件迄今已近四十年。这一段时间之内，某些命题匆匆一现，很快就被翻过去了——例如，断言所谓的"寻根"即是遁入古代，沉溺于原始的奇风异俗从而逃避身边生机勃勃的社会生活。的确，作家或者读者不约而同地转向了历史文化，可是，这种美学兴趣就是现今社会生活的组成部分。"寻根"是极富现代意味的文化症候。另一种观念认为，绚烂的传统文化将为中国当代文学带来瑰丽的想象，这个预言顺利地兑现，不少风格独特的文学作品有效地证明了这一点。

"寻根文学"的提出显然是对一种文化背景的回应——西方文化咄咄逼人的强大声势。许多人察觉到，文学的描述话语仿佛正在被纳入西方文化的组成部分。从形式、结构、主题到个性、典型、意识形态，众多来自西方的概念术语业已完成不动声色的合围。中国古代批评家所说的"风骨"在哪里？"滋味"和"意境"在哪里？"以禅喻诗"又在哪里？"绚丽的楚文化到哪里去了？"韩少功的后续追问成为理所当然的一句。

至少在当时，"寻根文学"的意义并未超出美学领域。许多人的期待仅仅是,中国文学必须在世界舞台发出嘹亮的声音。从《诗经》开始,一个多才多艺的文学民族生生不息;现今,这个文学民族又有什么理由缺席?当然,世界舞台的各种连续剧方兴未艾,西方现代主义声犹在耳,后现代主义已经接踵而来;拉丁美洲的文学爆炸突如其来地降临,甚至西方也不得不一改常态,由衷地击节称赏——加西亚·马尔克斯获得诺贝尔文学奖标志着一扇大门被推开了。拉丁美洲的文学爆炸带来的重大启示是,独一无二的本土传统是登上世界舞台的真正资本,模仿他人的文学绝不可能抢到领跑的位置。从世界主义的想象到时髦的比较文学,"越是民族的就越是世界的"几乎成为一个不言而喻的前提。

也许,围绕全球化问题的争辩和后殖民主义批评的兴盛悄悄地扩大了"寻根文学"的意义。狭小的美学区域已经无法容纳这个文学事件——性质变了。正如许多人看到的那样,经济全球化并未促成各个民族的利益共享,相反,这毋宁说造就了更大范围形式复杂的激烈竞争;与此相似,众声喧哗的文化狂欢节也没有如期而至,文化体系之间的交锋、倾轧、排斥与争夺比比皆是。按照后殖民主义批评的观点,文化对抗的主体是民族。"寻根文学"是本土经验的记述,包含了尖锐的反抗——反抗西方文化的曲解和封锁,反抗西方文化强加的编码方式和评价体系。这一切均是西方武力征服后撤之后遗留的文化钳制。

这个文学事件意义扩大的另一个原因是解释语境的扩大。一个多世纪的时间里,复古主义与"全盘西化"之争周期性地发生。愈来愈多的人卷入持续的拉锯战,愈来愈多的对立情绪暗中积存。当"寻根文学"逾越20世纪80年代与这一场旷日持久的辩论相互衔接之后,各种隐藏的理论脉络迅速枯萎,民族文化主题的全部分量很快转移到对这个文学事件的解释,并且长盛不衰。

我不想隐瞒自己的观点:复古主义与"全盘西化"一个多世纪的争论质量不佳。数典忘祖的斥责和封闭保守的讥笑根据不同的政治气候此起彼伏,仅此而已。理论认知停滞不前的原因之一是,民族文化与西方文化均被笼统地想象为凝固不变的整体。这是本质主义的产物。捍卫民族文化的时候,这种认知通常被区分为三种理论类型:一是认为民族文化的本质存在于最初的源头,愈是接近当代,文化遭受的污染愈为严重,人心不古,世风日下，认祖归宗无疑是拯救文化的当务之急。秉持这种观点的人为数众多，但是，他们并未明示何谓公认的文化源头——黄帝、孔子还是另外什么人？二是认为民族文化的本质如同一个遥远的乌托邦，滔滔不绝的文化洪流始终在奔赴这个乌托邦，直至最终完满地实现自己的本质。这是第一种观点的颠倒，包括无法论证为什么存在一个文化的终极目标，标准是什么。三是简单地总结民族文化的若干"民族属性"，对"民族属性"的维护即是抗拒西方文化的侵蚀与瓦解。当然，人们迄今未曾获得这些属性的最后清单。汉语、律诗、儒家观念或者道家学说无疑是这份清单的内容，可是，裹足、贞节牌坊和太监、三宫六院呢？澄清这些理论图景的模糊地带之前，诸多理直气壮的肯定、赞美或者批判、谴责都必须打很大的折扣。许多时候，褒贬的双方不得不面对一个可笑的疑问：彼此争论的是同一个对象吗？

二

一位著名的中国哲学家赢得的赞誉是，他发现了文化的"空间"属性。所谓的"空间"属性，即是指栖居于不同空间的民族造就的文化性质相异。当然，"空间"属性的发现相对于"时间"属性——"时间"属性曾经支持了一系列不公平的结论："西方文化是先进的，中国文化是落后的；西方文化是现代的，中国文化是中世纪的；西方文化或西学是新文化或新学，中国文化或中学是旧文化或旧学；西方文化是资本主义文化，中国文化是封建文化；西方文化属于工业文明，中国文化属于农耕文明，如此等等。"[①] 换言之，"空间"属性的发现即是强调文化的民族标志。我不想考察这种赞誉是否合适，也不想争辩这些结论的可靠程度，我想谈论的仅仅是，出现笼统的民族文化观念是不是恰恰由于过多地关注所谓的"空间"属性？

"空间"属性成为主要参照的时候，民族文化内部众多元素的差别微

[①] 参见王学典：《启蒙的悖论：庞朴与八十年代传统文化的复兴》，《中华读书报》2014年8月6日。

不足道。相对于柏拉图、亚里士多德或者康德、黑格尔，孔子、老子、庄子或者李白、杜甫、曹雪芹、鲁迅均为民族文化的代表。这时，"时间"属性丧失了鉴别的意义。然而，在我看来，"时间"属性并不是"中世纪""现代"等的简单标签，"时间"属性清晰地标出了民族文化的演变轨迹。先秦，汉，魏晋，唐宋，元明清，每一个文化段落前后相随，风格相异。对"时间"属性的衡量迫使人们正视这些问题：为什么演变？如何演变？演变的动力是什么？这时，孔子与老子的差异、孔子与朱熹、康有为、严复、鲁迅等人的差异开始意味深长地显现。

通常可以认为，持续积压的不满和逐渐增加的批判声音是改变现状的强大动力。消沉、厌倦、牢骚与争论、愈来愈多的指责、修正与改革的企图、尝试另一些可能的愿望——演变不知不觉地开始了。当然，如何改变是一个不言而喻的问题。如何改变是一个开放的节点，各种历史可能的脉络纷纷进入视野，众多活跃的思想抛出形形色色的观点，跃跃欲试地沿着不同的方向展开探索。我想指出的是，这是一种屡见不鲜的探索方向：借鉴异族文化——包括借鉴对手的文化——改造本土陈陈相因的僵化传统。诚如古人所言，他山之石，可以攻玉。

所谓的"借鉴"表明，对异族文化的接纳来自主动的引进，而不是对方闯过海关强行入侵。换一句话说，一个民族并没有因为"借鉴"丧失控制权而被动地尾随异族文化，亦步亦趋，唯唯诺诺。积极互动，不惧挑战，开放来自一个民族内部的勇气，也是一个民族活力尚存的表征。没有理由将一切异族文化的降临全部形容为"殖民"，某些时候，吸纳异族文化恰恰可能构成"反殖民"的策略。马克思主义的到来是一个例子，"后殖民"理论的到来也是一个例子。在我看来，这种观点有助于解释现代文学史遗留的难题。20世纪之初，一大批五四新文化运动主将不仅愤怒地诅咒中国传统文化，并且群起翻译和介绍异族文化。将陈独秀、鲁迅等人形容为开门揖盗的帝国主义奴仆显然是一个笑话，但是，"寻根文学"的骨干作家对于五四时期激进的反传统姿态啧有微词。时过境迁，许多人已经无法想象五四时期复杂的观念纠缠，无法想象他们如何驾驭民族文化驶过历史的弯道。我曾经指出这一段历史隐含的内在矛盾："援引西方文化资源与反抗西方文化殖民；弃绝传统文化与民族国家认同，如此等等。换言之，割断传统和开门引进都已经成为民族意识的内在部分。这种状况并非简单的'文化殖民'所能解释的。"① 对于陈独秀、鲁迅等人来说，意气用事或者单向的刺激—反应模式无济于事，他们的选择包含了纠结的甚至不无悲愤的形势判断，包含了背水一战的决绝。

大半个世纪之后，"寻根文学"镶嵌于20世纪80年代的文化之中。尽管历史不是简单的循环，但是，人们首先必须意识到，这一时期的复杂性绝不亚于五四时期。

三

严格地说，民族文化的捍卫者可以区分为两个群体。第一个群体关注的主题是：何谓民族文化？第二个群体关注的主题是：这个民族需要何种文化？二者字面上似乎相距不远，但是，两个主题的展开大相径庭。第一个群体热衷于描述民族文化的本质、本源、神圣传统和基本特征，同时对于各种离经叛道的言行加以挞伐；第二个群体仿佛不再刻意考察各种文化观念的来龙去脉，他们更多地考虑这些文化观念与民族现状的联系。第一个群体可以为儒家学说还是道家思想堪为文化正统进行激烈的辩论，第二个群体宁可绕开这些交锋而谈论一些具体的命题——谈论哪一个命题有助于当代社会，哪一个命题正在成为束缚的枷锁。这些命题植根于哪一个朝代、哪一个学派甚至哪一个国度并不重要，重要的是具有何种意义。第二个群体并未对古老的本土传统文化表示反感，相反，许多人可能是本土传统文化的坚定捍卫者——只不过他们的捍卫理由并不是"本质"或者"本源"，而是来自一个判断：传统文化恰恰是这个民族现今的需求。总之，第一个群体的聚焦对象是"文化"；第二个群体的聚焦对象是"民族"。

由二者的分野可以追溯到一个基本的理论观念：何谓文化。这是一个众说纷纭的问题，各种描述和定义不胜枚举。在我看来，没有理由将文化的起源神秘化。栖居于某一个地域的社会成员积累了各种生存经验，这些对经验的提炼、归纳以及形成的传统即为文化。相当长的历史阶段，文化

---

① 南帆：《五种形象》，复旦大学出版社2007年版，48页。

的首要主题是人与自然的关系，例如如何更有效率地获取各种生活资料，同时，如何规范和抑制饥饿、性本能等各种生理欲望；某一个历史拐点之后，社会关系成为文化新兴的主题，例如社会制度、法律、道德、婚姻与家庭，如此等等。因此，文化不存在某种先验的固定本质，文化始终是一种建构，是社会成员与周围环境持续互动、交锋、协商与再平衡的产物。如果某些传统经验失效，大面积的重新探索必将导致深刻的文化转折。这种波浪式的蠕动是文化历史的常态，尽管某些思想家喜欢将文化转折形容为"回归"文化正统。没有一种文化不是活跃在相对的时间条件与空间条件之中，永恒的法则仅仅表明历史语境的构造依然如故。这个意义上，所谓的文化正统无非是尚未瓦解的统治思想罢了。

抛开文化正统的虚伪光环，作为活体的民族文化始终必须考虑，如何适应自然与社会。自然与社会造就的各种压力必将带来文化体系的持续调整，哪怕是微小的调整。诸多事实表明，多元文化的并存仅仅是一种表象。的确，从孔子、唐诗、现代主义、万物有灵论到硅谷文化、航天飞机、官场潜规则，这个世界上的每一种文化济济一堂，无不拥有自己的一席之地。然而，综合考察可以证明，各种文化体系存在或明或暗的角逐、争夺与搏斗。因此，考虑"如何适应"亦即考虑哪一种文化可能从竞争之中脱颖而出，拥有一片成长壮大的空间。

角逐、争夺与搏斗赢得了什么？某些时刻，文化将在历史事件之中扮演举足轻重的角色。由于外部环境的催化，众多分散的零星战役可能聚积起来，进行一次醒目的对决。我相信许多人可能联想到晚清的状况：儒家文化传统徒有其表，虚伪的封建意识形态奄奄一息。因此，当与西方文化气势汹汹地狭路相逢之际，晚清的帝国大厦一触即溃。尽管没有理由认为意识形态的僵化是帝国大厦垮塌的全部原因，但是，无论如何，文化难辞其咎。这是一批知识分子汇聚到文化领域的主要原因。他们企图以笔为旗，召唤一种新型的意识形态履行启蒙的使命，例如鲁迅。对于这些知识分子来说，西方文化之于满朝的儒冠儒服，犹如坚船利炮之于大刀长矛。他们心目中，解决民族危亡的问题远比修复古色古香的古代文化重要——尤其是当后者的腐朽气息开始侵蚀民族肌体的时候。

对"如何适应"的具体评估往往从这个步骤开始：一个民族的文化观

念如何置身于政治制度、经济体系的庞大运转系统，共生共荣还是彼此掣肘？总之，文化的价值并非来自某种被称为"本质"的神秘内核，而是显现于各种对话制造的周边关系。文化可能与政治观念遥相呼应，可能与社会管理积极合作，也可能成为经济运转的束缚。"如何适应"包含了主张什么，促进什么，也包含了批判什么，阻止什么。因此，对儒家文化内涵的考辨或者道家文化精义的阐释仅限于描述范畴，每一种文化价值的完整评估必须进入对话关系网络。

开放性对话隐含了一个后果：如果对话的另一方产生了强烈的反弹，必须启动防御和自我修正机制——没有防御和自我修正机制的民族文化多半已经进入缺乏弹性的老迈阶段。通常，防御和自我修正机制预设了两种回应方式：第一，调集能量酝酿更为有力的回击；第二，修正文化内部存在的偏差。多数时候，两种回应不同比例的混合决定了一个时期的文化姿态。我想指出的是，每一次对话带来的重大反弹与回应都将成为民族文化的演变契机。

当然，我所说的是不同民族之间的文化对话。只有一个民族可能真正地撼动另一个民族的文化观念，自我认识的修正必须依赖同等分量的"他者"出现。民族之间的对话语言拥有多种形式，可以是艺术、科学、经济贸易或者交换对于自然风光的向往，也可以是飞机大炮。事实上，后者往往更为彻底地迫使一个民族反思自己的文化。对于民族文化来说，"如何适应"即是考虑如何胜任对话者的角色——从与艺术、科学到与飞机大炮的对话。

四

"寻根文学"的理论接力棒传递到后殖民主义批评家那里，问题开始尖锐起来。当民族独立与反抗殖民这一类词语出现的时候，美学终于靠上了政治的码头。大多数人将萨义德的《东方学》视为后殖民主义批评的地标。隐藏在文本内部的欧洲中心主义意识形态遭到了犀利的揭露，文学批评成为民族斗争与反抗殖民运动的组成部分。相对地说，后殖民主义批评并未在中国获得大规模的实践。鲁迅所欲批判的"国民性"存在吗？如果

"国民性"追溯至民族的本质,这个概念是不是欧洲中心主义的产物?显然,这种质疑援引的是后殖民主义批评的思想资源。"寻根文学"无疑是后殖民主义批评的另一个考察素材。许多批评家的心目中,20世纪80年代西方文化又一次大举登陆,不拿枪的帝国主义再度入侵,意识流、存在主义或者荒诞派戏剧无一不是面目怪异的新型武器。这时,"寻根文学"应声而出,阴阳八卦、儒道互补、诗言志、文以气为主——中国传统文化的概念系统有力地遏制了西方文化泛滥无度的趋势。这个意义上,"寻根文学"被延伸解读为抵抗西方文化侵略的一面旗帜。

可是,这种认识包含的夸张成分多少有些令人不安。如果仅仅将西方文化形容为一个充满敌意的符号体系,历史是不是被删减得太简单了?当不同民族的多向对话被压缩为侵略与反抗的单一主题之后,对民族文化发展方向的探索不得不遭受这个主题的限制。西方文化拥有自己的逻辑——包括扩张、吞并和"东方主义",民族文化的抵制与抗争从未止歇;然而,双方之间的紧张是否可能遮蔽另一些共识以及彼此的启迪?

后殖民主义批评异常敏锐地捕捉到了民族文化之间的对抗信息。例如,在相当多有殖民历史的民族国家,英语仍然主宰着许多作家的写作语言。英语文化被视为普世的标本,英语的文学经典被标榜为世界性的文学规范,这些现象无不保留了帝国主义文化盛气凌人的顽固遗迹。当然,至少在目前,本土语言不可能全面取代英语,批评家更多地关注诸如语言的移置、挪用、杂糅、方言穿插、典故与注解以及静默等反抗性文本策略。他们心目中,这些文本策略旁敲侧击地瓦解了英语权威,从而构成后殖民文学抗拒帝国主义文化压迫的丰富实践。然而,批评家不难发现,这些文本策略同时出现于本土的文本之中,例如通俗的大众文化调侃式地挪用正统的诗文表述,或者,各地方言对于北京话的戏仿、改造与解构。这里上演的剧目仍然是权威与挑战,只不过民族不再充当主角。批评家大度地放过了这些文本,没有必要将正常的文化差异夸大为文化对抗。然而,后殖民主义批评无法回避的恰恰是这个问题:如何区分文化对抗与文化差异?

萨特曾经认为,自我建构与他者之间可能存在互惠的关系。但是,《逆写帝国》一书的作者断定,后殖民社会无法保持自我与他者双方的平等:"在后殖民社会,人们被固定于一种等级制的关系中,统治阶层拥有假设的道德优越性，这种优越性在必要时可借助劳力的使用得到强化，而被压迫者不得不困于受压迫的地位。这种观点也是基于对话语斗争的认识，即话语是上述关系的基本建构模式。"[1]自我与他者的不平等超过了某种限度，二者不再互为镜像，充当自我建构的参照；相反，双方的悬殊地位形成了征服与被征服关系，文化差异迅速地转化为文化对抗。尽管如此，我仍然想强调的是，不要将所有的文化差异叙述为文化对抗，哪怕在不同民族之间。否则，文化对抗的激烈情绪将淹没文化差异隐含的启迪，例如考察世界的不同视角，不同聚焦点，不同的判断依据，等等。一个民族对于另一个民族的启迪不是强加于人，后者有权利甄别和过滤，去芜存菁，但是，拒绝任何启迪的民族文化注定只能滞留于一个狭窄的区域。

作者在《逆写帝国》一书中清醒地指出，造就一个"全新的或完全复原的前殖民'现实'"几乎无望："回归或再现前殖民文化纯粹性是不可能的，创造完全独立于欧洲殖民历史之外的国家或地区形式，也是不可能的。"因此，后殖民主义批评的主要意义是质疑欧洲话语——质疑标准的英国英语，质疑将英语文化伪装为所有文化的起源，"它作为后殖民知识分子阻挠西方支配话语的结构所具有的用途，越来越明显。"[2]按照这种观点，目前的后殖民主义批评旨在破坏欧洲中心主义的独霸地位，本土的民族文化构成似乎未曾作为一个迫切的主题进入视野的中心。

但是，对于多数社会成员来说，清算欧洲中心主义的意义必须延伸至造就本土民族文化。这是民族独立之后不容回避的后续故事。本土民族需要何种文化？单纯的欧洲批判无法给出完整的解答。批判具有一往无前的风格，甚至不惜将对手勾勒成一幅可笑的漫画。然而，考虑一个民族今天需要什么，人们的评价与衡量必须涉及众多方面；某些时候不惮从对手那里窃取成功的手段——从事这些工作的人经常被形容为勇敢的盗火者。20世纪80年代，人们可以将"寻根文学"的出现形容为本土文化的倔强

---

[1]〔澳〕比尔·阿希克洛夫特等：《逆写帝国后殖民文学的理论与实践》，任一鸣译，北京大学出版社2014年版，第163页。

[2]〔澳〕比尔·阿希克洛夫特等：《逆写帝国后殖民文学的理论与实践》，任一鸣译，北京大学出版社2014年版，第208—209页。

抗拒姿态，以抗拒西方文化的同化企图；然而，回溯五四新文化运动，欧洲批判远非其全部内容。对于许多知识分子说来，本土民族文化何去何从的筹划始终存在于视野之中。的确，五四新文化运动很大程度地截断了中国传统文化的根系，子曰诗云、经史子集、修齐治平、三纲五常无不逐渐远去；然而，由于这个选择，我们的民族如今得到的更多还是失去的更多？也许，这个问题的提出不合后殖民主义批评的胃口——对这个问题的复杂权衡无形地削弱了激进批判的火力，但是，若要负责地审视一个民族的前世今生，这个问题始终挥之不去。

文学、民族形象与对话

从记者的新闻报道到教授的学术论文，人们时常接触到类似的话题：中国文学如何走向世界？正如许多人察觉的那样，反复的追问背后存在某种焦虑。这是一种普遍的想象：中国文学似乎一直徘徊于自己的国度而无法进入世界。

另一些人认为，这是多余的焦虑——这个话题本身就是伪命题。世界并不是哪一家人经营的俱乐部，必须凭票入场。我们始终都在世界之中。中国文学从来没有脱离世界。

我基本赞同后面这种观点。世界文化没有人为的边界，任何一个民族的文学无不跻身其中，不同的民族文学之间时常存在各种程度的对话。因此，"世界文学"并非一个静止的、固定的抽象概念，"世界文学"并未拥有一个固定的组成人员名单。这个概念的背后众声喧哗，其外延不断扩大。然而，在另一方面，人们必须承认的是，各个民族在众声喧哗的文学对话之中扮演的角色并不相同。某些民族音量宏大，不断地抛出令人瞩目的主题，犹如一些活跃的发言者吸引了众多的倾听者；另一些民族相对消极，它们仅仅安于一隅，人们很少读到这些民族为世界文学贡献的经典作品。

一个民族的文学通常是民族形象的组成部分。许多时候，文学甚至比历史著作、工业化程度或者国民生产总值更易于让人认识一个民族。人们可以迅速地通过这个民族的文学经典了解它的想象力、价值观念、理解世界的路径以及批判精神。人们心目中，法兰西民族难道不是和雨果、巴尔扎克、福楼拜、萨特这些著名作家的名字联系在一起的吗？俄罗斯民族难道不是和普希金、陀思妥耶夫斯基、托尔斯泰一起贮存于记忆之中的吗？

某些时候，一个作家、一部作品就足以使一个民族声名卓著，例如西班牙的塞万提斯与他的《堂吉诃德》。这个意义上，文学走向世界很大程度上即是一个民族形象的自我展示。恰恰因为民族文学与民族形象不可区分，因此，一个民族的各方面构成很大程度上决定了民族文学发出的音量。一个民族的政治、经济、文化、科技乃至文化传播体系、文化传播能力无不直接或间接地投射到民族文学之中，影响它们在世界范围所获得的接受。

当然，时至如今，人们没有理由天真地将各民族的文学对话想象成气氛祥和的平等交流。对话可能遭遇各种语境。善意的彼此关注之外，人们还可能发现偏见、居高临下的傲慢、闭塞和不解、价值观念的交锋，如此等等。这些语境存在具体的内容，例如某种观念支配了文学评奖机构，主宰批评家的作品判断或者影响学院教授的文学史写作。形成各种语境的原因可能远远超出文学乃至文化的范畴，可能涉及各种文明体系的形成历史，涉及殖民地或者萨义德所形容的东方主义，涉及经济状况、物质生活的悬殊差距或者传媒特征，如此等等。因此，民族文学的对话之中不乏浮夸的赞许或者由于无知而产生的贬低，不乏激烈的争辩甚至恶意的中伤。尽管如此，这些状况肯定不是停止对话的理由。只有更为深入的对话才是纠正偏见和傲慢的希望。

一方面，作为正在崛起的国家，中国文学走向世界不是依赖某种文化投机，或者以卑躬屈膝的文化姿态取悦于人，而是应当以深刻和独特征服听众；另一方面，对话常常是双方的相互塑造，民族文学乃至民族形象必须在对话之中汲取文化养料，不断地重新确立自我形象。

不言而喻，大部分中国作家使用汉语写作。对于世界各地的许多人说来，汉语是难以掌握的语种。然而，作为语言大师，中国作家的责任之一是展现汉语的魅力。汉语的叙事、修辞具有哪些特征？也许，人们可以考虑一个文学史遗留的问题：汉语的表意方式是否特别适合抒情？很长一段时间，抒情文学构成了中国文学的正统。汉语没有时态，也不像英语那么注重空间关系，因此，诗歌之中各种意象的组合更为自由，各种意象之间模糊不定的关系破除了"执着"的解读方式而营造出空灵的意境。例如，"枯藤、老树、昏鸦，小桥、流水、人家，古道、西风、瘦马，夕阳西下，断肠人在天涯"，其内部的时间与空间关系不拘一格。据说这种表意方式曾经某种程度上启示了西方的意象诗。另外，汉语方块字似乎也特别适于押韵，甚至产生了对联这种独一无二的文学形式。

"象形"是汉字的六书之一。某些时候，对汉语的阅读比阅读拼音文字更易于产生形象感。索绪尔的结构主义语言学曾经对西方的文学理论产生了重大影响，甚至可以认为，解构主义反对结构主义的同时仍然相当程度地遵循了后者的理论逻辑。结构主义语言学的一个著名观点即是，"能指"与"所指"之间的关系是任意的，Water之所以指称河床或者瓶子里的流动液体完全取决于约定俗成。然而，汉语的"象形"原则无疑打破了这个观点。如果索绪尔或者德里达熟悉汉语，他们的理论会不会更为深刻一些？如果世界各地的作家将不懂汉语视为一个遗憾，这就是中国文学的成功。

必须承认，世界各地相当多的作家对于中国古典文学的了解程度超过了对中国现当代文学的了解。相对地说，中国古典文学具有一个整体的形象。我指的不是长袍马褂、辫子或者"会功夫"这种表象，而是中国古典文学显现的优雅、节制乃至静穆的美学风格。例如，歌德就曾经在他的谈话录之中论及这一点。事实上，人们可以从这种风格之中察觉中国古代文人追求的某些人生观念，譬如，讷于言而敏于行的文化形象、中庸哲学的稳重含蓄、寄情于江湖的散淡、天人合一的自然观念，等等。然而，进入晚清社会，中国古典文学的整体形象开始瓦解，现代文学以及当代文学以另一种迥然相异的形象崛起。尽管中国的现代文学与当代文学力图从多个方面与各民族文学对话，但是，恰恰由于内容庞杂，其整体形象反而不如中国古典文学清晰。

我愿意认同一些同行20世纪80年代提出的一种观点：20世纪文学可以视为一个整体，虽然这个整体内部存在几个明显的阶段。五四新文化运动通常被视为20世纪文学的发轫。八不主义、白话文、新诗、现代小说、现代戏剧和杂文，当然还有之前的一系列文学翻译，这些文化事件带来的剧烈震荡拉开了现代文学的序幕。这时，中国文学与世界上各民族文学之间开始了前所未有的互动。中国古典文学遭到了猛烈的抨击，那些"五四"新文学的骨干分子扮演了"盗火者"的角色，他们大胆地引入西方文学的主题和表现形式。换言之，这个阶段民族文学的对话之中，中国文学更多的是作为倾听者、接受者的角色出现。"五四"新文学是否破坏了中国古典文学的文化基因？这个问题带来的争论至今还在延续。我个人愿意再度对"五四"新文学的主将表示敬意。我的心目中，这一批作家的文学选择源于他们的历史判断，他们的"盗火"冲动来自民族历史深处追求现代性的冲动。帝国主义列强虎视眈眈，我们所栖身的民族积贫积弱，文学以及文学所依存的文化整体必须负起相当一部分责任。这些作家将对文学的改造视为改造民族素质的工程之一。我多次描述过鲁迅等新文学主将复杂的文化策略：他们援引西方文化资源反抗西方文化殖民，与传统文化决裂的目的是认同民族国家。这种文化策略背后的孤注一掷包含了他们的愤懑、焦虑和理性思考。这就是他们当时的历史判断。对于如今的现状来说，这种判断可能已经失效，但是，人们没有理由因此否认他们的历史贡献。值得思考的毋宁说是另一个问题：没有他们当年的勇猛冲击，抵达如今的现状可能吗？

20 世纪 50 年代至 70 年代，中国文学与世界各民族文学的交流急剧缩减。20 世纪 50 年代后期中国与苏联出现了严重分歧之后，苏联文学也渐渐退出了人们的视野，中国文学大体处于孤立状态。形成这种状态的原因很多，两种观念产生了较大的作用。第一，无产阶级革命文学是最为先进的文学，因此，与各民族文学的对话和交流显然多余；第二，作为资产阶级意识形态的代言人，西方文学包含各种毒素，除批判和拒绝之外别无他途。20 世纪 80 年代之后，人们的认识出现了极大的变化。国家开始实行改革开放的战略，文学一马当先地充当了解放的先锋。与五四时期的文学存在某种相似之处，西方文学的各种潮流在很短的时间里一拥而入，再度产生巨大的震荡。除了传统的现实主义，现代主义与后现代主义几乎同时抵达，粉墨登场。拉美的魔幻现实主义紧随其后，包括像昆德拉这样的东欧作家也引起了许多中国作家的莫大兴趣。对于中国文学来说，20 世纪 80 年代如同一个盛大的聚会。各种主题、表现形式纷至沓来，实验和探索此起彼伏。总之，空前的活跃构成了 20 世纪 80 年代中国文学的重要特征。

由于思想解放带来的踊跃气氛，20 世纪 80 年代的文学活跃是一种必然。然而，这种活跃正在逐渐转化为更加深沉的思考。大部分作家不再满足于模仿西方文学。广泛吸收和开阔眼界之后，作家更多地考虑的是另一些具有根本意义的问题：哪些是当今文学必须关注的中国经验？如何以中国的美学风格表述中国经验？如何展现中国作家的创新精神？这些问题显现了中国文学的自主精神，也构成了中国文学向世界展示的独一无二的面貌。

这里所说的中国经验，远非秦时明月汉时关——中国经验更多地指当今中国的现实巨变以及由此产生的各种精神反应。当今中国现实具有哪些特点？历史正在发生巨大的转型，改革进入深水区，诸如此类的表述比比皆是。作家至少可以意识到，没有哪一种现成的理论可以完整地解释当今的中国现实。一个多世纪的时间，从大规模的革命到市场经济的崛起，这些巨大的历史事件包含了无数生动的故事。文学的笔触必须深入到每一个人的日常言行和内心深处。这时作家可以发现，多少人的人生目标发生了巨大的调整，多少人在夜深人静的时刻反省自己上半辈子的所作所为，一代新人的文化性格中出现了哪些前所未有的因素，他们的人生规划和社会历史想象正在发生何种变化，等等。

这将赠予作家许许多多的灵感。事实上，这个转折远未彻底完成，还有许多问题需要文学参与探索和解读。换一句话说，作家的任务远远不只是单纯地再现，作品的思想含量将成为一个重要的艺术品质。对于许多才能杰出的作家来说，这是出大作品的时代。作家不仅要意识到中国经验的意义，同时还应当树立写出大作品的雄心壮志。

什么是中国的美学风格？当然，平平仄仄的诗词格律或者章回体小说已经远远不够用了。当今，我们的艺术资源不仅包含数千年中国古典文学的传统，同时还包含了五四新文学运动以来的一系列新型文学经典。当然，还要指出的是，西方文学以及拉美文学愈来愈多地渗入中国文学，影响作家的想象方式和表达方式。中国文学没有理由拒绝各个民族优秀的文学财富，重要的是使之成为中国文学内在的组成部分。这将显示一个民族文化的活力和弹性。即使在五四新文学运动之前，我们也可以在中国古典文学之中找到成功的案例，例如魏晋时期对佛经的翻译。当时翻译的梵文多方面地改造了汉语，甚至对于格律诗的形成产生了巨大的推进作用。如何利用这些艺术资源造就中国的美学风格？在我看来，所有的艺术资源必须接受一个标准的考验：能否有助于显现独特的中国经验。从宏大的历史景象、社会关系的急剧调整到个人内心的幽深变化，中国经验存在各种复杂的层面，可以向各种不同的艺术形式体系敞开。所谓的中国美学风格不存在一个固定的、"本质"的范本可供模仿，最为深刻地展示中国经验的艺术形式将最为充分地表现中国的美学风格。

当然，这个节点也是需要向作家强调创新精神的时刻。如果说，经济与科技的创新重新塑造了世界，那么，文学肯定是最为重视创新精神的文化门类之一。当然，创新必须依赖相应的历史条件。可以看到，当今支持创新的历史条件业已成熟。中国经验正在向作家的想象提供一个巨大的空间，面临的各种迫切问题不知不觉地启动了作家的思想，同时，各个类型的艺术形式体系积累之丰富前所未有。对于作家来说，这是一个难得的机遇。这时，问题的焦点逐渐转向了作家：是否接受挑战？如何接受挑战？作家必须有勇气面对这种追问。

只有当创新精神成为其明显特征时，一个民族的文学才能真正抵达世界的前沿。对于中国文学来说，那时才有可能转换话题的方向——那时的话题可能是，世界如何走向中国文学？

文学理论：全球化时代的民族性

一

20世纪80年代，西方文化又一次大面积进入中国。如同大半个世纪之前的五四时期一样，文化与民族性关系的争议重新泛起。从语言、历史、宗教、艺术到各种风俗民情，文化是构造民族共同体的黏合剂。由于文化的存在，一个民族的众多成员拥有相近的生活模式和观念体系。因此，西方文化的进入带来了一个巨大的疑问：我们的民族基因会不会被改写？另一个更为严重的危险是：这种状况的背后是否隐藏了某种瓦解我们民族基础的意识形态阴谋？

回溯两个世纪左右的历史，这种提问方式并不奇怪。这一段历史时期，古老的中国积贫积弱，一个庞大的封建帝国进入了末期；西方列强虎视眈眈，它们依赖船坚炮利强行撬开了紧闭多时的中国大门，此后中国半殖民地半封建的历史遗留下巨大的创伤。时至如今，这个伤口还会由于各种原因而发炎，召唤出令人扼腕的痛苦记忆。因此，许多时候，西方的文化意象带来的不仅是异国情调，不仅是一种不同民族间的文化交流，而且还常常潜藏了某些或显或隐的敌意。这个创伤同时还隐含了奇异的历史辩证法：我们的民族即是在痛苦之中被迫崛起，并且逐渐驶入现代社会快车道的。崛起过程中所采用的许多文化策略相当程度上借鉴了西方文化，所谓"师夷长技以制夷"。这必然加强了文化与民族性争议的复杂程度。事实上，只有逐步分析卷入争议的众多因素，问题的全景才会渐渐明朗起来。

关于文学理论民族性问题的争议即是在这种背景之下展开的。这是文化与民族性关系争议的一个小小局部。20世纪80年代以来，众多西方文学批评学派络绎不绝地造访中国。从主体论、存在主义、黑色幽默、意识流、现代主义、后现代主义到新批评、俄国形式主义、结构主义、解构主义、文化研究，所谓的"理论旅行"极一时之盛。许多中国的批评家纷纷表示质疑：怎么能让我们的理论领地成为众多西方批评学派的跑马场？中国的文学理论哪去了？他们用"失语"形容本土文学理论的缺席：哑然无言，发不出自己的声音。

事实上，或许必须将产生这种质疑的时限提前到五四时期。西方文学理论的全面冲击从那个时候就开始了。先秦至晚清两千多年的时间里，中国的古代文学理论积累成了一个庞大的系统。人们可以发现一套风格独异的概念术语和理论命题，例如温柔敦厚，思无邪，意象，兴象，文与质，志，道，气，赋，比，兴，风骨，韵味，滋味，象外之象，境，趣，格调，性灵，天籁，形与神，巧与拙，虚与实，情与景，自然天成，兴寄，知人论世，以意逆志，草蛇灰线，唱念做打，诗言志，诗缘情，美刺，文以气为主，文以载道，如此等等。然而，20世纪之初的二三十年，这一套概念术语和理论命题迅速地消失，另一套来自西方文学理论的概念术语全面地取而代之，不仅主宰文学批评，并且占领了大学——诸如京师大学堂——的文学教育，例如时代，国民性，道德，意识形态，文学批评，思想，风格，古典主义，现实主义，浪漫主义，个性，内容，形式，题材，主题，游戏说，劳动说，大众，人民性，党性，经济基础，上层建筑，美学，典型，个性与共性，个别与一般，偶然与必然，作品，现实，文本，叙事，抒情，民族性，人道主义，人性，美感，真实性，虚构，想象，结构，无意识，文本间性……显而易见，两套概念术语和理论命题的文化根系迥然不同。尽管某些概念术语的语义存在互译的可能，但是，文化根系的改变无疑必须追溯到历史的转型。两种知识体系之间的转换如此之快，很大程度上暗示了历史转型的剧烈节奏。当然，并非没有人出面维持"国粹"，抵制西方文化的扩张，20世纪20年代著名的"学衡派"即是其代表。但是，五四时期高涨的启蒙气氛之中，倡扬"国粹"更像是令人生厌的保守主义，他们的主张并没有赢得足够的积极响应。"新儒家"是另一个倡扬"国粹"的学术派别，他们对于民族文化传统的顽强维护也没有成为主流。20世纪30至40年代开始，到60至70年代，抗日战争与阶级之间的大搏斗晋升为头等大事，西方文化被打上资产阶级的烙印逐渐销声匿迹，文化与民族性关系的争议失去了实际意义，而仅仅剩下若干表态性的空洞大口号。事实上，具有理论意义的辩论重新出现已经是80至90年代之后的事情了。

当然，20世纪80至90年代的重新辩论已经拥有非常不同的时代背景。全球化是时代背景之中最为重要的一项。"全球化"这个概念出现的时间不长，但是，这种现实迅速地到来了。目前看来，经济领域的变化是促成全球化的主要动力。市场的开拓与扩张，商品在世界各地的流通，各个国家之间频繁的经贸往来，资本没有祖国——那些货币资本正在全球范围内四处游弋，巨大的经济红利驱使人们将全球联结为一个网络。许多文化内容跟随商品的流通越过国界，进入另一个文化空间，例如麦当劳文化的全球普及，再如汽车的输入同时伴随汽车文化的输入，如此等等。交通工具的发达和完善极大地满足了全球化所需要的条件。远洋轮船，铁路与火车，大型喷气式客机组成的立体交通体系正在覆盖全球的每一块热土。

高度发达的大众传媒体系构成了全球化的另一种形式。如果说，海外留学和越境的印刷品——近现代开始的大规模翻译活动无疑为文化的"越境"提供了必要条件——曾经是传播异域信息的重要渠道，那么，如今的卫星电视和互联网令人惊异地制造出了新型的文化交流方式。异国他乡的文化被转化为影像符号，电波和信息之流轻而易举地跨越遥远的空间距离和森严的海关被移植到另一块土地上。从美国的股市、欧洲足球联赛到中东战争、拉美地震，大众传媒可以在第一时间将新闻事件传遍全球各地。由于前所未有的频繁交流，各民族之间多元文化的对话、沟通与隔阂、冲突成为全球化背景下的另一种景象。这当然也是20世纪80至90年代重新辩论的语境：重新洗牌已经开始，中国文化将扮演什么角色？

必须承认，很长一段时间，中国对于全球化这个事实相当陌生。20世纪80年代以来的中国文学不断地传颂一个众所周知的口号：文学走向世界。这显然是一个有些缺陷的口号。不言而喻，世界并非哪一个国家独立经营的俱乐部，走向世界并不需要购买特殊的门票。换一句话说，我们始终就在世界之中。然而，长时间的闭关锁国让人觉得，世界是一块有待熟悉的大陆，我们尚且徘徊于世界之外。20世纪90年代之后，这种状况有所改善。中国开始从各个方面融入全球化图景，中国作家与世界文学的交往日益密切。这时，毋宁说另一个事实愈来愈多地引起中国文学的关注：各个民族众声喧哗的文学对话之中，中国文学什么时候登台表演？一些发言者占据了中心位置，振臂一呼，应者云集；另一些发言者音量很小，听众寥寥——这甚至并非民族人口的数量所决定的。许多人喜欢说，越是民族的就越是世界的，可是，只有为世界贡献独特主题的文学才能真正令人瞩目。如果中国文学将西方文学作为未来的生产配方，如果中国文学仅仅演变为佐证西方文化的某些案例，那么，世界的文化舞台绝不会为之腾出尽情展现的空间。许多人同时观察到，某些同质文化——例如美国文化——正在急速扩张与大面积复制，而且，由于科技与经济的掩护和支援，这种扩张与复制甚至带有侵略性。这个意义上，中国文学会不会甚至在本土陷入萎缩？

很大程度上，这即是"失语"之说背后隐含的焦虑。

二

考察文学理论与民族性问题的争议还要与现代性话语联系起来。

现代性话语是一个松散的理论体系，为现代社会的诞生和成熟保驾护航。现代性话语发源于西方文化，这个理论体系包含了启蒙主义、工业主义、进步主义、历史目的论等内容，强调普遍性与理性。现代性话语之中，全球—本土、现代—传统是一些褒贬分明的二元对立概念。"本土"或者"传统"这些概念时常被看作"保守""落后"的同义语，它们仿佛代表了蒙昧与未开化。现代性意味的是先进、发达、开放和一个标准化的文明社会，这种社会即是全球化网络的组成部分。正如安东尼·吉登斯所言，现代社会的一个重要特征是"脱域"（Disembedding）。[1] "脱域"表明脱离一个具体的地点和空间，将某种知识或者规范推广到世界范围，例如

---

[1] 参见〔英〕安东尼·吉登斯：《现代性的后果》，译林出版社2001年版，第18—26页。

货币、交通规则的红绿灯信号，或者各种商品的认证体系。这首先是来自经济领域的追求。无论是重量单位、空间计量单位、各国之间的货币结算还是商品品牌的互认，"脱域"形成的统一标准带来的经济活动效率是现代经济全球化不可或缺的条件。

相当长的时间里，中国社会似乎与现代性话语格格不入。漫长的农耕社会拥有自给自足的传统，相对落后的生产力以及闭关锁国的意识形态和行政政策都是中国社会远离现代世界的原因。20世纪80年代之后，中国的改革开放开始接受了现代性话语的基本前提，接受了市场经济和全球化形式。许多人觉得，"脱域"以及与国际接轨意味着一个新型空间的到来。

"谁的现代性？"事实上，如此尖锐的问题很迟才浮现出来。人们逐渐意识到，所谓的现代世界并非一个温情脉脉的所在。相反，这里充满了激烈的竞争，充满了支配与被支配、主宰与被主宰的角逐。资本与市场并非以平等为目标，利益最大化的企图背后存在各种意义上的争夺与反抗。较之封建社会的人身依附，市场许诺了更多的个人自由，但是，人们没有理由天真地想象，权力关系、压迫和剥削从此消失。国家、民族、企业、行业、阶级、阶层和个人都将作为利益主体形成各种复杂的关系网络。换言之，尽管现代社会具有丰裕的物质财富和令人向往的生活质量，但是，现代性话语并不能掩盖另一个事实——现代历史没有划定一个公平的起跑线，以使各个国家可以齐头并进。更多的情况是，那些占据优势的利益主体时常把持有利位置，排挤和倾轧相对落后的弱者。全球化的意义上，国家与民族将作为利益主体发挥强大的作用，文化交流也是如此。

全球化与现代性话语共同促成了世界范围内众多文化体系的相互交汇。各种跨国的文化盛会接踵而至。然而，人们可以迅速发现，各种文化体系的交流并不平衡。对于中国来说，好莱坞、可口可乐、西装、英语、基督教以及情人节或者圣诞节的输入，远远超过了京剧、太极拳、儒家学说与茶文化的输出。即使在互联网这个虚拟空间，英语文化也无疑拥有远为强大的势力。正如许多批评家犀利地指出的那样，各种程度的文化殖民观念隐藏在跨国的文化交流之中，西方中心主义时常成为一个挥之不去的幻影。许多时候，文化交流引起的竞争与经济利益紧密地捆绑在一起，例如电影工业。每一块银幕上的悲欢离合无疑是传统的"文化"内容,然而,电影公司、影院或者院线的业绩直接体现于票房和经济收入的账本之上。当文化与经济联袂出演的时候,竞争的激烈程度将会成倍地增加。

众多发展中国家的知识分子已经在各种场合表示出对于文化殖民观念和西方中心主义的反感。尽管如此,对二者的清除远非易事。各种文化不平等现象夹杂于经济活动或者文化交流的游戏规则之中,甚至构成了现代性平台本身。退出各种经济文化的衔接系统,不再接受业已展开的各种现代运作方式,这多半意味着退出现代性平台。对于众多发展中国家来说,这是一个难以承受的代价。

那些发达国家的知识分子早已察觉这些反感以及种种批评。塞缪尔·亨廷顿的《文明的冲突与世界秩序的重建》可以视为一种特殊的回应。他的研究认为,未来世界的冲突将是源于西方文明、伊斯兰文明与儒家文明之间的根本分歧。[①]未来的世界必将是多种文化并存的世界。这些文化之间的关系如何?如果说,现代性话语带给人们的初步想象是,世界范围内的文化交流意味着取长补短,构建一个彼此认同的文化图景,那么,亨廷顿转向了问题的另一面:彼此冲突。军事或者经济的争端之外,文化并非一个团圆与和睦的领域,而是另一种形式的斗争。作为一个强大的利益单位,文化竞争之中的民族和国家充当的是守护者乃至捍卫者的角色。所谓的"世界文化"或者"世界文学"仅仅是一个虚幻的称号,这种称号的实际内容往往被某些发达的民族国家所劫持,成为它们的代言者,推销它们的标准和型号。如果说,军事意义上的殖民与反殖民不得不诉诸飞机大炮,那么,文化意义上的殖民与反殖民往往在文化交流以及学术研究的形式之下展开。因此,没有哪一个民族国家会天真地放弃自己的文化传统,相反,未来的世界甚至不惜为此开战。不要幼稚地认为,只有经济利益或者军事要塞值得洒下热血,文化亦然。很大程度上,可以将亨廷顿的观点视为现代性话语的另一章。

将军事、经济、文化合并到同一个逻辑之上,将民族国家作为毋庸置

[①] 参见塞缪尔·亨廷顿:《文明的冲突与世界秩序的重建》,周琪等译,新华出版社2010年版。

疑的前提，所有的问题仿佛已经一清二楚。因此，许多批评家主张，尽快恢复中国古代文学理论的主导地位，将文学的阐释权从西方文学理论那里夺回来。民族文化的大旗必须插在文学理论的城堡之上，大声对"全盘西化"说"不"。当然，与20世纪20年代相似，各种"复古主义"的主张也不断地遭到各方面的冷嘲热讽，"闭目塞听"与"抱残守缺"多半是这些嘲讽的主要内容。相当长的时间里，争论似乎一直在"复古主义"与"全盘西化"之间钟摆式地摇晃。如今回顾起来，大部分争论的理论水平不尽如人意，文化交流之中存在的某些相对复杂的情况一直未曾进入视野，得到深入的辨析。如果试图提高争论的思想质量，我们必须开放视野，正视文化交流之中各种复杂的情况，继而作出相应的理论判断。

三

20世纪之初的五四新文化运动主将对于中国传统文化的决绝态度是一个无法回避的焦点。

五四新文化运动如同现代性话语的中国版标本。"德先生""赛先生"背后包含的启蒙、理性被视为现代社会的文化性格。然而，尽管科学精神与普遍主义之间存在密切联系，五四新文化运动主将激烈地反对中国传统和大胆引进西方文化的做法并不能简单地解释为向文化殖民投降。各种史料证明，他们是一批富有责任心的知识分子，对于历史有自己的判断。这些知识分子将古老中国的衰败很大程度地归咎于中国传统文化——尤其是儒家文化，因此，抨击传统文化成为他们的锋芒所向。另一方面，他们在相同的意义上引进西方文化。鲁迅自称是"盗火者"，他们力图以西方文化矫正中国传统文化的缺陷。我曾经多次指出这一批知识分子的复杂策略：他们试图以抛弃传统文化的方式认同民族国家，以援引西方文化资源的方式抵抗西方的文化殖民。我们很容易发现这种策略之中隐藏的悲愤和孤注一掷的情绪；在我看来，这种情绪背后的拳拳之心来自他们的历史责任感——这种责任感远远超出了许多"子曰诗云"的背诵者和几个热衷于为自己学科争取蝇头小利的教授。某些人试图将五四新文化运动的主将形容为西方文化殖民的帮手，这显然是一种理论误判——如果不是有意贬低的话。我曾经指出：

> 如何辨别鲁迅式的"盗火者"与"言必称希腊"的崇洋分子？尽管二者都对西方文化表示浓厚的兴趣，但是，"盗火者"的主题是探索民族的独特命运，力图"师夷长技以制夷"；相反，崇洋分子热衷于将民族历史纳入一个普遍的模式，使之成为西方文化逻辑的具体例证。在我看来，关注民族的现状与未来是众多以天下为己任的知识分子共有的特征。由于不同的历史情势、阶级地位与不同的知识结构，这些知识分子可能观念分歧，甚至针锋相对，但是，民族向何处去是他们始终放在心上的重大问题。作为儒家的先哲，孔子是一个入世的知识分子，他从未放弃自己栖身的那个时代；作为五四新文化运动的主将之一，鲁迅也是一个入世的知识分子，他的嬉笑怒骂是掷向黑暗现实的匕首与投枪。人们可以用两千多年的时间距离与历史演变解释鲁迅对于儒家思想的憎恶，但是，他们都是对于自己的历史时代做出清晰判断的人，而不是单纯的书斋式学者。相对于那些崇洋分子，民族本位是他们之间最为深刻的公约数，也将是弥合两种观念持久争论的基本前提。①

当然，迄今为止，我们必须充分地意识到历史背景的巨大转换。这一批知识分子的策略是否奏效？他们的历史判断是否已经过时？一个世纪之后，中国传统文化与西方文化之间的关系是否出现了另一种倾斜？如此等等。这是文学理论与民族性争议面对的新问题、新局面和新条件。显而易见，五四新文化运动倡导的"德先生"与"赛先生"是我们民族崛起的重要原因。晚清之际的历史事实证明，如果亦步亦趋地延续封建帝国古老的文化逻辑，我们的民族无法阻止帝国主义列强扩张的野心。"物质力量只能用物质力量来摧毁"，我们的民族必须拥有生产各种"物质力量"的工业、社会机制以及相应的意识形态，这同时是进入现代社会的基本前提；

---

① 南帆：《中国的文化活力》，《人民日报》2016年10月13日。

然而，现今的问题已经转移到另一个层面之上：在"物质力量"相对具备的情况之下，我们是否要重新审视古老的中国传统文化资源？这种思考至少包含了两方面的目的：首先，承传我们民族的文化基因，这种文化基因在世界文化谱系之中具有独一无二的意义；其次，现代性话语正在遭遇一系列问题和瓶颈，中国传统文化的某些理念有助于设计各种解决方案。

文学理论很大程度地控制了一个民族的审美和想象力，负责解释文学作品的各种意义。一个庞大的意识形态体系之中，各种微妙的、动人心魄的或者激情澎湃、令人血脉偾张的审美愉悦可能带来什么？这也是文学理论不懈地关注的话题。相对于西方文学，抒情文学是中国传统文学的源头，因此，中国古代文学理论对于抒情主体以及主体与客观世界之间的情景关系做出了深刻而细腻的考察。"温柔敦厚"与抒情主体的节制或者"以禅喻诗"与抒情主体的顿悟等都是古代批评家提出的极具特色的美学命题。至于风骨、神韵、形与神或者虚与实均是西方文学理论未曾涉猎的美学范畴。保持以及阐发这种美学范畴是中国文学理论的重要职责，理解这些美学范畴对于体会中国古典文学至关重要；世界文学范围内，这些美学命题或者美学范畴隐含了特殊的价值。如果说，精神分析学之所以对文学批评产生了如此之大的影响，显然是因为"无意识"开拓的主体研究打开了巨大空间，那么，中国古代文学理论对于抒情主体的研究显示了另一种不同的方向。也许，这个方向展示的空间将在未来开启另一个研究空间。

我还想指出的是，文学理论与民族性问题的历史背景之中存在一个特殊的节点：这与"民族"这个概念的浮现与"阶级"这个概念的退隐密切相关。从反对帝国主义列强的侵略到抗日战争，"民族"这个概念始终是凝聚人心和号召、动员的旗帜。然而，20世纪初期，五四新文化运动的另一个理论后果开始显现：由于马克思主义学说的传播，"阶级"的观念进入中国，阶级斗争成为解释历史的一种最为重要的学说。抗日战争结束之后，民族矛盾退居次要位置，"阶级"的观念迅速上升为首要的标准，并且在数十年的时间里成为衡量一切问题的首要尺度。无产阶级必须战胜资产阶级赢得文化领导权，文学理论显然是这个战役的一个局部。中国现代文学理论发展之中的一个重要转折点即是，苏联文学理论的全面介入。

20世纪20至70年代，中国文学理论对于马克思主义批评学派的了解绝大部分是通过苏联的文学理论中转。1954年，苏联派遣毕达柯夫到北京大学举办"文学理论研究班"，社会主义现实主义文学理论得到了完整的传授，同时，来自英语世界或者来自德国、法国的文学理论体系作为资产阶级的学说遭到了拒绝和排除。这个研究班的学员日后多半成为中国文学理论的教学骨干。20世纪50至70年代，中国出版了许多文学理论教材。这些教材多半以季摩菲耶夫——毕达柯夫的老师——的《文学原理》和毕达柯夫的《文艺学引论》为范本。事实上，中国现代文学理论之中，相当一部分"西方"的文学概念来自苏联，例如文学的阶级性、倾向性、党性、人民性、典型，等等。诸如现实主义、浪漫主义或者现代主义也在很大程度上接受了苏联理论家的解释。不论是政治制度、经济模式还是文化观念、审美想象，苏联的各个方面无不成为中国的范本。中国与苏联的关系破裂之前，阶级联盟拥有的意义远远超过了作为"想象的共同体"——本迪克特·安德森的著名表述——的民族。"全世界无产者联合起来"，这表现为跨民族的阶级联合。当时，苏联"老大哥"显然是作为阶级意义上的师长和战友获得了无可置疑的尊重，当然包括文学理论上的尊重。我们心悦诚服地接受毕达柯夫的教诲，从未考虑用"民族"的名义阻挡那些陌生术语的全面覆盖。

四

如何评价阶级学说的引进是另一个事关重大的理论问题和历史问题。现今的事实是，阶级学说不再作为最高的纲领凌驾于一切工作之上。恰恰由于"阶级"这个概念的后撤，"民族"概念逐渐进入理论的聚光灯圈。当然，从阶级对立到民族差异，这是性质不同的文化竞争。事实上，后者所包含的内容似乎远比前者复杂。

这个意义上，我们必须进一步讨论阐释的有效性问题。

通常，文学理论乃是一套阐释文学的知识系统。文学理论利用一系列概念、范畴分析和概括文学，阐释文学的内涵和功能，从中发现和提炼出各种普适性的命题。因此，评价一种理论的成功与否，知识的有效程度构成了一个重要的标准。当"民族"成为文学与文学理论的定语时,知识的有效程度也不得不加入"民族"的内容作为定语:哪一个"民族"的文学理论?阐释哪一个"民族"的文学?有效程度如何?

抱怨中国文学理论"失语"的许多批评家往往忽略了这个问题。这些批评家的不满之处多半在于,众多理论命题或者概念术语的背后找不到中国的作者。然而,这种状况可能存在不同的原因:或者由于身为中国作者而遭到了不公平的排挤或者压抑,或者由于中国作者的文学理论丧失了阐释的有效性。如今,至少在公开的学术舆论之中,没有哪一个民族的作者拥有天然的学术优势。一种成功的理论问世,理论的作者可能为自己的民族国家赢得荣誉;但是,这种程序无法颠倒——我们不可能仅仅因为作者的族裔而不假思索地接受他的理论。现代知识体系内部业已形成的共识是:无论生物学、物理学、化学还是对史料的考订、水流量的测算、鳄鱼习性的描述,一种结论得到接受的理由是经过严格审定的学术价值,而不是作者的民族出身。换一句话说,在严格的学术标准面前,作者的出身只有微弱的参考价值。这就是说,本土的文学理论不能免除文学阐释是否有效的检验。

当然,这是一个头绪复杂的问题——上述的检验至少可以有逻辑地区分为四个项目之间的交叉关系:本土的文学理论与西方的文学理论;本土的文学与西方的文学。我们常常忽略的另一个问题是,异域的理论可能阐释本土的现实——自然科学如此,社会政治如此,文学也是如此。生物学、物理学或者数学结论的有效性显然不受国界的限制。作为一种社会科学,马克思主义学说也突破了不同的文化圈和不同民族国家的隔阂。我们没有理由认为,来自美国作者的文学理论对于中国文学必定无效,或者中国的文学理论对于日本文学必定无效。必须看到,本土的文学理论与本土文学存在相同的根系,前者对于后者的描述和解读可能相对熨帖、准确;但是,所谓的阐释同时包含了某种评判。

评判所依据的价值标准并非本土文化的必然产物。这种标准毋宁说凝结了美学理想与文学现状之间的张力。没有任何张力的标准仅仅是一种自我循环式的重复。然而,我所说的美学理想拥有不同的来源——除了本土的现实和传统文化,人们还可以发现异域文化的作用。不同的历史条件下,异域文化可能某种程度地介入乃至参与本土的历史，提供各种参照系。这个意义上，异域文化某种程度地构成美学理想的组成部分并不奇怪。魏晋时期的佛学曾经介入中国文学，佛学之中的许多范畴深刻地影响了中国的古典诗学观念，例如"意境"；五四时期的西方文化大规模地介入中国文学，现代文学史上鲁迅、郭沫若、茅盾、巴金、老舍、曹禺的美学理想之中无不存有西方文学的烙印。因此，我们可以说：

> 没有必然的理由断定，本土文学隐含的问题仅仅限于本土文学理论的阐释范围。二者不一定时刻重合；二者也可能相距甚远。另一方面，异域的理论漂洋过海植入本土，这种现象并不罕见。民族渊源与阐释效力不是两个严丝合缝的齿轮。的确，对于汪曾祺或者阿城说来，西方的文学理论并不够用；这两个作家追求的美学韵味显然是中国古代文学理论擅长表述的。然而，这不是文学的全部。对于王蒙、莫言、残雪、余华、苏童、刘索拉这些作家说来，革命、意识形态、意识流、现代主义、颓废这些西方概念的阐释效力肯定超过了中国古代文学理论。①

许多文学理论家往往简单地强调，西方的文学理论与本土文学格格不入，理论阐释与研究对象之间的沟通必须由民族的血缘作为担保。然而，我想指出的是，这远非事实的全部。

五

也许，我们可以部分地认可上述事实：中国古代文学理论更为擅长阐释中国的古典诗文。然而，对于中国的现代和当代文学，道、气、境、兴象、气韵、滋味这些概念显然不够用。许多时候，典型、情节、结构、无意识、意识形态这些概念更为说明问题。五四新文化运动之后，一种新型的现代文学迅速成熟——中国的当代文学迄今仍然沿袭现代文学的基本框架。这

---

① 南帆：《理论的历史命运》，《福建论坛》（人文社会科学版）2003年第5期。

是对于新型生活的文学回应。无论是大工业生产、发达的交通系统、大众传播媒介还是瞬息万变的城市生活、汹涌的流动人口、铺天盖地的符号信息，现代社会制造了前所未有的复杂经验。大型叙事文学的崛起显然与这种复杂的经验息息相关。梁启超的《论小说与群治之关系》中虽然不无夸张之词，但是，他对于小说的青睐显示出历史的敏感性。中国古典诗文的审美通常停留于农耕时代的意象，抒情主体与这些意象之间的隐秘呼应构成了独特的情趣，引而不发的节制和妙悟天开的禅意表现出宁静之中的天人合一。中国古代文学理论的气、韵、境、味以及"脱以形似，握手已违""羚羊挂角，无迹可求"等均是对这些情趣表现的精微描述。然而，面对现代社会的复杂经验，精致的古典诗文已经力不从心；叙事文学兴盛之后，"诗文评"为主要内容的中国古代文学理论只能做出相当有限的反应。

无论是全球化还是现代性话语，二者无不表明了一个共有的特征：现代社会的复杂经验既具有纷杂的层面，同时又构成一个相互联系的整体。如前所述，科学精神正在成为愈来愈强大的观念，科学判断被视为生活之中的普遍准则。自然科学所研究的自然现象不以人的意志为转移，民族、阶级、国家所形成的意识形态无法干扰自然现象的形态、变化和运动。俄罗斯、美国、中国或者澳大利亚无疑拥有相同的水分子式，重力加速度可以在地球的每一个角落获得证实。这个意义上，正确的科学结论是跨民族的。科学精神是普遍主义的最大支持者。相对而言，现代性话语对于普遍准则的热衷具有强大的人为因素。这些普遍准则是降低经济活动成本的必要措施。这不仅形成了普遍主义的意识形态，而且，这些准则对于后进地区的格式化已经大面积涉及普通人的日常生活。我们可以从现代汉语之中找到许多证据，众多来自英语和日语的外来词汇证明了西方文化愈来愈明显的影响力。当科学精神和现代性话语本身业已构成中国现实的组成部分时，异域文化——当然主要是西方文化——对于中国本土的阐释得到了愈来愈多的成功验证。这种状况显然是历史情景的产物。然而，许多思想家往往倾向于抽掉历史情景的条件依据，借用科学精神和现代性话语论证形而上的普遍主义原则。当然，这个基础之上的普遍主义必定是以西方文化为中心的。

文学、文学理论以及诸多人文学科对于隐藏于现代性话语内部的西方中心主义高度敏感。当经济学在利润的前提之下压抑了个性、自由、尊严之际,文学通常站在人文精神这一边,关注边缘、底层、小人物、非主流,关注各种形式的解放和冲击;当普遍主义逾越经济学领域扩展为西方式的普遍主义意识形态之后,文学时常对于现代性话语采取不合作的态度。作为文学的阐释性呼应,文学理论始终对于同质文化的扩张和覆盖保持抵抗的姿态。很大程度上,后殖民批评即是文学理论做出的激进回应。

但是,文学理论从来不是以作者的民族出身作为批判的利器,重要的是阐释的有效程度。正如女权主义的批评观点可能出自男性批评家之手,西方中心主义的批判者乃至掘墓人也可能来自西方文化内部。后殖民等批评学派的出现表明,西方文化内部已经产生出某种文化抗体,这种文化抗体将与西方中心主义为敌。重要的是文学理论知识包含的批判指向,而不是作者的民族出身。这个意义上,一方面,我们没有理由简单地回绝一切来自西方的文学理论;另一方面,尽管中国古代文学理论可以视为本土文化的古老标本,但是,许多传统的理论范畴业已丧失与中国现代和当代文学对话的能力,也丧失了抗衡西方现代性话语的功能。如何摆脱文学理论的"失语"状态?这时,所谓恢复"国粹"往往只是一个象征性的姿态而缺乏真正的冲击力。

六

恢复"国粹"的主张多半隐含了一个前提:将中国的传统文化视为本土的标志。我曾经发现,许多人习惯于将中国本土与传统文化相提并论,同时,所谓的"现代"往往被慷慨地判给了西方文化。这种习以为常的组合甚至充当了各种争论的潜在轴心。也许,这种习惯不无历史依据。最近几个世纪,一个不争的事实是:许多西方国家率先进入现代社会。然而,我们没有理由因此构思一个凝固的历史图景:中国必须心安理得地停留在现代社会之外,重复"君子固穷"或者"安贫乐道"之类的言辞安慰自己。

这种观点时常将"本土"视为一个固定的、本质主义的概念,似乎本土仅仅是一个固结不变的形象,没有历史,没有未来,没有持续不断的演变。因此，如何想象本土固定的代表性标记常常是一个有趣的问题。中华儿女？龙的传人？儒家学说的信徒？汉唐气象？阴阳八卦、天人合一或者仁义礼智信？事实上，这个问题并没有一个标准的答案。许多人可能为是否"尊儒"或者秦始皇、汉武帝、唐太宗的历史功绩辩论不休，但是，将本土冻结于某一个古代文化的意象是共同遵循的思想方法。

将本土想象为固定不变的实体，也就是将本土排除在历史脉络之外，使之成为一个外在于世界的超然的孤岛。然而，这种一厢情愿的想象仅仅是一种幻觉。当今世界，已经没有哪一个角落可以逃脱现代经济、军事或者文化的网络覆盖。因此，我愿意遵从的是另一种考虑问题的方式：在众多相互交织的民族关系之中理解本土。本土始终存在于历史的运动之中，不存在一个抽象的、形而上的本土。事实上，我们只能谈论汉代的本土、唐宋时期的本土、晚清的本土或者现今的本土。它们不是完全相同的。毫无疑问，本土内部存在一脉相承的内容，我们常常称之为传统。但是，传统的涵义并不是一代又一代稳定不变的复制。传统只是人们出发的起点，而不是抵达的终点。每一代人都必须站在传统提供的起点之上重新创造，而不是躺在传统之上睡觉。毫无创意地重复传统本身就违背了传统生生不息的内涵。因此，传统并不能证明本土只能封锁在一成不变的模式之中。本土是一种持续的建构。本土显现的特征不是某种自我规定，这些特征取决于多民族之间的交往、竞争、对抗、吸引，历史网络之中多种力量的交织、互动塑造了本土——这些对话当然也塑造了其他民族。只有将本土置于真实的历史网络之中，我们才能真实地叙述何谓当前的本土，强调什么，坚持什么，同时反抗什么。所以，萨义德——后殖民理论的鼻祖——在他那本影响广泛的《东方学》后记中指出，民族文化并非一个"本质主义"的实体，而是"自我"与"他者"交互关系形成的建构：

> 每一文化的发展和维护都需要一种与其相异质并且与其相竞争的另一个自我的存在。自我身份的建构——因为在我看来，身份，不管东方的还是西方的，法国的还是英国的，不仅显然是独特的集体经验之汇集，最终都是一种建构——牵涉到与自己相反的"他者"身份的建构，而且总是牵涉到对与"我们"不同的特

质的不断阐释和再阐释。每一时代和社会都重新创造自己的"他者"。因此，自我身份或"他者"身份决非静止的东西，而在很大程度上是一种人为建构的历史、社会、学术和政治过程，就像是一场牵涉到各个社会的不同个体和机构的竞赛。①

　　显然，中国本土与西方文化的对话存在的前提是，抗拒同质化强势文化的吞噬。我们的民族并非为了不同而不同，亦非想无条件地恢复儒家或者道家的名誉，或者加工出一副复古风格的奇异形象吸引人们的视线。按照萨义德的分析，提供各种肤浅的异国情调恰好满足了西方文化的猎奇和猜想。西方的文化殖民主义者热衷于想象，那些落后民族没有文明史，无法接受科学、技术、理性和逻辑。因此，西方的入侵意味的是文明的输入。这个意义上，那些不同民族古老理论之中古香古色的概念术语时常被作为西方文化的先进和现代意味的反衬。

　　因此，我想重提的一个原则是，本土与西方文化的竞争必须在现代性的平台之上展开。我们的民族已经不可能退出全球化网络，解除与各个民族之间的竞争关系，自动地放弃现代社会，心甘情愿地退回远古的"桃花源"，深居简出，与世无争。"半部论语治天下"——对于"桃花源"式的传统农耕社会，古代思想家的观点似乎已经够用。然而，如果我们不愿意充当历史的局外人，不愿意西方文化垄断现代性话语，换言之，如果有信心发展独特的现代性主题，那么，我们就没有理由将现代性平台拱手相让。事实上，我们的目的是集聚起抗衡西方文化的强大能量，从而使本土成为世界文化之中一个不可忽略的存在。我们强调的是中国式的现代性，并且以这个主题与西方文化设定的现代性话语抗争，而不是摆脱现有的时间与空间坐标，将本土拖回历史的深处从而表示与西方文化的差距：这种怯弱的选择毋宁说间接地配合了西方文化的现代性前景设计。只有坚持进入现代性平台，西方中心主义的历史图景才可能遭受真正有力的挑战。

---

① 〔美〕爱德华·W.萨义德：《东方学》，王宇根译，生活·读书·新知三联书店1999年版，第426页。

七

现在可以回到文学理论领域：我们没有理由将中国本土文学理论的民族性狭隘地收缩为中国的古代文学理论。相反，我们致力促成的恰恰是另一个事实：中国的本土能够与"现代"紧密而又合理地联系起来。这个意义上，中国古代文学理论的"现代转化"显出了特殊的吸引力。这是许多中国批评家共同倡导的命题。"现代转化"的说法表明，批评家已经意识到中国古代文学理论与现代社会的复杂经验之间存在距离；同时，某种理论的"转化"显然有助于克服这种距离，从而将中国古代文学理论的特定内涵引入现代性平台，使之获得与西方的现代性话语进行对话乃至竞争的可能。

我曾经指出，这种"现代转化"至少包括两个步骤：第一，解释和转译中国古代文学理论内部一系列概念、范畴、命题的基本涵义；第二，衡量和评判这些概念、范畴、命题对于现代历史语境具有何种意义。可以预料，中国古代文学理论中有相当一部分内容仅仅是一种历史遗迹；因此，"现代转化"所要做的显然是，将那些仍然包含了强大冲击力的理论内容解放出来。

当然，即使对于所谓的"现代转化"抱有莫大的好感和期待，我们仍然不能将中国古代文学理论视为唯一的资源。构建中国本土的文学理论不仅要吸收中国古代批评家的真知灼见，同时要考虑到五四以来众多知识分子的思想探索。一个世纪左右的时间，他们的探索已经同样成为中国传统文化的组成部分。时至如今，五四知识分子的许多具体文学见解已经不重要，重要的是他们的两种文化品格。一方面，五四知识分子的现实敏感性是多数古代批评家所不可企及的。他们不仅深切地感受到底层大众的疾苦，而且敏锐地察觉到历史深部的动荡不安，意识到巨大的革命风暴迫在眉睫。他们及时地站到了新生力量这一边，并且勇敢地为之摇旗呐喊。五四知识分子之中的许多人接受了马克思主义历史观念，这使他们拥有了古代批评家无法比拟的理论视野。另一方面，五四知识分子对于西方文化采取了一种必要的开放姿态。这种开放并非无条件的膜拜，而是鲁迅式的

"拿来主义"和为我所用。他们之中没有多少人乐于炫耀博学，甚至无暇从事学术意义上严谨的"细嚼慢咽"，相反，历史的急迫性驱使许多人匆匆地翻译、介绍和引用，乃至不惮流于粗陋和疏漏。这种姿态再度显明，他们并非西方文化的信徒，而是将西方文化作为疗救弊病的资源。

五四新文化运动是中国第一次大规模地引进西方文化，这个事实的历史后果迄今仍在延续。当然，各种极端的观点已经没有多少市场——例如，断言汉语是落后的文字，必须予以废除；或者，认定西方的"声光电化"乃"奇技淫巧"，绝不染指，如此等等。恰当的文化开放已经成为普遍的共识。然而，本土文化与外来文化——尤其是西方文化——之间的主从关系以及实际比例始终是一个争论不休的焦点。从"为我所用"到"崇洋媚外"，二者之间的界限模糊不清。在我看来，没有必要对于西方文化的各种理论概念如临大敌，中国的文学理论应当拥有海纳百川的气度。一个思想的大国不至于那么轻易地被几个异域的概念攻陷。相反，不同理论体系的概念、命题时常提供了各种视角的补充。然而，引进各种西方的文学理论必须遵循一个重要的原则：这些理论的意义是再现和阐释"中国经验"及其意义，而不是将"中国经验"剪辑为迎合西方理论预设的例证。换言之，"中国经验"是一个不可代替的中心词，必须由这个中心词构成理论场域的制高点。相对于众多理论话语作者的民族身份，作为阐释对象的"中国"对象远为重要；论证的合理与否远为重要。我在《现代性、民族与文学理论》一文之中如此表述：

> 由于中国经验的坚固存在，西方文学理论仅仅是一种阐释而不能越俎代庖成为叙事的主宰者。"现实主义"或者"浪漫主义"这些强势概念曾经导致理论家削足就履地改写中国文学史。只有中国经验的独特结构才能抗拒西方文学理论的强制性复制，扰乱知识与权力的既定关系，打破普遍主义的幻觉。这常常使中国经验与西方文学理论的遭遇成为一种戏剧性的彼此改造。各种挪用、引申、误读或者曲解之下，西方文学理论出现了变种或者混杂，从而丧失原有的一致性和理论权威，出现所谓的"杂质化"。这时，中国经验可能在多种阐释体系的交织之中显现，并且与众多

经典论述相距甚远——然而，这恰恰与本土血肉相连。①

或许，现在已经看得更为清楚：本土或者中国经验并非静止的，所有本质主义的固定解释都有可能丧失效力。各种现成的理论必须在持续的变化和挑战之中不断地自新。中国经验是一个真实的物理空间、文化空间和心理空间。从语言、宗教、风俗到伦理道德、饮食习惯、建筑风格以及特殊的审美观念，中国的传统文化始终活跃在这个空间。唐诗、宋词或者《三国演义》《红楼梦》从来就没有离开过我们的生活；文以载道、不平则鸣、传神写意、为情造文这些命题也从来就没有离开中国的文学理论。尽管如此，我所要强调的仍然是中国经验的创新之处。20世纪80年代至今，中国的社会历史正在发生极为深刻的转型，持续的震荡波及社会的每一个角落。许多未曾命名的社会现象、生活方式、精神意识纷纷涌现，以至于各种现成的经济学或者社会学理论逐渐失效。作为社会文化最为灵敏的雷达，文学截获了这些内容，并且尽量给予完整的表现。某种程度上，这是文学参与历史转型的特殊方式。与此同时，从杂志、报纸、书籍到电影、电视、互联网，文学的传播工具也在发生革命性的改变。总之，各种未定因素正在向文学领域集聚。中国经验的文学隐含了各种生机勃勃的可能形式。这个意义上，文学理论必须做出积极的回应。这种回应的内部包含了如下两个方面的张力——开阔的理论视野与聚焦于"中国经验"的轴心。在我看来，这即是现今中国文学理论的民族性。

---

① 南帆：《现代性、民族与文学理论》，见《后革命的转移》，北京大学出版社2005年版，第149页。

文学视野与人类命运共同体

一、世界文学的形成与世界意识

　　作为马克思主义的标志性经典,《共产党宣言》以深邃的历史分析、开阔的胸襟以及充沛的激情著称。这一部经典雄辩地阐述了生产方式、交换方式带来社会结构的必然变化。尽管如此,许多精细的解读都没有忽略《共产党宣言》提到的一个特殊命题:世界文学的形成。19世纪上半叶,"世界文学"的概念已经出现于歌德等作家和思想家的言辞之中,但是,《共产党宣言》的表述远远超出了单纯的文学范畴而指向普遍的精神文化生产:"过去那种地方的和民族的自给自足和闭关自守状态,被各民族的各方面的互相往来和各方面的互相依赖所代替了。物质的生产是如此,精神的生产也是如此。各民族的精神产品成了公共的财产。民族的片面性和局限性日益成为不可能,于是由许多种民族的和地方的文学形成了一种世界的文学。"现代社会的生产方式和交换方式不可阻挡地冲开了"地方""民族"之间有形无形的边界,现代交换体系不仅造就物质产品的广泛流通,精神产品也将挣脱原产地的限制而传播到世界的各个角落。这种描述展示了总体性世界文学的形成路径。当然,所谓的"世界文学"并非游离于"地方"和"民族"的另一套迥异的文本,而是表明"地方"和"民族"的文学作品由于传播而获得了"世界"的性质;与此同时,"世界"亦非某种霸权垄断的舞台,必须另行购票入场——恰恰相反,每一个"地方"和"民族"均已进入世界,它们都是世界的组成部分,都有资格将世界作为表演的空间。

　　一百多年来的文学形势愈来愈清晰地证实了"世界文学"的命题,另一方面，文学以及文学研究开始自觉地意识到世界历史的存在。人们曾经使用各种概念描述19世纪前后文学的演变脉络，例如浪漫主义，现实主义，现代主义，后现代，如此等等，这些概念的内涵无不涉及对文学与历史互动关系的理解。世界范围内，无论是国家的独立、民族的解放、革命与新兴政权、两次世界大战还是风土人情的转换、众多形式的移民浪潮、技术和机器对于生活的重塑、自然与生命的不同观念，各种历史波澜都在文学之中形成回声。文学风格或者文学形式之间的竞争，无不涉及文学对于历史的独特发现和再现方式。现实主义文学擅长客观地描绘社会历史的图景，形形色色的人物性格成为这些图景的轴心；浪漫主义文学倾心于高蹈和神奇，现代主义文学流露出强烈的阴郁、颓废和反讽风格，二者无不寄寓了文学对于现代性的某些批判——奢华的消费主义，贪婪与物欲，市侩哲学与功利主义，科层制带来的官僚习气与教条主义，等等。通常，某一个历史时期的民族文学会显现出相对集中的主题、相对一致的文学风格或者文学形式，相形之下，"世界文学"往往斑斓纷杂，头绪多端。这不仅取决于各民族相异的文学传统，还取决于各个"地方"不同的历史主题与历史节奏。然而，恰恰由于斑斓纷杂，"世界文学"的视野可能超出特殊的地域或者文化圈而形成愈来愈明朗的世界意识。作为引人入胜的文化窗口，文学不断展示世界的千姿百态。虽然文学仅仅提供纸面的精神旅行，然而，无可否认的是，由于作家充当导游，人们将在审美享受之中迅速而深入地领悟世界各地的人文风貌。本迪尼克特·安德森曾在《想象共同体》中论证，15世纪之后出现的印刷品对于"想象共同体"的形成产生了重要的推动作用。文学是印刷品之中最富魅力的类别，文学以潜移默化的方式帮助人们认识广阔的世界。至少可以说，新的认识造就了一个可以共同谈论世界的知识群体。

尽管众多作家从不同方向参与了"世界文学"的生产，但是，大多数杰出作家贮存于内心的多半是民族而不是"世界"——他们通常以自己的民族作为立足的圆心。世界如此之大，不是所有的地方都盛得下乡愁。民族历史是一个作家成长的文化土壤，是一个作家的心灵护佑，也是一个作家持久关注的对象。"为什么我的眼里常含泪水？因为我对这土地爱得深沉……"对于文学来说，这种"爱"是不可或缺的精神财富。民族历史时常赋予作家真正的灵感与不竭的创造能量。如果说，众多民族国家共同组成世界，那么，每一个民族的历史都是独一无二的世界局部。展示每一个民族的历史秘密，这即是民族文学对于世界文学的奉献。所以，作为"世界文学"的独立一章，中国的五四新文学运动清晰地显示了世界与民族的辩证关系。陈独秀、胡适、鲁迅为首的一批作家无不拥有世界文学的视野，但是，他们卷入文学的重要目的却是疗救自己的民族。用鲁迅的话说："我从别国里窃得火来，本意却在煮自己的肉的。"文学再度证明这个观点：置身于世界图景提供的参照，一个民族可以更深刻地认识自己。更深刻地认识自己恰恰是世界意识带来的另一个收获。

相于市场提供的物质产品，精神产品隐藏了特殊的魔力。物质产品通常遵循弃旧图新的规律，新的型号与新的功能很快覆盖或者取代了过去的产品。大部分时候，没有人愿意驾驶一百年前的破旧汽车，或者使用五十年前的黑白电视机。然而，精神产品存在远为广阔的呼应范围。一部经典著作仿佛时刻在播撒精神的种子。人们无法预计，这些精神的种子将在哪一个时间、哪一个地点发芽，接受的主体是谁，会产生何种效果。文学经典也是如此。习近平总书记的亲身经历即是证明文学经典强大魅力的范例。习近平总书记熟读许多民族的文学经典。当年在陕北农村插队的时候，他曾经徒步行走三十里去借阅《浮士德》。外交活动的场合，他时常提到各个国家的文学经典。他深有体会地说："文艺也是不同国家和民族相互了解和沟通的最好方式。"不同国家和民族之间的对话很大一部分是建立在世界意识的基础之上。世界之大，个人只能涉足有限的范围；作为一种彼此相知的语汇，文学可以帮助不同民族的人对彼此的思想文化心领神会，乃至共同参与世界。所以，世界范围林林总总的文学经典展示了"人类"的存在。"人类"生活在地球的各个角落，然而，他们是相互联系的共同体——不论他们自己能否意识到这一点。

习近平总书记构建"人类命运共同体"的倡议包含强烈的世界意识。2013年3月23日，他在俄罗斯的莫斯科国际关系学院首次向世界提出"人类命运共同体"。迄今为止，这个理念愈来愈充实，愈来愈成熟。作为对"百年未有之大变局"的回应，构建"人类命运共同体"不仅是高瞻远瞩的战略构想，而且显示出很强的历史紧迫性。这同时指出了一个现今不同于以往的重要特征:"人类"作为一个整体出现的场合愈来愈多。许多新的迹象显示,人类的命运正在被紧密地联结在一起。无论是气候问题、太空开发还是环境保护、生物安全,众多民族国家不得不广泛合作,共享成功带来的红利,或者共同承担失败的可悲后果。气候问题带来的极端天气、生态系统破坏以及海平面的升高涉及全球范围,任何一个地域的居民都可能遭遇无妄之灾。晚近发生的新冠肺炎疫情是另一个典型的案例。如果"人类"无法联手阻断病毒的传播,没有哪一个国家可以逍遥地独善其身。

将"人类"视为整体的时候,某些倾向的危险程度超出了预料——这些倾向带来的问题远非威胁个别区域,而是危及整体的"人类"。历史表明,一些事情正在悄悄地发生意想不到的翻转:财富与科学技术曾经为人类带来了许多,可是,由于各个群体的发展愈来愈不平衡,财富与科学技术开始从发展的重要条件不知不觉地带来某些负面因素。《共产党宣言》中指出:"资产阶级在它的不到一百年的阶级统治中所创造的生产力,比过去一切世代创造的全部生产力还要多,还要大。"《共产党宣言》发表之后的一百多年时间里,这个趋势仍在持续,发达的科学技术同时构成生产力发展的稳定保障。然而,伴随社会财富的急速增长,一个公平的财富分配方案并未在世界范围如期出现,贫富差距甚至比以往更为悬殊。与社会财富急速增长并驾齐驱的另一个事实是,发达的科学技术同时研制出强大的武器系统,这些武器的杀伤力不限于一时一地,而是危及全人类——例如,核战争以及后续的核污染,或者"核冬天"可能摧毁人类所有的历史积累,成为破坏乃至毁灭"人类命运共同体"的巨大阴影。此外,由于人类社会的快速发展,自然环境承受的压力愈来愈大,自然环境带来的生态问题可能波及地球的任何一个角落。面对这种历史情势,构建"人类命运共同体"的倡议显出特殊的感召力。"人类命运共同体"倡导各个民族、各个国家包容互鉴,和而不同,倡导多边主义与公平合理的新型国际关系。这个倡议敏锐地觉察到历史发展正在遭遇的一个重大问题:全球化形成的相互交织业已成为常态之后,人类如何以更加团结的姿态克服各种负面因素制造的障碍?

从政治、经济、国际关系、全球治理到文化传统和文明传统,"人类命运共同体"的战略构想汇聚了多方面的远见卓识，为不同学科打开多种思想路径。与许多学科相似，文学将以自己的形式呼应这个不同凡响的历史判断，并且积极参与具体的构建。可以看到，一些科幻文学陆续以幻想的形式再现核战争带来的不祥图景。如果说，科幻文学是以曲折的方式表现出对于未来的忧虑，那么，现实主义作家有责任更为积极地探索历史。构建"人类命运共同体"不仅是文学接收到的一个理念，而且，这个前所未有的历史主题将为文学开创一个巨大的认识空间和想象空间。对于文学来说，真正的历史不仅是一套悬浮的设想和概念，而且是进入每一个人生活角落的沉甸甸内容。文学作品通常切入主人公的人生际遇和起伏的命运，描绘芸芸众生的日常经验、喜怒哀乐以及各种具体遭遇，但是，作家将密切注视沉淀于寻常细节之中的历史动向：情感、经验之中存在哪些有助于团结人类的因素？文学对于正义、善良和人性温暖的肯定如何持续地为人类提供正能量？更为激烈的国际博弈之中，哪些开阔的历史平台可以兼容种种分歧的意向，求同存异，缓解种种不平衡形成的落差，从而寻求新的平衡的可能？这意味着新的视野和智慧，也是未来文学的重大资源。

二、现代社会、多种现代性与民族文化

如果现代社会被视为普遍的追求，"人类"将以整体的面目应对这个问题。这时，现代性、现代化主题与构建"人类命运共同体"的关系就会成为特殊的焦点。

现代社会是不是普遍的追求？这种观点曾经引起质疑。20世纪50至60年代，西方的一些理论家根据某种意识形态企图提出以西方为范本的"现代化"。尽管这种范本屡遭抵制，但是，许多民族并未将"现代化"的历史目标拱手相让。对于现代社会的向往，很大程度上即是"人民对美好生活的向往。"恩格斯在《在马克思墓前的讲话》中说过："正像达尔文发现有机界的发展规律一样，马克思发现了人类历史的发展规律，即历来为繁芜丛杂的意识形态所掩盖着的一个简单事实：人们首先必须吃、喝、住、穿，然后才能从事政治、科学、艺术、宗教等等。""吃、喝、住、

穿"代表的物质条件是决定"政治、科学、艺术、宗教"等精神生活水平的前提,同时,物质生产与精神生产分别拥有相对独立的逻辑,前者的发展带动后者持续演进,二者均不断地追求更为完善的境界。尽管何谓"现代性"的衡量指标不尽相同,各个民族国家的经济、文化模式以及社会管理成效参差不齐,但是,现代社会构成人类历史运动的一个共同认可的驿站。普遍的追求使各个民族国家可能遭遇相似的发展问题,同时,无论是科学技术还是经济、政治、文化,各个民族国家构建的现代社会存在紧密的合作与互动。

然而,正如杜维明在《多种现代性:东亚现代性涵义初步探讨》之中所言,"现代化"并非等同于"西方化"。尽管"现代化"起源于欧洲,但是,"如果我们开始从多文明角度看待现代化,那么,那种认为当代西方的经历应在世界其余各地予以重复的说法,就不再可信了。"杜维明考察了儒家文化对于东亚现代性的参与,总结出若干异于西方现代性的特征,譬如政府在市场经济之中的职能,法律与仁爱之心、以礼相待的互动,家庭作为基本单位的意义以及家与国、公与私之间的有机联结,教育与人格,修身与道德,如此等等。不论诸多具体的分析是否存在出入,杜维明的结论令人深思:"儒学的东亚能在不彻底西方化的情况下充分现代化,这表明现代化可以有不同的文化形式。因此可以设想,东南亚可以实现它自己的现代化,既不是西方化也不是东亚化。"更大范围内,人们有理由相信"世界各地固有的传统都有转变的潜力,发展出自己的不同于西方的现代性。"因此,在他看来,全球各种文明的对话是当务之急,对话是建立世界和平秩序的前提。基于现代社会的普遍追求与多种现代性的设想,这种图景包含了构建"人类命运共同体"必须面对的"同"与"异"之间的辩证:相似的历史坐标之下,不同民族国家的人们可能形成相似的追求,然而,每一个民族国家可以依赖自己的文化传统,选择不同的路径抵达现代社会。换言之,价值观念的公约数构成了"共同体"的依据,但是,各个民族国家并未被圈定于同一条跑道之上,每一个民族国家都可以独辟蹊径,从不同的方向登上高地。

相对于古代社会,现代社会意味着重大的结构转型。世界范围的频繁互动带来的文化症候是,不同民族国家之间跨越空间的互动愈来愈密集,民族国家内部历时性承传的文化传统相对衰退。这种文化症候时常产生激烈的争论，文化传统与外来文化分庭抗礼，相持不下，"数典忘祖""崇洋媚外"或者"抱残守缺""固步自封"的指责此起彼伏。事实上，这种状况涉及民族主体、民族文化与外来文化的多边关系。

许多人心目中，民族主体始终与民族文化互为表里。从语言、神话、宗教、历史、文学艺术到风俗习惯，围绕文化传统的众多文化门类构成民族的主要标志。然而，民族历史内部生产方式的能量积累到一定程度，部分古老的民族文化可能成为民族主体持续发展的束缚。这时，民族主体内部将会出现反叛的声音。一些敏锐的知识分子可能率先站出来，勇敢担任传统文化的"叛徒"。他们"放眼看世界"，力图寻找新的文化资源护佑自己的民族，哪怕他们的激进可能招来误解，矫枉过正可能收获骂名。晚清至五四时期，许多知识分子将悲壮的文化突围视为历史赋予的职责。他们察觉到民族主体与民族文化之间的裂缝，始于五四新文化运动的现代文化被视为弥合裂缝的新型观念。他们放手引入各种文化，包括马克思主义。以鲁迅等一批作家为中坚的现代文学是现代文化之中醒目的一翼。当然，正如人们所看到的那样，另一些知识分子目迷五色，忘乎所以，沉溺于外来文化而不能自拔，他们遗忘的恰恰是民族主体的位置。

进入世界范围的文化大交流，借鉴、参考、批判、崇拜等各种文化策略都有可能出现。这时，民族主体始终是一个首要的衡量准则。鲁迅倡导"拿来主义"，"拿来"即是借他人酒杯，浇自己的块垒。鲁迅自称仰仗读过百来篇"外国作品"和"一点医学上的知识"写起了小说。他师法哪一部"外国作品"并不重要，重要的是他真正写出了中国人的精神面貌。保卫民族主体的时候，模仿对手同样可能成为一种文化策略，所谓"师夷长技以制夷"。

多种现代性的观点力图证明的另一个重要思想是，各个民族的文化传统都有可以成为构建现代社会的文化资源。世界文化的平台上，中华民族文化对于构建"人类命运共同体"的贡献也将逐渐显现出来。如果说，文化"引入"是一个多世纪以来许多知识分子重要的启蒙工作，那么，现在或许是谈论文化"输出"的时候了。很大程度上，重新认识传统文化，根据现今的历史情势弘扬和运用传统文化，进行创造性转化和创新性发展，这已经成为一个迫切的任务。事实上,歌德即是在与秘书谈论中国清代小说《好逑传》的时候提出了"世界文学"的命题。当然,所谓的文化"输出"必须建立在民族国家的文化质量之上。中华民族文化的哪些内容将会赢得不同民族的普遍兴趣?这是一个引人注目的话题。作为一个历史悠久的民族,可供展示的文化范例不胜枚举。从文学范畴内部的李白、杜甫、曹雪芹到更大范围的儒、释、道,诸多文化范例无不展示出世界一流的文化创造力。无论如何分析每一个文化范例的成败得失,这种文化创造力是它们共有的普遍特征,也是民族文化的内在驱动力。

必须察觉,一个多世纪的文化"引入"同时无形地造成了民族文化的防守式姿态。浓重的防守意识甚至让人忽略了隐藏于民族文化内部巨大的创新能量。纵观绵延不绝的中国历史,必须善于发现与发掘民族文化独特的创新冲动与创新形式。我愿意重复中国书法史上一个简明的例子强调这个特征。一些人主张将恢复繁体字作为向文化传统致敬的形式。然而,汉字的演变证明,古人曾经一次又一次大胆地简化字体。日益复杂的社会形成愈来愈多的文字交流之后,古人并未拘谨地墨守成规,接受效率低下的书写速度。从篆书、隶书、楷书到行书和草书,可以从这些字体的演变背后察觉古人不懈的改革精神。令人惊叹的真正创造是,每一种新型字体都在古人手中转换为精妙绝伦的书法艺术。中华民族文化既厚重不迁,又周流无滞,"守正"与"创新"是相互联系的两个方面。回顾民族文化的时候,没有理由遗忘古人涌动不息的文化创造力。当我们谈论"人类命运共同体"和多种现代性,这种文化创造力展现为各种独具一格的中国智慧。

三、文学共同体的启示

习近平总书记说过:"我们为什么要对外国人讲这些?就是因为文艺是世界语言,谈文艺,其实就是谈社会,谈人生,最容易相互理解,沟通心灵。"他在另一个场合又指出:"以文化人,更能凝结心灵;以艺通心,更易沟通世界。"这些观点简洁地指出了"文学共同体"存在的重要基础。考察"世界文学"造就的"文学共同体",考察"文学共同体"内部各个民族文学既同台竞技、又同声相应的关系,或许可以给构建"人类命运共同体"带来某些启示。

作为对不同民族或者不同国家之间文学的综合研究,"比较文学"曾经倾向于总结文学共同体之中"人同此心,心同此理"的一致规律,钱锺书概括为"东海西海,心理攸同,南学北学,道术未裂。"然而,相对于这些书生意气的文化憧憬,另一些观点更多地指向了世界范围内的文化差异、分歧乃至冲突——"文明的冲突"之说曾经流行一时。如果说文化霸权主义是种种差异、分歧乃至冲突的重要诱因,那么,西方中心主义正在引起愈来愈多的反弹。一种舆论曾经长期流行:西方文化是一种更为成熟的文明,西方观念充当了种种意义的起点;西方文学更为优越:无论是展示人物的丰富、深刻还是对文学形式的多向探索,西方文学都是一种居高临下的存在。时至如今,这些观念陆续遭到质疑与批判——包括遭到一批西方知识分子的抨击。许多人认为,这些观念混杂了种族主义和帝国主义意识形态,很大程度上是殖民文化的残余。文学研究乃至更大范围的文化研究之中,后殖民主义学派力图站在各种视角批判西方中心主义。例如,萨义德在具有广泛影响的《东方学》中分析了西方文化对于"东方"的描述话语如何被置入扬此抑彼的支配关系与霸权关系。总之,"文学共同体"内部开始更多地注视对立因素。事实上,"文学共同体"的一致与分歧两种倾向分别涉及民族文化的内部与外部,涉及文化与经济、政治乃至军事的复杂博弈。

任何一种类型的文明均与特定的地域、不同民族的生活经验息息相关。种族、环境、时代以及各种文化传统均参与了文明的漫长积累。相对于一个民族的繁衍生息,民族文化内部始终存在新陈代谢机制;但是,当众多民族处于自给自足的状态时,民族文化之间不存在高低优劣的通约原则。宽阔的世界舞台上,每一种类型的文明都有赢得尊重的资格。所以,习近平总书记深刻地指出:"世界是丰富多彩的,多样性是人类文明的魅力所在,更是世界发展的活力和动力之源。'非尽百家之美,不能成一人之奇。'文明没有高下、优劣之分,只有特色、地域之别,只有在交流中才能融合,在融合中才能进步。"

现代历史逐渐开启了每一个民族的大门——世界联为一体之时,恰恰是各种类型文明彼此交流之日。各民族文化间的取长补短恰逢其会。令人遗憾的是，许多场合，世界范围内的文明交流并未伴随温情脉脉的气氛顺利展开。当市场的开拓与占领成为打破民族边界的首要动力时，利益的交换乃至利益争夺不可避免地介入甚至支配文明交流，从而带来多方面的紧张关系。过往的历史并未提供多少乐观的例子。恰恰在考察多种现代性的时候可以发现，西方一些国家的现代性是与帝国霸权和殖民历史联系在一起的。坦克与炮舰曾经深度介入它们第一桶金的获得。人们很快会记起《共产党宣言》中的一段著名表述："资产阶级在它已经取得了统治的地方把一切封建的、宗法的和田园诗般的关系都破坏了。它无情地斩断了把人们束缚于天然尊长的形形色色的封建羁绊，它使人和人之间除了赤裸裸的利害关系，除了冷酷无情的'现金交易'，就再也没有任何别的联系了。它把宗教虔诚、骑士热忱、小市民伤感这些情感的神圣发作，淹没在利己主义打算的冰水之中。它把人的尊严变成了交换价值，用一种没有良心的贸易自由代替了无数特许的和自力挣得的自由。总而言之，它用公开的、无耻的、直接的、露骨的剥削代替了由宗教幻想和政治幻想掩盖着的剥削。"这种社会关系表明，对利益的衡量成为一切衡量的核心，利益产生的严重冲突往往充当了战争的导火索。当坚船利炮成为对话的语言时，当丛林法则形象地演绎"落后就要挨打"的悲剧时，文明的交流可悲地沦为一个无足轻重的附庸，甚至构成一个反讽。相对于互惠互利的"人类命运共同体"理念，这种历史状况格外刺眼。

至少在目前，传统的国际关系、经贸体系或者文化交流网络均无法提供"人类"全面合作的稳固基础。从古老的宗教到近现代的阶级、民族、国家，各种重磅的概念无不存在明显的双重性质：这些概念既可以成为某些社会共同体彼此认同的基石，也可以成为拒绝乃至排斥另一些社会共同体的藩篱。所谓的后冷战时代，这些概念并未失效。与此同时，诸如身份、族群、性别等另一些概念继续涌入，"身份政治"与传统的斗争方式相互交织。围绕两批概念形成的论述汗牛充栋，这恰恰证明两批概念涉及的问题均未过时。这些问题既构成"人类命运共同体"的背景，也是这个历史主题将要超越的内容。"人类"作为一个整体——如果这种状况意味着新的机遇，那么，必须同时意识到新的要求。

按照马克思和恩格斯的看法，只有当社会财富极大地丰富，"每个人的自由发展是一切人自由发展的条件",这时的利益冲突才会消弭于无形。然而,尽管这种社会条件尚未取得,文化的相对独立性仍然可以划出一个相对独立的历史平台。这个区域可以相当程度地摆脱斤斤计较的利益交换乃至尖锐的利益冲突,例如"文学共同体"对于各个民族文学的审美式兼容。审美既青睐个性的差异,同时又构造广泛的共鸣区域。梅花之美并不排斥菊花,犹如国画之美并不牺牲油画。构成审美家族的时候,不同的面容闪烁的是相互理解的表情。诗与戏剧可以共存,音乐与雕塑并行不悖,各个民族文学的迥异风格亦作如是观。这也是中国作家之所以能够向世界讲好中国故事的理由。中国审美旨趣、中国气派、中国风范恰恰是"文学共同体"之中最为令人敬重的一员。

"文学共同体"的构造表明,文学的各种个性构成了非对抗性差异。审美不再负有开疆拓土、产品竞争和创造利润的职责,个性的非对抗性差异将摆脱利益的纠缠而成为相互补充甚至相互激赏的对象。马尔库塞在《爱欲与文明》中指出,审美包含反抗资本主义异化劳动压抑体系的潜能。审美的创造性劳动带来的巨大快乐不再是维持生存的额外负担,而是自由天性的发挥;这时的每一种个性将获得广阔的空间而不再屈从于对利益的衡量。这也是对"和而不同"与"尚和合,求大同"的一种生动诠释。揭示"文学共同体"审美式兼容背后的依据,力图以隐喻的方式展示"人类命运共同体"的历史愿景及其令人向往的美好性质。虽然各种条件尚未完全具备,但是,如同"文学共同体",某些领域的合作已经存在巨大的成功希望。